Nuova Narrativa Newton

283

Quarta edizione: agosto 2011

Roma, Casella postale 6214

ISBN 978-88-541-2823-1

www.newtoncompton.com

La cartina a pag. 10 è di Giorgio Albertini

Stampato nell'agosto 2011 presso Puntoweb s.r.l., Ariccia (Roma)
su carta prodotta con cellulose senza cloro gas provenienti da foreste controllate e certificate, nel rispetto delle normative ecologiche vigenti

Andrea Frediani

Marathon

La battaglia che ha cambiato la storia

Newton Compton editori

Prima di iniziare

In linea di massima, un romanzo storico non può prescindere da termini tecnici o strettamente legati alla società, alla lingua, all'evento narrato e al costume dell'epoca nella quale è ambientato. Stavolta, però, non intendo affliggere il lettore infarcendo il testo di termini non comprensibili per chi non abbia una profonda conoscenza dell'argomento.

Pertanto, di fronte a espressioni del greco antico che abbiano una corrispondenza con un termine in italiano, ho preferito usare direttamente quest'ultimo, evitando di appesantire il testo con note a pie' di pagina. Trattandosi di una vicenda narrata "in tempo reale", sarebbe stato un controsenso fare altrimenti.

Al lettore desidero segnalare solo poche voci. L'*hemerodromos* era il corridore capace di correre per un giorno intero; lo *stadion*, o stadio, era sia l'unità di misura corrispondente a circa 180 metri, sia la gara di velocità delle competizioni di corsa, il *diaulos* la gara di mezzofondo, corrispondente a un doppio *stadion*, il *dolicos* la gara di fondo, equivalente ai nostri 5000 metri piani.

A.F.

Dopo la battaglia di Maratona, secondo la tradizione, un araldo corse fino ad Atene ad annunciare la vittoria; dopo quasi quaranta chilometri, il guerriero arrivò stremato e morì subito dopo aver fatto l'annuncio.

Ma le antiche fonti non sono d'accordo su chi fosse costui. C'è chi gli dà il nome di Eucle, chi di Tersippo, e chi attribuisce l'impresa a Filippide (o Fidippide), cui la tradizione concordemente attribuisce il ben più lungo percorso fino a Sparta, prima *della battaglia.*

E se ad Atene Milziade e soci avessero mandato più di un messaggero?

Kotroni
Agrieliki
Carandro
Probalinto
Bosco sacro
Tempio di Eracle
Maratona
Verso Atene
Palude di Vrexiza

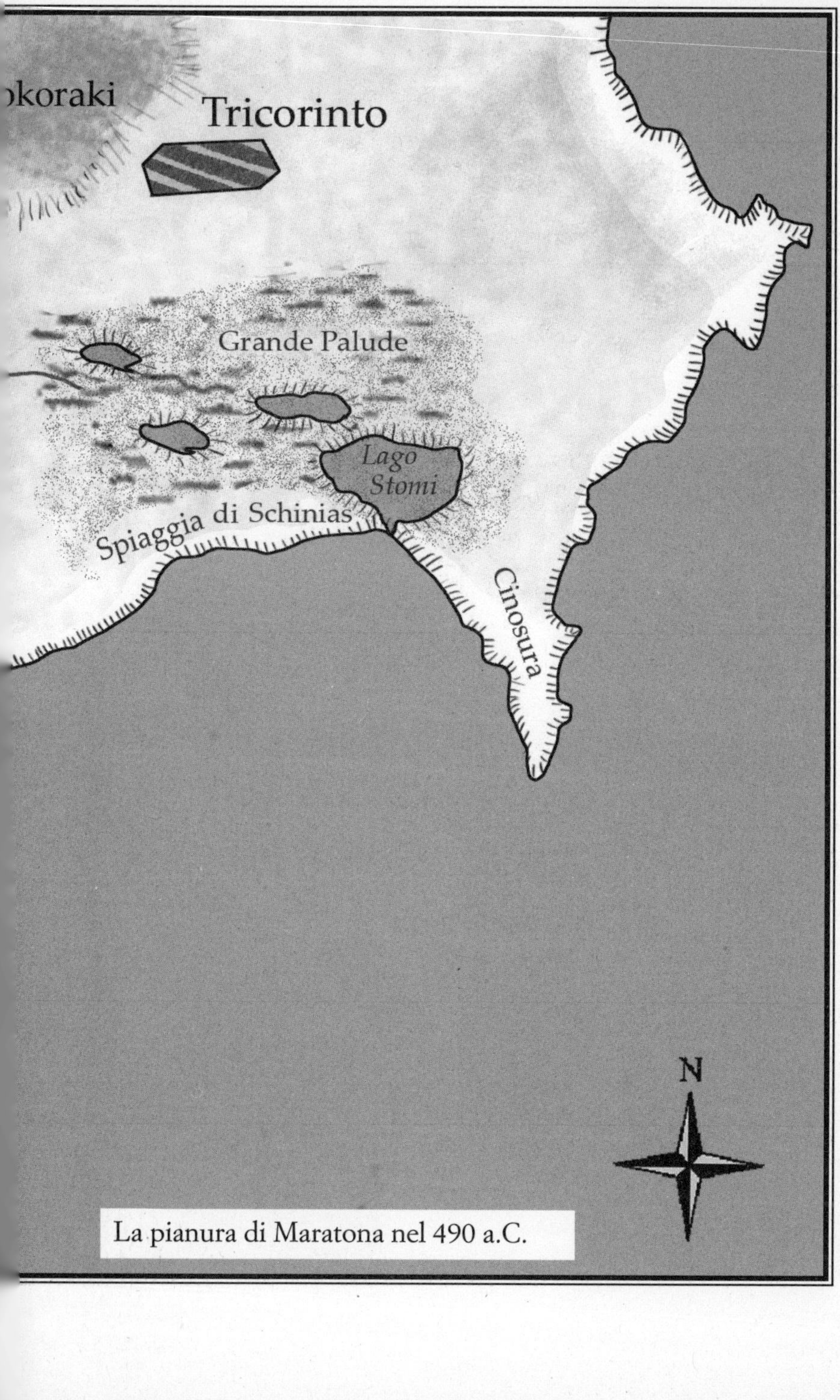

La pianura di Maratona nel 490 a.C.

I

Capo Artemisio, Eubea, agosto del 480 a.C.

C'era grande curiosità a bordo. Per qualche tempo gli uomini, gli opliti imbarcati, i marinai e perfino i rematori, avevano smesso di porsi domande sulla situazione alle vicine Termopili, ed erano intenti a scrutare la superficie dell'acqua, nell'attesa di veder affiorare dall'oscurità la sagoma dell'imbarcazione di cui un araldo persiano aveva annunciato l'arrivo.

E poi tutti guardavano lui, il poeta, trattenendosi a stento dal chiedergli perché mai una donna, proveniente dalla flotta persiana, dovesse venire a fargli visita tra un combattimento e l'altro. Ma nessuno osava avvicinarlo e interrogarlo esplicitamente. Come reduce di Maratona, Eschilo era uno dei pochi che avesse già affrontato i persiani in passato; anche per questo esercitava una certa soggezione tra le reclute. Come autore di drammi teatrali, si era fatto un nome al di fuori della pratica bellica, e gli altri veterani trovavano poco dignitoso mostrare interesse verso chi, come lui, aveva preferito concentrare le proprie energie su un'attività ritenuta assai poco virile.

Il navarco, d'altra parte, se ne compiaceva: nulla avrebbe potuto distrarre in modo più efficace l'attenzione dell'equipaggio dagli eventi della giornata sul fronte marittimo e su quello terrestre, la prima giornata di confronto con il temuto nemico asiatico. Per dieci anni i greci avevano paventato la rivincita persiana; un decennio esatto, dall'epoca in cui gli uomini del gran re erano scappati di fronte alla massa compatta degli opliti ateniesi a Maratona. E adesso, il momento tanto atteso era arrivato. Molti dei cittadini imbarcati sulle centottanta triremi della flotta ateniese avevano visto i persiani per la prima volta solo poche ore prima, in maniera confusa e a distanza, sui ponti delle navi nemiche impegnate a tentare di circondare la flotta greca.

Era stata una presa di contatto, nulla di più. Nel primo pomeriggio, Euribiade e Temistocle, rispettivamente comandante ufficiale e comandante di fatto della flotta ellenica, avevano voluto saggiare la consistenza della flotta di Serse, e si erano avvicinati ad Afete, a breve distanza dalla punta settentrionale dell'Eubea, dando battaglia. I persiani avevano cercato di approfittare della propria superiorità numerica disponendosi in cerchio intorno alle navi greche, che però si erano schierate a raggiera, con le prue rivolte contro il nemico, e la situazione di stallo era proseguita fino al calare del buio, che aveva posto fine alle ostilità. A parte qualche lancio di proietti, non era accaduto nulla di rilevante.

Di ben altra portata gli eventi alle Termopili, stando alle notizie pervenute dal fronte terrestre. Il re spartano Leonida aveva dovuto affrontare una serie di attacchi nemici all'altezza del passo, ma la sua difesa non aveva mostrato alcun segno di cedimento. Se quell'angusto valico si fosse confermato insuperabile come i greci speravano, ai persiani non sarebbe rimasto che tentare un più deciso sfondamento per mare, in quello stretto canale tra l'isola di Eubea e la terraferma che il comando greco auspicava potesse vanificare la superiorità numerica della flotta nemica.

Insomma, pareva proprio che i greci avessero azzeccato la strategia giusta. I persiani si erano infilati in uno scacchiere che impediva loro di sprigionare tutto il proprio potenziale, per terra come per mare.

Ma tutto questo sembrava non riguardare il poeta. A differenza degli altri che, prima di andare a dormire, indugiavano in chiacchiere e commenti sulla giornata appena trascorsa, Eschilo se ne stava per conto suo, seduto in coperta, armeggiando con stilo e tavolette di cera senza curarsi di quel che gli accadeva intorno. Sembrava che da quella giornata avesse tratto ispirazione per comporre qualcosa; qualcosa a sfondo bellico, finalmente, malignavano i più, scandalizzati che l'oplita non avesse mai trasferito sul palcoscenico le sue esperienze sul campo di battaglia. Come se se ne vergognasse…

Eschilo alzò lo sguardo solo quando una vedetta segnalò l'arrivo di una piccola imbarcazione. Era quella preannunciata, contraddistinta da un vessillo bianco issato a prua. Ma non era il vessillo a fendere il buio: era il nitore dell'abito della donna, in piedi al centro del ponte.

Gli opliti si accalcarono lungo il parapetto, alcuni per obbedire all'ordine del navarco, che aveva preteso un forte controllo dell'accesso al ponte, altri per vedere la visitatrice. Eschilo, invece, non si mosse. Man mano che la donna si avvicinava alla paratia della trireme, si definì meglio la sua figura, avvolta in un vestito bianco, lungo fino ai piedi e tempestato di brillanti che luccicavano alla luce delle torce, con ganci di chiusura e intarsi dorati sul davanti e una cintura dorata proprio sotto il seno. Un mantello purpureo con ricami d'oro le scendeva lungo le spalle, un cappello di foggia frigia, bianco e dorato come il vestito, le nascondeva i capelli.

Nessuno, in coperta, dubitò che si trattasse della consorte di un alto dignitario persiano o dell'Asia minore. Quando la barca arrivò a ridosso della fiancata, dal ponte gettarono una scala. Salirono per primi due cortigiani, anch'essi vestiti con sfarzo, sebbene in modo più dimesso. Dopo averli perquisiti, gli opliti, armati di tutto punto, autorizzarono anche la donna a salire a bordo. Quando fu sul ponte, i greci si accorsero che era anche attraente, non più giovane, e neppure bella secondo i canoni classici, ma con i tratti del viso che sembravano avere ciascuno una personalità propria: ognuno di essi rimaneva impresso nella memoria dell'osservatore trasformandosi all'istante in una sorta di feticcio.

Il naso, soprattutto, si presentava all'interlocutore come se volesse protendersi a punzecchiarlo. Lungo e leggermente arcuato, aveva grandi narici e terminava con una punta simile alla cuspide di una lancia. Gli occhi, scuri e intensi, guizzavano a destra e a sinistra con vivacità, le gote pareva volessero seguire il movimento delle pupille. I lobi delle orecchie sembravano protendersi verso il basso, come trascinati dal peso dei vistosi orecchini. La bocca, regolare e desiderabile, aveva un labbro superiore che sporgeva sensualmente oltre il profilo. Il mento era lungo e ampio, ma elegante, e conferiva all'ovale del viso una forma inusuale, caratteristica.

Sebbene non fosse bella, si capiva come avesse potuto stregare un pezzo grosso.

Eschilo, tornato a concentrarsi sul proprio lavoro, non sollevò lo sguardo neanche dopo aver udito gli altri indirizzare la donna verso di lui. Sentì i suoi passi avvicinarsi, ma continuò a incidere la tavoletta cerata. I versi stavano prendendo forma e non aveva intenzione di farsi distrarre finché non avesse terminato di trascrivere ciò che gli passava per la testa.

«Tu sei Eschilo, il poeta, mi dicono. Ho molte cose da raccontarti», disse la donna, rivelando una voce decisa ma non autoritaria.

L'oplita non si alzò, né sollevò il capo. Trascrisse gli ultimi versi sulla regina madre del gran re Serse e poi li rilesse dentro di sé, per verificare che funzionassero.

Mi apparvero due donne, in belle vesti,
una ornata di pepli alla persiana,
l'altra di quelli dorici, e avanzavano
verso i miei occhi, molto più vistose
per grandezza di come sono oggi le donne,
di bellezza perfetta, due sorelle
di sangue: a una la sorte aveva dato
di abitare la terra dei suoi padri,
la Grecia, all'altra un paese straniero.
E, mi pareva di vedere, avevano
non so quale contesa fra di loro:
mio figlio lo capiva e si sforzava
di reggerle e placarle sotto un solo
giogo, di imporre ai colli le sue briglie:
e l'una, fiera della bardatura,
offriva il morso a una buona guida,
l'altra recalcitrava, lacerava
e strappava violenta con le mani
gli arnesi, e infine senza giogo e morso
sfasciava il carro.

La donna non lo interruppe, né mostrò impazienza. Non ostentava affatto la fierezza che ci si sarebbe potuti aspettare dalla consorte di un alto dignitario; al contrario, sembrava mantenere un atteggiamento umile e dimesso di fronte al poeta, quasi da postulante. Nel frattempo l'equipaggio, pur tenendosi a rispettosa distanza, osservava attentamente la scena. Qualcuno scuoteva la testa, biasimando il comportamento di Eschilo. Le due guardie del corpo rimanevano anch'esse distanti, frapponendosi tra la donna e gli altri.

«Perché dovrebbe interessarmi ciò che hai da raccontarmi?», disse finalmente Eschilo, alzando la testa e fissando la donna.

«Perché riguarda tre dei tuoi amici che non ci sono più», rispose lei, con un sospiro di sollievo.

Eschilo rimase a fissarla. Pareva proprio che la donna fosse finalmente riuscita ad attirare la sua attenzione. «Tre?», chiese.

«Filippide, Tersippo ed Eucle».

«Non c'è nulla da sapere che io già non sappia su di loro. Una donna non può saperne più di me. Tanto meno una donna persiana».

«Una donna può saperne più di te. Soprattutto se era la loro promessa sposa».

Eschilo non riuscì a replicare subito. Ebbe bisogno di tempo per sciogliere il groppo che gli era salito in gola. «La *loro* promessa sposa?», chiese infine.

La donna scoppiò improvvisamente in lacrime e si accasciò per terra. «Era un gioco... solamente un gioco... ma ci è sfuggito di mano...», disse singhiozzando.

Le sue due guardie del corpo accennarono ad avvicinarsi, ma Eschilo fece loro cenno di fermarsi. Poi tese le mani verso la donna, le afferrò dolcemente i polsi, lasciò che il suo pianto si stemperasse e poi le chiese: «Ma tu, chi sei?».

Lei si asciugò le lacrime con il lembo del mantello. Sospirò ancora. Il trucco le si era in parte sciolto, rivelando numerose rughe e tratti più marcati, ma il viso non aveva perso nulla della sua incisività.

«Mi chiamo Ismene e sono ateniese. Ora sono una delle amanti del gran re Serse, ma c'è stato un tempo in cui ero sposata a un cittadino ateniese. Ippia, l'uomo che fu presente a Maratona a fianco dei persiani, era mio zio».

Ce n'era abbastanza per suscitare la curiosità di Eschilo. «E perché vieni a confidarti con me?», chiese.

«Perché desidero che tu racconti la verità su quei tre ragazzi che forse mi hanno amata. La loro vera storia, intendo. Solo tu puoi farlo: sei stato loro amico e sai scrivere drammi. E non conosco dramma più intenso e beffardo di questo».

Eschilo la scrutò ancora senza parlare, cercando di capire con chi avesse a che fare. Poteva trattarsi di una pazza, in fin dei conti. O di un agente persiano che intendeva gettare discredito sugli eroi di Atene. Cos'altro ci si poteva aspettare, d'altronde, dalla nipote di un tiranno, di un traditore? Di un uomo che aveva impedito qualunque forma di democrazia ad Atene finché non era stato cacciato via? Di un uomo capace di condurre i massacratori dei confratelli ioni, i persiani, contro la sua stessa città natale?

Eppure... eppure, Tersippo, Eucle e Filippide gli mancavano, come suo fratello Cinegiro. Sentirne parlare sarebbe stato un modo per farli rivivere. E poco importava che fosse tutto falso: il racconto gli avrebbe consentito di ricordare e rievocare con lei gli avvenimenti che avevano portato alla loro gloriosa e sfortunata morte.

«Non sarà un racconto lungo, spero», disse infine. «Domattina dovremo combattere di nuovo, e intendo riposare, almeno un po'...».

«Non temere. Sarà lungo il tempo che si impiega a coprire di corsa il tragitto da Maratona ad Atene», disse lei, mettendosi a sedere.

II

Maratona, dieci anni prima

La tentazione di scattare, di mettere subito tra sé e i due antagonisti molti piedi, è fortissima. Ma il percorso è lungo, fino ad Atene. Più lungo di quanto Eucle abbia mai corso in qualunque competizione sportiva, nei Giochi panatenaici, in quelli olimpici, nei Giochi istmici e in quelli delfici. Otto volte un dolicos, la gara più lunga dei Giochi, ha dichiarato Milziade dando il via alla corsa dalla quale dipende il destino di Atene.

E anche il destino personale di Eucle.

Probabilmente – si dice il podista – Tersippo e Filippide stanno pensando la stessa cosa. La posta è troppo alta per rischiare di giocarsi tutto il fiato rimasto dopo la battaglia con uno sforzo repentino. Gli altri, tutti gli altri, gli opliti, gli strateghi, i locaghi pensano che per i tre concorrenti sia una questione di prestigio; pensano che Eucle e Tersippo vogliano fregiarsi del vanto di aver battuto Filippide, il più grande hemerodromos dell'Ellade; e pensano che Filippide, l'uomo capace di correre per una giornata intera senza fermarsi, voglia dimostrare di poterlo fare anche dopo una memorabile e durissima battaglia nella quale ha già dato il massimo; e pensano che ciascuno dei tre voglia essere ricordato come l'uomo che ha scongiurato l'assalto persiano ad Atene. Forse. Ma nessuno sa davvero che il vento che soffia alle loro spalle è alimentato da un'altra posta in palio; quella, almeno per lui, più ambita.

Eucle si volta per un attimo a destra, poi a sinistra. Trova subito conferma alle sue supposizioni. Loro sono lì, con lui, quasi al suo fianco, tenendo la sua stessa, blanda andatura, sospinti dalle urla e dagli incitamenti dei superstiti del combattimento. Anche Filippide e Tersippo sono partiti con cautela, preservando il fiato. E forse anche loro temono, come lui, di non farcela. Magari, spera il giovane oplita, sono sofferenti, zoppicanti e affaticati quanto lui, e non potranno tenere un passo costante né raggiungere velocità troppo elevate.

Come potrebbero, d'altronde? Non è una corsa come tutte le altre. E non perché sia lunga quasi otto volte la corsa di fondo delle competizioni ufficiali. Non potrebbe esserlo neanche se fosse un semplice dolicos. È una gara che si tiene dopo il più grande sforzo che un uomo possa compiere: dopo ore sotto il sole e altrettante di combattimento, dopo gran parte della giornata in piedi con la panoplia indosso, dopo aver difeso la propria vita, si apprestano a coprire una distanza insostenibile per la gran parte degli atleti.

Sarebbe difficile perfino per gli dèi.

Che strano, pensa Eucle, iniziare a correre già provati. Dei tre, probabilmente, il solo che abbia vissuto un'esperienza lontanamente simile è Filippide, tornato da Sparta, la settimana precedente, subito dopo esserci andato. Nelle competizioni, infatti, è buona norma arrivare allenati e riposati per poter dare il meglio di sé, senza limitazioni. Ma stavolta, di limitazioni i tre concorrenti ne hanno fin troppe: il peso della battaglia appena sostenuta rallenta i loro riflessi e annebbia la vista; la responsabilità che grava sulle loro spalle blocca i muscoli, toglie il fiato ancora più di quanto non abbia fatto lo sforzo appena sostenuto.

Uno sforzo che sarebbe dovuto essere sufficiente per qualunque essere umano, per qualunque guerriero. Da sempre, la battaglia è l'apice di una campagna, e dopo di essa c'è posto solo per il riposo. Talvolta si insegue il nemico sconfitto, lo si rincorre oltre il campo di battaglia per fare prigionieri o solo per scannare chi si riesce a raggiungere; ma si tratta di un tempo relativamente breve, di un'appendice dello scontro che è difficile separare dallo scontro stesso. Stavolta ci si è rialzati subito dopo essersi accasciati al suolo sfiniti, per sostenere uno sforzo forse maggiore di quello appena sostenuto. E dopo la madre di tutte le battaglie.

La battaglia contro i persiani.

Eucle si volta per un istante, osserva il campo dello scontro. Lo fa per darsi coraggio, per convincersi di essere stato davvero uno dei protagonisti di un evento straordinario, di un'impresa che consacrerà ateniesi e plateesi alla storia. Vede i commilitoni plaudenti, ancora assiepati nel punto dal quale sono partiti lui, Filippide e Tersippo. Dietro di loro, sullo sfondo, nel settore dove è iniziata la ritirata persiana, altri opliti, insieme ai fanti leggeri e agli schiavi, scavano la fossa comune ed erigono il tumulo della vittoria. E vede gli strateghi intenti a discutere ancora sulla migliore strategia da adottare per prevenire la minaccia nemica dal mare, e su quella più efficace per arginare la straripante personalità di Milziade, ormai privo di qualsiasi freno dopo la morte del polemarco.

Nota anche Eschilo, di sfuggita. L'amico è in disparte, piange ancora la morte del fratello Cinegiro, di cui ha tratto a riva il corpo mutilato. Lo aveva lasciato frastornato e piangente, a ridosso della spiaggia, a vegliare sul cadavere, ma ora il poeta è lì, con gli altri, a compiere il proprio dovere. Gli hanno detto che era come impazzito, dopo aver visto quanto era accaduto al fratello. Solo allora pare che avesse iniziato a battersi veramente, come se la fine di un valoroso oplita avesse sancito una sorta di passaggio di consegne, trasformando un soldato, se non vile almeno dubbioso ed esitante, in un coraggioso combattente.

Nessuno sarà più lo stesso, d'altronde, dopo una battaglia che Omero avrebbe potuto cantare con la stessa enfasi della guerra di Troia. In poche ore, dall'inizio dell'avanzata della falange al termine dell'inseguimento dell'esercito nemico in rotta, è cambiato tutto: perfino il modo di combattere della falange stessa. Ma sono soprattutto i superstiti a essere cambiati: non solo Eschilo, ma anche Epizelo, che forse non vedrà più, e che sarà accompagnato e tormentato per tutta la vita dalle immagini della propria mente, le ultime che i suoi occhi hanno potuto vedere: immagini di arti troncati, sangue fluttuante nell'aria, corpi trafitti, gole trapassate da parte a parte, crani spaccati, viscere pendenti da stomaci squarciati.

Non sarà più lo stesso Milziade, ormai esaltato da una vittoria di cui si considera il principale artefice. Il suo ego smisurato gli impedisce di riconoscere il merito di molti altri, Callimaco in testa, i quali, se non hanno spinto come lui per muovere a battaglia prima dell'arrivo degli spartani, hanno contribuito in modo decisivo al trionfo. Non saranno più gli stessi Aristide e Temistocle, la cui tenace resistenza al centro, come strateghi dei rispettivi reggimenti ha conferito loro – Eucle è pronto a giurarlo – l'autorevolezza e la credibilità cui puntavano per dare lo slancio decisivo alla loro carriera politica.

Il podista può solo immaginare quale immensa fiducia i due comandanti e rivali abbiano acquisito nei loro mezzi e nell'ascendente che sono capaci di esercitare sulla gente. È curioso che il caso li abbia costretti a combattere fianco a fianco, a contare l'uno sull'altro per sopravvivere; ma d'ora in poi, Eucle ne è certo, non sarà più così: fino a oggi, Temistocle e Aristide si sono solo punzecchiati, ma adesso, con la forza interiore acquisita, con il seguito che si sono creati, sono pronti per un nuovo agone, stavolta politico, e difficilmente ci sarà posto per entrambi, in futuro, ad Atene.

Ma più di tutti, sono destinati a cambiare loro tre: lui, Filippide e Tersippo, tre amici, tre complici, destinati a divenire rivali dal momento in cui hanno deciso di sfidarsi, costretti a trasformarsi in irriducibili antagonisti dall'istante in cui hanno capito che la battaglia non sarebbe stata sufficiente a stabilire il vincitore. Quest'appendice della sfida, la corsa per la salvezza di Atene, è anche una discesa nell'Ade, negli abissi di un universo sconosciuto, alternativo, apparentemente cupo, dove loro, amici fin dall'efebato, non possono che essere avversari, e dove i due sconfitti saranno destinati a sviluppare un odio inestinguibile nei confronti del vincitore.

Chissà se qualcuno dei tre ne era consapevole, nel momento in cui la sfida era stata lanciata. Lui di certo non lo era stato. Aveva preso sottogamba la faccenda, l'aveva considerata solo un'occasione in più per mettere alla prova il loro valore, un'ulteriore prova del loro sano antagonismo, e forse un modo per esorcizzare il timore che incuteva in lui, come in tutti, un avversario temuto come i persiani, padroni del mondo asiatico, dei confratelli greci che avevano provato, invano, a imporsi al loro strapotere.

Eucle è certo che se lo stiano chiedendo anche loro. Osserva Filippide, l'hemerodromos già celebre per le sue vittorie alle Panatenaiche. È uno dei pochi hemerodromoi dell'Ellade, uno dei rari corridori capaci di correre per un'intera giornata, e lo ha appena dimostrato, coprendo in soli tre giorni il lungo tragitto tra Sparta e Atene, andata e ritorno. La sua popolarità tra i ranghi dell'esercito, come tra la popolazione di Atene, non potrebbe essere maggiore, ormai, e tutti si aspettano che sia lui a vincere.

Eucle continua a tenergli gli occhi addosso, ne osserva le agili movenze, il corpo asciutto, la struttura minuta, che gli consente quasi di librarsi al di sopra del terreno, risparmiando la fatica di portarsi dietro il proprio peso. Il suo volto è scavato, come forse lo è quello di ogni altro partecipante alla battaglia, provato dalla notte insonne che ha preceduto lo scontro, dalla tensione e dalla fatica del combattimento. Tuttavia, il suo lo era anche prima, lo è sempre stato. Gli zigomi sporgenti, i grandi occhi, il mento aguzzo, l'espressione perennemente sofferenti, insieme a quel fisico esile, fanno di lui un uomo capace di sobbarcarsi lunghi sforzi, votato alla fatica, in grado di sopportare stenti più di chiunque altro.

Filippide si accorge di essere osservato. Un suo evidente moto di fastidio induce Eucle a distogliere lo sguardo e a spostarlo sull'altro contendente, Tersippo. Questi sembra un avversario più alla sua portata, tutto sommato. Struttura fisica più massiccia, basso e tarchiato, più adatto agli scatti brevi che ai lunghi sforzi. Non a caso, le sue sole vittorie ai Giochi sono state nello stadion, la corsa più breve. Nel diaulos, la corsa del mezzofondo, ha sempre mostrato tutti i suoi limiti, cedendo regolarmente nel finale. I due amici avevano l'abitudine di prenderlo in giro perché non sapeva distribuire le forze: Tersippo si presentava sempre in testa dopo il primo stadion, ma nel corso del secondo si faceva risucchiare da quasi tutti gli altri concorrenti. In realtà Eucle e Filippide ne sono sempre stati consapevoli, la sua muscolatura compatta lo penalizza inevitabilmente: per quanto allenamento possa svolgere sulle lunghe distanze, è condannato ad affaticarsi più e prima degli altri.

Eppure Tersippo è ancora lì con loro, dopo lo sforzo della battaglia. Forse anche per lui la posta in palio è talmente invitante da mettergli le ali ai piedi. Eucle incontra anche il suo, di sguardo. E anche quello di Tersippo, come Filippide, è ostile. La lotta, a quanto pare, sta prendendo una piega che esclude le mezze misure e qualunque concessione al reciproco affetto che li lega. Forse è la stanchezza, forse è l'esasperazione, la tensione, o il peso della responsabilità di salvare la città. Forse è proprio la posta in gioco. I tratti già marcati dell'amico, il cui viso rotondo è sempre sembrato scolpito nella roccia, si sono fatti più duri. Eucle percepisce di essere diventato, per i suoi due migliori amici, un nemico peggiore dei persiani. L'ostacolo, l'ultimo di una lunga serie, che si frappone tra ciascuno di loro e la gloria.

Tra ciascuno di loro e Ismene.

Comunque vadano le cose, Eucle è sicuro che non verrà meno il rispetto reciproco. È stata proprio l'intensa amicizia che li lega a suggerire loro la sfida, e sono troppo legati l'uno all'altro per spazzare via d'un colpo quello che hanno costruito in tanti anni. Per quanto possano arrivare a detestarsi, rimarrà quel residuo di affetto che impedirà loro di giocare sporco. È rimasto dopo la battaglia, e una semplice corsa non potrà certo comprometterlo.

O forse no?

Eucle rammenta. Capisce che è il sistema più efficace per non far caso allo sforzo, alla fatica, che lo aggredirà con sempre maggiore veemenza: far lavorare la mente per non accorgersi di quanto sta lavorando il corpo. Non lo ha mai fatto durante le competizioni sportive: gli allenatori gli dicevano che non doveva distrarsi, che doveva concentrarsi sull'evento, sulla corsa, sugli avversari, sulle reazioni del proprio corpo. E, invece, adesso è proprio il suo corpo che non vuole sentire, ciò da cui vuole difendersi. Un evento straordinario come quello di cui è protagonista presuppone reazioni straordinarie; non valgono le abitudini, non servono a nulla gli espedienti abituali. I suoi avversari non sono solo i persiani che stanno circumnavigando l'Attica e i sostenitori di Ippia dentro Atene, oppure Tersippo e Filippide: sono soprattutto i suoi muscoli induriti, le sue ossa doloranti, i tagli e le contusioni di cui il corpo è ricoperto.

E poi, rammentare giova a distrarsi, ad accantonare la pressione, la tensione che era sembrata doversi finalmente sciogliere dopo la vittoria, dopo aver vissuto per una settimana nel terrore misto a esaltazione, all'idea di dover affrontare quel nuovo, temibile nemico. Quella tensione che era tornata ad affiorare, e poi a montare, quando i tre si erano resi conto che non era finita. Che i persiani minacciavano ancora Atene, nonostante la loro netta, inequivocabile sconfitta.

E che la loro personale sfida non è ancora terminata.

«Queste maledette zanzare sono più nocive dei persiani!», esclamò Tersippo schiaffeggiandosi la nuca per l'ennesima volta.

«E sono perfino di più dei guerrieri del gran re, il che è tutto dire!», aggiunse sorridendo Eucle, senza per questo rinunciare al tentativo di afferrarne una che gli ronzava intorno da parecchio tempo.

«Ma quegli idioti dei persiani non potevano scegliere un altro posto dove attraccare? Proprio vicino a una palude dovevano sbarcare in Attica?», sentì il bisogno di specificare Filippide, che mulinava instancabile le braccia da ore, per tenere gli insetti lontani.

«Se non altro, possiamo consolarci con la consapevolezza che gli dèi stanno infliggendo lo stesso supplizio anche a loro», intervenne Cinegiro, come sempre intento a lucidare le proprie armi, senza curarsi delle zanzare che gli volteggiavano intorno.

«Anzi, per loro sarà anche peggio: sono accampati proprio ai margini della palude e sono meno abituati a questa piaga. Noi almeno siamo a ridosso del bosco», aggiunse il fratello di Cinegiro, Eschilo. Teneva accanto a sé una torcia, e tentava di scrivere qualcosa su una tavoletta; ma il solo risultato che otteneva era di attirare su di sé nugoli di zanzare, richiamate dalla fonte di luce.

«Già. Ma ci pensi tu ad attirarle, con questo maledetto vizio di scrivere sempre, anche di sera...», specificò Epizelo, di gran lunga il più anziano della compagnia.

«Guarda che è anche piovuto, oggi», ribatté Eschilo. «Il terreno è zuppo, le fronde degli alberi umide, quasi si sguazza nelle pozzanghere, e non c'è posto dove si possa stare al riparo da questi insetti. E poi vi dimenticate che subito alle spalle del bosco c'è un'altra palude; molto più piccola di quella davanti alla quale si sono accampati i persiani, ma pur sempre infestata dagli insetti».

«Non rispettano neanche la sacralità del posto», si lamentò Eucle, grattandosi contro la corteccia di un albero. «Pensavo che Eracle le tenesse lontane dall'area del suo tempio... Non è per questo che ci siamo accampati qui? Per tenere lontane le zanzare?», scherzò.

«Io credevo che gli strateghi avessero scelto questo posto perché impedisce alla cavalleria nemica di accerchiarci e ci tiene al riparo dai loro arcieri», argomentò Tersippo, che parlava di tattiche e strategie come se fosse stato un ufficiale, e non un semplice oplita.

«Se non altro, è il solo motivo per cui non ci hanno ancora attaccato, in sei giorni di permanenza in questo posto orribile. Ma come fanno a campare gli abitanti dei villaggi qui intorno?», si lamentò Cinegiro. Lui e Tersippo erano i più motivati della compagnia; per loro, i più impazienti di combattere, la guerra era l'aspetto più importante dell'esistenza.

Gli altri erano più cauti, a cominciare da Eschilo, che di combattere non aveva alcuna voglia. «Ringraziamo gli dèi, piuttosto, di poter disporre di un posto del genere. Altrimenti, a quest'ora saremmo tutti morti: i persiani non ci avrebbero pensato due volte ad attaccarci. Sono il doppio, forse il triplo di noi, e non vedo come avremmo potuto cavarcela. Invece, con l'arrivo degli spartani, previsto per domani o dopodomani al massimo, avremo qualche possibilità di respingerli», disse.

«Sei il solito codardo, fratello», reagì Cinegiro, balzando in piedi. Prendeva fuoco con grande facilità. «Perché mai dovremmo riconoscere a quegli idioti di spartani la soddisfazione di sentirsi decisivi? Abbiamo i plateesi: bastano e avanzano. Ed è la nostra città che i persiani minacciano; tocca a noi difenderla!».

Tersippo intervenne a sostegno di Cinegiro. «Sono d'accordo. Peraltro, io considererei tutto questo una nostra faccenda interna. È colpa di Ippia se i persiani sono qui. È lui il tiranno che ha convinto il gran re a inviare un esercito in Attica per rimetterlo al potere ad Atene. E i suoi sostenitori in città lo aspettano a braccia aperte. Se i persiani facessero subito vela verso il Falero, è probabile che qualcuno aprirebbe loro le porte...».

«Un uomo come quello non andava solo esiliato, andava ucciso, perché non tornasse a far danno», disse Epizelo. «Abbiamo subìto troppo a lungo la tirannia di suo padre Pisistrato, prima, la sua e di suo fratello Ipparco dopo, per non apprezzare i vantaggi della democrazia, adesso…».

«Vantaggi? Di quali vantaggi parli?», replicò Filippide. «Io sono un fedele cittadino di Atene, e detesto la famiglia di Pisistrato, ma ci vuol poco a far degenerare la democrazia in anarchia. Ogni giorno interminabili discussioni tra i nostri rappresentanti impediscono che si prendano decisioni importanti, e quelle meno importanti vengono rimandate in continuazione. Certe volte lo rimpiango, il tiranno, e non vi nascondo che ho provato invidia per le città ioniche governate da un uomo solo…». Filippide parlava poco di politica. Era uno sportivo fino al midollo, lui, e amava soprattutto le competizioni e i Giochi. Ma quando esprimeva le proprie opinioni, non mancava mai di scandalizzare gli amici.

«Bravo, allora vai a vivere tra i greci d'Asia, condannati a campare sotto una doppia servitù, quella del tiranno e quella dei persiani che il tiranno serve!», ribatté Tersippo, che si accalorava sempre, di fronte alle tesi dell'amico. «Sei così stupido da non capire il valore del sistema in cui hai la fortuna di vivere! Grazie al sorteggio, ti potrà capitare una o due volte nella vita di far parte dell'Assemblea dei Cinquecento che governa la città. Non solo: sempre grazie al sorteggio, hai buone probabilità di rivestire per un giorno la carica di presidente dei Pritani, e quindi di essere il più importante rappresentante delle Istituzioni… Ciascuno di noi può avere quest'opportunità, quest'onore; sotto un tiranno, il governo è riservato solo a lui e ai suoi accoliti!».

«E sai che soddisfazione! Un giorno solo di governo…», incalzò Filippide. «Nessuno potrebbe combinare nulla di buono in un giorno, né un organo di governo può adottare una politica lungimirante e coerente se i suoi membri cambiano in continuazione. Per non parlare poi del sorteggio… Il fatto che qualunque imbecille possa valersi del diritto di decidere del mio destino non mi conforta per niente…».

«Ma che dici? È proprio questa la garanzia: l'alternanza impedisce agli imbecilli e ai cattivi governanti di fare danni troppo grandi e troppo a lungo! La tirannia ci costringe a sopportare un cattivo governante privandoci del diritto di destituirlo!».

Intervenne Eschilo. «Non direi. Ippia l'abbiamo destituito, di fatto, ribellandoci e cacciandolo via. E comunque, era succeduto al padre perché Pisistrato aveva governato a lungo e bene. E poi, lui stesso era stato un eccellente tiranno, finché Armodio e Aristogitone non gli hanno ammazzato il fratello. Solo allora è diventato crudele e intollerante. E aggiungo pure che, se adesso i plateesi ci stanno aiutando, in fin dei conti è merito suo: fu lui a soccorrere Platea, sconfiggendo Tebe».

«Ti ci metti pure tu, adesso? Ma non stavi scrivendo? Ecco, torna a farlo e taci!», reagì Tersippo.

«Lascia stare. Mio fratello passa troppo tempo chino sulle tavole di cera a fantasticare, per capirne di politica e di guerra...», precisò sconsolato Cinegiro, lanciando un'occhiata di compatimento a Eschilo.

Questi non la prese bene. Con un gesto di stizza, scagliò addosso al fratello la tavoletta cerata. «Non perdi mai occasione per mortificarmi, vero? Solo perché sei il fratello maggiore e te la cavi meglio di me a combattere e nelle attività fisiche?».

Cinegiro, che era molto più robusto del fratello, non si mostrò affatto arrabbiato, né dolorante per l'impatto della tavoletta che l'aveva colpito alla spalla. Ridendo di cuore, disse: «Ah! Ci vuol poco a essere migliore di te in qualunque cosa non sia scrivere! Anche un giovane al primo giorno di efebato saprebbe cavarsela meglio di te con lancia e scudo! Bada che quando ci scontreremo con i persiani non avrò modo di farti da balia!».

Eschilo caricò un pugno, poi ci ripensò. Si alzò, raccattò la sua tavoletta e si allontanò con il broncio, in direzione del settore occupato dal reggimento della sua tribù, Aiantide.

Scuotendo la testa, Cinegiro si rivolse agli amici, le cui espressioni erano piuttosto divertite. «Speriamo davvero che combini qualcosa di buono con questa sua mania di scrivere storie, perché altrimenti non vedo cos'altro potrebbe fare nella vita. Non è capace di fare altro. *Non* gli importa di fare altro. Si farà ammazzare, in questa battaglia, perché non sa difendersi. È convinto che, oltre alla sua arte, non gli serva nient'altro per essere definito un uomo. Non si preoccupa di esercitarsi nell'arte del combattimento, e dopo il biennio di efebato, non ha mai preso in mano lancia e scudo. Né si preoccupa della sua reputazione: non l'ho mai visto interessato a una ragazza, né si è mai fatto vedere con una donna».

«I nostri amici, qui, invece, ultimamente si sono fatti vedere spesso con una donna in particolare, o sbaglio?», intervenne Epizelo, che non mostrava troppo interesse per i crucci di Cinegiro a proposito del fratello minore.

Il più pronto a rispondere fu Tersippo. Nessuna traccia di imbarazzo sul suo volto. «A chi ti riferisci? A Ismene?»

«Ma sì, mi pare che si chiami proprio così. La vedova di quell'armatore che commerciava con la Ionia, no?»

«Proprio lei. In effetti la frequento spesso, ultimamente...», ammise Tersippo.

«Ma non sei l'unico, mi risulta», intervenne Cinegiro, ridacchiando. «La vedova sembra darsi molto da fare, a quanto si dice...».

«Be', la vedo anch'io, se è per questo», precisò Filippide.

«E anche Eucle, se vogliamo dirla tutta...», aggiunse Tersippo.

Eucle chinò il capo, visibilmente imbarazzato.

Epizelo scosse la testa, perplesso. «Ma che ci trovate di tanto interessante? Non è certo la donna più bella della città. Anzi, non mi sembra nulla di speciale: naso troppo lungo, fianchi troppo larghi, spalle strette e braccia troppo ampie, seno pressoché inesistente. E deve avere anche qualche annetto più di voi, per giunta...».

«È più calda e abile di una prostituta...», precisò Tersippo.

«È ricca», aggiunse Filippide.

«È... simpatica. La sua compagnia mi mette sempre di buon umore», disse Eucle, dopo qualche istante di esitazione.

Epizelo e Cinegiro scoppiarono in una fragorosa risata. «Non ditemi che ve la siete fatta davvero tutti e tre! E magari insieme!», disse il fratello di Eschilo.

Risero anche Tersippo e Filippide. Ma non Eucle, che abbozzò appena un sorriso.

«No... insieme no...», precisò Tersippo. «Ma io me la sono spassata diverse volte, con lei...».

«Diciamo che anche a me non ha negato le sue grazie...», aggiunse Filippide, ma con minore tracotanza.

«E tu, Eucle? Anche tu ti ci sei divertito? Certo che deve essere una gran bella vacca... Mi avete fatto venire voglia di provarci...», disse ancora Cinegiro.

«No... io non ne ho avuto occasione...», ammise Eucle, con un filo di voce.

«Eucle, certe volte, se non sapessi che sei un prode guerriero e un valente atleta, mi verrebbe voglia di paragonarti a mio fratello», osservò Cinegiro. «E voi, raccontatemi com'è. A letto, intendo...», aggiunse, rivolgendosi agli altri due amici.

«Mi pare che tu chieda troppo. Non mi sembra rispettoso nei suoi confronti. Potrei anche sposarmela, un giorno», osservò signorilmente Filippide.

Ma Tersippo non si faceva problemi del genere. «Be', non è detto che sia tu il suo sposo. Potrei essere io. E siccome non ritengo che sia mortificante per lei magnificare le sue doti di amante, non ho difficoltà a descrivertele. Ebbene, sappi che con la bocca è insuperabile. D'altronde si vede dalle labbra: hai visto come sporge quello superiore? Pare fatto apposta per deliziare un uomo. E sapessi che vitalità! Che spirito d'iniziativa! È la donna ideale con cui spassarsela dopo uno sforzo atletico, un allenamento o una gara. Te ne stai sdraiato, tranquillo e beato. Pensa a tutto lei. E non si stanca; non si stanca mai di starti sopra. Quando poi hai voglia di darti da fare, ti riceve con entusiasmo, nella posizione che desideri, tra mugolii e urla che rendono la faccenda ancora più eccitante...».

Tersippo rivolse lo sguardo verso Filippide, per cercarne l'assenso. Questi spostò il proprio sguardo altrove, poi assentì a mezza bocca, con un sorriso forzato.

«Hai capito che roba?», esclamò Epizelo. «E tu, Eucle, non sei stato ancora capace di approfittare di una simile generosità?»

«Io... io mi trovo bene con lei come persona...», rispose Eucle, che dava l'impressione di desiderare di essere da un'altra parte.

«Allarme! Allarme!». Un grido si levò ai margini dell'accampamento. Gli amici si voltarono in quella direzione e, alla debole luce delle torce che brillavano lungo lo sbarramento di arbusti posto a difesa del campo, scorsero sagome di cavalli e cavalieri abbattere e scavalcare la barriera.

Si alzarono d'istinto tutti e cinque, afferrarono lancia e scudo, che tenevano a portata di mano, e si lanciarono verso il perimetro. Non furono i soli: altri opliti nei pressi erano stati altrettanto solleciti e si lanciavano a loro volta verso i cavalli, che sembravano aver travolto le sentinelle. Quando furono vicino agli animali, videro che avevano la coda in fiamme. Tutti quanti. Si agitavano, pazzi di dolore, nitrendo, scalciando e ruotando su loro stessi, senza che gli opliti più vicini riuscissero a bloccarli. Ogni bestia aveva un uomo legato sul dorso, con il viso affondato nella criniera.

Finalmente, Cinegiro scagliò la propria lancia contro il fianco di uno degli animali, che stramazzò a terra dopo un ultimo, lancinante nitrito. Subito dopo di lui, gli altri opliti presero coraggio e fecero altrettanto, ciascuno scegliendosi un bersaglio tra quelli che non avevano continuato la loro folle corsa verso il bosco sacro di Eracle.

Eucle si ritrovò ai propri piedi un animale ancora ansimante, la coda sempre in fiamme, il corpo di un uomo avviluppato sulla groppa. Con pochi colpi di lancia, recise le corde che avvolgevano il cavaliere. Il cadavere si staccò dalla bestia. La luce di una torcia rivelò ciò che ne rimaneva.

Era in avanzato stato di decomposizione e ricoperto di fango secco.

III

Eucle rallenta. E non perché senta mancargli il fiato. Perso per qualche istante nei suoi pensieri, non si è reso conto di essere davanti agli altri due. E non è bene trovarsi troppo avanti rispetto a Filippide: vuol dire che sta correndo troppo veloce, e che è destinato a farsi risucchiare da un corridore che ha fatto della resistenza la sua dote maggiore. Su un terreno frastagliato e aspro come quello che si apprestano a percorrere per raggiungere Atene, si tratta di una riflessione di cui tenere conto.

Per la considerazione di cui Filippide godeva dopo gli allori conseguiti nelle competizioni sportive, nessuno lo avrebbe mai immaginato capace di andare a Sparta e tornare ad Atene in meno di quattro giorni. Duecentoquaranta sono i chilometri che separano le due principali *poleis* dell'Ellade, ed erano stati in molti a ironizzare sulla deliberazione del consiglio dei Cinquecento di affidare a un hemerodromos, e non a un cavaliere, un compito dal quale poteva dipendere la salvezza della città.

Non si era perso tempo, una volta giunta ad Atene la notizia che i persiani, accompagnati da Ippia, erano sbarcati a Maratona. Subito si era deciso di richiedere l'aiuto di Platea e, soprattutto, di Sparta. Erano in molti, in città, a temere una collaborazione con il centro lacedemone: era ancora fresca, nei meno giovani, la memoria degli interventi del re spartano Cleomene a favore degli oligarchi, e c'era chi non voleva saperne. La stessa deliberazione dell'assemblea era scaturita da una maggioranza ristretta, e dopo accese discussioni.

Eppure, Filippide ce l'aveva fatta: era ricomparso ad Atene prima ancora che un solo persiano si fosse fatto vedere sotto le mura della città. E senza neanche una vescica ai piedi, come aveva tenuto a mostrare ai suoi due migliori amici, Eucle e Tersippo. Se nelle competizioni o negli allenamenti si fosse tenuto conto dei tempi di percorrenza degli atleti, senza dubbio l'hemerodromos avrebbe conseguito un record destinato a non essere mai superato.

Ma le notizie che aveva portato non erano state favorevoli. O almeno non abbastanza da evitare recriminazioni e malumori da parte di chi – e non erano in pochi – non avrebbe neanche voluto coinvolgere la città lacedemone. A quanto pareva, gli efori spartani avevano dichiarato di essere intenzionati a intervenire, ma non prima della fine delle Carnee, i festeggiamenti per la conclusione della luna crescente della prima metà del mese. Solo allora avrebbero mandato una colonna di soccorso di duemila uomini: appena il doppio di una città minore come Platea, che si era già dichiarata disposta a fornire un migliaio di opliti.

Naturalmente erano stati in molti a dichiarare che di un aiuto del genere si poteva fare a meno. Che gli spartani non si erano smentiti, neanche in quell'occasione, dimostrandosi inaffidabili e ipocriti. Perfino pericolosi: c'era stato chi aveva detto che il loro non era altro che un trucco per indurre gli ateniesi ad aspettare supinamente il loro arrivo, lasciando che i persiani prendessero intanto piede in Attica fino a non poterli più respingere.

La convinzione che i lacedemoni sperassero in un crollo ateniese era piuttosto diffusa. Certi cittadini, che avevano preteso di muovere alla volta di Maratona prima ancora del ritorno di Filippide, avevano tratto conferma delle loro supposizioni. Ma Eucle non era tra costoro. E neanche Filippide e Tersippo. I tre amici ritenevano che duemila opliti spartani valessero quanto un numero di nemici cinque volte superiore. Inoltre erano convinti che gli efori e i due re spartani non fossero tanto ottusi e così poco lungimiranti da non considerare il pericolo che poteva rappresentare – per la città lacedemone come per l'intero Peloponneso – una stabile presenza persiana nella Grecia centrale. Presto o tardi, c'era da giurarci, anche le città della Lega peloponnesiaca sarebbero divenute un obiettivo del gran re Dario.

Per finire, Filippide aveva espresso la convinzione che gli spartani non osassero muoversi per altri motivi, che poco avevano a che fare con i loro scrupoli religiosi: anche loro, infatti, erano nei guai. Nel suo breve soggiorno a Sparta, l'araldo aveva percepito il clima di tensione che si respirava in città per via della guerra contro i messeni. E finché i lacedemoni non fossero riusciti a domare una volta per tutte le costanti ribellioni degli abitanti della Messenia, non avrebbero potuto sentirsi le spalle sufficientemente coperte da avventurarsi a settentrione, qualunque cosa accadesse oltre lo stretto di Corinto. Nelle loro condizioni, quindi, privarsi di duemila opliti era già un notevole sacrificio, che andava apprezzato, non disprezzato.

Così almeno la pensava Eucle; Filippide e Tersippo, pur riconoscendo agli spartani tutte le attenuanti del caso, si aspettavano comunque che intervenissero con la rapidità e l'efficienza che li avevano sempre contraddistinti, quando erano in ballo i loro interessi. Ma Eucle non aveva difficoltà ad ammettere di essere diverso dai suoi amici, e forse dalla gran parte della gente: per quanto si sforzasse, non riusciva proprio a liberarsi dalla tendenza a comprendere sempre le ragioni degli altri, talvolta a scapito delle sue.

Si rendeva conto che questa caratteristica rappresentava per lui, per i suoi obiettivi, per le sue ambizioni, una pesante zavorra che lo limitava nei risultati; ma non poteva fare a meno di sentirsi in colpa quando osava passare sopra all'abituale rispetto che nutriva nei confronti del resto del genere umano. E di solito non durava mai molto: finiva sempre per tornare ad assecondare gli altri.

Era, del resto, un tratto che condivideva con Eschilo. I drammi del suo amico, che da poco avevano iniziato a essere rappresentati ad Atene, seppur da compagnie minori e in teatri marginali, raffiguravano personaggi vittime delle circostanze e dei capricci degli dèi, non del tutto responsabili del loro destino e dei loro errori, con legittime giustificazioni al loro discutibile operato. Anche lui pensava che un uomo non dovesse essere giudicato troppo severamente – ci pensavano già gli dèi a farlo – ma non aveva il talento di Eschilo per esprimerlo in forma artistica.

Se Eschilo non apparteneva alla schiera dei suoi amici più stretti, come Filippide e Tersippo, era solo perché il poeta preferiva starsene per conto suo, e raramente prendeva l'iniziativa per incontrarsi con gli altri. Ed Eucle, sempre rispettoso del prossimo, tendeva a non imporgli la propria presenza, cosa che sapeva invece di poter fare con gli altri due, per quanto meno affini di Eschilo alla sua personalità.

Ma era anche molto rispettoso delle loro posizioni, sebbene talvolta difformi dalle proprie. Non era così privo di personalità da lasciarsi convincere: semplicemente non si spingeva mai al punto di rottura, evitando di imporre il proprio punto di vista.

Come nel caso di Ismene.

«Terra e acqua!», esclamò Callimaco di Afidna, il polemarco, non appena giunse davanti ai cavalli abbattuti. Al suo arrivo, i guerrieri si aprirono per farlo passare. Era un uomo rispettato e ammirato, a differenza di Milziade, che era soprattutto temuto. Callimaco aveva appena vinto lo stadion agli ultimi Giochi panatenaici, e il fatto che avesse conseguito la vittoria subito dopo essere stato nominato polemarco era stato giudicato di ottimo auspicio, in vista dell'imminente scontro con i persiani. Anche per questo, oltre che per il suo valore attestato nelle precedenti imprese belliche, il comandante in capo riscuoteva l'apprezzamento di tutti, indistintamente: anche dei dieci strateghi i quali, Milziade a parte, gli riconoscevano un'autorità più concreta di quella, solo rappresentativa, prevista dal suo ruolo di polemarco.

«Terra e acqua? In che senso?», esclamò più d'un oplita. Che quei cadaveri fossero di greci era evidente. E altrettanto scontata appariva la loro provenienza. Lo sconcerto, misto all'indignazione, stava però cedendo il posto, tra le file dei combattenti, al terrore.

«Non lo vedete? Ci hanno rimandato indietro i cadaveri degli eretriesi, ricoperti di fango, ovvero di terra e acqua. Il messaggio è chiaro», sentenziò Callimaco.

«Chiaro? Non mi sembra affatto chiaro. Che vuol dire?», obiettò un giovane oplita piuttosto sfrontato. Tutti conoscevano quel che era successo agli alleati di Eretria pochi giorni prima. L'enorme flotta persiana aveva attraccato sull'isola di Eubea, attaccando la città e rendendone schiavi gli abitanti superstiti. Non solo: si diceva che il comandante persiano, Dati, avesse fatto formare ai propri uomini una catena circolare a partire dalla costa, facendoli avanzare verso il centro affinché nessuno sfuggisse al rastrellamento. Si erano uditi racconti di eccidi e violenze inaudite, e la sorte riservata ai cadaveri che giacevano ai piedi degli opliti ne era una testimonianza diretta.

«Sembra che siano stati sepolti. Magari vivi... E allora? Cosa vogliono dirci i persiani?», chiese un altro oplita.

Callimaco trasse un sospiro e mise la mano sulla spalla del primo guerriero. «Esatto. Sono stati sepolti vivi. Tu sei troppo giovane per ricordarlo, ma diciotto anni fa la nostra repubblica aveva ragione di temere un'aggressione da parte di Sparta, e allora inviammo ambasciatori alla corte del satrapo della Ionia, Artaferne, chiedendogli aiuto. Il persiano chiese in cambio terra e acqua, ovvero una generica forma di sottomissione. Gli inviati, incautamente, accettarono, ma la loro decisione non fu ratificata dal Consiglio dei Cinquecento. Tuttavia, per un po' le relazioni rimasero buone. Poi, tre anni dopo, Ippia raggiunse Artaferne a Sardi, e il satrapo ci ordinò di reintegrarlo nei suoi poteri, proprio in forza della sottomissione che aveva preteso e creduto di ottenere».

«E quindi, adesso hanno sepolto nel fango, oppure lungo la spiaggia, alcuni eretriesi resi schiavi, per ricordarci il nostro impegno», interpretò Tersippo.

«Intendono farci fare la stessa fine se non accettiamo Ippia, e quindi il gran re, come padrone», gli fece eco Cinegiro.

Qualche oplita più giovane parve turbato. Quello che poco prima si era mostrato tanto sfrontato balbettò: «E ci riusciranno, per Zeus. Sono il triplo di noi, e non riusciremo a fermarli. Non voglio finire schiavo, e forse è meglio...».

«È meglio combattere!», lo interruppe Callimaco. «Finiresti schiavo comunque, se accettassi l'autorità di Dario tramite Ippia! Può esserci dignità anche in uno schiavo, se ha almeno provato a combattere per la propria libertà e ha avuto la sfortuna di sopravvivere!».

Un'ovazione seguì la dichiarazione del polemarco. Ma furono i guerrieri più esperti a lanciarla. Gli altri, molti di quelli delle classi più recenti, rimasero esitanti. Poi delle grida richiamarono l'attenzione dei greci. Grida che provenivano dal settore buio, oltre il perimetro del campo ellenico.

«Greci! Greci! Venite a vedere come se la passano i vostri alleati! Non vorreste aiutarli? Che figura ci fate? Loro si fidavano di voi! Contavano sul vostro aiuto! E invece avete lasciato che ci prendessimo le loro donne, che uccidessimo i loro figli, e che seviziassimo a nostro piacimento i loro soldati!». In un greco approssimativo, qualcuno non troppo distante dalle linee greche stava lanciando la sfida.

Tutti si voltarono verso l'oscurità. D'improvviso il buio fu squarciato da una serie di fiaccole che illuminarono la scena. Un gruppo di schiavi, presumibilmente eretriesi, scavava senza sosta sotto i colpi di frusta dei soldati persiani. Altri prigionieri, con le mani legate dietro la schiena, sparivano nelle fosse che si aprivano ai loro piedi, sospinti dentro dai loro aguzzini. Altri soldati persiani rovesciavano otri d'acqua nelle buche.

Proprio allora, attirati dal trambusto, iniziarono ad arrivare gli strateghi. Il più pronto fu Stesilao, comandante del reggimento di Aiantide, di cui facevano parte Cinegiro ed Eschilo. Seguirono Temistocle, capo di Leontide, in cui militava Tersippo, e Aristide, responsabile di Antiochide, di cui facevano parte Filippide, Eucle ed Epizelo. I due strateghi avevano schiavi al proprio servizio che li avvertivano dei movimenti dell'altro, e si marcavano sempre stretto.

Frattanto, gli opliti si erano già divisi in due gruppi. Chi voleva gettarsi al di fuori del campo e salvare gli eretriesi, chi invocava l'intervento dei pochi arcieri a disposizione dei greci, perché facessero piovere una pioggia di frecce sui persiani.

«Si rischia di colpire gli eretriesi, in questo modo!», protestò Tersippo.

«Gli faremmo un favore, almeno: hai idea di cosa significhi morire sepolti vivi?», gli rispose un altro.

Ma le discussioni tra soldati semplici non contavano. Erano i comandanti a dover decidere come reagire a quella provocazione. Tersippo, Filippide, Eucle, Cinegiro ed Epizelo tesero le orecchie, ansiosi di sapere cosa sarebbe accaduto, in quella notte che tutti avevano dato per scontato sarebbe trascorsa tranquilla. Anzi, in breve furono talmente tanti gli opliti assiepati intorno al gruppetto dei comandanti, che Milziade, giunto un po' più tardi, fece fatica a farsi largo per raggiungere gli altri strateghi. L'età avanzata non gli consentiva più di muoversi con agilità.

«È una chiara provocazione, questa! Vogliono spingerci ad ingaggiare battaglia prima dell'arrivo degli spartani!», gridò Aristide, dopo aver fatto il quadro della situazione al più autorevole stratego.

«Certo! Ma sono il triplo di noi, e le nostre possibilità di vittoria sono troppo scarse!», dichiarò subito Temistocle, che la pensava sempre al contrario di Aristide.

«Chi ha bisogno degli spartani?», insisté Aristide. «I persiani sono venuti qui per noi! Per obbligarci ad accettare la loro sovranità, che avevano preteso quando ci siamo compromessi chiedendo il loro aiuto! Per vendicare l'incendio di Sardi! Per farci pagare l'aiuto che abbiamo dato agli ioni nella loro rivolta, quattro anni fa! Per rimettere al potere Ippia, il *nostro* tiranno, non il tiranno di altre città! È una faccenda nostra e dobbiamo cavarcela da soli!».

«E per una questione di puro orgoglio, vuoi mettere in pericolo la sicurezza della città?», ribatté Temistocle. «Vuoi andare allo sbaraglio contro un esercito superiore e lasciare poi Atene alla mercé del nemico vincitore, senza neanche un presidio interno?».

Aristide non aveva intenzione di demordere. Non lo faceva mai, quando si trattava di contrastare le opinioni di Temistocle. «Ma hanno ragione loro! Che figura ci facciamo? Prima rimaniamo a guardare mentre torturano i nostri alleati, poi, ammesso che riusciamo a vincere, si dirà che il nostro successo è merito degli spartani e magari anche dei plateesi. Perderemo qualunque ascendente sui nostri satelliti, e daremo nuovamente a Sparta un motivo per provare a farci entrare nella Lega peloponnesiaca come Stato subordinato!».

A quel punto, Milziade si sentì in dovere di intervenire. «Secondo le ultime notizie, gli spartani si sono mossi. Saranno qui entro domani, al più tardi dopodomani. Sarebbe stupido attaccare prima del loro arrivo. Ormai non conta più essere favorevoli o meno al loro intervento. Se il loro arrivo fosse ancora lontano, sarei il primo fautore dell'attacco, ma così...».

«Inoppugnabile», assentì Callimaco. «Ma qualcosa dobbiamo pur farla, per quei poveretti...», disse indicando gli eretriesi che continuavano a essere gettati nelle fosse.

«E cosa? Vorresti che mandassimo l'esercito fuori di notte per salvarli, esponendolo a una pioggia di dardi nemici? Sarebbe un massacro...», dichiarò Stesilao.

«Già. Gli uomini non vedrebbero neanche da quale parte arrivano le frecce. O magari ci sono reparti di fanteria leggera che attendono, là intorno, nell'oscurità, pronti a saltare addosso agli opliti».

«Potremmo mandare un gruppo di volontari a salvare quanti più eretriesi possibile. Con l'oscurità si può fare. Se riuscissero a riportarne indietro qualcuno, sarebbe di grande aiuto per il morale della truppa e per il prestigio della città presso gli alleati», disse Callimaco.

«La trovo un'idea assurda», ribatté subito Milziade. «Le probabilità di successo sono minime, e finiremmo solo per perdere uomini che potrebbero risultarci molto più utili in battaglia».

«Non pretendo di mandarne tanti. Anzi, se sono pochi e si spingono strisciando verso la postazione avanzata nemica, i persiani se ne accorgeranno solo all'ultimo, troppo tardi per reagire. E se li copriamo mentre rientrano facendo lavorare gli arcieri, abbiamo buone possibilità di limitare le perdite», insistette Callimaco.

«Io i miei non te li do per una follia simile. E spero che anche gli altri strateghi si oppongano». Milziade guardò gli altri comandanti presenti. Tutti subivano la sua forte personalità e lui lo sapeva: gli fu sufficiente fissarli uno a uno negli occhi per ottenerne un timido assenso.

«Io voglio andare! E anche loro!». Una voce si levò tra la calca di opliti che si assiepava intorno al consiglio.

Gli strateghi si voltarono nella direzione da cui proveniva la richiesta. I guerrieri si aprirono, lasciando che i comandanti scoprissero chi era stato a parlare. Si fece avanti Tersippo, che trascinò con sé Filippide ed Eucle. Cinegiro li seguì immediatamente.

«Voi quattro volete davvero andare, soldati?», chiese loro Callimaco.

«Certo», rispose Tersippo, risoluto. «Qui fermi ad ascoltare le grida di dolore degli eretriesi non restiamo». Altrettanto convinto si dimostrò Cinegiro, mentre gli altri due parevano piuttosto spaesati.

Callimaco si voltò verso Milziade, indicandogli con orgoglio i volontari. «Hai sentito? Sarebbe sbagliato frenare lo slancio degli uomini. E sarebbe ancor più negativo per il morale della truppa lasciarli tutta la notte a osservare quel triste spettacolo».

«Quattro? E che ci facciamo di quattro volontari? Vogliamo che facciano la stessa fine degli eretriesi?». Milziade era sempre della stessa idea.

«Anch'io voglio andare!». Un altro oplita avanzò verso gli strateghi.

«Io non me ne sto qui a guardarli morire!». Un altro ancora. Presto numerose grida si levarono tra i soldati. I volontari presero improvvisamente a fioccare.

Callimaco guardò a lungo Milziade. Il polemarco era uno dei pochi capaci di sostenerne lo sguardo. L'ex tiranno del Chersoneso tracico, fuggito in giovane età da Atene per contrasti della sua famiglia con Pisistrato, era il solo che avesse avuto direttamente a che fare con i persiani, in passato, e questo era uno dei motivi per cui la sua opinione, in quella campagna, era tenuta in gran conto. Per un certo periodo, anzi, aveva addirittura collaborato con Dario, il gran re, e non era mai stato chiarito se lo avesse fatto per convenienza o perché, nella sua posizione a cavallo tra Grecia e Persia, non avesse avuto scelta.

Abile a barcamenarsi per anni tra ateniesi, persiani e traci, e ad arricchirsi con i traffici di grano, Milziade si era comunque guadagnato il rispetto degli ateniesi ostacolando, due anni prima, una spedizione via terra dei persiani. Solo allora era rientrato ad Atene, assumendo ben presto una posizione di preminenza nella politica della città; ed erano in molti a vederlo come il principale antagonista degli Alcmeonidi, il più autorevole argine e ostacolo alla loro volontà di far tornare al potere Ippia e di legarsi ai persiani.

Tuttavia, altri elementi gli permettevano di esercitare un certo ascendente sulla truppa e perfino sugli altri strateghi. Intanto, era il più anziano, trovandosi alla soglia dei sessant'anni. E poi, la sua esistenza e la sua carriera politica, per quanto discutibili e spesso discusse, mettevano sempre in soggezione chi gli si trovava accanto.

Facendola sembrare una concessione, alla fine Milziade diede il suo assenso alla richiesta di Callimaco, e solo allora gli altri strateghi si dimostrarono favorevoli al polemarco. Callimaco mostrò di saper controllare brillantemente la propria frustrazione, evitando ogni accenno di polemica. In fin dei conti, il comandante supremo era lui, e sarebbe dovuta essere sua l'ultima parola su ogni decisione. Dovette sorbirsi suggerimenti non richiesti da parte dello stratego, che condizionò il suo assenso all'impiego di un numero limitato di armati. E subito iniziarono le discussioni per fissarne il numero.

Ma i tre amici non ascoltavano più.

«Sei pazzo?», disse Filippide a Tersippo. «Cosa ti è saltato in mente?»

«Te la vuoi sposare Ismene? Be', te la devi guadagnare...», rispose Tersippo, con un sorriso beffardo.

Eucle sgranò gli occhi. «Cosa c'entra Ismene?», chiese balbettando.

«Cosa c'entra? Con tutto il suo denaro, non ti sembra una degna posta in palio per una sfida tra noi? E poi, è stata proprio lei a darmi l'idea».

«L'idea? Che idea?». Filippide ed Eucle lo dissero all'unisono.

«È stato qualche giorno fa, subito dopo che si è saputo dello sbarco dei persiani», spiegò Tersippo. «Eravamo insieme, e ironizzavamo sul fatto che, in un modo o nell'altro, noi tre le ronziamo intorno da tempo. A me non pare che sia attratta da uno in particolare, così, quando le ho chiesto chi avrebbe scelto come sposo, ha risposto: "Quello che più saprà distinguersi contro i persiani"».

Gli altri rimasero per qualche istante in silenzio. Lo ruppe Cinegiro: «Allora io non c'entro. Né mi interessa partecipare alla sfida. Ma all'incursione contro le linee avanzate voglio partecipare, eccome!».

«Magari non le interessa nessuno dei tre e spera che crepiamo tutti in battaglia...», obiettò Filippide.

«Può darsi. Sta di fatto che il più bravo se la piglia. Bottino di guerra, una volta tanto. Combattiamo sempre per gli interessi della città; stavolta, combatteremo per noi stessi, anche».

«Ma non avrà detto sul serio. Forse scherzava...», azzardò Eucle, ancora sbalordito.

«Forse, ma cosa importa? La sfida è tra noi, e non è lei il giudice. I due sconfitti si tireranno indietro, e a lei non rimarrà che sposare l'altro».

«E se solo uno di noi tre rimane vivo?». Filippide continuava a mostrare perplessità, ma era chiaro che l'idea lo eccitava.

«Cosa vuoi che mi importi se crepo? Che se la sposi pure, se io sono sotto terra. Anche se sono stato io il più valoroso», rispose Tersippo.

Filippide lo incalzava. «E chi ci farà da giudice?»

«I fatti, naturalmente. Adesso che andiamo a salvare gli eretriesi, per esempio, vince chi ne riporta indietro di più».

Filippide si mostrò finalmente soddisfatto. Ma si sentì in dovere di aggiungere: «Eucle non mi sembra tanto convinto. Forse non vuoi partecipare? Ismene se ne avrà a male: è convinta che tu le sbavi dietro...».

Eucle guardò i due amici. Si sentiva profondamente a disagio. Ma non poteva tirarsi indietro. Anche perché, a giudicare dalle vanterie di Tersippo e Filippide, i due avevano fatto più progressi di lui con la donna; l'unico modo per scavalcarli era quello di metterli fuori gioco dimostrandosi il più valoroso.

«Va bene. Ci sto», disse infine, cercando di conferire risolutezza alla sua voce.

Proprio allora Callimaco li raggiunse. «Voi quattro farete parte dei trenta che andranno a liberare gli eretriesi. Vi voglio pronti tra pochi istanti. Niente corazza, né scudo, né lancia o elmo. Solo il *kopis*».

IV

Bisogna stare attenti, si dice Eucle. Attenti a dove si mettono i piedi. Per venire a Maratona, l'esercito ha compiuto un percorso appena più lungo, ma più ampio e comodo, accedendo alla piana da meridione, costeggiando il mare dopo essere passato a sud del monte Pentelico ed essersi lasciato dietro Pallene. Ma tre uomini isolati possono lanciarsi lungo la via a settentrione del Pentelico, passando ai piedi del Parnaso, tra Cefisa e Acarnai. Non è piatta, non è larga, è costellata di ostacoli, sassi, in alcuni casi perfino ripida: ma un famoso hemerodromos e due aspiranti tali possono percorrerla a passo veloce senza difficoltà.

Sempre che la fatica della battaglia non si faccia sentire troppo presto, annebbiando loro la vista e impedendo di scorgere in tempo i trabocchetti.

Sempre che qualche persiano sbandato non li aggredisca lungo la strada.

Sempre che non mettano un piede in fallo.

Eucle sente il proprio corpo, ascolta i suoi muscoli, lascia che siano loro a trasportarlo, quasi fossero dotati di volontà propria. È soddisfatto: non gli pare di sentire la fatica. Magari lo assalirà tutta insieme, più tardi. Per ora è come se la battaglia, lo scontro prolungato con i persiani, le urla, il sangue, la mischia, l'inseguimento, la resistenza, il clangore delle armi, gli urti e gli impatti lo avessero forgiato per affrontare qualsiasi prova, lo avessero dotato di una carica interiore capace di alimentare i suoi movimenti in perpetuo.

Eppure il dolore dello sforzo, l'indurimento della muscolatura, la pesantezza della testa, il bruciore delle ferite li sente, Eucle. Dovrebbero frenarlo, e invece non accade; li sente da così tanto tempo, dall'inizio della battaglia, forse addirittura dalla notte precedente, dopo l'azione notturna tra le file persiane, che sono diventati una condizione normale, cui si è abituato. Sembrano essere confluiti tutti nel suo animo, nella sua mente, lasciando il corpo libero di continuare a esprimere tutta la sua potenza, l'agilità e la resistenza di cui è capace.

Eucle non può fare a meno di chiedersi se sia così anche per Tersippo. Non ha dubbi su Filippide, invece: l'hemerodromos è abituato a controllare il dolore e la fatica, a sottrarli al suo corpo e a trasformarli in una mera espressione della mente, impedendogli di influire sulle prestazioni del fisico.

La contesa sembrerebbe impari, in realtà. Filippide è fin troppo abituato a correre sulle lunghe distanze per poter essere sconfitto. Ha avuto la fortuna di giocarsi la fase decisiva della sfida a tre sul suo terreno preferito.

Ma dopo una battaglia, i valori potrebbero cambiare. Chi può sapere quanto abbia influito lo sforzo del combattimento sui tre contendenti? Ciascuno di loro ha profuso il massimo impegno contro il nemico, per salvarsi la vita, per salvare la città e per vincere il premio come miglior guerriero.

E per Ismene.

Ma è proprio questo che dà fiducia a Eucle, che gli permette di sperare di poter resistere fino ad Atene. E perfino di poter battere Filippide.

Lui *ama* Ismene.

Forse sono i suoi sentimenti a frenare dolore e fatica, a confinarli in un recesso della sua mente liberandone il corpo. Forse crollerebbe, se non fosse per i suoi sentimenti. Ma no, è assurdo: i suoi due antagonisti vanno spediti, non mostrano segni di cedimento, eppure non amano Ismene. È il suo denaro che vogliono, nella migliore delle ipotesi il suo corpo; ma magari, per loro si tratta di elementi efficaci quanto l'amore.

Sa di avere finalmente un'occasione. Un'occasione che non avrebbe avuto, se non fosse stato per la guerra. E per l'idea di Tersippo. Le vanterie dei due amici lo hanno ferito, e non solo per la mancanza di rispetto che hanno mostrato nei confronti della sua amata; tuttavia, gli hanno anche dato la conferma di quel che già aveva percepito in precedenza: Ismene aveva offerto loro delle possibilità che a lui non aveva dato. O forse, loro avevano saputo prendersi delle libertà che lui non era capace di prendersi.

Poco importava, in fin dei conti. Che apparisse goffo agli occhi di Ismene o che lo fosse davvero, il risultato era lo stesso: la donna non aveva mai mostrato un reale interesse nei suoi confronti. Non lo aveva mai preso sul serio, nonostante lui avesse fatto di tutto per spiegarle i suoi sentimenti, né aveva mai mostrato di considerarlo qualcosa di diverso da una gradevole compagnia. Certo, non l'uomo che avrebbe desiderato essere per lei.

Aveva provato a farsene una ragione. Aveva tentato, se non di dimenticarla, di confinarla nel ruolo di piacevole compagnia, come lei lo considerava, e nulla più. Aveva provato a concentrare la propria attenzione su altre donne, perfino più belle, più giovani, e soprattutto più interessate a lui. Ma non c'era stato nulla da fare. Stare con le altre aveva il solo effetto di acuire la sua mancanza.

Se ne era spesso chiesto il perché. Aveva scandagliato a fondo i motivi che lo spingevano a non dare peso alla compagnia di donne coetanee o più giovani, che pure trovava attraenti, e lo inducevano invece a desiderare una donna più anziana di lui, per giunta del tutto indifferente alle sue effusioni.

Ismene non lo aveva mai cercato, non gli poneva mai domande, non sembrava che sentisse alcun bisogno della sua presenza. Ciononostante, quando erano insieme ridevano e scherzavano, sembravano molto affiatati. Ma se Eucle provava a distaccarsi per qualche tempo, lei non dava l'impressione di sentire la sua mancanza. Che Eucle ci fosse o meno, le era del tutto indifferente. Lui aveva creduto che la donna si comportasse nello stesso modo con Tersippo e Filippide, ma le dichiarazioni e le vanterie dei due amici gli avevano tolto qualsiasi illusione: *era di lui che Ismene non sentiva il bisogno*.

Fino ad allora aveva tentato di rendersi indispensabile. Aveva sperato che, frequentandola con costanza, avrebbe indotto Ismene ad aver bisogno della sua presenza, come lui aveva bisogno della sua. Si divertiva talmente tanto con lei, traeva un tale benessere dalla sua compagnia, si sentiva di buonumore al solo pensiero di incrociare il suo sguardo e sentire la sua voce, da desiderare ardentemente che entrasse a far parte della sua esistenza nel modo più profondo possibile. E si riduceva a mendicare la sua attenzione.

Ricorda di averla trovata, se non bella, almeno molto desiderabile fin dall'inizio. Fin da quando era ancora sposata. Il marito, un ricco armatore, era molto più anziano di lei, ed era morto in mare due anni prima. Sembrava che il suo cuore non avesse retto alla vista delle coste traciche, sulle quali aveva impiantato empori che curavano i suoi interessi commerciali, messe a ferro e fuoco dall'armata persiana di Mardonio.

Dopo la morte del marito, Ismene aveva messo in vendita una parte delle sue proprietà e cercato amministratori per le sue attività. Era venuta così in contatto con la famiglia di Eucle, il cui padre aveva analoghi interessi commerciali, seppure di dimensioni molto più ridotte. Il giovane si era così trovato a incontrarla spesso, apprezzandone soprattutto il senso dell'umorismo. Gli era parso strano che la donna ridesse e scherzasse volentieri, con lui e con gli altri, nonostante il recente lutto, ma poi era giunto alla conclusione che non c'era stato alcun legame affettivo tra i due coniugi, peraltro separati non solo dai frequenti viaggi di lui, ma anche dalla notevole differenza di età.

I due avevano pertanto preso a frequentarsi, e non solo per questioni di lavoro. Ma sempre su iniziativa di Eucle. Lei non sembrava disprezzare la sua compagnia, ma neanche sembrava averne necessità. Non lo cercava, né creava o sfruttava le occasioni per incontrarlo. Spesso, spinta dal suo entusiasmo, gli preannunciava di voler andare con lui a vedere le competizioni sportive, o gli prospettava incontri che mai si traducevano in atti concreti. Sembrava proprio che si dimenticasse totalmente della sua esistenza, quando lui non era presente.

E non gli dava modo di andare oltre una serrata e arguta conversazione, o superficiali schermaglie verbali. Il giovane si sentiva costretto a farle complimenti e apprezzamenti in tono scherzoso, assecondando il livello della conversazione, per non sentirsi ridicolo. Avrebbe invece voluto essere più serio, fissarla negli occhi e dirle che le parlava col cuore. E baciarla d'improvviso, abbracciarla, stringerla forte a sé, un impulso costantemente inibito.

Ma era certo che, in quel caso, avrebbe rischiato di perdere anche la sua compagnia. Quando i loro visi si sfioravano, si sentiva fremere dal desiderio, ma preferiva ostentare indifferenza, per non apparire patetico. Per lui era troppo importante continuare a vederla, per rischiare di perderla. E poi era fin troppo orgoglioso: non avrebbe saputo accettare un diniego, e non se la sentiva di andare allo sbaraglio. Non era una questione di timidezza o insicurezza, ma solo di orgoglio: preferiva aspettare di aver aperto qualche breccia in quel muro che, in un primo momento, gli era sembrato eretto dalla donna tra sé e gli altri, ma che si era rivelato una barriera solo tra loro due.

Le donne non gli erano mai mancate, ma non gli era mai capitato di essere attratto anche dalla persona. Talvolta, quando gli piacevano particolarmente sotto l'aspetto fisico, cercava di convincersi che gli andavano a genio anche come persone, e si obbligava a sopportare i tratti del loro carattere che non amava. Ma alla lunga, le virtù della donna non gli apparivano più sufficienti a compensare le carenze della persona.

Con Ismene, invece, era diverso. Non aveva mai dovuto "sopportarla". Non compiva alcuno sforzo per stare con lei, riusciva a sentirsi bene senza dover necessariamente fare l'amore con lei. Era arguta, sagace, perspicace, e i suoi commenti offrivano sempre motivi di interesse, riflessione e sorriso. Non che la vedesse priva di difetti, tutt'altro. La trovava troppo greve nel suo modo di esprimersi, talvolta non dissimile da un rozzo soldato; non apprezzava il suo modo di vestire, troppo legato all'ostentazione delle sue ricchezze, perfino volgare, dal suo punto di vista; disapprovava la sua passione per le competizioni sportive, il suo modo di entusiasmarsi e di urlare di fronte a una gara di atletica, il suo tifo sfrenato, che riteneva inappropriato per una donna.

Ma tutto ciò, aveva scoperto, non gli dava alcun fastidio. In un'altra donna – ne era sicuro – non l'avrebbe tollerato, per quanto desiderabile potesse trovarla; ma in lei lo trovava semplicemente divertente. E la sola spiegazione che riusciva a darsi era che succedeva perché le voleva bene.

Ma bene davvero.

Eucle ebbe un moto di stizza. Ma perché lei non riusciva a volergliene altrettanto? Se lui era capace di passare sopra la sua età e i suoi tanti difetti, e senza doversi costringere a farlo, perché lei non era capace di andare oltre la scarsa attrazione fisica che, evidentemente, provava nei suoi confronti?

Nota Filippide aumentare la cadenza. Si scuote. Va bene pensare a Ismene per distrarsi, per non sentire la fatica. Ma bisogna tener d'occhio i due avversari. Soprattutto Filippide, il più pericoloso. E non solo per le sue capacità podistiche: quel che Tersippo ha insinuato prima della partenza gli ronza ancora in testa. Non vuole crederci, ma non può neanche permettersi di escluderlo.

"Avversari". Una parola che non avrebbe mai pensato di dover utilizzare per Tersippo e Filippide, i suoi migliori amici. Si sono affrontati solo sulle piste di gara, e non da avversari, ma da antagonisti sportivi. Stavolta, pur essendo una gara anche in questo caso, Eucle sa bene che si tratta di un vero e proprio scontro: comunque vadano le cose, non sarà più come prima, tra loro.

Adesso sono loro i suoi principali nemici, non i persiani o gli Alcmeonidi sostenitori di Ippia. La sfida, iniziata quasi per gioco la notte che precedette la battaglia, è quasi alla fine. E forse non c'è in gioco solo la libertà della città, né Ismene. Forse, nella competizione si è insinuata l'ambizione: il desiderio di essere il più bravo. E forse è proprio questo, più di ogni altro obiettivo, a rendere la sfida senza esclusione di colpi.

Com'è diverso da quella notte. La notte che ha dato inizio alla sfida. Allora, erano perfino disposti ad aiutarsi l'un l'altro. Sembra passata una vita; e invece, non è trascorsa neanche un'intera giornata.

Ma la giornata più intensa che Eucle abbia mai vissuto.

«Ma saranno come noi?», sussurrò Cinegiro mentre strisciava attraverso il finocchio selvatico che ricopriva l'intera piana di Maratona.

«Ma di chi parli?», rispose Tersippo, che si trovava al suo fianco.

«Dei persiani, no? Voglio dire, chi li ha mai visti, tra noi? Solo Milziade. Non hanno un colore diverso della pelle? E l'equipaggiamento? Che armi mi troverò ad affrontare?»

«Se hanno un colore diverso della pelle, non te ne accorgerai certo stanotte», replicò Filippide, sul fianco opposto. «Quanto alle armi, so solo che molti non hanno la corazza. E poi, sono tutti dei codardi che preferiscono combattere da lontano, tirando frecce e lance, piuttosto che sguainare la spada e combattere da uomo a uomo».

«Non dirmi che non hanno neanche le spade...», intervenne Eucle, anch'egli impegnato a strisciare tra la vegetazione.

«Non dico questo. Ma sarà comunque un gioco da ragazzi sgominarli. Non sono abituati come noi al combattimento serrato», specificò Filippide.

«Ma sì! Non so quanti ne troveremo, ma fossero anche dieci volte noi, li faremo scappare a gambe levate!», concluse Cinegiro.

«State zitti, per gli dèi! Volete farvi scoprire, razza di idioti?», li interruppe il locago cui era stato affidato il comando dell'azione. Gli altri si cambiarono un'occhiata divertita: alla fine, quello che più aveva alzato la voce era stato proprio l'ufficiale.

Eucle, in realtà, si sentiva preoccupato. I suoi amici sembravano aver preso piuttosto sottogamba la missione. Eppure, a dispetto del buio, si trovavano in campo aperto a ridosso delle linee nemiche, senza neanche sapere con quanti uomini avrebbero avuto a che fare. Per giunta, la ritirata sarebbe stata complicata dalla presenza dei prigionieri, che avrebbero inevitabilmente rallentato i loro movimenti esponendoli al tiro degli arcieri nemici... e anche di quelli amici.

Insomma, non c'era proprio nulla da ridere.

A ogni modo, gli ateniesi non erano arrivati a Maratona per evitare i rischi. Nessuno si aspettava che la battaglia contro i temibili persiani, padroni del mondo, sarebbe stata una passeggiata; e forse, lo spirito con cui i suoi amici affrontavano l'azione era un modo per allentare la tensione.

Gli steli del finocchio li nascondevano alla vista del nemico, ma impedivano anche a loro di osservarne i movimenti. Potevano valutare la distanza dall'obiettivo solo in base alle voci e ai rumori, che sembravano farsi sempre più vicini. Ma Eucle aveva la spiacevole sensazione che la sagoma di un persiano potesse apparirgli all'improvviso, incombente su di lui, e saltargli addosso schiacciandolo con il proprio peso.

Null'altro che il rumore delle onde del mare accompagnava gli schiamazzi delle guardie e i lamenti dei prigionieri. Poi però Eucle iniziò ad avvertire delle vibrazioni sotto il suo ventre adagiato sul suolo. Avvicinandosi ancora all'obiettivo, percepì i sordi colpi delle pale che incidevano il terreno in profondità e i tonfi delle manciate di terra che si ammucchiavano nei pressi delle fosse. Erano a pochi passi, ormai, e i persiani non sembravano essersi accorti di nulla. Il locago, che procedeva qualche piede avanti a tutti, si fermò, e gli altri fecero altrettanto.

«Ma che fa?», sussurrò Cinegiro ai suoi amici. «Se aspetta un altro po' li seppelliscono tutti e non ne riportiamo indietro nessuno!».

«I persiani vogliono attirarci all'esterno, giusto?», replicò Eucle. «Ebbene, potrebbero aver piazzato altri reparti sui fianchi, lontano dalle torce, per sorprenderci».

«Già, pensa che roba. Noi veniamo qui a sorprendere loro, e loro sorprendono noi...», convenne Filippide.

«Sciocchezze! Quest'azione può riuscire solo se ci buttiamo a testa bassa senza pensare e senza farci problemi. Ogni esitazione può esserci fatale!», esclamò Cinegiro, senza badare troppo al tono della voce. Subito dopo si alzò e, brandendo la spada, iniziò a correre contro il gruppo di uomini che operava intorno alle buche.

Il locago rimase per un istante interdetto, ma prima che potesse dire o fare qualcosa anche Tersippo era in piedi, pronto a scagliarsi contro gli avversari. Eucle sentì l'istinto di spingerlo a fare altrettanto, non seppe dire se per proteggere l'amico o per il timore di perdere la sfida. Balzò in piedi anche lui e Filippide si alzò al suo fianco. I due iniziarono a correre, con il primo obiettivo di raggiungere Tersippo, più che Cinegiro, già un pezzo avanti.

Dietro di loro vennero subito gli altri. L'ufficiale ebbe appena il tempo di abbozzare una protesta, prima di assecondare lo slancio dei suoi uomini e seguirli a sua volta.

Solo in piena corsa Eucle si rese conto della follia che stavano commettendo. Nessun piano, nessun coordinamento tra di loro, solo un assalto confuso e privo di coesione contro un gruppo di nemici che, per quanto ne sapeva, potevano essere molti, molti di più. Guardò davanti a sé. A giudicare dal loro atteggiamento e dalle espressioni, i persiani non si aspettavano l'assalto. Avevano proprio la reazione di chi vede spuntare dall'ombra, all'improvviso, una turba di forsennati urlanti e con le spade sguainate: erano paralizzati, disorientati, forse perfino terrorizzati.

Un rapido colpo d'occhio permise a Eucle di valutarne il numero. Erano forse un centinaio, almeno quelli che la luce delle torce gli permetteva di scorgere. Ma un attimo dopo erano già due in meno: Cinegiro era arrivato a contatto con i più vicini, e il suo kopis era affondato, in rapida successione, nello stomaco di un soldato e nel costato di un altro, facendoli crollare e scomparire nelle buche immediatamente dietro di loro.

Incredibilmente, i prigionieri si mostrarono i più pronti a reagire. Approfittando del disorientamento delle guardie, uno più sveglio degli altri assestò un colpo di vanga sulla nuca di un persiano, facendolo cadere in una fossa. Un altro eretriese lo imitò, mentre altri due, che attendevano il loro destino con le mani legate, si gettarono a testa bassa contro le guardie più vicine, spingendole verso le buche. Uno dei due, però, sullo slancio perse l'equilibrio e precipitò insieme al persiano che aveva aggredito.

Pareva mettersi bene. Anche Tersippo spazzò via il primo oppositore con facilità. Ma il difficile doveva ancora venire: nel momento in cui i greci avessero volto le spalle agli oppositori, portandosi dietro i prigionieri, i persiani si sarebbero riavuti dalla sorpresa.

La soluzione era ammazzarne il più possibile subito, per non ritrovarseli alle spalle dopo: ma senza indugiare troppo sul posto, per non permettere ai rinforzi nemici di accorrere a dare manforte.

Toccava a lui, adesso. Eucle si avventò sul persiano più vicino. Ebbe appena il tempo di osservarne la sagoma incerta alla luce tremolante delle torce, limitandosi a cogliere solo quel che gli serviva sapere: niente elmo, niente armatura, solo uno scudo a mezzaluna e una piccola ascia, che sembrava più un picconcino. Affondò la lama con un colpo sicuro in direzione del torace dell'avversario, ma il soldato fece in tempo a scansarsi. Anzi, reagì addirittura, scattando subito verso di lui e vibrando un colpo con la sua strana ascia.

Il fendente era ben assestato, e gli avrebbe staccato di netto un braccio, se Eucle non si fosse spostato a sua volta di lato. A quanto pareva, si disse, proprio a lui era toccato un veterano, in grado di riaversi prima degli altri dalla sorpresa. Non si perse d'animo. Diede una rapida occhiata intorno a sé, vedendo che anche per Filippide filava tutto liscio, e si sforzò di affrettare i tempi; non intendeva concedere un vantaggio così netto agli amici.

Ma quello mulinava l'ascia con evidente abilità, e avvicinarsi a lui non era uno scherzo. Oltretutto, incoraggiati dal suo esempio, un paio di commilitoni si stavano avvicinando. Eucle decise di far leva sulla propria agilità, facilitata, una volta tanto, dalla mancanza della corazza. Il kopis, una sciabola ricurva dalla lama piuttosto corta, dal peso in punta, utilizzabile in affondo ma anche di taglio, nella parte concava, gli dava un notevole vantaggio nello scontro corpo a corpo: ma doveva arrivare a contatto dell'avversario.

Ecco un problema che i comandanti ellenici non avevano considerato. Non si trattava, stavolta, di combattere contro fanti pesanti, dotati di scudo e lancia, la cui tecnica era identica a quella ateniese. Non era una questione di potenza. I persiani, a giudicare da quel primo contatto, non si potevano considerare né fanteria leggera né pesante. Erano una via di mezzo e, se non si trattava di reclute, sapevano essere imprevedibili nei movimenti e a livello tattico. Come si combatteva un avversario del genere? Una volta dotati di armatura, i greci si sarebbero trovati inevitabilmente a mal partito, troppo lenti nei movimenti e con poche soluzioni a disposizione per bloccare i rispettivi antagonisti.

Intanto l'avversario continuava a mulinare. E non sembrava accennare a stancarsi. Era ben allenato e addestrato. Se solo un terzo dell'esercito persiano era come lui, sarebbe stato complicato venirne a capo, una volta in battaglia. Eucle rimpianse di non avere con sé lo scudo; avrebbe potuto subire qualche colpo e intanto avvicinarsi senza il timore di ricevere fendenti letali.

Invidiò gli altri che non sembravano avere problemi. Evidentemente i persiani avevano mandato avanti i soldati che consideravano sacrificabili, affidandoli a pochi guerrieri o ufficiali esperti, uno dei quali era toccato proprio a lui. In compenso, si disse mentre era impegnato a schivare l'ennesimo fendente dell'avversario, avrebbe capito prima e meglio dei compagni come comportarsi contro le schiere nemiche nella vera e propria battaglia.

Se fosse sopravvissuto a quell'azione, beninteso.

Capì che la sua sola possibilità era la rapidità. Doveva essere tanto veloce da portare a segno il suo affondo immediatamente dopo il fendente del nemico. Attese che il persiano calasse l'ascia con forza maggiore del solito, poi si gettò su di lui prima che caricasse di nuovo il braccio, ma l'altro lo respinse con lo scudo. Il primo tentativo era fallito. Adesso, però, Eucle aveva capito che doveva aggredire il fianco esposto dell'avversario, a rischio di offrirsi al fendente di richiamo. Ma un fendente di richiamo di un'ascia, pensò, sarebbe stato meno pericoloso di quello di una spada. *Forse.*

Attese ancora un colpo più profondo di altri. Più forza impiegava il persiano a calare il fendente, più lento era a riportare il braccio in posizione. E quando arrivò il momento, l'oplita si scagliò contro l'avversario. Ma l'altro fu rapido a riportare l'arma almeno in posizione orizzontale e a vibrare un colpo con movimento parallelo al terreno, all'altezza della vita. Eucle fu altrettanto rapido a opporre la lama della spada, che gli fece da scudo proprio a pochi palmi dalla cintura della sua tunica. Per sua fortuna, il fendente era piuttosto debole, e riuscì a pararlo. Poi respinse l'arma avversaria e si affrettò a vibrare il suo colpo.

Il suo kopis puntò alla gola del persiano. La raggiunse, ma il taglio fu superficiale. Tuttavia fu sufficiente ad aprire uno squarcio dal quale uscì un copioso fiotto di sangue, che imbrattò in un istante la sopravveste dell'avversario. Questi riprese a menare fendenti, ma in modo più confuso e approssimativo. Stavolta Eucle fu pronto a sfruttare il suo sbilanciamento, e lo trafisse al costato senza difficoltà.

Si guardò intorno. Tersippo aveva già raggiunto i prigionieri e li stava radunando dietro di sé. Filippide aveva appena tagliato la gola a uno spaurito nemico e si avvicinava a sua volta alle fosse. Cinegiro, invece, non si curava affatto degli eretriesi, e continuava a mulinare il suo kopis gridando ogni genere di insulto ai persiani. Pareva proprio che il suo scopo fosse il puro e semplice confronto con gli asiatici, e non la liberazione dei prigionieri. E, al momento, sembrava che nel confronto stesse stravincendo lui. Nessuno era in grado di opporsi alla sua avanzata, anzi, alcuni si davano alla fuga non appena se lo vedevano arrivare addosso.

Eucle si disse che doveva darsi una mossa, se non voleva essere surclassato dai due amici. Di Cinegiro non si preoccupava: non era con lui che aveva una sfida in corso. Che massacrasse pure tutti i persiani che voleva e conseguisse la menzione di combattente più valoroso. A lui interessava superare Filippide e Tersippo. Avanzò verso le fosse, trovandosi di fronte altri due persiani. Esitavano ad affrontarlo, ma non scappavano: poco oltre, un uomo che sembrava un ufficiale li esortava in modo eloquente a resistere.

Sarebbe stato opportuno puntare subito sugli ufficiali. Eliminati loro, sarebbe cessata ogni resistenza. Eucle sperò che ci pensasse qualcun altro, magari il locago stesso. Lui doveva occuparsi di liberare i prigionieri, soprattutto, per vincere la sfida. Poi si vergognò di aver concepito un simile pensiero. La sua patria, la causa della libertà e la protezione dei commilitoni dovevano venire prima di ogni altra cosa. Specialmente prima delle sue ambizioni personali. Se Atene avesse perso, sarebbe stato inutile vincere la sfida: se anche fosse sopravvissuto, infatti, Ismene, in quanto parente di Ippia, sarebbe stata destinata a qualche dignitario persiano o, nella migliore delle ipotesi, a qualche facoltoso ateniese gradito al tiranno.

Uno dei due avversari aveva una scimitarra simile al kopis e uno scudo enorme, rettangolare e convesso, che lo riparava dai piedi fino al petto. Eucle allungò la gamba e premette con il piede contro il bordo inferiore dello scudo, facendo sbilanciare il nemico. Subito dopo lo colpì alla testa, protetta solo da un copricapo aderente, apparentemente in cuoio e con lunghi copriorecchie.

L'altro rimase impietrito nel vedere il cranio del compagno spaccato a metà, ed Eucle ne approfittò per incalzarlo. Il persiano arretrò, e allora l'ufficiale appena dietro schioccò una frusta, che l'oplita non aveva notato. Il soldato provò a scattare in avanti, ma era in evidente stato confusionale. Al greco fu sufficiente avanzare di qualche passo per fargli perdere l'equilibrio e costringerlo a cadere nella fossa retrostante.

A quel punto l'oplita constatò che nessuno dei suoi compagni si interessava all'ufficiale e decise di farne il suo successivo obiettivo. Ma non ebbe il tempo di fare altre considerazioni. L'ufficiale gli stava venendo incontro.

E aveva un'armatura.

La corazza era a placche e in testa, invece dell'elmo, il graduato aveva una specie di turbante, avvolto intorno a un copricapo metallico di forma conica tronca. Indossava un ampio mantello che gli scendeva lungo la schiena fino all'altezza delle ginocchia. Il suo scudo era ovale ma con due semisfere scavate sui bordi.

Eucle ebbe paura e, per un istante, odiò i suoi amici che si erano dedicati a compiti apparentemente più semplici, senza curarsi delle vere minacce. Poi lasciò spazio all'istinto. Era in una posizione di chiara inferiorità, rispetto all'avversario, e doveva usare l'astuzia. Il persiano brandiva ancora la frusta, e non accennava a estrarre la scimitarra dal fodero. La lanciò una volta nella direzione del greco, ma il buio non l'aiutò a cogliere il bersaglio. La ritrasse a sé e riprovò, e stavolta punse Eucle alla coscia.

L'oplita si piegò su se stesso per il dolore e poi, istintivamente, riparò con il braccio sinistro la mano che reggeva la spada, aspettandosi che il colpo successivo mirasse a disarmarlo. Infatti la frusta lo investì ancora, provocandogli una forte fitta all'avambraccio: senza quell'espediente, il kopis sarebbe caduto a terra.

Eucle si massaggiò i punti dolenti e poi strinse ancora l'arma in pugno. Intanto il persiano si preparava a vibrare un nuovo colpo. Il greco si vide arrivare la frusta addosso, ma stavolta badò bene a scansarsi. Nel vederla strisciare a terra mentre l'avversario la ritraeva a sé, le mise un piede sopra arrestandone il movimento. L'altro non se lo aspettava e perse la presa.

Per un istante, Eucle pensò di raccoglierla e utilizzarla. Ma non era certo di saperla usare in modo efficace, e preferì scansarla. Intanto, l'ufficiale aveva sguainato la scimitarra e si faceva più vicino. L'oplita avanzò a sua volta, concentrando la propria attenzione sulla lama nemica. E subito gli arrivò addosso l'umbone dello scudo persiano, facendolo barcollare all'indietro.

Recuperò l'equilibrio, ma intanto l'altro gli era addosso. Evitò un fendente, e poi un altro, mentre i suoi si infransero contro lo scudo. Capì che doveva usare anche le gambe come arma, se voleva provare a compensare la carenza di equipaggiamento rispetto all'avversario. Non appena ne ebbe la possibilità, infilò un piede tra il bordo inferiore dello scudo e il bacino del persiano, tirando a sé l'arma. Il movimento sbilanciò un po' l'ufficiale, consentendo al greco di avvicinarglisi sul lato non protetto.

Eucle vibrò un colpo, ma l'altro lo parò. Il greco si ritrovò con il viso vicino a quello dell'avversario. Trovò il tempo di notarne la barba lunga, elegante e molto curata.

La barba lunga.

Fu un lampo. Un'intuizione. Con la mano sinistra Eucle afferrò la barba del persiano, traendolo a sé e sbilanciandolo. L'altro non riuscì a ripararsi con lo scudo né con la spada, quando il greco gli assestò un colpo all'inguine. L'ufficiale sussultò e sbarrò gli occhi, poi un rivolo di sangue gli uscì dalla bocca, prima di accasciarsi a terra, esanime.

Soddisfatto di sé, l'oplita procedette verso la fossa più vicina. «Che aspetti? Ha ragione Ismene, a dire che non ti interessa abbastanza!», gli gridò Tersippo, che stava facendo uscire da una buca due schiavi ancora parzialmente interrati.

Filippide, invece, stava ancora combattendo, ma i suoi avversari sembravano volerlo più controllare che aggredire, nonostante la superiorità numerica. Cinegiro, da parte sua, si era dato addirittura all'inseguimento di alcuni persiani fuggitivi, incurante delle grida del locago che lo richiamava indietro e all'ordine.

Eucle non poté sopprimere un moto di insofferenza nei confronti di Tersippo. «Quelli buoni, di persiani, sono capitati tutti a me. Anzi, *me li sono andati a cercare*, io...», gli urlò stizzito. Poi fece mente locale sulle parole dell'amico sfidante: e così Ismene aveva scambiato il suo rispetto per disinteresse? Ragione in più per vincere la sfida e dimostrarle che era vero il contrario.

Un oplita del reggimento di Aiantide aveva preso con sé sette prigionieri, alcuni ancora ricoperti di fango. Dei persiani gravitavano ancora intorno a lui, ma non sembravano troppo minacciosi, quindi il greco si voltò verso le linee greche trascinando gli eretriesi. Solo allora, però, vedendolo di spalle, alcuni nemici presero coraggio e lo assalirono, trafiggendolo all'istante.

Eucle mosse verso di loro; quei sette prigionieri gli facevano gola, e inoltre pensava di esserseli meritati. Ma doveva aggirare una fossa molto larga, mentre Filippide, che si era appena liberato di un avversario, si precipitò verso di loro con un percorso più breve e in linea retta. Non appena videro arrivare il nuovo oplita, i persiani scapparono, e l'hemerodromos si ritrovò padrone di sette prede senza colpo ferire.

Anzi, si permise pure di sorridere all'amico, quasi a sbeffeggiarlo.

Eucle si rese conto che la stizza per il comportamento dei suoi due amici stava prendendo il sopravvento sulla tensione per il combattimento. In ogni caso doveva fare qualcosa. Corse fino a una buca che i suoi compagni non avevano ancora raggiunto.

Lungo il breve tragitto si scontrò con altri due persiani, ma non perse tempo a ucciderli: li evitò soltanto, e quelli non si azzardarono a inseguirlo. Finalmente si ritrovò sull'orlo di una fossa marginale rispetto all'epicentro dello scontro. Due prigionieri erano a ridosso della buca, con una guardia al fianco che sembrava non sapere cosa fare.

Quando il persiano vide sopraggiungere Eucle, reagì trafiggendo un prigioniero e buttando l'altro nella buca. "Maledizione", pensò l'oplita. "Mi ha sottratto una comoda preda!", vergognandosene subito dopo. Comunque, si disse, uno che reagiva così non doveva essere un gran combattente, e ne fu confortato. Richiamò l'attenzione dell'uomo caduto nella buca, cui chiese di allungare le braccia oltre l'orlo per tagliare le corde che gli legavano i polsi.

L'uomo obbedì ed Eucle gli troncò di netto i legacci, gridandogli subito dopo: «Scava! Libera i tuoi compagni! Sbrigati!». Poi si avventò contro l'avversario, prendendo a mulinare la spada. Con la coda dell'occhio, però, vide il prigioniero appena liberato uscire dalla buca e darsela a gambe, nonostante le proteste dei compagni seppelliti, di cui solo la testa usciva dal terreno.

"Decisamente, gli dèi non vogliono che sposi Ismene!", pensò Eucle. Il persiano, intanto, stava sulla difensiva, nonostante disponesse anche di un ampio scudo. Eucle lo incalzò. Andava di fretta. Non appena trovò un varco nella sua difesa affondò, e la sua spada si portò via anche le budella.

L'oplita rivolse quindi la sua attenzione ai prigionieri seppelliti. Prese una pala adagiata accanto alla buca, scese nella fossa e iniziò a scavare con foga, senza troppo badare a dove infilava la vanga. Inevitabilmente ferì più di un prigioniero, ma presto un paio di eretriesi furono in grado di liberare le braccia, far forza sulla terra e uscirne, tirando fuori altri tre compagni di sventura. Per finire, Eucle estrasse personalmente l'ultimo, accorgendosi di averlo ferito seriamente a una spalla.

L'oplita li esortò a uscire dalla buca, aggiungendo, con un tono di voce che non ammetteva repliche: «Rimanete accanto a me: se i persiani ci aggrediscono, voi non siete in grado di difendervi!».

Gli eretriesi parevano abbastanza terrorizzati da riporre in lui piena fiducia. Sei punti, pensò Eucle. Bel colpo. Ma non erano abbastanza, se Filippide ne aveva almeno sette. Non era ancora il momento di scappare, quindi. Li condusse verso la zona dove più ferveva il movimento. I suoi compagni erano ancora impegnati a rastrellare prigionieri; Tersippo, anzi, aveva disarmato due persiani e li aveva legati.

«Valgono pure questi, eh!», gli gridò l'amico non appena lo vide. «Soprattutto per il comando, saranno ancor più preziosi come fonte di informazioni!».

Eucle avrebbe voluto rispondergli che non erano quelli gli accordi, ma poi vide Filippide rinunciare a uccidere un persiano e legarlo, e preferì tacere. In fin dei conti, era difficile contestare l'affermazione di Tersippo: tra i tre, era sempre stato quello più lungimirante e calcolatore. Non per niente aspirava a raggiungere un posto di primo piano nella politica cittadina, e il patrimonio di Ismene gli faceva gola soprattutto per questo...

Era confortante, comunque, che non apparissero rinforzi persiani. Il campo dell'esercito nemico era piuttosto lontano, ai margini della grande palude, accanto alla spiaggia dove avevano attraccato le navi degli asiatici. Difficilmente le urla e il rumore del combattimento sarebbero potuti arrivare alle orecchie delle sentinelle, distratte dal sottofondo costante dell'incresparsi delle onde marine. Ma una linea di collegamento, tra l'accampamento e la postazione avanzata, i persiani dovevano averla pur prevista, e c'era da aspettarsi una sortita da un momento all'altro.

Tuttavia si combatteva ancora. Alcuni prigionieri giacevano sempre nelle buche, altri dietro approssimative linee di difesa allestite dai persiani. Il locago chiamò a sé Eucle e altri quattro opliti, ma non Tersippo e Filippide, per provare a sfondare la barriera umana. Finalmente un colpo di fortuna, si disse Eucle, apprezzando quel primo tentativo dell'ufficiale di allestire un'azione coordinata.

I sei opliti caricarono la linea nemica, costituita da almeno quindici guerrieri. I greci non avevano scudi, e non pensarono neanche di formare una catena a loro volta. Arrivarono a contatto con il nemico uno alla volta, troppo distanti l'uno dall'altro, ma la potenza sprigionata dalla loro azione fu sufficiente a sfaldare lo schieramento avversario, a dispetto degli scudi piantati per terra. Poi Eucle si accorse che non era stato merito loro. Cinegiro era ricomparso oltre la linea nemica e aveva attaccato i persiani da dietro.

Eucle approfittò del disorientamento degli antagonisti diretti per centrare in pieno petto un persiano e sgozzarne un altro. Dopodiché, non badò agli altri, dando per scontato che ci pensassero i compagni, e si avventò immediatamente sui prigionieri. Li contò: erano otto. Molto bene. Li esortò a seguirlo e li condusse dagli altri sei.

Adesso potevano andare. Richiamò l'attenzione del locago, che si stava liberando facilmente degli ultimi avversari, grazie anche alla foga di Cinegiro. «Locago! Andiamo, prima che sia troppo tardi!», gli gridò.

L'ufficiale lo guardò. Poi Eucle lo vide spostare lo sguardo verso un punto indefinito dietro di lui.

«Credo che sia *già* troppo tardi», disse l'ufficiale.

Eucle si voltò e con lui gli altri. I suoi occhi, ormai, si erano abituati al buio. E nell'oscurità vide il massiccio contorno di un'imbarcazione affiorare sull'acqua, alla loro altezza. E vide anche delle sagome in movimento che sciamavano dalla spiaggia.

Molte sagome.

V

Seconda posizione. Non sarebbe male, trovarsi tra gli altri due contendenti, se il primo non fosse il più celebre hemerodromos della Grecia. Eucle continua a fissare Filippide e ha l'impressione che l'amico aumenti la cadenza a ogni passo. E senza alcuno sforzo apparente. Sembra essere più avanti rispetto a pochi istanti fa. O è solo un'impressione?

Altre volte ha visto la sua schiena in gara, le sue agili leve solcare il terreno davanti a lui, e gli ha invidiato il tributo del pubblico, chiedendosi se un giorno sarebbe mai riuscito a batterlo. Perfino pochi giorni prima, nei Giochi panatenaici che hanno visto il benaugurante trionfo di Callimaco nello stadion, Eucle ha dovuto inchinarsi alla superiorità di Filippide nel dolicos. Anzi, ha dovuto subire l'umiliazione di incrociarne lo sguardo beffardo almeno quattro volte prima dell'arrivo.

Era stato con lui, infatti, tenendone il passo, fino al diciottesimo stadio. Insieme, o a pochi passi di distanza, avevano virato a ogni palo che contrassegnava la percorrenza di un rettilineo, e quindi di uno stadio. Insieme erano sempre tornati indietro sulla dirittura opposta, fino alla linea di partenza. Ma quando quest'ultima si apprestava a trasformarsi in linea d'arrivo, Filippide aveva improvvisamente impresso un'altra andatura alla propria corsa. Come se avesse scherzato, fino a quel momento.

Nell'arco di due stadi l'hemerodromos lo aveva distanziato, lui e gli altri, ed era arrivato a percorrere un rettilineo mentre Eucle correva su quello opposto, in senso inverso. E senza alcuno sforzo. Poi l'amico aveva di nuovo rallentato, come se volesse usargli la cortesia di non doppiarlo. Ma non aveva rinunciato a irriderlo ogni volta che si incrociavano, divisi solo dalla corda tesa tra i due pali estremi e sospesa da altri pali minori.

In compenso, Filippide non aveva potuto fare a meno di doppiare Tersippo, attardatosi in fondo al gruppo tra i concorrenti più lenti. Lui l'aveva presa a ridere, schernendosi per la sua scarsa prestazione, ma Eucle aveva avuto la sensazione che se la fosse presa: Tersippo era ambizioso, terribilmente ambizioso, e considerava ogni evento pubblico un'occasione per farsi conoscere, far circolare il proprio nome e procurarsi sostenitori per il suo futuro politico. Eucle sapeva che si era allenato molto per compensare le sue carenze sul fondo, ma a quanto pareva i suoi sforzi non avevano sortito alcun effetto. Basso e tozzo com'era, Tersippo era molto più efficace nella corsa breve, e infatti nello stadion non era arrivato molto distante da Callimaco. Ma nello stadion il polemarco gli aveva rubato la scena.

Per questo non lo teme troppo, in questa circostanza. Se l'amico arrancava regolarmente nel dolicos, Eucle dà per scontato che percorrere una distanza otto volte superiore, per giunta dopo una battaglia, l'avrebbe presto stroncato.

Ma Filippide non è battibile. Almeno, non senza qualche imprevedibile elemento legato al combattimento appena concluso. Eucle spera che la smania di primeggiare dell'amico, la voglia di vincere la posta in palio ma, ancor di più, di sentirsi tributare il plauso della folla, la sua innata vanità, lo abbiano spinto a gettarsi in un'impresa a dispetto di qualche dolore, di una contusione, della stanchezza eccessiva... Magari è ferito, e non lo ha rivelato a nessuno, per paura di essere estromesso dalla sfida decisiva.

Filippide ha un cruccio: non ha mai vinto un'Olimpiade. Ha avuto la possibilità di partecipare a due edizioni, finora, ma è stato sfortunato. Nella prima era troppo giovane e inesperto per competere con gli atleti più sperimentati, e si era fatto sorprendere nel finale da due concorrenti che lo avevano superato sul rettilineo, nel quale si era presentato in testa. Avevano approfittato della sua eccessiva sicurezza, che lo aveva spinto a non tenere più in alcun conto ciò che accadeva alle sue spalle. E aveva fatto la figura del pollo. Nella seconda edizione era arrivato a Olimpia da favorito, ma si era procurato una storta in allenamento, finendo con la pianta del piede su un sasso, e aveva dovuto dire addio ai suoi sogni di gloria.

Sogni di gloria. Perché è soprattutto questo che occupa i pensieri di Filippide. Nulla lo rende più felice dell'entusiasmo della gente nei suoi confronti. È un uomo semplice, in fin dei conti. Non vuole null'altro che essere considerato il più bravo, non desidera che vedersi perennemente circondato da un codazzo di ragazzini adoranti, che si disputano l'onore di averlo anche solo sfiorato. Gli piace collezionare trofei, complimenti e apprezzamenti, sentirsi tributare onori e farsi consegnare premi. Eucle è quasi certo che Ismene rappresenti per lui una scusa, un pretesto per conseguire la vittoria più importante, nella corsa più lunga e nell'impresa più decisiva per la salvezza della patria. Un trionfo che potrebbe aiutarlo a lenire la frustrazione per non aver mai vinto un'Olimpiade.

Poi, avrebbe anche potuto rinunciare a competere ancora a Olimpia. Qualunque vincitore delle Olimpiadi avrebbe comunque dovuto confrontarsi con l'ingombrante ombra di un atleta e di un guerriero che si era mostrato capace di ben altre prestazioni.

Filippide è davvero pericoloso. E non solo perché è il più bravo. È motivato quanto lui, anche se a stimolarlo sono altri obiettivi, diversi dall'amore. Forse più fatui, forse meno: ci sarebbe motivo di dibattito, al riguardo.

Stando a Tersippo, poi, Filippide ha un motivo in più per vincere, per arrivare prima di loro. Se l'amico ha ragione, l'hemerodromos è pericoloso non solo per loro due, ma per la città intera. Ma Eucle scaccia ancora una volta il pensiero: Tersippo deve nutrire qualche risentimento nei confronti di Filippide, per fare certe illazioni...

E lui non vuole crederci. Filippide ha sempre sognato la gloria sportiva. Il tributo della folla è stato in cima ai suoi pensieri fin da piccolo. Eucle torna con la memoria alla prima volta che l'ha incontrato. Erano entrambi bambini, sebbene Filippide fosse più grande di lui di tre anni, e stavano partecipando alla cerimonia introduttiva dei Giochi panatenaici.

Li avevano messi l'uno accanto all'altro nella sfilata che precedeva la manifestazione in onore di Atena. Come molti altri bambini e ragazzetti insieme a loro, trasportavano anfore ricolme di olio per ungere il corpo degli atleti, ed erano in coda al corteo. In testa alla lunga colonna procedeva la sacerdotessa di Atena, accanto alla quale quattro fanciulle, di nobile famiglia e vestite di bianco, reggevano il *peplos*, la nuova tunica destinata alla statua della dea. Le ragazze erano state selezionate nove mesi prima dal re degli arconti, che aveva affidato loro un telaio sul quale tessere l'indumento per la statua di Atena Poliade, conservata nell'Ekatompedos sull'Acropoli. Aiutate dalla sacerdotessa e da un gruppo di donne più anziane, le fanciulle avevano realizzato la tunica impreziosendola con immagini delle imprese della dea. Le raffigurazioni cambiavano ogni anno e, in quella circostanza, rappresentavano la sua vittoria su Encelado e i giganti.

Seguivano altre donne che trasportavano sulla testa stole imbottite. Precedevano gli officianti dei sacrifici, i quali conducevano con sé i cento buoi destinati all'ecatombe che avrebbe inaugurato la manifestazione, e svariate decine di pecore per i sacrifici minori. Dietro la mandria venivano i meteci, gli stranieri residenti ad Atene, cui erano affidati i vassoi pieni di ogni leccornia. Eucle trovava quasi comiche le loro continue evoluzioni per evitare gli escrementi rilasciati dagli animali che li precedevano e, nel contempo, per riuscire a tenere in equilibrio i vassoi e il loro contenuto, pericolosamente oscillante lungo i bordi inopinatamente piatti.

Non meno divertenti erano gli improvvisi scarti nell'andatura delle portatrici d'acqua che venivano subito dopo, ma soprattutto, le stecche dei citaristi e degli auleti che le seguivano. Negli anni precedenti, quando ancora non faceva parte del corteo, Eucle aveva passato molto tempo, da spettatore, a seguire i musici e a prenderli in giro per i loro errori, provando scherzosamente ad avvertirli quando li vedeva sulla stessa traiettoria di un cumulo di feci. Talvolta, poi, arrivava anche a tirare sassolini mirando alle lire e ai flauti, per farli sbagliare apposta.

Dopo i musici, come sempre, procedeva una nave, una trireme vera e propria, sospinta su ruote fin dalla zona portuale del Falero. Senza vele, ma con ghirlande di fiori e festoni appesi all'albero, in prua e in poppa, lungo le paratie. Intorno a essa, dozzine di fanciulle vestite di bianco portavano sotto braccio o in spalla anfore piene di vino, giare, piatti e ciotole per le libagioni, o bracieri per l'incenso.

Poi era il turno delle delegazioni di ogni squadra partecipante. Prima Atene, con ciascuna delle dieci tribù in successione, poi quelle delle colonie e delle città alleate. E ogni delegazione era molto nutrita: tutti si sentivano in dovere di partecipare a un evento che li poneva, per una giornata, al centro dell'attenzione della Grecia intera. Aprivano la rappresentanza gli araldi, che portavano ampi cartelli raffiguranti l'eroe eponimo che dava il nome alla tribù e i nomi dei componenti della sua squadra. Poi venivano le autorità cittadine, gli arconti, i pritani, gli strateghi e i tesorieri, nei loro abiti migliori, tutti intenti a pavoneggiarsi e a raccogliere il consenso del pubblico che, non sempre in modo degno, erano stati chiamati a rappresentare.

Immediatamente dietro comparivano gli anziani, anch'essi assai curati nell'aspetto, ma per altri motivi. Dopo la cerimonia, infatti, avrebbe avuto luogo la prima competizione, che avrebbe visto protagonisti proprio loro. Era una gara di bellezza, e avrebbe premiato l'anziano più bello, più fiero e meritevole di rappresentare la città. Le loro lunghe e curate barbe canute erano, invariabilmente, uno degli elementi di spicco del corteo. Con i ramoscelli d'ulivo che per tradizione tenevano in mano, allontanavano i ragazzini più audaci, capaci di avvicinarsi solo per tirare loro la barba.

In realtà i giovani erano più attratti da ciò che seguiva: gli *apobates*, i concorrenti in panoplia completa che correvano accanto ai carri sui quali avrebbero dovuto correre nell'agorà il giorno successivo. Erano accompagnati dai cavalieri, anch'essi equipaggiati di tutto punto. Consapevoli di essere oggetto di attenzione, questi ultimi si concedevano spettacolari evoluzioni conducendo i propri cavalli al trotto o al galoppo, girando intorno alla propria delegazione.

E proprio davanti ai ragazzi tra i quali si trovavano Eucle e Filippide, sfilavano i vincitori delle passate edizioni dei Giochi, sia di quelli annuali, più modesti, sia di quelli quadriennali, che regalavano l'immortalità. Dai trionfatori più recenti e ancora in attività come atleti, a quelli del passato ancora in vita, alcuni talmente vecchi e malandati da avere bisogno del sostegno di un giovane.

Il corteo, come sempre, era entrato in città attraverso la Porta Diphylon e aveva proseguito tagliando in due l'abitato alla volta dell'Acropoli, passando attraverso il Ceramico. A esso si era accodata parte della cittadinanza, dividendosi per demi. Subito dopo essere usciti dal quartiere dei vasai, Eucle si sentiva già piuttosto affaticato per il peso dell'anfora. Al contrario, il ragazzo che procedeva al suo fianco non sembrava risentirne affatto.

«Uff! Ma perché si ostinano a caricarci con questi pesi? Siamo solo ragazzi, in fin dei conti!», si era lamentato Eucle, solo per vedere se qualche chiacchiera l'avrebbe aiutato a sopportare meglio il fardello.

Il ragazzo lo guardò senza nascondere il proprio disprezzo. «Ma cosa sei, una donna? Anzi, peggio: davanti a noi ci sono dozzine di femmine che portano anfore, e ne sono perfino onorate».

Eucle non si aspettava una reazione del genere. Si sentì piuttosto umiliato. «Ma... le nostre sono più grandi e pesanti... E poi dobbiamo anche inerpicarci verso l'Acropoli», farfugliò, rendendosi conto che quanto aveva appena aggiunto non contribuiva a offrire una migliore immagine di sé.

«Sono stato male, ieri», mentì. «Ho vomitato tutto il giorno e mi sento un po' debole. Ma ho voluto partecipare comunque a questa festa». Adesso era più soddisfatto: aveva fatto vedere a quell'esaltato che anche lui era un tipo che non si tirava indietro. «Come ti chiami?», aggiunse, per sciogliere un po' la tensione.

«Il mio nome è Filippide», rispose il ragazzo, continuando a guardare avanti e a marciare con cadenza sicura e regolare, come se fosse in una parata di guerrieri. «Prova a memorizzarlo. Lo sentirai pronunciare spesso, tra qualche anno».

«Davvero? E perché?»

«Li vedi questi vecchi davanti a noi?», disse Filippide indicando i vincitori delle passate edizioni. «Ebbene, un giorno io farò parte di questo gruppo. E anche dei trionfatori delle Olimpiadi, dei Giochi istmici e delfici e nemei, e di tutte le più importanti manifestazioni sportive dell'Ellade».

Eucle non riuscì a trattenere un sorriso. «Ah sì? E in cosa sei tanto bravo da pensare di superare tutti gli altri?», disse con tono volutamente sarcastico.

Il ragazzo non sembrò prendersela troppo. «Io non mi stanco

mai. E uno che non si stanca mai può vincere il pentatlon, se si allena nelle varie specialità, e dominare il dolicos».

«Ma chi ti credi di essere, un semidio come Teseo?». Eucle continuava a provocarlo, ma senz'astio. In fondo, lo divertiva, quel ragazzino così sicuro di sé. E un po' lo invidiava: avrebbe voluto dare la stessa impressione, se non altro.

«Be', ammetterai che un uomo che non si stanca mai ha avuto un dono speciale dagli dèi. Qualcosa di divino in me deve pur esserci. Magari un po' del sangue di Teseo, nostro re e fondatore dei Giochi panatenaici. Chissà quanti figli illegittimi deve aver lasciato dietro di sé; io potrei discendere da uno di essi...».

Commovente davvero, la sua convinzione. Tutto poteva essere, d'altronde. Ma Eucle non intendeva dargliela vinta così facilmente. «A dire il vero, io so che i Giochi sono stati fondati dopo, dal re Erittonio. Non te l'ha mai detto nessuno che, dopo aver vinto il gigante Asterio, ha edificato la statua di Atena e istituito i Giochi?»

«Questa è una favoletta. Non esistono i giganti. Esistono solo gli uomini straordinari, come Teseo, e io sarò uno di questi».

«Facile a dirsi...».

«E anche facile farlo. Vuoi vedere? Facciamo così: a cosa tieni in particolare? Da cosa non ti separeresti mai?»

«Non so... La spada di mio nonno, forse...». Il nonno di Eucle era morto prima della nascita del bambino, e il suo valore in guerra ne aveva fatto una leggenda in famiglia. I genitori conservavano gelosamente la sua panoplia.

«Bene. Mio padre, invece, possiede uno strigile appartenuto a Milone». A Eucle brillarono gli occhi. Lo strumento usato dagli atleti per spalmarsi l'olio, appartenuto al lottatore plurivincitore delle Olimpiadi, era un cimelio notevole. Ma non capiva dove volesse andare a parare il suo nuovo amico.

«Scommettiamo allora», proseguì Filippide. «E lascio a te la decisione. Vuoi essere sicuro di vincere il mio strigile? Ebbene, stabilisci tu quanti giri di corsa, con la mia anfora, devo fare intorno alla nostra delegazione prima di fermarmi una sola volta».

Eucle scoppiò a ridere. «Ma così è troppo facile. Mi sembrerebbe di rubartelo, il tuo prezioso strigile».

Ma Filippide rimaneva serio. «Ti ho detto di darmi un numero. E sai bene che non posso barare: puoi sempre tenermi d'occhio, da qui».

Era vero. Eucle riusciva a vedere l'araldo, ovvero la testa della delegazione, mentre lui era in coda. Decise di accontentare Filippide. Se proprio voleva privarsi di una cosa così importante… Valutò più o meno la distanza che avrebbe dovuto coprire il ragazzo, e provò a commisurarla a se stesso. Decise che l'intero giro della delegazione valeva quanto quattro stadi, almeno, e ritenne di non poter resistere per più di un giro e mezzo, con l'anfora sulle spalle.

«Quattro giri mi sembrano una misura onesta», disse infine, sentendosi una carogna.

Filippide non batté ciglio e partì subito, sempre con l'anfora sottobraccio.

E il giorno seguente, a Eucle sarebbe toccato sottrarre di nascosto la spada del nonno dalla madia nella quale la tenevano i suoi genitori.

Eccolo, il tipo d'uomo con il quale si sta confrontando, tanti anni dopo. Forse è davvero un semidio, come sosteneva da bambino. Lo aveva ammirato a lungo, fino a poche ore prima. Perfino quando ne era stato battuto nelle corse ufficiali, perfino quando lo aveva visto contornato da ammiratori e ammiratrici che non badavano neanche alla presenza degli sconfitti. Perfino quando passeggiavano per strada insieme e la gente salutava solo l'amico, e mai lui. Perfino quando aveva appreso che anche Filippide frequentava Ismene e, a quanto pareva, con più successo di lui.

Eppure, adesso lo odia. Per la prima volta, vedere la sua schiena lo indispone, lo irrita. Vorrebbe tanto che gli succedesse qualcosa.

A quanto pareva, la loro sfida era destinata a concludersi prima ancora di cominciare. I persiani non erano arrivati dalle retrovie, come si aspettavano i greci, ma dal mare, sul loro fianco destro. E tutti i componenti del commando si resero immediatamente conto di quel che significava: rischiavano di essere tagliati fuori dalla via della ritirata.

Il nemico non era più dietro di loro, ma al loro fianco. Come avrebbero fatto, gli arcieri, a coprire la loro fuga, anche ammettendo di riuscire a superare l'ostacolo rappresentato dal contingente di sbarco?

A quel punto, la gara tra loro tre diveniva superflua. Non contava più nulla, di fronte alla necessità di salvarsi la vita in condizioni disperate. Eucle cercò di decifrare l'entità della colonna in arrivo: non sembravano tanti, ma erano sempre molti più di loro; e soprattutto, potevano unire le forze con i superstiti dello schieramento avanzato, le cui espressioni, dapprima spaurite e rassegnate, lasciavano trasparire adesso una ritrovata fiducia e una nuova determinazione.

Tuttavia Eucle vide i due amici stringersi ai propri prigionieri. Non intendevano mollarli. Ebbene, non si sarebbe tirato indietro neanche lui, allora. Il locago provò a radunare tutto il commando, ma la presenza dei prigionieri e la rinnovata pressione degli avversari residui generò una gran confusione. Inoltre, le ombre dei rinforzi persiani si facevano vicine, ed era chiaro che avrebbero intercettato il loro ripiegamento.

Qualche eretriese si rese conto della situazione. La disillusione lo gettò nello sconforto. Qualcuno, che aveva gioito poco prima per l'intervento ateniese, si buttò a terra in preda a una crisi isterica. Anche due dei prigionieri di Eucle. L'oplita si sentì investito dal panico: istintivamente, si gettò su di lui e cercò di farlo rialzare, ma poi capì che, in quel modo, si sarebbe consegnato ai persiani e lo lasciò perdere.

Tersippo, da parte sua, aveva anche dei prigionieri persiani tra i suoi, e non poté far nulla per evitare che scappassero. Cinegiro provò a inseguirli, ma riuscì a raggiungerne uno solo, che si divertì a infilzare, sollevandolo da terra per qualche istante.

Filippide, invece, sembrava stranamente freddo. Poi, d'improvviso, si mosse verso una delle torce sistemate su un tripode, l'afferrò e corse verso i rinforzi persiani. Per qualche istante, con la sua ampia e leggiadra falcata, il busto eretto, parve un tedoforo. Eucle stava per gridargli di fermarsi, quando vide Cinegiro imitare l'amico. A quel punto, anche il locago afferrò una torcia e andò nella stessa direzione.

Eucle si maledì per la propria stupidità quando vide Filippide fermarsi e appiccare il fuoco al finocchio selvatico. In breve gli altri due lo emularono, lasciando che si sviluppasse una cortina di fuoco tra loro e il lato del mare. Solo allora anche altri opliti si precipitarono sulle torce residue, ed Eucle si affrettò a fare altrettanto. Ma intanto i persiani nei pressi avevano capito cosa avevano intenzione di fare, e qualcuno tentò di impedirglierlo, cercando di raggiungere le fonti di luce prima di loro.

Eucle, mossosi in ritardo, giunse accanto a un tripode un attimo dopo un persiano. Questi afferrò la torcia e si volse subito indietro, ma il greco non si dette per vinto e provò a inseguirlo, facendo affidamento sulle sue virtù podistiche. Colmò presto lo svantaggio, si gettò su di lui afferrandogli il bacino e insieme caddero a terra. Il persiano finì dritto addosso alla torcia, e i suoi vestiti presero fuoco insieme alla vegetazione. Eucle si affrettò a staccarsene, poi lo osservò per qualche istante rialzarsi e correre verso i suoi in cerca di aiuto, mentre il fuoco avvolgeva rapidamente il suo corpo.

L'oplita si affrettò a riguadagnare la propria posizione, dove si trovavano i suoi sette prigionieri. Intanto, anche un altro greco aveva appiccato il fuoco a un soldato nemico, che però si era gettato su un gruppo di eretriesi frapposti tra lui e il cumulo di terra sul quale intendeva spegnere le fiamme.

Il gruppo di Filippide.

Il fuoco aggredì anche le tuniche di un paio di prigionieri. Uno dei due si gettò in un fosso, sperando di salvarsi rotolandosi nel fango. L'altro si buttò sul cumulo di terra, ma gli altri, terrorizzati dalle fiamme, si sparpagliarono. Eucle ricordò che Filippide si era procurato quei prigionieri con un colpo di fortuna, e a scapito suo; gli dèi adesso l'avevano punito con un rovescio di fortuna.

L'hemerodromos tornò indietro per radunarli, ma non riuscì a recuperarli tutti; Eucle ebbe l'impressione che uno fosse finito nel gruppo di Tersippo. Intanto il locago dava ordine di iniziare la fuga, nonostante Cinegiro si divertisse a inseguire e terrorizzare i persiani più vicini; questi ultimi tentavano, senza troppi risultati, di stare addosso ai greci per bloccarli fino a quando i commilitoni di rinforzo non avessero trovato il modo di superare la barriera di fuoco, che andava estendendosi con grande rapidità.

Almeno due terzi degli opliti si portava dietro degli eretriesi, ma nessuno ne aveva un gruppo tanto folto quanto loro tre. Eucle provò a contare quelli dei suoi due sfidanti, ma nella concitazione non poté dirsi sicuro del numero. Per di più, dalla cortina di fuoco lungo il lato marittimo iniziarono a spuntare alcuni persiani. L'oplita non se ne stupì: in precedenza, aveva visto gli ufficiali frustare i subalterni per indurli ad assumersi dei rischi, e non aveva dubbi che i soldati fossero stati costretti dai superiori a gettarsi tra le fiamme.

Le loro esitazioni, comunque, avevano consentito ai greci in fuga di prendersi un po' di vantaggio. Ora si trattava solo di avvicinarsi alle linee greche e di attendere che il tiro di copertura degli arcieri frenasse l'inseguimento dei persiani. Oltretutto, pensò confortato Eucle, l'incendio che si stava sviluppando alle loro spalle e di fianco illuminava la pianura, se non a giorno, almeno in misura sufficiente a consentire ai tiratori di prendere la mira.

Sembrava che fossero in procinto di cavarsela. Ma per lui non era abbastanza. C'era una sfida in ballo, e doveva appurare se l'aveva vinta, prima di rientrare nelle linee amiche. Tentò ancora una volta di contare i prigionieri dei suoi amici: a una prima occhiata, gli parve di averne di meno, almeno di Tersippo. Osservò meglio. Sì, Tersippo ne aveva otto, Filippide cinque, e lui sei: ma quello che si era spento le fiamme gettandosi nella fossa arrancava pericolosamente.

Si sentì perduto. Almeno fino a quando non vide che numerosi persiani si stavano avvicinando. E gli arcieri dalle linee greche non avevano ancora iniziato a tirare.

La situazione, dunque, poteva cambiare ancora.

Il primo a essere colpito fu il locago. Era rimasto più indietro, come era giusto che dovesse fare un ufficiale in ripiegamento; un persiano gli tirò una lancia centrandolo alla schiena. Eucle vedeva bene i nemici al loro inseguimento. Il fuoco che ormai avvolgeva la pianura da un lato conferiva loro una luce sinistra, rivestendoli di un tremore spettrale che incuteva paura. Temette subito per i prigionieri i quali, infatti, furono presi dal panico. Poi ebbe paura anche lui: almeno, cominciò ad averne dopo essersi reso conto che alcuni nemici continuavano ad avvicinarsi a dispetto delle fiammelle sui loro indumenti.

Tutto contribuiva a farli apparire come demoni in preda alla più sfrenata esaltazione. Eucle fu percorso da un brivido lungo la schiena: se erano capaci di compiere il loro dovere nonostante il fuoco sugli indumenti, sarebbero stati ossi davvero duri, adesso come nella successiva battaglia. Ora che il locago era caduto, ognuno pensava per sé. Quell'azione, nata senza alcun coordinamento, era destinata a concludersi con una serie di fughe individuali.

Quindi, ciascuno doveva pensare a se stesso. Ma Eucle non poteva fare a meno di badare anche a quel che succedeva ai suoi amici sfidanti. Tersippo era quello che aveva più prigionieri al seguito, e per questo era tra i più lenti. Chi aveva ucciso il locago si avvicinò anche a lui, preferendo lanciarsi contro gli eretriesi disarmati che contro l'oplita. Tersippo ne perse due, prima di riuscire ad assestare un colpo mortale al nemico.

Eucle si accorse che uno dei suoi era caduto. Quegli imbecilli, pensò, sono talmente spaventati che corrono con il naso per aria, senza vedere dove mettono i piedi! Gli altri, poi, erano talmente spaventati che non osarono fermarsi ad aiutarlo: ciascuno di loro continuava ad assieparsi intorno all'oplita, vedendo in Eucle la sola speranza di salvezza.

Toccò a lui tornare indietro a sollevare il malcapitato. Adesso che Tersippo era stato costretto a rinunciare a una parte dei suoi prigionieri, non aveva alcuna intenzione di perdere Ismene per colpa di un imbecille. Ma quando tentò di sollevare l'eretriese, questi mostrò di non essere in grado di poggiare il piede a terra. C'era poco da fare. Eucle lo lasciò lì e si portò subito via gli altri, a dispetto dei suoi lamenti. Pochi istanti dopo, quei lamenti si tramutarono in un urlo straziante: l'oplita si voltò e vide un persiano estrarre la lama dal corpo del prigioniero che aveva abbandonato.

Si disse che non avrebbe potuto fare altrimenti, e reagì agli sguardi accusatori degli altri eretriesi gridando: «Cosa volevate che facessi? Che lo portassi a spalla? Per farvi uccidere tutti?».

Nessuno fiatò. Almeno, fino a quando quello stesso persiano non li raggiunse. Eucle se ne accorse solo dall'urlo che l'ultimo della fila aveva lanciato nel momento in cui era stato trafitto alla schiena. L'oplita dovette fermarsi e combattere ancora. Uno sguardo fugace intorno a lui gli fece capire che non era il solo degli ateniesi a dover respingere l'assalto degli inseguitori più vicini. Invocò l'aiuto dei prigionieri, se non altro per confondere l'avversario, ma quelli non si mossero. Combatté in modo scomposto, quasi isterico, mulinando il braccio all'impazzata e urlando come un ossesso, nella speranza di intimorire il persiano e indurlo al ripiegamento. Era certo di essere, ormai, a breve distanza dalla gittata massima delle frecce degli arcieri ateniesi dietro le linee.

Ma quello non arretrava di un passo. Anzi, lo incalzava. Per giunta, stavano sopraggiungendone altri. Con la coda dell'occhio, Eucle vide un oplita venire a dargli manforte. Avvertì una colluttazione a fianco a sé, ma aveva il suo da fare con l'antagonista. Cercò di sbilanciarlo scalciando in direzione dello scudo, ma il persiano era un tipo ben piantato, con un baricentro basso e un fisico compatto, e non era facile fargli perdere l'equilibrio.

Riuscì però a pungerlo sulla spalla sinistra, aprendogli uno squarcio che costrinse l'avversario a liberarsi dello scudo, troppo pesante da sostenere per un braccio ferito. Eucle non esitò ad approfittarne. Invece di colpire subito, però, mulinò ancora la spada per farlo arretrare e si gettò sullo scudo, imbracciandolo. Adesso si sentiva sicuro, e avanzò esponendo il fianco protetto. L'altro, invece, non era più così deciso, e arretrava, un passo dopo l'altro, finché non finì per voltarsi e scappare.

Eucle trasse un sospiro di sollievo e si guardò intorno. Una sola occhiata gli fu sufficiente per fargli capire che, accanto a lui, era successo di tutto. A terra, morti, giacevano due persiani, un oplita e... due eretriesi.

Due *suoi* eretriesi.

Ebbe un gesto di stizza e guardò oltre. Era ormai lontano dal fuoco, e l'oscurità era tornata a essere quasi del tutto impenetrabile. Gli parve di vedere ancora qualche scontro. Di fatto, gli ateniesi arretravano combattendo, anche se non in tutti i settori. Con la sfortuna che si ritrovava, pensò, Tersippo e Filippide erano finiti di certo in zone dove i persiani non erano arrivati, ed erano potuti ripiegare con i loro prigionieri sani e salvi.

Poi vide altre sagome corrergli incontro dalla parte da cui provenivano gli inseguitori. Altri persiani che non si davano per vinti. Ricominciò a correre con i tre prigionieri rimastigli. Arrivò a spingerli, a incitarli, a insultarli, perfino, perché tenessero il suo passo.

«Forza, idioti! Io ho lo scudo, eppure corro più veloce di voi! Muovetevi! Volete crepare come i vostri amici?», urlava. Ma poi si interruppe. Percepì un sibilo sopra di sé. E poi un altro.

Gli arcieri avevano iniziato a tirare. Era a poco più di uno stadio dalle linee ateniesi. Ma proprio allora uno dei prigionieri si fermò e si piegò sulle ginocchia, ansimante.

«Che fai? Ti fermi proprio adesso? Siamo proprio davanti ai nostri!», gli gridò.

«Non... non ce la faccio più...», sussurrò quello, tossendo a ogni parola.

Eucle batté la spada sullo scudo per la collera e fece per tornare indietro. Fu questione di un attimo: un nuovo sibilo, tra tanti altri, e il suo interlocutore si accasciò a terra.

Una freccia lo aveva trapassato alla base del collo.

Eucle rimase qualche istante immobile, come paralizzato. Poi si rese conto che non poteva rimanere lì. La pioggia di frecce si faceva più intensa e, se contribuiva a sbarrare la strada agli inseguitori, rischiava anche di abbattersi su di lui e su quanto gli rimaneva del suo bottino.

La gran parte dei persiani si era arrestata, ma qualcuno provava a procedere isolatamente. I dardi non risparmiarono nessuno dei più avanzati che, nella migliore delle ipotesi, se ne tornavano indietro con una freccia piantata in qualche parte del corpo. La loro sorte finì per scoraggiare gli altri, ed Eucle conservò lo scudo per tenerselo sulla testa finché non giudicò di essere troppo vicino alle linee per essere colpito dai tiri spioventi. Poi lo gettò e trascinò con forza i suoi due eretriesi superstiti oltre l'ingresso del vallo.

Appena entrato, ricevette i complimenti e le pacche sulle spalle di numerosi compagni. Ma i suoi occhi cercavano Filippide e Tersippo. Vide subito Cinegiro, invece. Se l'era cavata, ma era coperto di sangue. Sangue nemico, a giudicare dalla prorompente vitalità di cui dava mostra e dalla sua smania di raccontare com'era andata. A Eschilo, soprattutto, che era accorso all'ingresso per avere notizie del fratello.

Annuì distrattamente agli apprezzamenti dei compagni, prese per mano le sue due prede, che si lamentavano invece di volersi riposare, e si spostò alla ricerca degli altri due sfidanti. Non ebbe bisogno di fare molta strada. Erano lì, a pochi passi, oltre la calca di guerrieri, e discutevano animatamente. Contò quanti ne avevano intorno. Dietro Filippide c'erano solo due eretriesi.

Dietro Tersippo altrettanti.

VI

Tersippo pare arrancare, pensa Eucle dopo essersi voltato a osservare il rivale. Be', era prevedibile. Non è fatto per le corse lunghe. È fatto per le strategie di lungo periodo, ma non per correre a lungo.

Il percorso si è fatto frastagliato, impegnativo, tortuoso. I tre sono uno dietro l'altro, con Tersippo in coda. Ma non si fa staccare. Come d'altronde Eucle, che non ha alcuna intenzione di lasciar scappare Filippide, sebbene sia costretto a osservarne sempre le spalle. Ma siamo appena all'inizio della gara ed Eucle si aspetta che le distanze tra i tre si accentuino, con il passare del tempo. E continua a pensare che gli sforzi delle ultime ore, il percorso lungo e difficile, provochino un crollo improvviso in qualcuno di loro. E spera di non esserne lui la vittima.

Veramente, quello che dispone di minore autonomia dovrebbe essere proprio Tersippo. Eucle, anzi, si chiede come mai l'amico abbia deciso di sottoporsi a quest'ultimo sforzo pur sapendo di non poter competere con lui, e tanto meno con Filippide. Le sue occasioni le ha avute in precedenza, e le ha mancate. Deve tenerci proprio, al patrimonio di Ismene. *Al patrimonio*, non certo a Ismene, di questo Eucle è sicuro.

La sua tattica è chiara. Tersippo procede con la propria andatura, più lenta della loro, sperando che i suoi due sfidanti abbiano un cedimento. Sa che la battaglia appena sostenuta può dare esiti imprevedibili a quella corsa. Ha sempre fatto bene i suoi calcoli, e non rischierebbe nulla se non pensasse di avere qualche minima possibilità di conseguire l'obiettivo. È un uomo troppo determinato e calcolatore per andare allo sbaraglio e sprecare energie in un'impresa senza speranza.

A meno che i suoi timori su Filippide non lo abbiano spinto a marcarlo stretto, almeno fino a quando le sue condizioni fisiche glielo consentono.

E pensare che erano amici perfino più stretti di quanto Eucle fosse riuscito a essere con l'uno o con l'altro, prima. C'era stata subito sintonia tra loro, anche se era stato Eucle a presentarli. Al contrario, Eucle ci aveva messo parecchio per digerire il carattere scontroso di Tersippo. Lo aveva conosciuto molto più tardi dell'hemerodromos, durante il biennio di efebato, subito dopo aver compiuto i diciott'anni. E all'inizio non gli aveva fatto una buona impressione.

Eucle rammenta la prima occasione in cui ha avuto a che fare con Tersippo. Era stato proprio il primo giorno di efebato. Lo avevano condotto, insieme a molti altri ragazzi della sua età, appartenenti alla sua tribù, nel tempio di Aglauro, dove avrebbe dovuto prestare il giuramento di rito. Si sentiva emozionato e importante. Stava entrando nell'età adulta, si preparava a diventare un guerriero e un atleta, e, come tutti i ragazzi presenti, si augurava di potere un giorno dare lustro alla città con la sua opera, militare e sportiva.

Osservava gli altri, quelli che sarebbero stati i suoi inseparabili compagni nei due anni successivi, cercando di scovare qualche volto noto, qualcuno cui lo legasse se non un'amicizia, una conoscenza consolidata; una tribù era formata da trittie e demi non territorialmente contigui, pertanto molti giovani non appartenevano alla cerchia delle sue abituali frequentazioni.

Scrutava i veterani schierati vicino all'altare, gli esperti guerrieri che sarebbero stati assegnati a ciascuno di loro per guidarli e formarli in tutto il periodo del loro apprendistato. Erano in panoplia completa, come la solennità della circostanza richiedeva, le armi lucide e ben curate, l'elmo sottobraccio, lo scudo poggiato a terra con la lancia piantata per l'ammazzalucertole, la punta posteriore, e osservavano le reclute con un'evidente espressione di compatimento, qualcuno perfino di disprezzo, ridacchiando e scambiandosi occhiate eloquenti tra di loro.

Eucle si chiedeva quale di quei valorosi sarebbe divenuto il suo "amante", come venivano chiamati gli istruttori personali degli efebi. Non aveva mai provato alcuna attrattiva per il corpo maschile, e si augurava di non capitare con qualcuno che potesse chiedergli prestazioni di un genere che lui non era disposto a fornire. Filippide, che aveva terminato l'efebato l'anno precedente, gli aveva confidato di aver subìto fin dai primi giorni le molestie del suo amante, e di aver finito per cedere. In seguito non l'aveva trovato poi tanto male, anche se era rimasto dell'idea che si provasse più piacere con le donne, e al termine del biennio di apprendistato era tornato a trascorrere l'intimità solo con l'altro sesso. Eucle, al contrario, era ben deciso a respingere qualunque approccio, ed evitava di incrociare lo sguardo diretto di qualcuno dei guerrieri, per evitare di dar loro l'idea di essere disponibile.

Il magistrato presente nel tempio richiamò l'attenzione dei ragazzi e annunciò che era giunto il momento del giuramento. Uno alla volta, gli efebi vennero chiamati davanti all'altare e invitati a giurare, secondo la formula che erano tenuti a sapere a memoria. Eucle rimase colpito dalla sicurezza e dalla convinzione con cui pronunciò le solenni parole il ragazzo che lo precedeva, un tipo basso e tarchiato dall'aria seria e compunta, che proprio non riusciva a immaginare capace di sorridere.

«Io non disonorerò queste sacre armi, né lascerò l'uomo posizionato accanto a me nella linea. Io difenderò i posti sacri e quelli secolari e non consegnerò la madrepatria più piccola, ma più grande e più potente che sia possibile, e darò ascolto a coloro che sono al potere e alle leggi emanate e che saranno emanate in futuro, e se qualcuno le abolirà non glielo permetterò per quanto è possibile a me e agli altri, e onorerò i culti ancestrali. Mi siano testimoni gli dèi Aglauro, Hestia, Enio, Enialo, Ares e Atena Areia, Zeus, Tallo, Auxo, Egemone, Eracle, le frontiere della madrepatria e il suo grano, l'orzo, le viti, le olive e gli alberi di fico».

Il ragazzo era stato impeccabile. Prima che tornasse indietro, il magistrato aveva chiamato un guerriero e glielo aveva affiancato, sancendo l'istituzione della coppia da cui sarebbe nato un nuovo oplita. Subito dopo toccò a lui. Eucle era emotivo, e si confuse almeno due volte, mangiandosi alcune parole ed esitando durante l'elencazione degli dèi. Si vergognò di se stesso e, quando il magistrato gli assegnò il suo amante, non ebbe quasi il coraggio di guardarlo in faccia, convinto che si fosse già fatto una pessima opinione di lui.

Ma a mortificarlo davvero pensò subito il ragazzo che lo aveva preceduto. «Se uno non pronuncia con convinzione il giuramento, mi sembra difficile che possa anche rispettare gli impegni che esso presuppone con gli dèi, con la patria e con i commilitoni...», commentò passandogli vicino, con aria sprezzante.

Eucle ci mise un po' per rendersi conto delle sue parole. Non si aspettava che, in quel momento solenne, qualcuno avesse voglia di attaccare briga.

«Be', può capitare a tutti di emozionarsi», borbottò. «Quanto poi a fare il proprio dovere, è ben'altra cosa, e te lo dimostrerò alla prima occasione». Ecco, adesso si era cacciato in un altro guaio. Se avesse fallito sarebbe rimasto marchiato per sempre.

Gli arrivò una robusta pacca sulla spalla. «Bravo! Così si parla! Con il mio aiuto, vedrai, faremo mangiare la polvere a questo spaccone, alla prima competizione!». Il suo futuro istruttore gli rivolse un franco e aperto sorriso.

«Se questo accadrà, sarò il primo a congratularmi con te», disse il ragazzo. «Vorrà dire che in futuro, quando saremo in guerra, saprò di poter contare su un commilitone al mio fianco che non ha paura e che è disposto a morire per aiutare i compagni e per la patria!».

Parlava come se declamasse davanti a un auditorio e, in effetti, Eucle si rese conto che, in precedenza, quel ragazzo non lo aveva deriso, ma solo biasimato. Doveva essere un tipo che si prendeva tremendamente sul serio, e non poteva averlo preso in giro, perché pareva non possedere alcun senso dell'umorismo. Gli parve comunque un individuo in possesso di una forte personalità, e di un carisma che gli avrebbe potuto permettere di esercitare un forte ascendente sugli altri. Urgeva guadagnarsi la sua stima, e il solo modo in cui avrebbe potuto farlo era mantenere il suo impegno, ovvero superarlo in qualche gara.

«Non temere, ragazzo», aggiunse il suo mentore rivolgendosi al giovane. «Dall'addestramento di Epizelo non è mai uscito un vigliacco, né un incapace. Sono certo che il nostro Eucle sarà all'altezza di chi l'ha preceduto. Anzi, sarà perfino meglio!».

Quella fu anche la prima volta che Eucle incontrò Epizelo. E lo trovò subito simpatico. Un'impressione peraltro confermata nelle settimane successive. Epizelo era un istruttore inflessibile, ma mai ingiusto. Come prevedeva la prassi dell'efebato, l'addestramento delle armi non era contemplato per l'intero primo anno, dedicato esclusivamente all'allenamento fisico, per fare degli efebi degli atleti in grado di competere in tutte le discipline e di affrontare ogni sforzo fisico. L'allenatore di Eucle era tra i più presenti e costanti nell'affiancare l'allievo negli esercizi, e aveva sempre qualche aneddoto da raccontare sulle sue passate imprese belliche e sportive. Mostrava una grande conoscenza della storia dei Giochi panatenaici, citando a memoria l'intero albo d'oro, disciplina per disciplina; né Eucle né gli altri allievi erano mai riusciti a coglierlo in fallo, e il giovane andava fiero di ostentare la competenza del proprio maestro con chiunque la mettesse in dubbio.

Quelle erano le prime sfide che aveva vinto, ma sapeva che, con il trascorrere del tempo, avrebbe dovuto esporsi in prima persona. Le palestre del Pireo erano diventate la sua casa, la corte interna, delimitata da lunghi colonnati, il suo campo di allenamento per gran parte della giornata, gli alloggiamenti sulle ali il suo ricovero notturno. Epizelo non aveva mai tentato alcun approccio, ed Eucle ne fu grato agli dèi: soprattutto i primi tempi, infatti, era talmente stanco che non sarebbe stato in grado di opporre resistenza.

Come tutti lì dentro, Eucle sognava di diventare il più bravo, e si impegnava duramente per esserlo. Ma vedeva che anche gli altri lavoravano sodo, e i conti si sarebbero fatti solo alla prima vera prova. Lo spirito competitivo era molto alto tra gli efebi, e ciascuno faceva del proprio meglio per prepararsi a essere un degno rappresentante della città più potente dell'Ellade. Intanto, il giovane cercava di capire con l'aiuto di Epizelo in cosa potesse eccellere, quale fosse la disciplina in cui avrebbe avuto più possibilità di vincere una corona d'ulivo in qualche competizione importante.

La giornata non sembrava mai sufficiente a permettere a Eucle di allenarsi in tutte le specialità. Al contrario di molti altri suoi colleghi, Epizelo era un convinto fautore dell'esercizio costante e giornaliero in ogni disciplina. Così, mentre altri efebi affrontavano a rotazione corse di fondo e scatto, lanci e salti, lotta e pancrazio, lui faceva tutto ogni giorno, e se gli mancavano avversari era il suo stesso istruttore a prestarsi. Epizelo pensava che l'abitudine fosse l'esercizio migliore, e rendesse naturale gesti, sforzi e automatismi che, altrimenti, si sarebbe impiegato del tempo a recuperare.

Nel giro di qualche settimana, quando i suoi muscoli si furono rilassati, Eucle si abituò a considerare qualsiasi disciplina alla stregua delle altre, senza reputarla più ostica o fastidiosa. Si accostava di buon grado a qualunque esercizio senza temerlo, mentre altri, che si concentravano sulle discipline che più li divertivano, si lamentavano e faticavano quando arrivava il momento di affrontarne altre. Ma si rese anche conto che un addestramento del genere avrebbe ritardato la presa di coscienza sulle sue vere attitudini. Mentre gli altri si andavano indirizzando verso le specialità che gli erano più congeniali, lui doveva ancora capire se fosse più potente o più agile, più portato alla resistenza o allo sforzo breve. E soprattutto, se ci fosse davvero qualcosa che lo divertiva.

La sua pietra di paragone era Tersippo, il ragazzo che l'aveva provocato il giorno del giuramento. Il giovane mostrava una spiccata propensione alla velocità, e il suo istruttore ne assecondava le doti, sottraendo tempo e spazio agli allenamenti nelle altre discipline per permettergli di concentrarsi sullo scatto. Eucle dava per scontato, ormai, di non poter competere con lui nello stadion, ma proprio per questo aspirava a prendersi la rivincita in altre specialità.

Iniziò a lamentarsene con Epizelo. Ma il suo istruttore non sentiva ragioni. «La vera rivincita te la prenderai al termine dell'efebato, nelle prove finali. Tu saprai fare tutto piuttosto bene, gli altri saranno bravi in una o due discipline e mediocri nel resto», diceva.

«Ma *piuttosto bene* non è abbastanza!», protestava Eucle. «Si ricordano solo i vincitori, non quelli che si piazzano! E poi devo ricacciare in gola a Tersippo quello che mi ha detto, non ricordi? Il rischio è che sia io a diventare un mediocre, non gli altri!».

«Stai investendo su di te, ragazzo. Lo Stato sta investendo su di te. E gli investimenti più saggi sono quelli a lunga scadenza. Un cittadino che sappia cavarsela in ogni situazione è un cittadino più utile di quelli che eccellono in qualcosa ma sono totalmente incapaci in tutto il resto. Ti specializzerai quando sarai sufficientemente bravo in tutto. Allora avrai i mezzi, gli strumenti e la consapevolezza per scegliere con più raziocinio e lungimiranza. E se perderai le prime gare, pazienza. I conti si faranno alla fine».

Eucle non riusciva a dare completamente torto al suo istruttore, ma le prime gare pubbliche nel *gymnasion* si avvicinavano, e non poteva tollerare di vedersi sconfitto da quel ragazzo. Con il trascorrere delle settimane, aveva avuto conferma che Tersippo era un individuo capace di attirare l'attenzione della gente, e temeva, non guadagnandosi la sua stima, di rimanere tagliato fuori dalla considerazione del gruppo. Così di sera, non pago degli allenamenti diurni, riprendeva a correre, cercando di sviluppare la propria resistenza allo sforzo prolungato, che gli pareva il tallone d'Achille di Tersippo.

Epizelo talvolta lo andava a osservare mentre correva nella corte, e scuoteva la testa senza dir nulla: finché non sottraeva tempo agli allenamenti che gli prescriveva, non poteva certo vietarglielo. Ma era chiaro che disapprovava, e al minimo accenno di cedimento o di stanchezza il giorno seguente, si irrigidiva e non risparmiava al suo allievo alcuno sforzo.

Nel frattempo, tuttavia, Eucle si teneva a distanza dal ragazzo, come anche dagli altri. Era un atteggiamento diffuso tra gli efebi, nei primi tempi. Tutti tendevano a trascorrere più tempo con il proprio istruttore che con i compagni. Il desiderio diffuso di primeggiare e la mancanza di equilibrio di un giovane, di fronte alle prime vere prove di vita, inducevano ogni efebo a vedere gli altri come antagonisti, come rivali di cui diffidare, gli aveva spiegato Epizelo. Solo dopo le prime competizioni, una volta delineate le gerarchie, si sarebbero stabilite e consolidate le amicizie, e si sarebbe creato quello spirito di gruppo che avrebbe costituito la base del successo di Atene nelle campagne militari, ma anche nelle competizioni sportive fuori dall'Attica.

Quando venne il momento delle gare pubbliche, Eucle aveva

puntato tutto sul dolicos. Si correva con una torcia in mano, che costituiva il testimone che i concorrenti si passavano durante la staffetta. Come aveva previsto, nel resto delle competizioni non aveva brillato. Al termine di ogni gara in cui era stato eliminato prima della finale, aveva dovuto sorbirsi il discorsetto rassicurante di Epizelo e lo sguardo irridente di Tersippo; questi, d'altra parte, non aveva conseguito risultati molto migliori di lui, e perciò, se non altro, si risparmiava ogni commento. Ma Eucle era certo che l'altro efebo si fosse concentrato sullo stadion; se fosse riuscito a eccellere, la sua umiliazione sarebbe stata davvero completa.

Per colmo della sfortuna, nello stadion capitò in batteria proprio con Tersippo. Epizelo gli suggerì di non sprecare energie che avrebbe potuto meglio impiegare nelle gare più lunghe, ma Eucle volle giocarsela: i suoi genitori erano venuti a vedere le gare e lui, fino ad allora, non aveva dato loro grandi soddisfazioni. Non li avrebbe fatti vergognare del figlio arrivando ultimo o, peggio ancora, rinunciando alla gara. Avrebbe tentato in tutti i modi di qualificarsi per il turno successivo.

Il gymnasion del Pireo in cui correvano gli efebi non era altro che una rozza arena con degli spalti di legno intorno, senza i meccanismi di partenza o di segnalazione degli impianti dove si tenevano le competizioni di alto livello. Le gare, di solito, erano sovvenzionate dai gimnasiarchi, cittadini facoltosi che si mettevano d'accordo tra di loro sponsorizzando i concorrenti della propria tribù. E nessuno intendeva sprecare troppo denaro per degli efebi alle prime armi.

La linea di partenza era caratterizzata da un semplice solco nel terreno e uno degli istruttori era piazzato al fianco degli atleti per dare il via a voce. I concorrenti erano quindici, e solo i primi cinque si sarebbero qualificati per il turno successivo, ovvero per la semifinale. Eucle vide Tersippo prendere posto in una corsia lontana dalla sua, in una posizione sul lato opposto della pista.

Gli efebi si piazzarono l'uno di fianco all'altro, in piedi, con le ginocchia leggermente piegate e la gamba sinistra avanti. Le braccia erano anch'esse protese in avanti, il busto leggermente piegato. Erano completamente nudi, e i loro corpi scintillavano al sole grazie all'olio con cui si erano frizionati in precedenza. Eucle decise di fare la gara su Tersippo, sia perché era con lui che gli interessava competere, sia perché lo riteneva il più forte. Con la coda dell'occhio, tenne lo sguardo fisso su di lui fino al momento in cui udì il giudice decretare il via.

Tersippo, invece, guardava fisso davanti a sé, concentratissimo. Lo vide subito assumere la posizione più corretta, con la falcata più ampia che le sue corte leve gli potessero permettere, il busto pienamente eretto e le braccia che basculavano avanti e indietro: la mano del braccio anteriore si spingeva fino all'altezza del viso, quella del braccio posteriore si estendeva dietro la schiena ben sopra il bacino.

Era da manuale ed Eucle cercò di imitarlo, ma sentì subito i propri muscoli irrigidirsi. Decise allora di passare a una corsa più istintiva, ma intanto metà gara se n'era andata e Tersippo era primo, lui a metà dello schieramento. Non bastava. Doveva risucchiarne almeno un paio. Incrementò la cadenza, cercando di resistere alla tentazione di assumere i movimenti tipici del podista da fondo, che gli riuscivano più naturali.

Si accorse che funzionava. In pochi istanti, ne rimasero pochi davanti a lui. Poi, improvvisamente, notò che Tersippo non era più primo. Nonostante temesse di rallentare, non poté fare a meno di seguirlo con lo sguardo proprio un istante prima di passare il traguardo. Il rivale stava rallentando vistosamente, facendosi superare perfino da lui.

Ne arrivarono tre prima di loro. I due giovani piombarono all'arrivo quasi insieme, Tersippo una spanna dietro Eucle, e appena due spanne davanti a un altro concorrente. Ed Eucle si fermò non appena lo slancio glielo permise, mentre l'altro continuò a trotterellare per un pezzo, per poi tornare indietro.

Eucle rimase piegato in due, con le mani sulle ginocchia, ansimante e duramente provato. E quando Tersippo gli passò vicino, camminando tranquillamente e con il busto eretto, non poté fare a meno di chiedergli: «Perché hai rallentato? Hai rischiato di essere eliminato».

Tersippo sorrise. «Ecco due differenze tra me e te. La prima: ti sei dovuto impegnare per qualificarti a stento, io ho solo passeggiato».

«E l'altra?»

«Ti sei sforzato talmente tanto da non avere che una vaga idea della tua posizione. Io sono rimasto lucido e ho potuto controllare la situazione fino all'ultimo», sentenziò, per poi andarsene via.

Tattico. Un gran calcolatore. Risparmiava energie per i turni successivi ed evitava di attirare troppa attenzione su di sé, scongiurando il rischio di essere troppo marcato in seguito. Eucle si chiese se fosse un'idea del suo allenatore o una strategia dello stesso Tersippo, ma non aveva difficoltà a ritenere che il giovane avesse tutte le capacità per escogitare trovate del genere.

D'altra parte, il loro destino in semifinale era già scritto. Poche ore dopo corsero ancora, sebbene in batterie diverse. Tersippo fu di nuovo quinto, e con le stesse modalità. Eucle, invece, non fu mai in corsa per la qualificazione alla finale; ma il suo obiettivo l'aveva ottenuto, e con la mente era già alla gara di fondo. Seguì però con molto interesse la finale. Tersippo stavolta non scherzò. Partì forte e arrivò forte, lasciandosi dietro tutti gli altri. Solo in due riuscirono ad arrivargli a pochi piedi. Era giunto il momento di lanciargli la sfida.

Eucle si avvicinò al vincitore subito dopo che questi aveva ricevuto i complimenti degli altri concorrenti. Ma anche altri efebi si affollavano intorno a lui per congratularsi. Quando riuscì ad arrivargli vicino, gli strinse la mano, lo tirò a sé e gli sussurrò all'orecchio: «Adesso arriva il dolicos, e tocca a me. Vogliamo scommettere che il risultato sarà esattamente il contrario?».

Tersippo lo guardò per un istante con i suoi occhi penetranti. Eucle si voltò e fece per andarsene, ma l'altro lo richiamò.

«Va bene, scommettiamo», gli disse, avvicinandosi a lui. «Scommettiamo la mia amicizia. Se perdi, mi avrai come nemico. E io posso essere un nemico molto pericoloso, perché un giorno diventerò qualcuno. Se vinci la scommessa, mi avrai sempre come amico, e non te ne pentirai. Te la senti di rischiare?».

Eucle rifletté per qualche istante. «E se non scommettiamo?».

Tersippo fece spallucce. «Nulla. Continuerai a essermi indifferente».
«Ci sto. Scommettiamo», disse infine Eucle.

Il sole aveva appena iniziato a gettare una timida luce sulla pianura di Maratona. Prendeva forma la Tetrapoli, i quattro villaggi che delimitavano la piana, Probalinto, Tricorinto, Enoe e Maratona, evacuati dagli abitanti subito dopo lo sbarco dei persiani. Si delineavano con maggiore chiarezza le sagome dei monti che incombevano sulla piana, quasi isolandola dall'interno dell'Attica, facendone un mondo a parte, degno scenario di uno scontro inedito, epocale e destinato a passare alla storia.
E dove non c'erano i monti, c'erano le paludi, a completare il perimetro dell'agone maestoso. A sud-ovest la piccola palude di Vrexiza, subito alle spalle del villaggio di Maratona e del bosco di ulivi intorno al tempio di Eracle, ove si erano attestati gli ateniesi e i plateesi. A nord-est la grande palude alimentata dal fiume Carandro e dalle sorgenti di Makaria, davanti alla quale si erano accampati i persiani. E a est il mare, interrotto dalla lunga lingua del promontorio di Cinosura, all'interno del quale aveva trovato riparo dai venti la flotta persiana, ancorata davanti alla spiaggia di Schinias. Un lago di acqua dolce riluceva placido tra la palude, la spiaggia e il promontorio, permettendo agli invasori un comodo approvvigionamento idrico.
E in mezzo la piana, l'arena di combattimento di due popoli. Una radura acquitrinosa e umida, dove le paludi e i torrenti non volevano saperne di stare al loro posto e tendevano a prendersi più spazio del loro alveo. Non c'era più un capo di bestiame che pascolasse in quella radura, resa sgombra dal panico della popolazione e famosa da una delle più celebri imprese di Teseo: la cattura del terribile toro che terrorizzava la Tetrapoli.
Tutti i greci presenti, tuttavia, erano consapevoli che ben presto la fama di quel luogo malsano si sarebbe accresciuta, e di molto, con un nuovo evento di portata tale da oscurare qualunque impresa precedente. L'arrivo degli spartani era annunciato in giornata, o tutt'al più per quella successiva, e ogni componente

dell'armata, dallo schiavo al fante leggero, dall'oplita agli ufficiali, dagli strateghi al polemarco, si stava preparando mentalmente all'imminente battaglia.

Ogni componente dell'armata, tranne tre.

Eschilo ed Epizelo, alzatisi da poco dai loro giacigli, guardarono con commiserazione Eucle, Filippide e Tersippo discutere ancora tra loro. Non avevano fatto altro, da quando erano tornati dall'azione notturna e, diversamente da Cinegiro, che aveva utilizzato il resto della nottata per riposarsi, erano rimasti svegli e in piedi a disputarsi la vittoria in quella loro insulsa sfida.

«Che imbecilli! Invece di riprendersi dallo sforzo stanno sprecando altre energie che saranno loro ben più utili a breve!», li biasimò Epizelo.

«Lo trovo inconcepibile», gli fece eco Eschilo scandalizzato. «Dopo un'azione del genere, perfino quell'esaltato di mio fratello ha sentito il bisogno di riprendersi. E con quello che ci aspetta, poi... Vogliono proprio morire?»

«Sono sempre stati cocciuti, tutti e tre», commentò Epizelo scuotendo il capo. « Sempre in competizione tra di loro, fin da quando erano efebi. Per ogni cosa. Direi anzi che le loro sfide hanno consolidato l'amicizia che li lega. Ma stavolta, non so... è diverso».

«Che vuoi dire?»

«Non saprei dirtelo, esattamente. Ma ho la sensazione che, da rivali, si stiano trasformando in avversari, in nemici, forse. Al di là di quello che hanno messo in palio, forse è solo arrivato il momento, per loro, di stabilire chi è il più bravo».

«Una questione d'onore, insomma», rifletté Eschilo. «Un desiderio di preminenza e di supremazia che si è mantenuto nell'ambito del gioco, finora. E adesso che la patria è davvero in pericolo, nell'occasione più importante, fanno sul serio».

«Come sempre, sai analizzare il cuore degli uomini... Non scriveresti drammi, altrimenti», commentò compiaciuto Epizelo.

«La vera natura degli uomini si vede sotto pressione, di fronte al pericolo vero. È quello che ho capito meglio di ogni altra cosa, nella mia vita...».

Epizelo scosse la testa, con amarezza. «Sai, non so quanto sia colpa loro, in fin dei conti. Lo Stato ci esorta alla competizione fin da piccoli. Ci fa crescere con la smania di dimostrarci più bravi degli altri, e poi, però, ci intima anche di mettere la nostra bravura al servizio della patria, per la maggior gloria di Atene, e non del singolo. È ovvio che molti vivano male questa contraddizione e abbiano un po' di confusione, in testa e nell'animo. Durante il biennio di efebato, ho cercato di trasmettere a Eucle uno spirito... diciamo così... "di servizio", formandolo in maniera completa, senza assecondare la sua tendenza a specializzarsi solo per potersi innalzare sopra gli altri. Ma nessuno ragionava in questi termini, neanche tra i miei colleghi allenatori, e ho visto che lui, inevitabilmente, si sentiva in una condizione di inferiorità, senza un'occasione per eccellere, per farsi notare. Così, ho dovuto lasciare che si comportasse come tutti gli allievi, sviluppando le sue doti più specifiche e assecondando il suo desiderio di primeggiare».

«Già», annuì Eschilo. «Mi ha sempre messo a disagio questa mentalità. Non ho il desiderio di vincere gare o di distinguermi in guerra, e questo mio fratello non me lo perdona. Mi disprezza proprio perché non ho alcun bisogno di primeggiare, ma solo di compiere il mio dovere...».

Epizelo sorrise. «Forse ciò in cui intendi primeggiare è la tua arte».

Eschilo si mostrò infastidito. «Che dici? Io compongo drammi e scrivo storie per me stesso, perché mi sento felice quando lo faccio! Stai forse accusandomi di essere un ipocrita? O magari un codardo e uno sfaticato, come dice mio fratello?».

Epizelo rimase sorpreso dalla reazione del giovane e blaterò qualcosa di incomprensibile. Ma intanto Eschilo si era già allontanato in direzione dei suoi tre amici. Il poeta ne aveva abbastanza di qualunque riferimento, anche indiretto, alle sue scarse attitudini belliche e sportive, e si sentiva punto sul vivo ogni volta che l'argomento lo sfiorava. Non era solo suo fratello a punzecchiarlo, ma anche gli amici e perfino i conoscenti. Molti ironizzavano sulle sue virtù poetiche, paragonandolo ad Archiloco, il poeta che si era vantato, nelle sue opere, di aver gettato lo scudo in battaglia per salvarsi la vita.

Ma almeno, Archiloco, in battaglia c'era stato, dicevano i più malevoli. Eschilo invece, a un vero e proprio scontro non aveva mai partecipato. La sua giovane età gli aveva precluso una prima occasione, la sua salute piuttosto cagionevole una successiva. Ebbene, si disse il poeta, il momento era arrivato, e non sapeva come l'avrebbe affrontato. Avrebbe scoperto presto se non aveva mai desiderato andare in battaglia perché non lo interessava la gloria militare, o perché aveva paura.

Si era detto più volte, da quando aveva letto il proprio nome negli avvisi di chiamata per tribù, affissi sotto il monumento ai Dieci Eroi, che non era solo una questione di difesa della propria patria, alla quale anche lui aveva il dovere di concorrere. Era andato convincendosi che un'esperienza del genere fosse anche preziosa per il perfezionamento della propria arte, per poter descrivere al meglio le passioni e le debolezze degli uomini.

Ma se fosse morto, non avrebbe potuto sviluppare alcuna arte.

Se davvero pensava che la vera natura di un uomo si vedesse sotto pressione, come aveva affermato poco prima con Epizelo, be'... nulla più della guerra sottoponeva a pressione un uomo. Adesso ci si sarebbe trovato in mezzo, avrebbe osservato non solo la violenza dell'uomo sull'uomo, ma anche le sue capacità di sacrificio, il suo cameratismo e il suo coraggio.

Ma se fosse stato troppo impegnato a salvare la pelle, non avrebbe avuto modo di osservare un bel niente.

«Ma perché non la piantate?», disse ai tre litiganti non appena arrivò dalle loro parti. E lo fece con un'irritazione maggiore di quanto avrebbe voluto; d'altronde, ci stava mettendo dentro anche quella per se stesso. «Avete tenuto svegli pure i persiani, stanotte, con i vostri battibecchi!».

«Non ti riguarda!», replicò Tersippo, altrettanto stizzito.

Filippide, invece, aveva intenzione di coinvolgerlo. «Lasciamo che sia Eschilo a giudicare, dunque», gridò, rivolto agli altri due. «Ascolta, Eschilo. Avevamo stabilito che avrebbe vinto tra noi chi avesse riportato indietro più eretriesi. Ne abbiamo portati due a testa, e allora dobbiamo adottare un altro criterio. E secondo me, non c'è altro criterio che il valore. Io ho escogitato l'espediente che ci ha permesso di metterci in salvo, tutti e tre!».

«E cosa significa?», protestò Eucle. «Non avevamo parlato di adottare altri criteri in caso di parità!».

«E poi, con quell'espediente hai salvato te stesso, prima di tutto. Non puoi certo biasimarci per averne approfittato!», aggiunse Tersippo.

«Per Zeus, e che significa?», replicò Filippide. «Se non avessi appiccato il fuoco avreste perso tutti i prigionieri e anche la vita, probabilmente!».

«E chi ti dice che non avremmo escogitato qualcos'altro, per salvarci? E poi, il fuoco stava per appiccarlo anche il locago», lo incalzò Eucle.

«Non c'è un giudice. La valutazione che vuoi imporci è solo tua! Io potrei dire che ho diritto alla vittoria perché ero in coda e ho rischiato più di voi!», gli fece eco Tersippo.

«Eccolo, un giudice. Abbiamo Eschilo». Filippide guardò il malcapitato, che si mostrò sgomento.

«Sì, figurati...», sentenziò Tersippo. «Quello non ha neanche partecipato all'azione. Come può dare un giudizio? Anzi, come potrebbe dare un qualsiasi giudizio, lui, che non riguardasse strettamente l'arte poetica?», aggiunse irridente.

Ma Filippide, pur di guadagnarsi un alleato, era disposto a riconoscere a Eschilo talenti che di solito gli negava. «E perché mai? Può giudicarci come chiunque altro. Basta esporgli i fatti. Atene è una democrazia, no? Se dobbiamo eleggere un vincitore, che sia un esterno a stabilirlo». Ovviamente non aveva nulla da perdere: disponendo di una possibilità in più rispetto agli altri due, il peggio che potesse capitargli era un nuovo pareggio.

«Ah, adesso parli dei benefici della democrazia? Tu che ti lamenti sempre dei difetti del nostro sistema di governo? Sei solo un ipocrita che sotto sotto sogna il ritorno della tirannide!», sentenziò Tersippo.

Eschilo temette che iniziassero a darsele. Discutevano spesso di politica. Ma stavolta, aveva ragione Epizelo, era diverso...

Per fortuna Filippide reagì ancora con le parole. «Sei tu il vero tiranno! Con la tua sfrenata ambizione, il tuo desiderio di potere, sei tu che vorresti sfruttare la democrazia per farti eleggere e orientare il popolo secondo la tua volontà. Credi che non ti abbia capito? Credi che non sappia che ti dai tanto da fare per procurarti amici e consensi facendo finta che ti importi dei bisogni della gente, mentre invece pensi solo ai tuoi interessi?».

Tersippo strabuzzò gli occhi, mostrandosi indignato. «Stai attribuendo *a me* i tuoi progetti? Sei tu che intendi sfruttare le tue glorie sportive per guadagnarti consenso politico! Sei tu che disprezzi la democrazia, non io! Gli dèi non vogliano che tu acquisisca gloria ulteriore! Non oso neanche immaginare che fine farebbero le riforme di Clistene se tu raggiungessi una carica di rilievo! Tutti quei tifosi idioti e privi di raziocinio che ti ritrovi, che ti idolatrano come se fossi un dio, che pensano solo alle gare sportive, sarebbero capaci di votare per la propria schiavitù se solo tu glielo chiedessi, e senza neanche capire cosa stanno facendo! Basterebbe che gli promettessi altre gare, altri stadi, altri campioni, e voterebbero qualunque cosa tu voglia!».

«Be', adesso magari stai esagerando. La nostra democrazia è basata sul sorteggio. Il potere è casuale. E c'è piena libertà per tutti, senza i limiti imposti da un'autorità suprema e insindacabile che non sia la legge. Torniamo alla nostra questione, che è meglio...», azzardò Eucle, che nelle discussioni politiche cercava di mantenersi neutrale.

«Ma stai zitto, tu, che non si sa mai da che parte stai. Talvolta ho l'impressione che tu non stia neanche dalla tua, per quanto sei indeciso! E poi, il sorteggio vale solo per il Consiglio dei Cinquecento. In quell'ambito, chi conta un maggior numero di aderenti può diventare arconte, no?», replicò Tersippo.

«Ma no, lascialo parlare!», ribatté Filippide. «Almeno lui evita di dire cose prive di senso, come te! Vogliamo parlare delle tue tecniche di persuasione? Di tutti i favori che fai alla gente non perché ti importi di loro, ma solo per farla sentire in debito con te? Che si tratti di emeriti imbecilli o di persone intelligenti, sappiamo tutti che, al momento opportuno, per te saranno molto più affidabili dei miei presunti tifosi! E poi, lo vedo che vai procurandoti amici tra le famiglie più importanti, quelle che contano davvero a livello politico, non come i miei tifosi, che sono poveri diavoli... E poi, io non prometto mai nulla a nessuno. Tu, invece, chissà cosa vai promettendo... Non c'è vincolo più stretto del comune interesse!».

A Eschilo venne da pensare che non ci fosse bisogno di attendere la battaglia, per imparare qualcosa di più sulla natura umana. Quella discussione gli stava già insegnando molto sui vari modi, tutti distorti, che certi suoi concittadini avevano di intendere la democrazia. Era un sistema di governo appena nato, eppure si era già corrotto.

Ma la sua attenzione fu attirata dal trambusto che udiva alle proprie spalle. Si voltò, mentre gli altri tre non si accorgevano di nulla e continuavano a discutere, e notò tutti gli opliti mettersi in movimento. Molti si stavano mettendo la tunica, altri erano già in armi. Uno di loro venne verso di lui.

«Cosa succede?», gli gridò, prima ancora che quello gli arrivasse vicino.

«I persiani!».

«Ci stanno attaccando?»

«No. Al contrario. Se ne stanno andando!».

VII

Fiato grosso? No, è solo una sensazione. Il timore di lasciarsi sfuggire Filippide e di essere raggiunto da Tersippo, ogni tanto dà a Eucle l'impressione che gli manchi il fiato. La tensione talvolta gioca brutti scherzi. Arriva anche a bloccare, a trasformare i muscoli in macigni pesanti da sollevare, da trascinarsi dietro. Giunge a far muovere intorno a te anche cose che dovrebbero star ferme, a far roteare all'impazzata ciò che ti circonda, anche se si tratta di spalti, o di montagne. Arriva a far sentire un fuoco che arde in gola, che sembra consumarti da dentro e sottrarti forza.

Ricorda bene, Eucle, quando gli accadde quella volta. Era stato proprio in occasione della sua prima gara importante. Il suo dolicos d'esordio, in occasione delle prime competizioni ufficiali da efebo. Tersippo aveva vinto lo stadion, ed era stato capace di qualificarsi per la finale della gara più lunga. La gara in cui Eucle si considerava il favorito.

La gara che doveva vincere a tutti i costi.

Aveva faticato, a dir la verità. Proprio come Eucle aveva faticato a passare un turno nella gara più corta. Tuttavia Tersippo era arrivato in finale nella competizione che gli era meno congeniale, lui no. Ma quel che contava era che Eucle vincesse; poi il piazzamento dell'altro sarebbe stato irrilevante.

Eucle non aveva sprecato troppe energie per arrivare in finale. Memore della lezione imparata da Tersippo nella gara corta, aveva controllato la situazione durante i turni preliminari, senza forzare e senza esporsi troppo. Anche perché, come gli aveva fatto notare il suo allenatore, aveva patito lo sforzo sostenuto per passare quell'inutile turno nello stadion. Durante il primo turno preliminare, aveva dovuto compiere parecchi giri del gymnasion prima che i muscoli, irrigiditi per la gara precedente, gli si sciogliessero. Aveva perfino temuto di non farcela, di non arrivare tra i primi cinque. Poi, però, con il passare del tempo si era sentito più leggero, e aveva scoperto di poter agevolmente tenere il ritmo dei primi. Tuttavia, aveva continuato a navigare a ridosso dell'ultima posizione utile, per poi trarre vantaggio dal calo progressivo di chi lo precedeva.

Anche lui, come Tersippo, aveva rallentato sul finire della gara. Non voleva che si parlasse troppo di lui, non tanto per questioni tattiche o strategiche, ma perché gli altri non lo considerassero davvero il favorito: era già abbastanza teso da voler evitare che gli altri lo caricassero di un peso eccessivo, con le loro aspettative. Per fortuna Epizelo non lo assillava troppo; se anche spesso non si trovava d'accordo con il suo allenatore, Eucle gli era grato per il suo atteggiamento distaccato, ben lontano dall'ossessiva invadenza con cui gli altri istruttori stavano addosso ai loro efebi perché conseguissero subito dei risultati.

In realtà, poteva colpevolizzare solo se stesso, se affrontava la gara decisiva senza la necessaria rilassatezza. Non poteva avercela neanche con Tersippo il quale, in fin dei conti, gli aveva concesso una scelta, dopo lo stadion. Avrebbe potuto tranquillamente sottrarsi alla sfida e competere per la sola vittoria. E invece aveva deciso di correre per il proprio futuro. Un traguardo forse troppo grande per un efebo alla sua prima gara. Avrebbe dovuto preoccuparsi solo degli avversari in pista, un impegno già piuttosto gravoso per un esordiente; e, invece, si era ficcato in una situazione che lo obbligava a mettere in gioco la sua intera esistenza.

Roba da paralizzare gli arti.

Ma se voleva gettare le basi per non essere un individuo insignificante, doveva mettersi in gioco, fin dall'inizio. Non si sentiva ambizioso come Tersippo, non desiderava diventare il più celebre dei guerrieri, il più grande degli atleti o il più potente dei politici; ma intendeva comunque andare ben oltre la filosofia che cercava di inculcargli Epizelo: non essere solo uno dei tanti ateniesi utili ma non insostituibili, un semplice cittadino su cui lo Stato era sicuro di poter contare, bensì un personaggio, qualcuno che la gente potesse riconoscere subito e di cui potesse ricordarsi anche dopo la sua morte.

Dunque, quella era ben più di una semplice gara. Diventava una sfida interiore, un piccolo viaggio alla scoperta di se stesso, per appurare se sarebbe stato davvero capace di sopportare il fardello e meritarsi così obiettivi degni della sua ambizione. Vincere, a dispetto di quel pesante fardello, gli avrebbe conferito una grande fiducia.

Se invece avesse perso, nonostante si sentisse il favorito... be', avrebbe meritato tutto quello che Tersippo gli avrebbe fatto in futuro.

Guardò il suo rivale. Non era contro di lui che correva, in realtà. Considerava già clamoroso che quel ragazzo dalle leve corte e dal fisico tozzo fosse giunto in finale, e questo gli dava la misura della sua determinazione. Ma lo aveva visto faticare, ed era certo che presto lo avrebbe anche doppiato. E forse non correva neanche contro gli altri. Correva solo contro se stesso: il suo avversario era la tensione, che gli sottraeva il controllo dei muscoli. Lui li voleva sciolti, lei duri.

Prese posto sulla linea di partenza buttando fuori l'aria, quasi sperando che, con essa, se ne andasse anche quel genio maligno che minacciava di paralizzarlo. Dondolò le braccia, saltellò, torse il busto, si piegò sulle ginocchia, ruotò il collo, augurandosi che i suoi muscoli lo premiassero per aver dialogato con loro, e scegliessero lui.

Al via non scattò in testa. Intendeva adottare la stessa tattica delle eliminatorie: rimanere in attesa e imparare a conoscere le reazioni del proprio corpo, prima ancora di quelle degli altri concorrenti. Anche Epizelo si era detto d'accordo. Diede solo un'occhiata a Tersippo, che era andato a occupare una delle ultime posizioni: stavolta il giovane non contava nulla, ed Eucle non intendeva farsi distrarre da obiettivi che non riguardassero la vittoria. Controllò la propria falcata, adottando da subito un passo breve, cui cercò di dare un ritmo costante, senza farsi influenzare da quello degli altri. Controllò le proprie braccia, il cui slancio intese frenare mantenendole basse, molto più basse di quanto faceva nella corsa breve: ogni movimento andava economizzato, ogni gesto finalizzato al risparmio delle energie, e ogni pensiero concentrato sull'andatura, sulla cadenza.

Stadio dopo stadio, rettilineo dopo rettilineo, le posizioni degli atleti si andarono consolidando in una lunga fila, senza gruppi o ammassamenti. Eucle non era neanche a un quarto dei trenta stadi di cui si componeva la gara, quando si rese conto di trovarsi più o meno a metà della fila, ovvero a un'altezza che non lo metteva al riparo da brutte sorprese. Si era concentrato troppo su se stesso, perdendo di vista gli altri!

Guardò avanti, e vide che i primi erano già piuttosto distanti. *Troppo* distanti. Aveva salvaguardato i muscoli, garantendosi un'andatura che non lo obbligava a sforzarsi e che teneva lontana la tensione, ma si era dimenticato che non correva da solo. Certo, poteva darsi che chi gli era davanti stesse dando fondo a tutte le energie e che poi cedesse nel finale; ma se non era così? Se erano solo più preparati e allenati di lui? Se erano solo *meno tesi* di lui?

Intravide il suo allenatore che, con la mano, gli faceva segno di accelerare l'andatura. Non ebbe certo bisogno di sentirselo suggerire. Ma temeva che la tensione gli avrebbe fatto sprecare più energie del dovuto, se la sua corsa fosse diventata di poco più frenetica. Tentò quindi di mantenere il passo aumentando la falcata; era una soluzione che non aveva mai sperimentato in allenamento, e comportava grossi rischi. Ma in allenamento non si era mai sentito così teso.

Si accorse di aver istintivamente adottato l'ampia falcata dello stadion, ma senza la frequenza imposta dalla gara breve. E già dopo pochi passi la sua scelta sembrò pagare. Risalì un paio di posizioni, e notò di aver assunto una velocità superiore a quella di chi ancora lo precedeva. Bene, si disse: aveva trovato da solo la soluzione, e al primo tentativo. Stava imparando a conoscere il proprio corpo, le sue reazioni allo sforzo e alla tensione, e a ricavarne il massimo delle prestazioni. Era proprio il primo tipo di vittoria che desiderava ottenere.

Ma per l'altra, la vittoria sugli altri, c'era ancora molto da lavorare. Si chiese se sarebbe riuscito a mantenere quel tipo di falcata fino alla fine della gara. Ma proprio mentre se lo chiedeva, sentì i muscoli irrigidirsi. Dapprima quelli delle gambe, poi petto e braccia. Proprio come negli istanti prima della gara. Provò a espirare, ma l'unico risultato che ottenne, aprendo la bocca, fu quello di permettere all'aria di entrare. Avvertì un bruciore in gola, il tipico bruciore che provava quando era in debito di ossigeno.

Si accorse che la falcata si era ridotta, e così pure la cadenza dei passi. Eppure non si sentiva particolarmente stanco. E non era neanche a metà gara. Tentò di accelerare, ma si sentiva come se delle funi lo stessero trattenendo. Aveva cantato vittoria troppo presto: il metodo inedito di corsa che aveva scelto gli stava presentando il conto. Prima di quanto si aspettasse.

Provò a vederne il lato positivo. Se il suo fisico lo avesse abbandonato verso il traguardo, non avrebbe avuto speranze di riprendersi. Adesso, forse, c'era ancora tempo.

Forse.

Tornò alla falcata che adottava di solito nel dolicos. Cercò la cadenza che gli era familiare nella gara lunga, ma non la trovò. E anche la falcata era irregolare: talvolta più corta, talaltra più ampia. Era andato in confusione

Si sentì assalito dal panico quando si vide superato da un concorrente, e poi da un altro. Erano quelli che si era lasciato indietro quando aveva cambiato falcata. Poi gli si affiancò un altro. Lo sentiva sbuffare e ansimare più del dovuto, e talvolta la spalla dell'atleta urtava la sua, a testimonianza di un'andatura ciondolante che attestava un grande sforzo.

Era al fianco di un concorrente che arrancava.

Quindi stava arrancando anche lui.

Torse il collo per guardarlo. Nell'espressione del viso dell'avversario avrebbe rivisto la sua, probabilmente. Strizzò gli occhi per provare a rimuovere il velo che li ricopriva, mostrandogli una versione più nebulosa e incerta di quel che lo circondava. E quando li riaprì vide Tersippo.

Era lui il concorrente che lo aveva affiancato. E sebbene la sua espressione tradisse sofferenza, riusciva a sorridere.

Riusciva a sorridere.

E quel sorriso beffardo era tutto per lui.

L'efebo fu assalito dalla disperazione. Sembrava una situazione senza via d'uscita. Se continuava così, sarebbe finito pure dietro Tersippo. O magari, non sarebbe neanche riuscito a finire la gara.

Cercò con lo sguardo Epizelo, sperando di riceverne qualche indicazione. Ma la testa gli girava, le tempie gli pulsavano, la vista era annebbiata, e gli era difficile distinguere il suo allenatore tra le tante sagome che popolavano gli spalti.

A quanto pareva, doveva cavarsela da solo.

Pensò con rabbia alle possibili soluzioni per uscire dalla caverna nella quale si era infilato. Aveva imparato qualcosa, intanto: mai tentare qualcosa di nuovo se non si è sicuri di controllare la tensione. Aveva sopravvalutato le sue possibilità e si era convinto di avere tanto margine da poter sperimentare nuove tecniche di corsa. Sbagliato. Sbagliatissimo. Doveva tornare ai vecchi sistemi, ormai consolidati, quelli con i quali aveva affrontato la gara con la certezza di vincerla.

Ma il suo fisico glielo impediva. Si era irrigidito, ormai, e avrebbe dovuto fermarsi, far sciogliere i muscoli e poi ripartire. Sì, e nel frattempo gli altri sarebbero arrivati. Perfino Tersippo. Non osava alzare lo sguardo e guardare avanti a sé, per paura di scoprire quanto si fosse ampliata la distanza con i capifila. Ma intanto la disperazione si era tramutata in panico, e i muscoli gli si erano fatti ancora più pesanti. Come se corresse con l'armatura indosso.

Era la competizione introdotta più di recente: l'*hoplitodromos*. La corsa degli opliti, nella quale gli atleti erano tenuti a correre sì nudi, ma con elmo e scudo. L'avrebbe fatta anche lui, un giorno.

Se non fosse morto di vergogna alla sua prima gara.

Sentiva di averne ancora tanta, di forza e di resistenza in corpo. Si trattava solo di liberarla! E poiché era destinato a perdere inesorabilmente terreno, se avesse proseguito a correre con le catene ai piedi, decise di tentare il tutto per tutto. Peggio non poteva andare.

Rallentò d'improvviso, lasciandosi superare da Tersippo. Aveva la vista troppo annebbiata per capire se era l'ultimo della fila o se ne aveva ancora qualcuno dietro, ma non aveva importanza: era di nuovo con se stesso, adesso più che mai, che doveva confrontarsi.

Mantenne un'andatura blanda, quasi senza sollevare i piedi dal terreno, e tenendo le braccia quasi aderenti lungo i fianchi. Quasi una marcia. Intanto, inspirava ed espirava profondamente, e poi, ogni tanto, dondolava braccia e gambe. Un altro concorrente lo superò, ma cercò di non preoccuparsene. Lo fece, invece, quando non vide più nessuno superarlo. Ora si trovava davvero all'ultimo posto.

Ma intanto sentiva che i muscoli tornavano ad assecondarlo. Si forzò ad attendere ancora, prima di riprendere a mulinare falcate e spinte. Doveva aspettare che anche la sua mente fosse libera, priva dei lacci con cui i suoi timori l'avevano vincolata. Non aveva molto senso liberare i muscoli se la mente rimaneva prigioniera della rete nella quale l'aveva intrappolata la tensione. Se non avesse recuperato fiducia, presto il fisico sarebbe stato di nuovo avvinto dalle catene.

Poteva ancora farcela, si disse. Sentiva di avere tanto margine, mancavano ancora oltre dieci stadi e i primi non sembravano più tanto freschi. Nessuno aveva fatto il vuoto dietro di sé. Studiò le espressioni e i movimenti dei capofila, che incrociò mentre arrivavano sul rettilineo opposto. Non erano brillanti. La sentivano anche loro, la fatica. I loro occhi erano cerchiati, il sudore scendeva copioso lungo la fronte, la bocca era semiaperta nel tipico gesto di chi inizia a essere in apnea.

Si poteva fare.

Prese ad aumentare la cadenza e, seppur di poco, anche la falcata. Le sue braccia iniziarono a spingere, il busto si fece più eretto, il mento proteso in avanti. Ascoltò i suoi muscoli: reagivano bene. Nessuna forzatura, nessuna opposizione. Sperò solo che non fosse troppo tardi.

Aumentò ancora, convincendosi che, in fin dei conti, fino ad allora si era riposato. Badò bene a non estendere la falcata oltre l'ampiezza che stimava adatta al dolicos, e si concentrò solo sulla frequenza dei passi. La mantenne a un ritmo di poco superiore rispetto al consueto, per poter recuperare posizioni. Intanto gli oggetti e le persone si facevano più nitidi, la vista più chiara, la testa più leggera. Era il momento di cercare di nuovo Epizelo. Scrutò gli spalti e lo vide annuire.

Ne trasse nuova linfa e aumentò ancora la cadenza. Superò due concorrenti e poi, quasi di slancio, si lasciò dietro Tersippo. E decise di ignorarlo completamente, mentre lo sorpassava. Adesso, il suo solo punto di riferimento doveva essere il primo della fila.

Stadio dopo stadio, Eucle risalì posizioni, senza troppo bisogno di aumentare ancora la frequenza. Erano gli altri che stavano cedendo, non lui che andava più veloce. E non intendeva aumentare ancora: finché la cadenza che teneva gli avesse garantito il recupero, preferiva riservarsi le energie per lo sforzo finale, nel caso ve ne fosse bisogno.

A tre stadi dalla fine, si rese conto che probabilmente sarebbe stato costretto a impegnarsi allo spasimo. I primi due concorrenti erano a diversi piedi di distanza e sembravano averne ancora. Superò il terzo e lanciò uno sguardo di approvazione al suo allenatore. E accanto a Epizelo c'era Filippide, che gli fece un cenno di incoraggiamento con il braccio.

Era arrivato, dunque. Eucle non aveva avuto il coraggio di chiedergli di assistere alla competizione; gliene aveva solo parlato senza fargli un'espressa richiesta, convinto che un atleta già di primo piano come lui considerasse un fastidio frequentare una modesta gara tra efebi al primo anno. Né Filippide gli aveva annunciato che sarebbe venuto, così Eucle aveva dato per scontato che non lo avrebbe visto tra il pubblico.

Ebbene, gli avrebbe dimostrato che, se non possedeva il suo talento e la sua facilità di corsa, era capace anche lui di imprese mirabolanti.

Era a due stadi dalla fine, ormai. Due rettilinei del gymnasion. Avanti e indietro, da un palo all'altro. Era il momento. Uno dei due davanti iniziò a cedere vistosamente. O forse era l'altro che aveva aumentato la cadenza. In ogni caso, Eucle decise di dover produrre il massimo sforzo. Due stadi: un diaulos, la gara intermedia che gli efebi non disputavano, ma che lui avrebbe corso come se si trattasse di una competizione a sé stante.

Il pubblico lo acclamava. La sua rimonta aveva attirato l'attenzione, e perfino gli altri efebi, già eliminati, avevano iniziato a fare il tifo per lui. Immaginò, per un istante, cosa provasse Filippide quando migliaia di spettatori inneggiavano a lui. Quelle urla, quegli applausi, gli mettevano le ali ai piedi, lo facevano sentire un

Ermes in grado di mangiarsi in un solo boccone i comuni mortali. E capì quanta forza desse a Filippide la convinzione di essere un semidio.

Superò di slancio il secondo, che parve quasi fermo rispetto a lui. Forse stava cedendo davvero, e ciò significava che il primo andava ancora forte. Eppure, Eucle notò che si stava avvicinando. Svoltò all'ultima virata con diversi passi di svantaggio rispetto all'avversario. Ormai era una questione tra loro due. Ma l'altro partiva per l'ultimo stadio con un netto vantaggio.

Eucle non ebbe più remore. Diede tutto fin dall'inizio del rettilineo. La testa, adesso, gli pulsava di nuovo, ma i muscoli rispondevano, stavolta. Recuperò ancora, e dopo pochi passi si trovò quasi ad affiancare l'antagonista. Questi, evidentemente, non si era accorto di averlo così vicino, e si era avviato al traguardo considerando scontata la propria vittoria. Ma non appena percepì la sua presenza dietro di sé, accelerò il passo.

Una reazione che Eucle non si aspettava.

Lo aveva dato per cotto, ormai. Invece, l'antagonista aveva solo dosato le energie. Si sentì assalire dal panico di veder vanificato il proprio sforzo. No. Non doveva finire così. Non poteva perdere dopo aver sconfitto il nemico più pericoloso, se stesso. Ma la frequenza dei passi non poteva più aumentarla: era già al massimo della velocità che le forze residue gli consentivano.

Allora aumentò la falcata, sperando che, ormai, i suoi muscoli fossero sufficientemente caldi da evitare l'irrigidimento. Vide l'avversario farsi di nuovo più vicino, ma vide anche la linea del traguardo farsi più prossima. Allora aumentò anche l'ampiezza del movimento delle braccia: le mani arrivarono a sfiorargli il volto, come nella corsa breve.

Si ritrovò fianco a fianco con l'antagonista, fu investito dalle gocce del suo sudore, udì i suoi grugniti rimbombargli nell'orecchio, sentì sulle gambe la polvere sollevata dai suoi piedi. Rifiutò di guardarlo e fissò la linea del traguardo, come se volesse sedurla e attirarla a sé. Vi si gettò sopra, rovinando a terra e rotolando nella polvere.

Era finita, comunque fosse andata.

Rimase a terra, gli occhi chiusi e le tempie che gli scoppiavano, ansimando e sbavando senza ritegno. Non gli importava. Non gli importava di dare un'immagine poco dignitosa di sé. Contava solo che avesse vinto. Aprì gli occhi e si guardò intorno. Ma era ancora tutto annebbiato: le lacrime causate dallo sforzo gli velavano lo sguardo.

Furono le sue orecchie a informarlo, non i suoi occhi.

«Abbiamo vinto entrambi. Complimenti!», gli disse l'efebo che gli aveva conteso la vittoria. Lo aiutò a rialzarsi e gli diede una pacca sulla spalla.

Eucle si reggeva a stento in piedi. Intorno a lui tutto vorticava, come se si trovasse al centro di un mulinello d'aria. Però continuò a ripetere a se stesso le parole che gli aveva rivolto il rivale: "Abbiamo vinto entrambi", per convincersi di aver vinto, seppur insieme a un altro. Evidentemente, i giudici avevano stabilito che erano arrivati pari.

Poi vide Filippide accorrere verso di lui. Epizelo gli era dietro, con maggiore flemma. Li attese passivamente, inerte, cercando ancora di convincersi della vittoria.

«Per tutti gli dèi dell'Olimpo!», esclamò Filippide non appena arrivò ad abbracciarlo. «Tutto sommato, potresti anche competere con me, un giorno o l'altro!».

Anche Epizelo disse la sua. «Hai fatto di tutto per complicarti la vita, ma ce l'hai fatta, in un modo o nell'altro… Buon segno! Vuol dire che possiedi la forza di volontà per compiere il tuo dovere anche quando sei in difficoltà. Ed è questo che vuole la patria».

Ma Eucle non l'aveva fatto per la patria. E per quanto tenesse al giudizio di Filippide ed Epizelo, c'era un altro personaggio da cui si attendeva con maggior ansia un riconoscimento. Si limitò ad annuire. E ad attendere.

Tersippo arrivò poco dopo. Probabilmente, subito dopo aver tagliato il traguardo. Era ancora ansimante e piegato sulle ginocchia, quando gli si avvicinò.

«Io… sono arrivato in finale… e ho evitato l'ultimo posto… al contrario di te…», si limitò a dire mentre boccheggiava.

Eucle si indispettì. Non era questo che voleva sentire. E non era questo che un uomo d'onore avrebbe dovuto dirgli. Gli puntò addosso uno sguardo tagliente, senza però dire nulla.

«Però hai vinto», riprese Tersippo. «Hai vinto, e quindi... noi due saremo grandi amici. Sei in gamba, Eucle».

A quel punto Eucle si rilassò. Afferrò il braccio di Filippide e lo trasse a sé. «E io ti presento un altro mio grande amico. Filippide. Lo conosci?»

«Chi non conosce Filippide?», rispose Tersippo. «È un vincente. Mi piacciono i vincenti. Se sei amico del mio amico, sei anche amico mio...», aggiunse, stringendogli la mano e afferrando la spalla di Eucle.

Il campo greco aveva cambiato volto nell'arco di pochi istanti. Una sorta di disorientamento si era impadronito degli opliti, come se il nemico fosse in procinto di attaccare. E invece, se ne stava andando. Nemmeno gli schiavi ci si raccapezzavano. Cosa stava succedendo? Gli stessi ufficiali non sapevano se far armare i propri uomini e tenerli pronti all'eventuale inseguimento, o lasciarli in libertà e attendere gli ordini dello stato maggiore. Molti si assiepavano lungo la barriera per cercare di cogliere, nella velata bruma dell'alba, i movimenti dei persiani.

Anche Tersippo, Filippide ed Eucle accorsero ai margini dell'accampamento. Le loro accese discussioni si erano spente non appena avevano ricevuto la notizia. Vi incontrarono Cinegiro.

«Sai qualcosa?», chiese Filippide all'amico.

«Nulla di più di quello che si sente in giro. Le vedette avanzate hanno annunciato che i persiani si stanno imbarcando. Ma sarà una faccenda lunga, visto quanti sono. E non sappiamo quale sia il loro piano. Gli strateghi si stanno riunendo con il polemarco per deliberare un piano d'azione».

«C'è consiglio di guerra? Allora vado...», disse subito Tersippo, suscitando qualche sorrisetto negli amici.

«Non mi risulta che tu sia stato nominato stratego, negli ultimi tempi», ironizzò infatti Eucle.

Tersippo rispose con un sorriso di sufficienza. «No. Non ancora, almeno. Ma il mio stratego Temistocle non mi impedirà di presenziare; anzi, suppongo che abbia bisogno di me per distribuire gli ordini ai locaghi, dopo. Mi sono dato molto da fare per la sua elezione, e ora mi considera insostituibile».

Filippide scosse la testa, osservandolo andare via. «E chi lo ferma, quello? Sa bene come promettere mari e monti alla gente, e i potenti se ne avvalgono. Adesso lo fa per gli altri, ma poi lo farà per sé...».

«E che c'è di male?», obiettò Eucle. «In fin dei conti, in democrazia la gente decide da chi essere guidata in base alla fiducia che attribuisce all'uno o all'altro candidato».

«Appunto. Basta suscitare fiducia nei cittadini raccontando un mucchio di frottole. Tanto, che tu li deluda o meno, non puoi essere rieletto, a breve. E quando ti ripresenti, dopo tanto tempo, la gente è di nuovo delusa da chi è venuto dopo ed è pronta a concederti di nuovo fiducia, pur di cambiare. È un sistema di governo basato sulle promesse, più che sui fatti».

«Si direbbe che tu rimpianga la tirannide... Guarda che Ippia è solo a pochi stadi da noi, là davanti, se ci tieni tanto...», disse Eucle, indicando il mare.

«Quel vecchio ha fatto il suo tempo. E da quando gli hanno assassinato il fratello, è impazzito. Dico solo che forse sono davvero in troppi a poter decidere. Troppi, e tra loro anche molti che non hanno idea di cosa vogliano e si fanno manovrare, oppure altri che lo sanno fin troppo bene e vendono il proprio voto. Dico solo che dovrà passare molto tempo prima che diventiamo degni della democrazia. Perché la democrazia funzioni ci vuole maturità, e noi non ne abbiamo. Ci vuole una diffusa cultura del rispetto per il bene comune. Finché non si diffonde, serve qualcuno che ce la imponga, altrimenti è solo una lotta continua di tutti contro tutti, ciascuno intento ad accaparrarsi una fetta di privilegio a scapito di altri».

Eucle rifletté sulle parole dell'amico. Soprattutto perché a dirle era stato Filippide. Sembravano più vicine alla natura di Tersippo, che sognava di diventare un capo e agiva preparandosi la strada per diventarlo. E invece Tersippo era un tenace fautore della democrazia. Filippide, al contrario, aveva un'indole tollerante e accomodante, profondamente democratica, eppure vagheggiava di continuo il ritorno di una guida suprema. Tutte le persone, ne concludeva, dovevano avere due nature.

Come minimo.

Si chiese quali fossero le sue. Una, forse, era quella romantica, che lo induceva a sognare un'esistenza tranquilla accanto alla donna di cui era innamorato, e a comportarsi con lei con un rispetto perfino eccessivo, che in fin dei conti lo penalizzava, invece di aiutarlo. L'altra lo spingeva invece a primeggiare, a mettersi in mostra, e ciò non avrebbe dovuto ammettere un peso come quello rappresentato dai sentimenti. L'ambizione non si fa certo distrarre da facezie come l'amore; chi vuole raggiungere alti obiettivi non si pone ostacoli e scrupoli del genere.

Forse le sue due nature lo rendevano un irrisolto. O forse, sommate insieme, gli avrebbero permesso di conseguire entrambi gli obiettivi: il desiderio di primeggiare, stavolta, gli avrebbe consentito di conquistare Ismene. In fin dei conti, se era stata proprio lei a proporre una gara – come affermava Tersippo – voleva dire che contemplava anche lui come possibile compagno, a dispetto delle apparenze. Ma la gara era finita in parità.

Per adesso.

Tersippo si fece indicare il settore dove si era riunito lo stato maggiore e lo raggiunse di corsa. A conferma che quanto aveva detto ai suoi amici non era millantato credito, Temistocle lo chiamò a sé non appena lo vide.

«È un bene che tu sia arrivato. Rimani qui, potrei aver bisogno di te», gli disse lo stratego. Intanto stavano arrivando anche gli ultimi comandanti di reggimento, e molti altri che sarebbero stati presenti a vario titolo. Tersippo sorrise: c'erano alcuni attendenti effettivi degli strateghi, ma molti altri erano lì solo per qualche legame di parentela o di amicizia con i pezzi grossi. Filippide l'avrebbe giudicata un'altra delle prove che la democrazia ateniese era ancora acerba e priva di regole. O meglio, priva di qualcuno che intendesse far rispettare quelle che c'erano.

Gli strateghi arrivavano alla spicciolata. Poiché non si fidavano l'uno dell'altro, ciascuno di essi cercava di assumere più notizie possibile dai propri informatori, prima di confrontarsi con gli altri. Ma il tempo stringeva, gli eventi precipitavano, e Callimaco, il polemarco, avrebbe voluto iniziare; tuttavia, sarebbe stato inopportuno prendere decisioni prima che tutti i comandanti fossero presenti.

Soprattutto senza Milziade, che aveva tratto dalla sua parte una buona metà del consiglio di guerra. Lui e parte dei suoi aderenti stavano certamente concordando una linea d'azione prima di esporla al comandante supremo, e l'ex tiranno del Chersoneso tracico voleva essere sicuro di avere i numeri per imporre il suo punto di vista nel consiglio. Tersippo sapeva bene che, se c'era uno abile a procacciarsi consensi, ad Atene, questi era proprio Milziade.

Fin dall'inizio della campagna, lo stratego di Oneide era riuscito a modificare a proprio favore la rigida alternanza giornaliera del comando, che spettava a ciascuno stratego a rotazione. Alcuni capi tribù, corrotti dalle sue regalie, blanditi dalle sue promesse o turbati dalle sue velate minacce, gli cedevano volontariamente il comando, cosicché Milziade si ritrovava a cumulare su di sé un potere continuativo pari a quello del polemarco. Anzi, a fronte del sostegno che l'ex tiranno si era saputo procurare, il ruolo di Callimaco rischiava di rivelarsi puramente onorifico.

Tersippo, a dispetto dell'antipatia che Temistocle provava nei suoi confronti, lo ammirava e rispettava il suo punto di vista. Da un lato, Milziade aveva compreso a fondo i difetti del sistema democratico e li utilizzava per trarne un vantaggio personale, costituendo così un modello per le ambizioni del giovane; dall'altro, era probabilmente l'uomo più simile a Ippia che si potesse trovare in città, perciò era anche il più adatto a combatterlo: l'oplita si augurò che gli altri comandanti, e il proprio stratego in particolare, gli riconoscessero almeno questo pregio, per il bene della patria.

D'altronde, lo stesso Temistocle detestava chiunque minacciasse di fargli ombra, a cominciare da Aristide, lo stratego di Antiochide con cui era sempre in contrasto. Era tutta gente terribilmente ambiziosa, persone cui le maglie della democrazia stavano strette. Volevano tutti salvare la patria, ma ciascuno di loro voleva essere l'artefice principale dell'impresa.

Tutti, tranne il comandante in capo. Callimaco di Afidna era il solo a mostrare un puro spirito di servizio, la volontà di interpretare il proprio ruolo per rendersi utile alla patria senza puntare alla gloria personale. Proprio per questo Tersippo aveva l'impressione che gli altri lo disprezzassero, o comunque che non lo tenessero in minimo conto. Egli stesso, d'altronde, non riusciva a prendere davvero sul serio un uomo che, per sua natura, sembrava più adatto a eseguire che a comandare. Certo, aveva vinto i Giochi, e in passato si era dimostrato un valentissimo guerriero. Il popolino lo acclamava e lo considerava anche un portafortuna, perché aveva conseguito la vittoria sportiva da polemarco. Ma gli altri potenti non lo vedevano come un rivale, e quindi non lo rispettavano.

Neanche lui, Tersippo, che potente voleva diventarlo, riusciva ad attribuirgli un grande credito.

Milziade non era ancora arrivato quando Arimnesto, il comandante del contingente plateese, con le sue proteste diede di fatto inizio al consiglio di guerra.

«Ma cosa sta succedendo? I persiani si muovono e noi stiamo qui a cincischiare?», disse alzando la voce, infastidito dall'apparente passività degli altri comandanti.

«E di che ti preoccupi? I persiani si sono spaventati e se ne stanno andando. È così semplice...». Il commento era di Stesilao, stratego di Aiantide, la tribù di Eschilo e Cinegiro. Un esaltato capace solo di menare le mani.

Callimaco si affrettò a parlare in modo più diplomatico. E sensato. «Sai bene che non possiamo dare inizio al consiglio senza che siano presenti tutti gli strateghi. Abbi ancora un po' di pazienza. Non ci stanno attaccando, in fin dei conti».

«Non stanno attaccando noi, ma potrebbero stare attaccando qualcun altro!», insisté Arimnesto. «Vuoi vedere che stanno salpando per circumnavigare l'Attica e attaccare Platea, così da costringere gli ateniesi ad allontanarsi ancora da Atene e lasciarla sguarnita?»

«Assurdo. È una manovra troppo complicata, per una flotta di seicento navi. Impiegherebbero troppo per arrivare all'altezza della

Beozia. Probabilmente stanno solo cercando di stanarci prima che arrivino gli spartani», ipotizzò Callimaco.

«Avete ragione entrambi, in realtà». A parlare era stato proprio Milziade, in arrivo con un codazzo di due strateghi, individui pari a lui come grado, ma, di fatto, componenti del suo stato maggiore personale.

Tutti si voltarono verso l'ex tiranno. Callimaco si fece portavoce della curiosità degli altri. «Che vuoi dire?»

«I persiani non si stanno imbarcando. O perlomeno, non si stanno imbarcando tutti. I miei esploratori hanno appurato che una parte dell'esercito non ha né smontato le tende né spostato le salmerie».

«Cosa vogliono farci credere, allora?», lo incalzò Stesilao.

«Nulla. Una parte dell'esercito sta effettivamente imbarcandosi. Direi all'incirca la metà...».

«La metà rimanente equivarrebbe grossomodo alla forza del nostro esercito, quindi. E con l'arrivo degli spartani sarebbero in inferiorità numerica, oltre che tattica», disse Callimaco. «E allora, perché Dati si priva di una parte delle sue forze? Dove le sta portando?»

«Mi pare evidente», rispose Milziade. «Ad Atene. Conta di sorprendere la città mentre il suo esercito è distante, e ritiene che una parte della sua armata sia sufficiente a tenerci a bada».

Vi fu silenzio, per qualche istante. Ma solo per qualche istante.

«Ma no! Per me ci sottovaluta e sta mandando parte dei suoi a consolidare il possesso delle isole, ritenendo che gli basti metà armata per batterci, spartani o meno!», obiettò Stesilao.

«Io credo invece che la sua meta sia Platea», insisté Arimnesto.

«E se anche fosse come dici tu?», ribatté invece Callimaco, rivolgendosi a Milziade. «Non potrebbe mai farcela con diecimila uomini contro Atene e le sue mura».

«Non potrebbe, se Ippia non avesse sostenitori pronti ad aprire le porte a chi è venuto a reinsediarlo al potere. Ma sappiamo tutti che alcuni sono favorevoli al suo ritorno...», specificò Milziade. Non ebbe bisogno di fare espliciti riferimenti alla fazione filopersiana presente in città. Gli Alcmeonidi, che contavano vaste clientele, non avevano mai fatto mistero di gradire il ritorno di Ippia e di non ritenere poi così deprecabile una generica sovranità del lontano re di Persia. Soprattutto se l'alternativa minacciava di essere una sudditanza verso la più vicina Sparta, più volte intromessasi nella politica interna di Atene, negli ultimi anni: molti continuavano a temere che la città lacedemone avrebbe fatto pesare non poco il suo aiuto contro i persiani.

Insomma, si disse Tersippo, la partita tra greci e persiani era una sfida che si giocava su diversi piani, non solo militare, ma anche politico e psicologico.

Proprio come la partita che si stava giocando tra lui, Eucle e Filippide non era solo, o almeno non era più, forse, Ismene.

«È vero!», gridò Aristide, il cui giudizio Tersippo riteneva generalmente indipendente, o al massimo legato alla necessità di contraddire Temistocle. «Molti, in città, non considererebbero una sciagura la nostra sconfitta. Se i persiani e Ippia si fanno vedere al Falero, sarebbe pura follia sperare che non ci sia qualcuno pronto ad aprir loro le porte».

«Anzi, l'apparizione del tiranno e dei suoi accoliti asiatici potrebbe addirittura scatenare una guerra civile, all'interno delle mura», dovette convenire Temistocle.

«Possibile che nessuno sia disposto a considerare l'eventualità che la meta della flotta persiana sia Platea?», insisté Arimnesto.

«Questo è escluso», tagliò corto Milziade. «Perché risalire la costa fino alla Beozia quando sono in grado di minacciare direttamente Atene, in un tempo più breve?».

Arimnesto non trovò argomenti con cui controbattere. Lo fece Temistocle. «Ma allora, se il loro vero obiettivo è entrare ad Atene mentre noi siamo lontani – e mi pare che su questo siamo tutti d'accordo – perché portano via addirittura la metà dell'esercito? Se sono sicuri di poter contare su un sostegno dentro la città, gliene basterebbe un terzo, o anche un quarto. La flotta sarebbe più agile e aggirerebbe più velocemente l'Attica, e qui avrebbero maggiori possibilità di tenerci bloccati o, se venissimo a battaglia, di batterci anche se arrivano gli spartani...».

«Hai proprio centrato il punto», continuò Milziade. «Dati ha un doppio scopo: arrivare ad Atene e spingerci a combattere prima dell'arrivo degli spartani. Quindi intende lasciare qui a Maratona un numero di soldati più o meno equivalente al nostro, perché pensa che vorremo approfittarne e attaccarli subito, per poi correre in soccorso della città».

«Ma noi non saremo certo così pazzi da caderci!», esclamò Aristide. «Per l'arrivo degli spartani è questione di ore».

«Anche l'arrivo dei persiani al Falero è questione di ore, a questo punto», gli rispose Milziade. «E io credo che dobbiamo attaccare subito. Possiamo vincere, perché siamo superiori».

«Ma è troppo rischioso!», intervenne Temistocle. «Se perdiamo la battaglia, perdiamo anche qualunque possibilità di soccorrere la città, o di riconquistarla, se i persiani vi entrano prima di noi!».

«E poi, i nostri uomini non hanno mai combattuto contro i persiani. Non sanno cosa aspettarsi e potrebbero sentirsi in difficoltà, non riuscire a contentrarsi», disse Arimnesto.

«Sono già nervosi e spaventati... Non è una battaglia come tutte le altre. E un nemico sconosciuto mette più paura», convenne un altro stratego.

«Voi sapete che io non mi tiro mai indietro», aggiunse Stesilao. «Ma quella è gente che ha conquistato il mondo intero. Agli ioni è andata male, quando ci hanno provato, ed erano più di noi. Affrontarli facendo esattamente il loro gioco e senza gli spartani significa mandare gli uomini allo sbaraglio».

«Non se sapremo motivarli. E adottare la tattica giusta», insisté Milziade, con una strana luce negli occhi.

VIII

Filippide sta prendendo il largo. C'era da attenderselo, si dice Eucle. Era pura follia aspettarsi che lo sforzo della battaglia avesse inciso su di lui più che sugli altri. Perché mai sarebbe dovuto accadere, poi? L'hemerodromos è più allenato di chiunque altro, più abituato allo sforzo, e se c'è qualcuno in grado di spendere energie per un lungo combattimento prima, e per una lunga corsa subito dopo, è proprio lui.

Adesso c'è solo da sperare che si faccia male, che prenda una storta. Ma anche questo è improbabile. Filippide ha corso lungo i percorsi accidentati e le pietraie del Peloponneso, quando è andato ad avvertire gli spartani; sa dove mettere i piedi, conosce le sue leve e sa come muoversi senza irrigidirle.

Eucle si maledice per non essersi impegnato ancor più a fondo nella battaglia. Probabilmente, è stata quella l'ultima occasione che ha avuto per vincere la loro sfida. Avrebbe più possibilità in un duello con gli altri due contendenti; invece, adesso si è ridotto a disputarsi Ismene proprio sul terreno preferito di Filippide.

Qualunque altra competizione sarebbe stata preferibile. *Qualunque altra*. Lo stadion, il diaulos, il salto in lungo, la lotta, il pancrazio, i lanci... Non sono specialità nelle quali sarebbe sicuro di vincere, ma certo, con Filippide e Tersippo almeno non sarebbe sicuro di perdere. Nel pancrazio, la lotta senza esclusione di colpi, non aveva mai affrontato l'hemerodromos, ma durante l'efebato gli era capitato di confrontarsi con Tersippo. E proprio perché erano diventati grandi amici, non erano mai andati al di là, tra loro, dei colpi "puliti", trasformando i loro incontri, di fatto, in una lotta normale. Avevano vinto una volta ciascuno ed erano stati biasimati dai loro rispettivi istruttori per lo scarso impegno.

Ma per dare il massimo nel pancrazio, si deve arrivare a odiare il proprio antagonista. Bisogna convincersi che è un nemico e che, se non gli si farà del male, sarà lui a farlo. Allora Eucle si sentiva troppo legato a Tersippo per infliggergli dolore, perfino se si trattava di una competizione ufficiale. E lo stesso valeva per l'amico, che peraltro aveva un fisico molto più adatto del suo alla lotta.

Non a caso, quando i giudici avevano assegnato la vittoria a Eucle, il suo cammino si era interrotto poco dopo, ben prima dei turni di finale. Quando invece era stato Tersippo a prevalere, questi era arrivato fino in finale, dove aveva ceduto all'antagonista solo dopo uno scontro durissimo ed equilibrato. Si poteva anzi dire che Tersippo, nell'occasione in cui si era lasciato sconfiggere da lui, aveva rinunciato a un risultato di prestigio. Un risultato che poi avrebbe raggiunto anche ai Giochi panatenaici.

Così come Filippide, il cui solo rammarico è di non aver mai avuto la possibilità di vincere un'Olimpiade. I due sono stelle di prima grandezza nelle loro rispettive specialità, mentre Eucle, proprio come aveva voluto il suo allenatore, se la cava in tutto senza eccellere in niente. È bravo soprattutto nelle corse di resistenza, ma non potrebbe mai vincere qualche competizione importante finché Filippide è in circolazione. Quindi la sua sfida all'hemerodromos è senza speranza. Viceversa, se la loro gara fosse stata il pancrazio, avrebbe potuto giocarsela, stavolta, anche se Tersippo è un campione. La corsa è una questione di talento, ma la lotta senza esclusione di colpi è una faccenda di forza, cattiveria, rabbia e disperazione.

E lui, adesso, ne ha da vendere.

Se adesso si fossero sfidati al pancrazio, invece che alla corsa, non era detto che vincesse il più bravo, il più tecnico e preparato. E di sicuro, sarebbe andata molto diversamente da quanto era successo durante l'efebato. L'amicizia che li legava allora, quel vincolo di fratellanza che aveva impedito loro di impegnarsi a fondo nello scontro, si era ormai dissolto nella competizione di Maratona, iniziata con l'azione notturna, proseguita con la battaglia e in procinto di concludersi con la corsa.

Al momento, invece, Eucle è convinto che avrebbe saputo impiegare tutte le forze di cui dispone per superare Tersippo in uno scontro fisico; ed è altrettanto convinto che l'amico di una volta saprebbe fare lo stesso. È un suo nemico, ormai, un ostacolo tra sé e Ismene, così come lui è un ostacolo tra Tersippo e i soldi di Ismene. Così come lui è un ostacolo tra Filippide e la gloria imperitura. La loro amicizia è destinata a non superare la prova definitiva.

Ebbene, avrebbe trasformato questa corsa in un pancrazio, se necessario.

L'avrebbe tramutata in una sfida senza esclusione di colpi, sicuro che loro due avrebbero fatto altrettanto, stavolta.

Non c'è più solo una corona d'ulivo, in palio. Per ragioni diverse, ciascuno di loro la considera la gara della vita. Non è una sfida per una vittoria.

È la sfida per *la* vittoria.

Se vinci, vinci tutto, Eucle. Ricordatelo! Non sei solo il più bravo e valente agli occhi di Ismene. Sei più di un pentatleta che ha vinto le cinque specialità dell'Olimpiade; sei il triatleta che si è dimostrato il migliore nella competizione più impegnativa che potesse disputare essere umano, durante la campagna più memorabile nella storia militare di Atene. Il trionfatore di tre specialità difficili e rischiose come l'incursione notturna in campo nemico, il combattimento e la corsa più lunga dopo la battaglia.

Chiunque sia capace di prevalere in una sfida del genere è un dio, agli occhi degli altri. È per questo che Filippide desidera vincerla: lui si è sempre considerato un semidio, e ambisce a dimostrarlo. Ed è per questo che anche Tersippo vuole vincere: un uomo che tutti considerano un dio ha più probabilità di ascendere al potere.

Ismene è solo un pretesto, per loro. Ormai ne è certo. Ma non per lui, si dice Eucle. Lui ama Ismene, l'ha sempre amata, e l'impegno che profonde per conquistarla ne è la più evidente dimostrazione. Non ambisce alla gloria, lui, non aspira al potere. Non vuole più gloria né più potere di quelli sufficienti a rendere la propria donna fiera di lui; nulla di più di quello cui aspira ogni cittadino che voglia rendersi utile alla patria. Proprio come gli ha insegnato Epizelo. Sono lontani i tempi dell'efebato, in cui voleva primeggiare a tutti i costi anche lui. Adesso lo ha capito, che un cittadino deve conformare le proprie ambizioni a quelle della città, e ha riposto le proprie aspirazioni nell'amore per una persona di cui desidera prendersi cura.

E per prendersi cura di lei deve vincere, stavolta.

Sì, stavolta ha lo stimolo giusto per dare il massimo, la motivazione che gli serve per conseguire l'obiettivo. Stavolta sa che darà fondo a tutte le proprie energie, fisiche e mentali, per conquistarsi la vittoria. Come aveva fatto vincendo il dolicos alla sua prima competizione dell'efebato, quando era ricorso a ogni risorsa interiore per pareggiare la sfida a distanza con Tersippo. Allora, e solo allora, era stato mosso da una motivazione, da una forza di volontà, che in seguito gli erano sempre mancate.

Eucle torna con la mente all'ultima competizione dell'efebato. Era stato in quell'occasione, ne era consapevole, che aveva intuito per la prima volta di non possedere qualcosa che i due amici avevano, e di doversi rassegnare a un ruolo da comprimario. Era stato durante la finale della competizione di danza pirrica, la prova finale del biennio.

Terminato il primo anno di addestramento fisico, Eucle era stato mandato lungo le frontiere a imparare l'arte del combattimento e, contemporaneamente, a svolgere servizio di guarnigione. In base al sorteggio, era finito nel territorio di Platea, in Beozia, dove Atene manteneva un presidio a salvaguardia dei propri interessi contro le velleità mai sopite di Tebe. Come tutti gli efebi, per l'intero anno il giovane si era dedicato quasi esclusivamente all'addestramento militare, trascorrendo il tempo in caserma quando era a riposo, nelle torri di guardia o in marcia quando era in servizio.

Lo Stato gli aveva fornito una panoplia, ed Epizelo gli aveva pazientemente insegnato le tecniche di combattimento con lancia e spada, a usare lo scudo in difesa e anche in offesa, a collaborare con i compagni della propria linea e a eseguire prontamente gli ordini degli ufficiali. Anche in quel secondo anno non erano mancate le competizioni, ma erano state tutte finalizzate a migliorare la perizia bellica della recluta. Il solo tipo di corsa che si teneva era l'hoplitodromos, nei primi tempi con scudi leggeri, gli *aspidiskoi*, e senza elmo, poi con l'elmo e con l'*aspis*, il classico scudo da oplita, ampio e pesante.

L'altra competizione cui gli istruttori tenevano in particolar modo era la danza pirrica. Si teneva a squadre, e i partecipanti, dotati solo di lancia, scudo ed elmo, dovevano simulare un combattimento al suono del flauto, con movenze di cui i giudici dovevano premiare l'eleganza al pari dell'efficacia. La competizione escludeva qualsiasi forma di aggressione o violenza nei confronti dell'antagonista; anzi, se qualcuno toccava un altro efebo con la punta della lancia era squalificato. Qualche amante più severo degli altri, in questi casi, metteva il proprio allievo in punizione, obbligandolo a rimanere una notte intera in piedi con lo scudo.

Eucle aveva acquisito una particolare abilità in questo tipo di competizione. Era elegante nei movimenti, sapeva destreggiarsi in perfetta armonia con la musica ed era in grado di portare colpi in affondo senza mai fare del male a nessuno. Tutti gli efebi facevano a gara per averlo in squadra, non solo perché la sua presenza procurava loro alti punteggi, ma anche perché con lui non si rischiavano gli incidenti in cui talvolta incorrevano i più maldestri.

Eucle si compiaceva molto di quella sua popolarità presso i compagni, e si sentiva già un vero guerriero. Tuttavia, Epizelo lo ammoniva di continuo: saper usare la lancia e compiere i movimenti giusti con il corpo e con lo scudo era solo una parte del bagaglio necessario a formare un oplita. L'altra parte, più essenziale ancora per la sopravvivenza, era la spietatezza, l'istinto omicida unito alla volontà di sopravvivenza, la capacità di vedere l'avversario come un pericolo di cui disfarsi.

Poi era arrivato il momento delle competizioni finali. Al termine del secondo anno, verso la fine dell'estate, gli efebi erano rientrati tutti ad Atene e avevano avuto a loro disposizione l'agorà, la piazza principale, dove si tenevano anche le gare di atletica dei Giochi panatenaici. Il pubblico era affluito numeroso ai margini della piazza, in particolare parenti e amici dei concorrenti, rimasti un anno lontani dai loro cari. Per ciascun efebo era la prima vera occasione di mettersi in mostra e di far circolare il proprio nome.

Eucle aveva anche rivisto Tersippo dopo un anno. L'amico era stato mandato ai confini meridionali dell'Attica, e si era irrobustito notevolmente rispetto a come lo ricordava. Lo aveva trovato anche più sicuro di sé e sempre circondato da un nugolo di efebi, che parevano considerarlo una sorta di guida. I due avevano ricevuto l'incoraggiamento di Filippide, venuto ad assistere alle gare e a salutare i suoi amici.

Poi erano iniziate le competizioni e il loro esito era stato molto diverso da come Eucle si era aspettato. Diversamente da Tersippo, che aveva dominato lo stadion, Eucle era infatti giunto all'ultima gara senza aver vinto nulla. Nel dolicos, la sua specialità di atletica, era arrivato secondo, constatando che, nel corso del biennio, altri efebi avevano fatto più progressi di lui. Nel pentatlon, altra competizione che gli era congeniale, aveva raccolto un pur lusinghiero terzo posto nella classifica finale, che lo aveva però lasciato insoddisfatto. Epizelo si era complimentato per la posizione raggiunta, e anche Tersippo gli aveva espresso un entusiastico apprezzamento, ma lui non vedeva cosa ci fosse di tanto lusinghiero nei piazzamenti, di cui nessuno si sarebbe ricordato, e si era sorpreso a invidiare l'amico per la sua vittoria.

Ma non se ne preoccupava più di tanto. La gara in cui riteneva di non avere davvero rivali sarebbe stata proprio l'ultima. Quando venne il turno della danza pirrica, Eucle era convinto di poter fare un figurone; tanto più che la gara a squadre era stata sostituita da quella singola. E in effetti aveva superato agevolmente le eliminatorie, durante le quali i cinque giudici sceglievano il migliore tra cinque coppie che si esibivano contemporaneamente.

La durata degli incontri era variabile, e dipendeva dal tempo che impiegavano i giudici a esprimere il voto. Quando l'ultimo di loro dichiarava di aver deciso, i concorrenti si fermavano e aspettavano il responso. E dopo il primo e il secondo turno, solo nel caso del gruppo di Eucle c'era stata unanimità sul nome del vincitore. Era logico, dunque, che tutti guardassero a lui come al favorito per la vittoria.

Ma anche Tersippo stava andando bene. Le sue vittorie non gli procuravano un giudizio plebiscitario, ma Eucle dovette ammettere, osservandolo in azione, che era abile. Forse meno elegante di lui nei movimenti, ma altrettanto, se non più capace, di protendere la punta della lancia a meno di una spanna dal corpo dell'avversario senza mai nemmeno sfiorarlo. E proprio per compensare la mancanza di stile al ritmo della musica, Tersippo compiva frequentemente affondi, guadagnandosi applausi a scena aperta.

Più applausi di Eucle.

La finale tra loro due era ampiamente prevedibile. E furono proprio Eucle e Tersippo a trovarsi di fronte nell'ultima gara dell'ultimo giorno di efebato. La sfida che sarebbe rimasta più impressa in tutti gli altri efebi, nei loro istruttori e nel copioso pubblico affluito nell'agorà per l'occasione. Eucle la affrontò con una certa emozione, anche perché non era certo di possedere la giusta determinazione per giocarsi la partita finale proprio con il suo amico. In qualche modo, sentiva che la gioia per l'eventuale vittoria sarebbe stata mitigata dal dispiacere per averlo sconfitto.

Non sapeva cosa passasse per la testa di Tersippo. Sperò solo che anche lui avesse qualche remora, quando uno dei giudici diede inizio all'incontro. I cinque auleti incaricati di suonare insieme, per far arrivare la loro musica anche alle orecchie degli spettatori più lontani, presero a intonare una melodia lenta, cadenzata e sofferta; all'inizio di ogni sfida era previsto che i contendenti si esibissero nelle loro movenze più spettacolari, simulando una fase di studio prima del contatto.

Era questa la fase in cui Eucle impressionava di più la gente. Epizelo gli aveva trasmesso uno stile magnifico, che lui aveva arricchito con ampi passi e giravolte. Una vera e propria danza, accompagnata da eleganti evoluzioni della lancia, che Eucle sapeva gettare in aria e riprendere, far girare in mulinello nella mano e sopra la testa, muovendosi al ritmo della musica. Il suo corpo atletico, i muscoli ben definiti e rilucenti per l'olio e il sudore, riuscivano a dare l'impressione, nello stesso istante, di potenza e leggiadria, provocando nel pubblico grida di ammirazione e stupore.

Tersippo era molto più marziale. I suoi movimenti di braccia e con il busto erano di gran lunga più essenziali e piatti, la sua danza con le gambe più goffa e pesante. Nessun giudice avrebbe avuto dubbi su a chi assegnare la vittoria, se si fosse trattato solo di questo. Ma bisognava anche far finta di combattere, e Tersippo aveva dimostrato di non essere secondo a nessuno, in quel campo.

Quando si conclusero i preliminari, Eucle era certo di essere in netto vantaggio, ma altrettanto consapevole di dover tirare almeno un paio di affondi non a vuoto e senza colpire lo scudo, se voleva essere sicuro della vittoria.

Ma intanto il primo ad affondare fu Tersippo. Eucle dovette rendersi conto a proprie spese di quanto l'amico fosse diventato rapido. Non la vide neanche arrivare, la sua lancia. Se la ritrovò a tre dita dal petto prima ancora di pensare a ripararsi con lo scudo, che ancora teneva lungo il fianco sinistro. I giudici assegnarono un punto all'avversario, che a quel punto aveva ridotto le distanze; ma Eucle giudicava che, per compensare lo svantaggio acquisito nella fase preliminare, Tersippo avrebbe dovuto arrivare a sfiorarlo almeno tre volte. E senza che lui riuscisse mai ad arrivargli vicino.

Decise di ristabilire le distanze e affondò a sua volta. Il suo movimento fu talmente ampio da risultare prevedibile, e la sua lancia colpì lo scudo dell'amico. Eucle si rese conto che doveva mettere da parte lo stile, se voleva ottenere qualche risultato contro un avversario tanto rapido, e restrinse il raggio d'azione del braccio. Poi accantonò ogni velleità esibizionistica e mantenne l'asta della lancia ben salda nella mano, pronto a colpire di nuovo. Si mantenne coperto con lo scudo e affondò di nuovo la lancia, con movimento del braccio da sopra la spalla.

Stavolta Tersippo non aveva portato lo scudo abbastanza in alto, e si fece trovare con il petto parzialmente scoperto. Eucle si bloccò a una spanna dalla base del collo, con il consueto controllo che sapeva esercitare sul proprio braccio, ma vide l'amico muovere leggermente in avanti e trovò una leggera opposizione. Subito dopo fece un passo indietro, pronto a sollevare le braccia per il successo, ma vide che il petto di Tersippo sanguinava. E questo aveva un solo significato.

Era squalificato.

Tersippo infatti si volse verso i giudici e mostrò loro la leggera ferita. Costoro non poterono far altro che sospendere l'incontro e decretare la sua vittoria, tra le grida di delusione degli spettatori, che si erano augurati una sfida più lunga e spettacolare. Solo allora Tersippo gettò a terra lancia e scudo e alzò le braccia al cielo. Poi si avvicinò a Eucle, gli diede una pacca sulla spalla e gli disse: «Non te la prendere. Sei tu il più forte. Ma per vincere le gare ci vuole pure fortuna...», e se ne andò dai giudici a ricevere la corona d'ulivo.

Eucle rimase a guardarlo, scudo e lancia ancora in mano. No, si disse, non era stata la fortuna a stabilire il vincitore. Era stato un trucco di Tersippo. Quando lui aveva affondato la lancia, l'amico non solo non era arretrato istintivamente come facevano tutti, ma aveva compiuto un impercettibile movimento in avanti.

Avrebbe dovuto essere squalificato Tersippo, non lui. Un trucco del genere non era permesso. Ma l'amico era talmente rapido da aver tratto in inganno anche i giudici, oltre al pubblico.

Eucle si sentì disorientato. Avrebbe dovuto denunciarlo, ma difficilmente gli avrebbero creduto. E inoltre avrebbe compromesso la loro amicizia. Infine, sembrava proprio che Tersippo tenesse più di lui a quella vittoria, e non se la sentiva di sottrargliela.

Era stato allora che Eucle aveva capito di cosa parlava Epizelo. Lui non desiderava abbastanza vincere. Per lui, mostrarsi il più bravo non era una motivazione sufficiente per primeggiare sugli altri. La sola volta in cui aveva avuto davvero il desiderio di vincere ci era riuscito, era stato capace di dar fondo a tutte le energie e capacità. E a tutta la sua cattiveria.

E adesso, a distanza di anni, adesso che corre per qualcosa cui tiene davvero, adesso che si sente spinto da una motivazione in cui crede, forse sarà finalmente capace di mettere da parte gli scrupoli, il rispetto per il prossimo, le esitazioni che lo hanno condizionato in ogni competizione, impedendogli di esprimere tutte le sue potenzialità.

E finalmente potrà riassaporare l'immensa gioia della vittoria, come era avvenuto in quel suo primo dolicos. La sola circostanza in cui qualcuno, proprio Tersippo, aveva saputo renderlo un vincente.

«Callimaco!», disse Milziade, che stava monopolizzando l'attenzione nel consiglio di guerra. «Tu come intendi condurre la battaglia?».

Callimaco era rimasto in silenzio ad ascoltare i pareri espressi dagli altri comandanti. Come Tersippo aveva previsto, il polemarco apparteneva a quella rara specie di capi supremi che ascoltavano i pareri degli altri, soprattutto dei più esperti, e poi traevano le conclusioni tenendo conto di quanto avevano sentito. Merce rara, di quei tempi. Forse di tutti i tempi. Era un democratico vero, perciò sembrava un pesce fuor d'acqua in una democrazia immatura come la loro.

«Sempre che decidiamo di dare battaglia senza aspettare gli spartani...», disse Temistocle, raccogliendo diversi consensi, compreso quello di Aristide.

Ma *dobbiamo* dare battaglia!», insisté Milziade. «Così, con un esercito di terra alle spalle, non possiamo neanche marciare in soccorso alla città mentre la flotta la minaccia! Dati si è preso gioco di noi, costringendoci a rimanere qui. Se non ci muoviamo subito, Atene è spacciata!».

«Se ci muoviamo subito, siamo spacciati noi ed è spacciata anche Atene!», replicò Aristide.

«Vi ho detto che conosco il modo di batterli. Ho militato nell'esercito di Dario, no? Ripeto la mia domanda, Callimaco. Che tattica adotteresti con i persiani?».

Il polemarco trasse un profondo sospiro. «La sola che gli opliti sappiano applicare, dai tempi della guerra di Troia. Li condurrei contro l'esercito nemico al passo e poi, a pochi piedi di distanza, darei ordine di lanciarsi contro la loro prima fila... Come sempre».

«E allora sì che perderemmo!», esclamò Milziade. «Ed è questo che si aspetta Dati da noi. Che marciamo in ordine sparso e ci facciamo decimare dai suoi arcieri prima di essere arrivati a contatto con la sua fanteria. Senza contare che la cavalleria avrebbe tutto l'agio di travolgerci sui fianchi, dove non abbiamo alcuna protezione».

«Ma è il solo modo in cui sappiamo combattere. È il coraggio degli opliti che dovrebbe fare la differenza», disse sconsolato Callimaco.

«Già. Ma qualcuno di noi, giustamente, ha messo in dubbio il coraggio degli opliti, stavolta. Siamo di fronte a un nemico nuovo, che incute timore. Non lo affronteranno con la consueta determinazione... se ciascun soldato sarà solo di fronte allo schieramento avversario».

«Solo? In un'armata intera?»

«Certo. Se li facciamo avanzare come al solito, distanti diversi passi l'uno dall'altro e in ordine sparso, non si sentiranno protetti che dal loro scudo, ed esiteranno, consegnandosi alle frecce avversarie e al contrattacco degli *sparabara*».

«Appunto per questo dobbiamo attendere almeno di essere in superiorità numerica».

«No, se li sorprendiamo con una tattica che non si aspettano!», incalzò Milziade. «Ascoltate. La chiave di tutto è resistere alla pioggia di dardi che ci pioverà addosso non appena avanzeremo. Dobbiamo arrivare al corpo a corpo ancora integri nei ranghi, se vogliamo sfondare la loro linea».

«E come pensi di farlo?», Temistocle era molto attento. Tersippo se ne compiacque.

«Facendo avanzare i nostri soldati fianco a fianco, affinché lo scudo di un oplita copra parzialmente anche il corpo del compagno a sinistra. Gli spartani già fanno qualcosa di simile, no? Sanno creare un muro di scudi, lasciando solo interstizi a disposizione degli arcieri nemici».

«Gli spartani si addestrano in continuazione per questo tipo di tattica. Non fanno altro, loro, che dedicarsi all'addestramento militare. Al resto pensano gli schiavi. Noi abbiamo anche da mandare avanti una città, invece...», opinò Aristide.

«Inoltre, serrare gli scudi non ci proteggerà dalla pioggia di frecce che gli arriverà dall'alto», aggiunse Temistocle.

«Infatti, non pretendo che i nostri soldati sappiano tenere la formazione fino all'impatto», spiegò Milziade. «È proprio per questo che li faremo correre dal momento in cui entreranno nel raggio di tiro degli arcieri nemici. Più o meno due stadi, direi, per essere sicuri. Più veloci correranno, meno rimarranno esposti ai dardi».

«Correre? E mantenere serrati i ranghi? Non si è mai visto. Neanche gli spartani...».

«Stavolta saremo noi a insegnare qualcosa agli spartani!», si infervorò Milziade. «Si può correre e rimanere relativamente compatti, se i locaghi e i loro vice si mettono in testa e in coda a ogni reparto e lo tengono schiacciato! Così otterremo un doppio risultato: spaventeremo il nemico, che non si aspetta che ci scagliamo addosso alle sue file, e sfrutteremo l'abbrivio per sprigionare potenza e sfondare le loro linee!».

«Non è una cattiva idea...», disse Temistocle. «Le file posteriori potrebbero spingere quelle davanti e creare una forza d'urto che costringerebbe il nemico ad aprirsi...».

Milziade fu compiaciuto. «Esatto! Proprio quello che intendo ottenere. Tutti parteciperebbero allo scontro, anche le file posteriori, seppur solo spingendo i compagni davanti! Non come nelle consuete battaglie oplitiche, dove a combattere sono solo le prime file, e gli altri stanno a guardare limitandosi a incitare i compagni!».

«Dimentichi una cosa che rende tutta la faccenda impraticabile», disse serio Callimaco. «Se facciamo correre i nostri per due stadi con tutta la panoplia addosso, arriveranno stremati allo scontro e non avranno la forza per sostenere il corpo a corpo».

«Non se li mandiamo all'attacco senza armatura», disse Milziade.

«Senza armatura? Ma è assurdo!», protestò Stesilao. «Sarebbero più esposti durante la pioggia di frecce!».

«E poi anche dopo, nel corpo a corpo!», aggiunse Arimnesto.

«Niente affatto. Se riescono a marciare compatti, durante l'avanzata l'armatura è superflua. E se poi riescono a sfondare, nel corpo a corpo godranno della superiorità dello slancio. E di una maggiore agilità».

Molti scossero il capo. Altri rimasero in silenzio, con un'espressione di perplessità sul volto.

«Sentite», insisté Milziade. «Immaginate la sorpresa dei persiani, quando si vedranno piombare addosso una selva di soldati che corrono veloci come atleti! I nostri disputano abitualmente l'hoplitodromos; sanno correre veloci con l'elmo, lo scudo e la lancia. Non appena inizieranno a correre, i persiani ne saranno disorientati, e prima che si riprendano i nostri saranno loro addosso. Se partiremo con questo vantaggio, non riusciranno più a recuperare!».

Ancora silenzio. Ma il numero degli strateghi che scuotevano il capo era diminuito.

«Io dico attacchiamo subito, e attacchiamo in questo modo: tutti serrati, tutti di corsa, con elmo, scudo, lancia, spada, schinieri e la sola tunica. E la vittoria sarà nostra prima che la flotta persiana abbia raggiunto Atene. Polemarco, forza, tieni la votazione!», concluse Milziade, con il tono risoluto che un superiore avrebbe tenuto con un subalterno.

Tersippo trovava eccellenti le sue idee, ma riteneva che l'ex tiranno dovesse dimostrarsi più deferente nei confronti del polemarco. Se continuava a trattarlo in quel modo, c'era il rischio che il comandante rigettasse i suoi progetti solo per riaffermare la propria autorità; anche un personaggio equo e distaccato come Callimaco avrebbe potuto indispettirsi, alla fine.

Ma Callimaco non sembrò infastidito. O almeno non lo diede a vedere. «Chi è favorevole all'attacco immediato, e con le modalità descritte da Milziade, alzi la mano», disse secco.

Milziade alzò subito la mano. Lo imitarono i due che erano arrivati con lui, notoriamente sul suo libro paga, e altrettanti suoi simpatizzanti.

«Io sono per la tattica proposta da Milziade, ma solo quando arriveranno gli spartani», si sentì in dovere di specificare Temistocle.

«Io invece sono per attaccare adesso, tutto sommato. Ma nel modo consueto, come siamo abituati a fare», specificò Aristide. Naturalmente.

Cinque contro cinque.

Tutti guardarono Callimaco.

«Noi strateghi siamo pari. Tocca al polemarco decidere», disse Milziade rivolgendosi al comandante supremo.

IX

È un pezzo che corre, Eucle. Ha la sensazione di aver percorso un cammino più lungo di un dolicos, da quando ha lasciato il campo di battaglia di Maratona. Dovrebbe essere comunque una distanza che Tersippo non ha mai neanche provato: l'amico di un tempo è sempre stato refrattario agli allenamenti sulla resistenza, preferendo piuttosto concentrare le energie sugli scatti.

Eucle è sicuro di esserselo lasciato molto indietro, ormai. Si volta, convinto che sia perfino scomparso alla sua vista, ma resta deluso. Tersippo è sempre lì. Più lontano da lui, forse, più affaticato, più sgraziato e caracollante nella sua andatura.

Ma è lì.

Filippide, invece, non si volta mai a controllare i suoi avversari. Non lo faceva neanche nelle gare ufficiali, d'altronde. Perché dovrebbe farlo ora che compete con due antagonisti palesemente inferiori? È talmente sicuro di sé da non temerli; fa la sua corsa, senza tenere conto della presenza di due avversari. Sarebbe bello batterlo anche solo per ricacciargli in gola quella sua sicumera, quella convinzione di essere un semidio, fuori dalla portata dei comuni mortali...

E sarebbe bello battere Tersippo, per umiliare un uomo che si crede destinato a raggiungere i vertici dello Stato e diventare uno dei personaggi più importanti e potenti di Atene. Sarebbe una bella rivincita per uno come Eucle, che non ha mai primeggiato davvero. In nessun campo. E soffiare loro Ismene, che desiderano solo per convenienza, sarebbe la più entusiasmante delle vittorie.

Solo adesso riesce a pensare a lei, a valersi di lei come stimolo per prevalere nella sfida. Durante la battaglia, era troppo occupato a salvare la pelle per pensare ad altro che agli avversari. Ma i persiani, lo aveva scoperto combattendoli, erano alla sua portata, in fin dei conti. Adesso, invece, ha a che fare con almeno un antagonista di altro livello, rispetto a lui, e pensare a Ismene gli sembra l'espediente più efficace per trasformarsi in Ermes, per sentirsi le ali ai piedi e mettersi sullo stesso piano di un presunto semidio.

Se solo lei li osservasse... le ali ai piedi le sentirebbe davvero, Eucle. Lo sguardo della donna che ama raddoppierebbe le sue forze, gli farebbe percorrere tutta la distanza fino ad Atene alla stessa velocità con cui è capace di correre un dolicos, forse perfino un diaulos. Allora sì che anche Filippide dovrebbe inchinarsi alla sua superiorità. È sempre stata una questione di stimoli giusti. Come quella prima volta, nelle gare dell'efebato; e come adesso, che riesce quasi a tenere il passo del più grande hemerodromos dell'Ellade. Se poi si sentisse i suoi occhi addosso, quegli occhi scuri e vitali che lui è capace di apprezzare anche senza trucco, sarebbe certo di poter superare i propri limiti.

Li ha sentiti più volte, i suoi amici, parlare di Ismene come di una donna che ha bisogno di accurati restauri per apparire giovane e bella. Anche a loro è capitato di vederla senza trucco, e di citare, impietosamente, le sue prime rughe ai lati degli occhi, le sue orbite infossate e il suo naso accentuato, che il trattamento accurato del viso, cui la donna si sottopone ogni mattina, riesce a nascondere un po'. Ismene non è il tipo di donna che si rifiuta di ricevere visite se non si sente presentabile. Non potrebbe gestire gli affari del marito, altrimenti: gli avventori e i soci si presentano a casa nelle ore più impensate, e lei permette a tutti di fare un confronto tra il suo aspetto prima e dopo il trattamento.

La differenza esiste, non c'è dubbio, ma per Eucle non riguarda la gradevolezza del suo aspetto. È solo un cambiamento, come potrebbe esserlo quello di un vestito. Anzi, al contrario dei due amici, lui riesce ad apprezzare la bellezza della sua spontaneità. Per lui, Ismene non è una persona, è un'icona, e come tale non si aspetta da lei la perfezione, ma solo che sia fedele a se stessa, alla sua immagine. Ovvero che sia naturale, ostentando perfino i suoi difetti. Lei gli è entrata dentro così, e non c'è bisogno che si migliori, che nasconda i suoi limiti. Anzi, la Ismene più vera lo commuove di più, gli fa più tenerezza.

Se solo lei fosse stata sugli spalti per lui, durante la sua prima competizione di rilievo... Ma non la conosceva, allora. Non sapeva che potesse esistere un propulsore tanto potente da consentire a un atleta di andare oltre i propri limiti. Era stato in occasione dei primi Giochi panatenaici cui Eucle aveva partecipato. Ismene, allora, era tra gli spettatori; glielo aveva chiesto, in seguito, e la donna glielo aveva confermato. Lei faceva costantemente parte di quell'esiguo pubblico femminile che seguiva le gare, a dispetto della diffidenza con cui era vista la presenza delle donne durante le competizioni. E quando, in seguito, le era stato accanto durante le gare cui non partecipava, l'aveva osservata gridare e tifare, tra l'imbarazzato e il divertito.

Ricordava con quanto impegno, allora, si era dedicato all'allenamento, alla preparazione dell'evento. Epizelo aveva continuato a seguirlo, nonostante non fosse più tenuto a occuparsi di lui dopo la fine dell'efebato. E nonostante Eucle avesse la sensazione che non fosse l'allenatore giusto per lui. Ma Epizelo dava l'impressione di tenerci parecchio, e lui era un abitudinario, restio a cambiare i metodi di allenamento e perfino i rapporti umani; anche se si era convinto, dopo il fallimento delle ultime prove del biennio, di dover ricorrere a qualcuno con una mentalità più vincente e spregiudicata.

E insieme a Epizelo aveva deciso di puntare al pentatlon. Per quanto il dolicos fosse la sua specialità, infatti, la strada per la vittoria, in quella competizione, era chiusa da Filippide. Epizelo era sempre stato un sostenitore del pentatlon, in piena coerenza con le sue convinzioni sulla versatilità di un atleta come cittadino e guerriero. Secondo lui, il concorrente capace di accumulare un punteggio più alto in tante specialità, a prescindere dalla quantità di vittorie singole, era non solo l'atleta più completo, ma anche il cittadino che poteva rendersi più utile alla patria, in ogni circostanza.

Per giorni, Epizelo aveva cercato di convincere Eucle che non era necessario arrivare prima degli altri in una singola specialità per conseguire la vittoria finale. Bastava giungere sempre a ridosso dei primi, mostrarsi costanti e in grado di cavarsela ovunque, nella corsa veloce come nel salto in lungo, nel lancio del peso come in quello del giavellotto, fino al pancrazio. Ed Eucle, alla fine, si era quasi persuaso. Non tanto perché desiderasse essere un cittadino modello, quanto perché sentiva di non essere in grado di eccellere in alcuna specialità. Con il pentatlon, forse, avrebbe potuto vincere anche senza eccellere da nessuna parte, senza arrivare davanti agli altri. Tutto sommato, sembrava una competizione fatta apposta per lui.

Così ci si era messo d'impegno. Per giorni, per settimane aveva messo da parte frequentazioni e altre attività, dividendo rigidamente la sua giornata tra allenamento e riposo, senza alcuna distrazione. E aveva ripreso le abitudini del primo anno di efebato, quando Epizelo lo costringeva a dedicarsi ogni giorno a tutte le specialità, perché entrassero a far parte della sua gestualità quotidiana.

Le ore trascorrevano proprio come durante il biennio di addestramento. La giornata era scandita da decine e decine di lanci, di salti con i pesi, nel gymnasion, e da confronti di lotta con il suo allenatore e con altri atleti nella palestra. Spendeva lunghi momenti a correggere i pochi difetti tecnici che limitavano le sue prestazioni. Davvero pochi, in realtà: sempre impeccabile sotto l'aspetto stilistico, in ogni specialità, Eucle sapeva bene che i suoi limiti risiedevano soprattutto nel carattere.

Occasionalmente si confrontava anche con Tersippo, e spesso lo batteva, lanciando e saltando più lungo di lui, o costringendolo a terra durante la lotta. Nella corsa era ben altra storia: ma Eucle non si aspettava di poter competere con l'amico nello stadion. Da se stesso pretendeva soltanto un piazzamento tra i primi, ed era convinto di poterlo conseguire.

Tuttavia, non si faceva illusioni. Per quanti successi potesse vantare in allenamento sull'amico, in gara sarebbe stata un'altra cosa. Come sempre l'emozione, la mancanza di cattiveria agonistica, la sua carenza di ambizione, lo avrebbero condizionato, e le distanze tra lui e Tersippo, che sembrava invece impermeabile a qualunque condizionamento emotivo, si sarebbero ridotte. Lo sapeva fin troppo bene, e per questo puntava ad arrivare ai Giochi allenato più che mai: se si fosse presentato nell'agorà in piena forma, forse stavolta non avrebbe permesso ai suoi limiti caratteriali di mortificare le sue potenzialità atletiche.

O almeno, non troppo.

Quando iniziarono i Giochi, trascurò le competizioni artistiche che precedevano per cinque giorni la sfilata degli atleti, e continuò a rimanere in palestra. Come sempre, infatti, le Panatenaiche si aprivano con le gare di poesia, dove i concorrenti si disputavano la vittoria declamando, interpretando o cantando versi tratti dai poemi di Omero. Seguivano quelle di musica, presso l'Odeon, il teatro coperto. Vi si tenevano quattro eventi musicali, e altri due erano riservati agli efebi, cui veniva data la possibilità di esibirsi con la lira e con il flauto. I concorrenti che partecipavano alle competizioni principali, invece, si esibivano cantando e suonando la lira, cantando al suono del flauto di un accompagnatore, oppure suonando in assolo la lira o il flauto.

Eucle aveva perso qualsiasi interesse per quel genere di attività da quando aveva conosciuto Filippide e Tersippo. Entrambi gli amici erano convinti di poter raggiungere la gloria senza perdere tempo in passatempi che avrebbero potuto svolgere anche le donne, e avevano finito per persuaderne anche lui. Eschilo, conosciuto dopo l'efebato tramite il fratello maggiore Cinegiro, era sempre al centro dei loro lazzi; i due ambiziosi giovani erano seri solo quando gli anticipavano che un giorno avrebbe scritto poemi sulle loro gesta.

Rinunciò al suo isolamento solo quando venne il momento della sfilata, cui era tenuto a partecipare ogni atleta che intendesse concorrere alla manifestazione. Poi se ne tornò in palestra per altri due giorni, quelli dedicati alle competizioni tra i ragazzi dai dodici ai sedici anni, e poi a quelli tra i sedici e i vent'anni. E si presentò al primo giorno di gare atletiche, quello dello stadion, tirato e concentrato.

Mai si era sentito così bene, mai aveva mai avuto sensazioni tanto positive, pensava, mentre attendeva il suo momento per entrare in pista. Nel frattempo, se ne stava seduto su una panca della palestra a ridosso dell'agorà, e si passava lo strigile su tutto il corpo, per spandere l'olio e mettere in risalto la sua muscolatura armoniosa ed elegante. Epizelo lo osservava compiaciuto, e gli dava gli ultimi consigli.

«Quando esci dai cancelli di partenza bada fin da subito alla falcata. Tu non hai lo scatto del tuo amico, di Tersippo, quindi cerca di non forzare i movimenti. Produci il massimo sforzo nella seconda parte della gara, allungando il passo e aumentando la frequenza solo gradualmente. Sei e rimani un atleta da corse di resistenza, e non puoi trasformarti in ciò che non sei. Non spaventarti e non ti irrigidire se vedi che gli altri sono davanti a te dopo pochi passi. Conta poco, questo. Una volta che sarai arrivato alla falcata lunga e alle giuste frequenze, potrai sfruttare le tue qualità e raggiungerli».

Quelle parole le ricorda fin troppo bene. Ancora oggi, a distanza di anni.

E le teneva bene a mente mentre prendeva posto sulla griglia di partenza. Si trattava di un sistema piuttosto complesso e sofisticato, utilizzato solo nelle competizioni più importanti. Lo aveva sempre ammirato dall'alto degli spalti, seduto lungo le impalcature in legno allestite per gli spettatori intorno all'agorà a ogni edizione dei Giochi, senza mai avere l'occasione di provarlo.

La linea di partenza, dove lui occupava una delle posizioni verso il lato interno, era la base di un triangolo isoscele, ed era scandita da quindici paletti che contrassegnavano altrettante corsie. In corrispondenza dell'angolo si trovava una buca, nella quale agiva il responsabile del meccanismo di partenza. Costui teneva in mano le cime di quindici cordicelle, ciascuna delle quali era collegata a una barra orizzontale unita al paletto sulla linea ove avevano preso posto i concorrenti.

Eucle si tenne pronto, i muscoli tesi, lo sguardo fisso davanti a sé, busto arcuato in avanti, gamba e braccio sinistri oltre il corpo. Sapeva bene che, da un momento all'altro, l'uomo nella buca avrebbe dato uno strattone alle cordicelle, abbassando contemporaneamente le quindici barre orizzontali e permettendo agli atleti di scattare in avanti.

Tersippo non era nella sua batteria, e neppure Filippide. Ma erano entrambi sugli spalti a guardarlo. L'hemerodromos aveva deciso di partecipare anche al pentatlon, per dimostrare che un semidio non era capace di vincere solo nelle corse di resistenza, ma Eucle non lo considerava tra i favoriti. Tersippo, da parte sua, avrebbe dominato la gara veloce e forse sarebbe andato molto avanti nella competizione del pancrazio, ma sulle altre specialità non si era mai distinto. In linea di massima, non li considerava i due antagonisti più pericolosi. Però era anche contro di loro che Eucle correva: vincere la corona d'ulivo gli avrebbe dato una soddisfazione particolare, se dietro di lui ci fossero stati anche i suoi due amici.

Si mosse impercettibilmente in avanti, prima ancora di partire, arrivando a sfiorare l'asticella con il braccio proteso in avanti. Gli venne in mente che, in quel modo, ne avrebbe avvertito prima degli altri il movimento. Non ne aveva parlato con il suo allenatore, prima, ma ritenne che fosse una buona soluzione per guadagnare in partenza quello che la tattica suggerita da Epizelo gli avrebbe fatto perdere. Fece in modo di mantenere un leggero contatto con la sbarra e attese ancora.

E lo strattone arrivò. Tutte le asticelle mossero verso il basso e i concorrenti si gettarono in avanti quasi contemporaneamente.

Tutti, tranne Eucle.

Quando il meccanismo fu azionato, infatti, la sbarra, nell'abbassarsi, trovò l'opposizione del suo braccio, e non completò il movimento. Eucle, nel vedere gli altri partire, si era d'istinto già lanciato in avanti ma, incontrando una parziale opposizione, perse l'equilibrio e si sbilanciò, uscendo dal cancello in modo scomposto e rimanendo a stento in piedi. Mentre intanto gli altri erano molto avanti.

Troppo avanti.

Fece qualche passo quasi marciando. Si era già reso abbastanza ridicolo, e temeva di compromettersi ulteriormente tentando una rimonta che non avrebbe avuto alcuna possibilità di riuscita. Pensò per un istante di invocare la ripetizione della gara, lamentando il cattivo funzionamento del meccanismo di partenza. Ma poi si ricordò che, in precedenza, in una circostanza simile un atleta era stato comunque squalificato per non aver assunto la posizione corretta al via, decise perciò di lasciar perdere e riprese a correre.

Ma intanto gli altri erano già arrivati. Compì l'intero rettilineo a capo chino, con la falcata corta del dolicos, vergognandosi di guardare in direzione dei suoi amici e dell'allenatore. Quando varcò il traguardo, nettamente all'ultimo posto, si era già reso conto che la sua competizione era finita prima ancora di cominciare. Privatosi della possibilità di marcare punti in una delle cinque specialità, infatti, non avrebbe potuto conseguire la vittoria finale neanche vincendo le altre quattro: vittorie che, peraltro, gli erano in gran parte precluse.

Era stata una sconfitta, quella, particolarmente cocente. Ed era stata resa ancor più scottante dal fatto che sarebbe stato Tersippo a vincere la corona d'ulivo; per giunta, Filippide era giunto in testa prima della prova finale, ovvero il pancrazio, e aveva rinunciato solo per non rischiare di farsi male e di compromettere così la sicura vittoria nel dolicos. Tuttavia l'hemerodromos aveva ottenuto ciò che si era prefisso: dimostrare a tutti che era il più forte.

Quella figuraccia aveva finito per condizionarlo in tutte le competizioni a seguire. Se prima affrontava una gara con il patema d'animo, in seguito si sarebbe presentato in pedana o in pista assalito da vero e proprio panico, e avrebbe continuato a essere un perdente.

Fino a quel momento, almeno. Ora, continua a dirsi Eucle fissando la schiena di Filippide, ha un valido motivo per vincere i suoi timori, e per dimostrare che, senza il fardello della sua emotività, non vale meno di Filippide e Tersippo.

«E così, alla fine ha deciso il polemarco», disse Tersippo agli amici, dopo essere tornato dal consiglio di guerra.

L'armata intera era in piena mobilitazione. Tutti gli opliti si stavano equipaggiando per la battaglia imminente, gli ufficiali richiamavano gli uomini per comporre i ranghi. Ma intanto, non appena Tersippo era ricomparso tra la truppa, i suoi amici lo avevano assalito per conoscere i dettagli.

«Avrà pur deciso il polemarco», disse Cinegiro. «Ma alla fine si fa tutto quello che vuole Milziade, no? Voleva che attaccassimo subito, e andrà proprio così. Voleva che attaccassimo senza corazza, e a quanto pare ci stanno costringendo a questa follia».

«Direi che è proprio questa la forza di Callimaco», asserì Tersippo. «Se fosse stato un debole, avrebbe approfittato della propria posizione per dar torto a Milziade, che tenta continuamente di rubargli la scena... Invece ha scelto per il meglio, senza meschini preconcetti».

«Sì, e intanto abbiamo perso un mucchio di tempo in discussioni inutili», si lamentò Filippide. «Tempo che potrebbe rivelarsi fatale. Se solo uno dei due fosse stato al comando senza condizionamenti, staremmo già addosso ai persiani mentre sono impegnati nelle operazioni di imbarco!».

«Ma che dici?», protestò Tersippo. «In una tirannia, nessuno avrebbe potuto esprimere un'idea a parte il capo supremo, e un buon piano come quello di Milziade si sarebbe perso. Non perdi occasione per dare addosso al nostro sistema, a quanto vedo. Dirò al tuo locago di controllarti: chissà che tu non voglia far vincere i persiani e Ippia, in realtà».

«Ma come osi?», si infervorò Filippide. «Voglio solo che le cose funzionino in modo più efficiente, al contrario di te, che prosperi nell'inefficienza e speri di approfittarne per raggiungere il potere!». Poi si avventò contro l'amico.

Ma Eucle si frappose tra i due, prima ancora che ci pensasse Cinegiro. «Ma vi sembra questo il momento di continuare le vostre discussioni politiche? Stiamo per affrontare un nemico temibile, e senza neanche la protezione dell'armatura».

«Ma quali discussioni politiche! Questo mi ha rubato la vittoria nella nostra sfida! E continua a provocarmi, per giunta!», insisté Filippide.

«Vuoi proseguire la sfida? Ne abbiamo l'occasione proprio adesso!», gridò Eucle.

«Che cosa?», dissero quasi all'unisono gli altri due.

«La gara per i prigionieri di Eretria è finita in pareggio. Ebbene, proviamone un'altra. Ismene sarà del soldato che più si sarà distinto in questa battaglia». Ecco, l'aveva detto. Stavolta l'aveva lanciata lui, la sfida.

L'iniziativa ebbe, se non altro, l'effetto di far tacere per qualche istante gli altri due.

Ma non Cinegiro. «Ma voi siete matti… Combattere per una donna. Per me è troppo. Me ne vado». E se ne andò davvero. Lo videro raccogliere la sua armatura, che si era portato dietro, e fare per allacciarsela, d'istinto; poi dovettero tornargli alla mente gli ordini, perché la buttò a terra con stizza.

«Perché no, in fondo? Una battaglia vale più di un'incursione notturna, per stabilire chi è più uomo tra noi…», disse Filippide.

«Già. Ci sto. Ma chi farà la valutazione? Non possiamo mica accertare il numero di morti di cui ciascuno di noi è responsabile. Di voi non mi fido…», disse Tersippo.

«Se è per questo, neanch'io mi fido di te», gli fece eco Filippide, con tono acido.

«Saranno i nostri ufficiali a fare un rapporto su di noi», propose Eucle. «Faremo confrontare i rispettivi rapporti al polemarco, e sarà lui a eleggere il migliore tra noi».

Dopo qualche altro istante di silenzio, Filippide e Tersippo annuirono. «Sta bene», disse il secondo. «E questa volta, dubito che finirà in pareggio».

«E se qualcuno non ne esce vivo?», obiettò Eucle.

«Se crepa è squalificato», disse Tersippo, prorompendo in una sonora risata.

«Anche se si è dimostrato il più valoroso», gli fece ancora eco Filippide, ridendo a sua volta.

Poi l'hemerodromos tese il braccio verso i due amici, aspettando che glielo stringessero, per sancire l'accordo e augurarsi buona fortuna. Gli altri due furono pronti ad assecondarlo.

«Abbiamo avuto dei dissapori. Ma ora è tutto finito. Siamo ancora i tre amici di sempre», dichiarò solennemente Tersippo.

Eucle sentì un groppo alla gola. Sperò che fosse così, ma non ne era tanto sicuro. Poi si separarono per andare a recuperare, nei rispettivi giacigli, le armi necessarie al combattimento: elmo, scudo, lancia e spada.

Niente corazza.

Ma dopo pochi passi, Eucle si ritrovò investito da un oplita, già armato di tutto punto.
Corazza compresa.
«Io non me la levo l'armatura! I nostri comandanti sono dei pazzi!», gridò il soldato. Le sue proteste erano rivolte al locago che lo inseguiva.
«Non sta a te discutere le scelte dell'alto comando! Togliti la corazza!», replicò l'ufficiale.
«Ha ragione! Perché dovremmo andarci a suicidare?». Un'altra voce, alle spalle del locago.
«Non basta affrontare un nemico in superiorità numerica?». Un'altra voce ancora.
«Ci dite per anni che i persiani sono il popolo più potente della terra, e ci mandate contro di loro allo sbaraglio?». E ancora un'altra.
Presto fu un coro di proteste. «Ma come volete farci combattere? Fianco a fianco, oltre che nudi? E come posso difendermi se devo stare attento a non perdere il contatto con il compagno a sinistra?».
«E come facciamo a correre e a rimanere attaccati? È assurdo!».
«Combattiamo in un solo modo da secoli! Perché cambiare adesso?».
«Non siamo mica al gymnasion! Perché dobbiamo metterci a sperimentare ora?».
«Ma cos'è, una competizione sportiva a squadre?».
Era trascorso del tempo, ma l'armata sembrava tutt'altro che pronta al combattimento. Eucle fu ben contento di essersi già separato dai suoi amici: li avrebbe certamente sentiti riprendere a discutere: di sicuro, tra i persiani nessuno si permetteva di dubitare degli ordini dei comandanti; ma d'altronde, i persiani erano tutti schiavi, e non uomini liberi... Se essere uomini liberi significava essere sempre sull'orlo del precipizio, lambire uno stato di caos permanente, ebbene, lui preferiva il caos.
Ma non preferiva la sconfitta e, se le cose fossero andate avanti così, i persiani avrebbero avuto tutto il tempo di arrivare ad Atene ed entrare in città. E probabilmente, avrebbero anche finito per approfittare della confusione che regnava nel campo greco per cogliere una facile vittoria campale.

L'ufficiale era ormai circondato da soldati. Qualcuno iniziava pure a dare spintoni al locago. Questi sembrava aver perso il controllo della situazione. Sbraitava, ma non metteva in soggezione nessuno. D'improvviso cercò di strappare l'armatura di dosso a un oplita, che reagì con un pugno in faccia. L'ufficiale perse l'equilibrio e un altro soldato lo aiutò a finire a terra con uno sgambetto. Altri ancora si riversarono su di lui e lo presero a calci, ricoprendolo di insulti che, probabilmente, avrebbero voluto destinare allo stato maggiore.

Il caos.

Accorsero altri due ufficiali. Con la lancia in mano. Con le cuspidi, presero a punzecchiare i soldati per farli allontanare dal locago a terra. Qualcuno dei più esaltati provò ad afferrare le aste, ma i più arretrarono, pur continuando a mugugnare. Gli ufficiali intimarono ai soldati di rientrare nei ranghi ed equipaggiarsi per il combattimento, ma nessuno si mosse. Intanto le file dei contestatori si erano ingrossate. Ed Eucle, guardandosi intorno, si accorse che in altri punti del campo si erano formati capannelli.

La situazione non poteva essere più preoccupante. Se perfino un personaggio benvoluto come Callimaco di Afidna, e uno stimato e temuto come Milziade, erano contestati, allora l'anarchia aveva raggiunto davvero livelli insostenibili. E tutto ciò accadeva proprio mentre a pochi stadi di distanza era schierato un esercito nemico. E mentre una flotta di seicento navi iniziava a far vela verso Atene. E proprio quando dentro Atene c'era gente che non aspettava altro se non aprire le porte ai persiani.

La faccenda dell'attacco senza armature, con gli opliti fianco a fianco, spaventava anche lui. Le obiezioni avevano un senso: se un uomo era costretto ad affrontare il nemico badando a mantenere una posizione, come faceva a liberare tutta la propria forza? Come avrebbe potuto concentrarsi sull'avversario?

Una falange compatta, una sorta di impenetrabile muro di scudi, un istrice con un'unica armatura da cui fuoriuscivano gli aculei rappresentati dalle lance, era una bella immagine, e poteva perfino essere una micidiale arma di guerra. Gli spartani ci stavano provando da qualche tempo, d'altronde, ed erano i guerrieri più esperti dell'Ellade. Ma così, su due piedi, non gli sembrava un'impresa realizzabile. Troppo complessi i meccanismi di coordinamento tra uomini e tra reparti, troppa l'attenzione che bisognava prestare ai compagni per potersi concentrare seriamente sugli avversari, come era necessario fare in battaglia, quando è sufficiente un istante di distrazione per finire con la gola trafitta.

Eucle dubitava che avrebbe funzionato. Ma non era il tipo da contestare le decisioni dei propri superiori. Non faceva parte della sua mentalità. Non ne aveva la personalità. E poi, Tersippo sembrava aver fiducia nel piano, e Tersippo, di solito, ci azzeccava.

Il problema, adesso, era che l'esercito non ne voleva sapere. Erano pronti ad attaccare, probabilmente, ma nel solito modo: marciando in avanti e poi scagliandosi contro il nemico all'ultimo momento, ciascuno per conto proprio. Così insegnavano i poemi di Omero, così insegnavano le gesta degli eroi della guerra di Troia. Ed era così che ci si procurava la gloria, non certo nascondendosi dietro lo scudo, solo per confondersi con qualunque altro commilitone, come se non vi fosse alcuna differenza tra soldato e soldato.

D'altronde, come avrebbero potuto i comandanti stabilire chi fosse il migliore tra lui, Filippide e Tersippo, se loro tre avessero dovuto limitarsi ad agire di concerto con gli altri, senza fare nulla di più che creare una muraglia di scudi e protendere la lancia in avanti? Avrebbero mai saputo quale lancia sarebbe stata più letale, se il suo possessore si nascondeva dietro un muro, risultando indistinguibile perfino ai suoi stessi ufficiali?

Sorrise, pensando a Epizelo. Un sorriso amaro. A quanto pareva, il piano di Milziade, la tattica da lui ideata, non era altro che la rigida applicazione dei principi che il suo allenatore, ora suo commilitone, aveva sempre cercato di inculcargli. Quegli stessi principi che avevano fatto di lui un perdente. Il cittadino completamente al servizio della patria, senza alcuna ostentazione di gloria personale, senza alcuna possibilità di distinguersi.

La guerra non era più equiparata alla competizione sportiva, come era stato fino ad allora. Diventava un'attività meramente pratica, utilitaristica, e come tale – temeva – avrebbe incontrato un più scarso interesse tra gli ateniesi. Strano che il polemarco, un campione sportivo abituato a distinguersi, avesse approvato una tattica del genere. È più difficile che un uomo si impegni in qualcosa, se non pensa di poterne trarre un vantaggio personale.

A Sparta era diverso. Il sistema era diverso. Non c'era democrazia. Re ed efori imponevano le loro disposizioni agli Eguali, che a loro volta le imponevano a tutti gli altri, agli schiavi. E contava solo Sparta, nient'altro. Nessuno aspirava a essere qualcosa di diverso dal ruolo in cui la società lo aveva collocato fin da bambino. Li crescevano così, con la convinzione di essere parte di un tutto, senza lasciare spazio alcuno allo spirito critico o al dubbio.

Loro sì, forse, potevano ottenere una falange coesa, omogenea, compatta. Erano gli Eguali, loro, tutti identici e interscambiabili, senza singole identità, distinguibili solo per il nome: Aristodemo, Eurito, Marone, Alfeo, Pantite, erano solo numeri per lo Stato. Non si sarebbe mai potuto convincere un ateniese a comportarsi nello stesso modo, a sentirsi così consacrato al bene comune da rinunciare alla gloria personale. La prospettiva di attirare la luce del sole su di sé piuttosto che sugli altri, fosse per acquisire gloria, come Filippide, potere, come Tersippo, o una donna, come lui, era il vero stimolo su cui i capi potevano far leva per spingere la truppa a dare il massimo.

Anche se qui, di fronte ai persiani, salvare la pelle era pur sempre un obiettivo sufficiente a motivare un uomo. Ma a lui non bastava. Lui aveva anche altri obiettivi, e una tattica del genere glieli precludeva. Una tattica simile, una mentalità simile, quella tanto esaltata da Epizelo, era proprio ciò che gli aveva precluso i successi.

Lo assalì la sensazione di voler attribuire al suo allenatore la colpa dei suoi fallimenti. Se non aveva la mentalità vincente, era perché Epizelo non lo aveva forgiato nel modo giusto. Lo aveva addestrato, come un animale senza ambizioni, perché diventasse uno strumento utile alla patria, e se adesso non avesse avuto il miraggio di Ismene, forse sarebbe stato uno dei più disponibili a conformarsi alle disposizioni del comando supremo.

Ma c'era da conquistare Ismene, e lui aveva la necessità di distinguersi, di guadagnarsi il premio come miglior combattente. Decise d'impulso. Si mosse improvvisamente in avanti e andò a raggiungere i contestatori, che si stavano di nuovo avvicinando agli ufficiali.

Sembrava una prova generale della battaglia che lo stato maggiore voleva obbligare gli opliti a combattere. I tre ufficiali erano schierati l'uno a fianco dell'altro, a ranghi serratissimi, con le lance protese in avanti. Gli opliti avanzavano, senz'armi, ma in sovrannumero, tentando di circondarli.

Gli ufficiali erano destinati a perdere. Proprio come era probabile che sarebbe accaduto a loro, di fronte ai persiani.

Adesso, la sola cosa sicura era che presto ci sarebbe scappato il morto. Una delle conseguenze del caos, si disse Eucle. Ma poi vide arrivare Tersippo, insieme a un gruppo di opliti armati di tutto punto.

«Fermi! Il polemarco e gli strateghi vogliono parlare all'esercito! Adunata nel settore di Oneide!», gridò Tersippo, mentre gli opliti che erano con lui protendevano le lance verso i sediziosi.

«Fermatevi, e faremo finta che non sia successo niente! Nessuno di voi sarà denunciato, *per ora*!», aggiunse, incrociando lo sguardo di Eucle.

Eucle abbassò gli occhi, provando vergogna. Vide che l'assembramento si scioglieva e si avviò anch'egli verso il luogo indicato. Il punto ove stazionava la tribù di Milziade, non la tribù del polemarco. Questo la diceva lunga su chi comandava l'esercito. Ma forse Milziade era davvero il solo capace di convincere i soldati ad attaccare in quel modo folle. Si sarebbe visto, una volta per tutte, fino a che punto poteva arrivare la sua autorevolezza.

Giunse sul luogo dell'assemblea, dove già parte dell'esercito si era radunata. C'era una gran confusione. Alcuni mormoravano, altri protestavano ad alta voce; in generale, non sembrava che vi fosse qualcuno disposto ad accettare supinamente le disposizioni del comando. La tensione percorreva tutte le unità, tutti i reparti, e non era simile a quella che precedeva uno scontro campale. Era accresciuta, moltiplicata, decuplicata dalla presenza incombente di un nemico nuovo, sconosciuto e temibile, e dall'imposizione di una tattica altrettanto nuova e sconosciuta.

E forse, anche dalla mancanza di un comando chiaro e univoco.

Comparve lo stato maggiore. Scuri in volto, tesi e contratti, i comandanti procedevano tutti insieme, per dare alla truppa l'impressione di essere coesi, almeno loro. Ma non erano credibili. Ma a chi volevano darla a bere? Callimaco contro Milziade, Temistocle contro Aristide, Stesilao contro Arimnesto, forse... Di chi avrebbero dovuto fidarsi, i soldati, se i loro capi non si fidavano l'uno dell'altro? Se nei giorni, nelle settimane precedenti la campagna, e perfino durante la campagna, non avevano fatto altro che delegittimarsi a vicenda?

Poi, ciascuno stratego si avvicinò alla tribù di cui aveva il comando. Con vistosi movimenti delle braccia, con urla e salti, i capi cercavano di attirare l'attenzione dei loro uomini per invitarli a tacere. Ma non osavano avvicinarsi troppo né tanto meno addentrarsi tra i ranghi. Tutti, tranne Milziade, che era rimasto sul palco delle arringhe insieme a Callimaco. E questo la diceva lunga sul ruolo che l'ex tiranno del Chersoneso si attribuiva in tutta la faccenda. Non a caso, notò Eucle, il polemarco appariva infastidito, ed era probabilmente deluso che Milziade non avesse imitato gli altri suoi colleghi.

Gli sforzi degli strateghi sortirono un effetto limitato. Quando tornarono sul palco, la truppa mormorava ancora, ma Milziade, pur alzando la voce, avrebbe potuto parlare.

Perché nessuno aveva dubbi. Sarebbe stato lui a parlare.

E fu proprio Milziade ad alzare il braccio, per richiamare l'attenzione dei più turbolenti. «Soldati! Cittadini di Atene! Cittadini di Platea! Il nemico è vicino e ci minaccia! Non possiamo permetterci di sprecare tempo in inutili discussioni!», esordì. Ma parte delle sue parole si perse negli schiamazzi che ancora si udivano provenire da qualche settore dell'armata.

Ma prima che proseguisse, Callimaco gli mise un braccio davanti. Milziade si bloccò, e la sua espressione sorpresa tradì il fastidio che doveva provare.

«Sì, soldati, se c'è mai stato un momento in cui abbiamo avuto la necessità di andare di fretta, è proprio questo», disse il polemarco. Più delle sue parole, ad attirare l'attenzione dei soldati fu proprio la sua iniziativa.

Aveva costretto Milziade a non parlare.

Fu la curiosità, più che il rispetto, a far finalmente tacere l'auditorio.

«L'evento è speciale, l'ora è suprema, soldati», proseguì Callimaco, che non era noto per la sua abilità oratoria, in verità. Ma intanto Milziade si era fatto rosso in viso. «Siamo di fronte alla sfida più difficile che Atene abbia mai dovuto affrontare. Pertanto, abbiamo bisogno di unire le forze e agire come un sol uomo, se vogliamo sperare di essere ricordati in eterno come vincitori, oltre che provvedere alla salvezza della nostra patria in pericolo. Dobbiamo adottare delle soluzioni inedite, di fronte a una minaccia inedita, se vogliamo avere la speranza di prevalere. Dobbiamo sorprendere il nemico, che crede di sapere già cosa faremo, e dobbiamo anche sorprendere noi stessi, mettendoci alla prova per superare i nostri limiti.

Perché il solo limite che noi abbiamo, soldati di Atene, soldati di Platea, è la nostra ambizione. È la nostra personale ambizione che ci spinge a contare solo sui nostri muscoli, sulla nostra forza, per sconfiggere un nemico che sarebbe più facile superare valendosi anche dei muscoli e della forza dei compagni! Ciascuno di noi, se collabora con gli altri, vedrà decuplicate le proprie forze, e saremo in superiorità numerica in ogni settore, anche dove gli avversari sono di più!».

Incredibilmente, la truppa si era calmata. E ascoltava il suo polemarco con attenzione. Callimaco volle averne conferma, smettendo di parlare per qualche istante. Nessuno fiatò.

«Loro lo sanno che noi siamo spaventati», riprese il comandante in capo. «Sanno che l'eco delle loro gesta è giunto in Attica, che le loro conquiste, i loro massacri ci hanno gettato nel panico! Contano anche su questo per sconfiggerci. Si sono perfino permessi di dividere l'esercito, ritenendo sufficiente lasciarne metà a terra per batterci o solo per tenerci a bada. Ma non sanno quanto valgono gli ateniesi! E i loro fidi alleati plateesi! Sanno solo quanto vale ciascuno di noi, ma non sanno quanto valiamo tutti insieme!

Si aspettano che avanziamo contro di loro alla rinfusa, come sempre, e hanno preparato le contromisure. Innanzitutto, hanno più arcieri di quanti ne abbia mai avuto un esercito greco. E intendono sterminarci con una pioggia di frecce prima ancora che gli arriviamo sotto. E poi, credono già di sapere cosa fare, una volta che saremo giunti a contatto. Hanno quei grossi scudi, che li nascondono alla nostra vista e li riparano ai nostri colpi, e sanno stare fermi, uniti tutti insieme. Pensano di non avere difficoltà a sostenere l'assalto scoordinato di guerrieri coraggiosi e potenti ma isolati, che gli arrivano addosso un po' alla volta. Sono convinti di poterci obbligare a combattere isolandoci uno dall'altro, circondandoci, attirandoci tra le loro file e separando la nostra prima linea dalle altre, per sterminarci uno alla volta.

Ma noi li sorprenderemo! E li sorprenderemo due volte. Per prima cosa, spiazzeremo i loro arcieri correndo dal momento in cui entreremo nel raggio d'azione delle loro frecce, e abbreviando così il tempo di esposizione ai dardi. E lo faremo senza armatura, per poter correre più veloci di quanto loro si aspettano. Più veloci delle loro frecce! Poi, ci manterremo compatti, l'uno a fianco dell'altro, l'uno dietro l'altro, scudo su scudo, al momento dell'impatto. Se ci riusciremo, e io sono convinto di sì, piomberemo loro addosso tutti insieme, e il loro muro di scudi cederà. *Dovrà* cedere. Anche perché non saranno più tanto saldi, dopo averci visto correre verso di loro come forsennati. Avranno paura! Avranno paura anche loro, perché anche loro sono uomini! Anzi, peggio: sono schiavi! Schiavi che non combattono per la propria libertà, come noi, poiché sanno che, anche se vinceranno, rimarranno schiavi!

E così si apriranno dei varchi per voi, coraggiosi opliti. Ma neanche allora sarete soli, incuneati nelle file nemiche. Perché stavolta, alla battaglia potranno partecipare anche le file posteriori. Sarà grazie a loro, alla loro spinta, che i nostri in prima fila potranno penetrare ancor più in profondità, aprire lo schieramento nemico e separare le unità le une dalle altre. La forza degli opliti più avanzati sarà moltiplicata per cento, se dietro ciascuno di loro ci sarà una fila di commilitoni che li sospinge verso il nemico!

Non abbiate paura, dunque, perché siamo molti di più di quelli che sembriamo. È il modo più sicuro che abbiamo di vincere, e il solo che abbiamo di vincere *presto*. Perché vincere tardi non ci serve: per salvare Atene dobbiamo liberarci subito delle forze terrestri di Dati, e solo attaccandolo e investendolo con tutta la forza di cui disponiamo riusciremo ad accorciare i tempi della battaglia!».

Lasciò intendere di avere finito. Eucle fissò Milziade, per vedere la sua reazione. Per quanto abile fosse come oratore, difficilmente avrebbe saputo parlare meglio. Difficilmente avrebbe saputo esporre meglio il proprio piano.

«Sì!». Un primo grido, tra la calca, dimostrò che Callimaco aveva fatto centro.

«Attacchiamo tutti insieme!». Un altro grido isolato.

«Attacchiamo subito! Fianco a fianco!».

«Facciamogliela vedere!».

«Ricacciamoli in Asia!».

In breve, fu un susseguirsi di voci entusiastiche dalla folla, progressivamente trasformatesi in grida di giubilo. Molti opliti già equipaggiati si slacciarono la corazza e la gettarono con ostentazione a terra, altri brandirono le lance, altri ancora batterono le aste sugli scudi. E molte voci si levarono a inneggiare a Callimaco.

Milziade scese dal palco, visibilmente contrariato. Era comprensibile, pensò Eucle. Il polemarco gli aveva solo permesso di introdurre la sua arringa, impedendogli di proseguire e lasciando che apparisse proprio ciò che avrebbe dovuto essere fin dall'inizio: un subalterno. E sebbene tutti sapessero che l'idea dell'attacco di corsa, senza armatura e a file compatte era dello stratego, il polemarco l'aveva esposta così bene, e con tale convinzione, da aver convinto la truppa che Milziade aveva escogitato il piano come un suo incaricato, e non in autonomia. E quindi, il merito non poteva che essere di Callimaco.

Il polemarco aveva avuto una brillante reazione all'invadenza dello stratego. Forse Milziade gliel'avrebbe fatta pagare; forse non era una buona cosa per i rapporti e i già precari equilibri nello stato maggiore. Tuttavia la risposta dei soldati era stata inequivocabile: erano contenti e ansiosi di mettere in opera il piano.

Adesso, finalmente, i greci avevano un capo.

X

Tersippo dà l'impressione di essersi avvicinato. O forse no. Certe volte, Eucle si sente addosso il fiato dell'inseguitore, ma poi si rende conto che è solo il suo, che fa eco nelle frastagliate vallate lungo le quali stanno correndo. Eppure, quando Eucle volge la testa, gli pare di vedere l'antagonista più grande della volta precedente, più definito, prima di rendersi conto che è qualcos'altro: un albero, un masso, un cespuglio, che il velo di cui si sono ricoperti i suoi occhi ha trasformato in una figura diversa, perfino dinamica.

Gli sta accadendo sempre più spesso: lo sforzo gli annebbia la vista. Lo aveva messo in conto, ma più tardi, verso la meta. Adesso, è troppo presto perché questo accada. Ma non può essere la tensione. Ha imparato a dominarla, con Ismene in ballo. Forse è il fisico, che gli sta presentando il conto dopo il lungo combattimento. Non il dolore delle contusioni, non il bruciore delle ferite, non la muscolatura indolenzita, e neppure le vesciche ai piedi; no, è semplice stanchezza, sfinimento, forse, dopo un'intera giornata di sforzi quasi oltre i propri limiti.

Si chiede se sia un bene. Che il corpo si dimostri meno forte della mente. Finora Eucle ha fallito gli obiettivi più importanti, gli appuntamenti decisivi, a causa delle sue carenze interiori, per mancanza di carattere e di saldezza di nervi, non perché il fisico non lo abbia sostenuto. La tensione, la paura, l'insicurezza gli hanno sempre giocato brutti scherzi, perfino quando giungeva all'evento preparato nel migliore dei modi, allenato al meglio e tonico al punto giusto.

Stavolta, invece, Ismene ha compiuto il prodigio: la speranza di conquistarla gli ha regalato, finalmente, la determinazione e la concentrazione per permettergli di trarre dal fisico tutto quello che possiede. Certo, possiede di meno delle altre volte, perché ha appena combattuto. Ma lo hanno fatto anche gli altri due antagonisti, e non è detto che loro, stavolta, siano dotati della sua stessa determinazione. Se il corpo sta cedendo, il pensiero di Ismene gli darà certamente la spinta necessaria per raggiungere Atene.

Sono lontani i tempi durante i quali la sola vista di Ismene lo paralizzava. Eppure, era stato solo pochi giorni prima, alle ultime Panatenaiche annuali. Quelle che avevano visto il benaugurante trionfo del polemarco nello stadion. E il consueto successo di Filippide nel dolicos. E la sorprendente vittoria di Tersippo nel diaulos.

Mancava solo lui, Eucle, all'appuntamento con il primo posto. I due amici lo esortavano a concentrare tutte le sue energie sull'ultima gara, l'hoplitodromos, la corsa con la panoplia. Non aveva lo stesso prestigio di tutte le altre, ma sarebbe stata pur sempre una vittoria, se fosse riuscito a conseguirla. E inoltre, anno dopo anno i vincitori della competizione godevano di un credito sempre maggiore nell'esercito.

Anche Epizelo riteneva che fosse una gara importante: secondo lui, anzi, di lì a pochi anni sarebbe diventata la *più* importante e prestigiosa. Presto tutti si sarebbero accorti che si trattava della competizione che più rispecchiava il valore di un cittadino come soldato, la sua completezza come ateniese, prima ancora che come atleta. Proprio quel che Epizelo aveva sempre sostenuto e che aveva sempre cercato di trasmettergli, riuscendovi fin troppo bene, forse.

Alla fine si era convinto. Che fosse importante o meno, era la sola, tra quelle rimaste, in cui potesse avere delle possibilità di vincere la corona d'ulivo. Un premio che era intenzionato a offrire a Ismene, presente a tutte le gare. Tersippo e Filippide, in occasione delle loro vittorie, non l'avevano fatto; lui si sarebbe distinto agli occhi della donna, e forse così sarebbe riuscito a farsi prendere sul serio.

Perciò aveva accantonato ogni velleità sulle altre competizioni e si era concentrato sulla corsa degli opliti. L'ultima corsa. Aveva rinunciato alle gare della giornata precedente per curare i meccanismi della corsa con elmo e scudo, che richiedeva un'attenzione particolare alla frequenza dei passi: la naturale asimmetria determinata dal peso dello scudo sul braccio sinistro, infatti, portava istintivamente l'atleta a sbilanciarsi, e a correre con una cadenza irregolare.

Fosse stata una corsa più lunga, sarebbe stato diverso. Le braccia non avrebbero spinto in avanti e in alto, la falcata non sarebbe stata ampia, e l'unico problema con cui fare i conti sarebbe stata la stanchezza. Ma si trattava di uno stadion, e quindi bisognava sprigionare tutta la potenza di cui si disponeva, con movimenti ampi e sferzanti. Proprio come in battaglia.

Si allenò in palestra per l'intera giornata, proprio per rafforzare la muscolatura sul braccio sinistro e coordinare i movimenti per evitare eccessive torsioni compensative del busto. E fece tutto da solo, perché non voleva privare Epizelo del piacere di assistere alle competizioni. Fu bene attento a non lasciare nulla al caso, consapevole di avere un avversario temibile in Cinegiro, il fratello di Eschilo. Quell'esaltato, il cui pensiero fisso era la guerra, se non dormiva con scudo ed elmo, certamente ci andava in giro, forse ci faceva perfino l'amore; per lui, correre con la panoplia addosso era naturale come correre senza per chiunque altro.

Non era raro, infatti, incontrare Cinegiro per le strade di Atene in tenuta militare. Anzi, fino all'anno precedente aveva perfino avuto il coraggio di passeggiare con armatura e lancia; ma poi gli arconti gli avevano intimato di lasciare a casa almeno la corazza e l'arma da offesa, per non incutere timore nei passanti. In realtà, Epizelo sosteneva che i magistrati diffidassero del suo equilibrio mentale, lo ritenevano un attaccabrighe e temevano che facesse uso della lancia in un eventuale e altamente probabile litigio.

Quell'uomo formava uno strano contrasto con il fratello più giovane, decisamente poco attratto dalle questioni belliche e molto più da quelle artistiche. Per quanto fossero diversi, tuttavia, Eucle li vedeva sempre insieme e gli apparivano molto legati, sebbene stessero sempre a discutere: Cinegiro rimproverava con veemenza Eschilo per la sua scarsa virilità, per la sua indolenza nelle faccende militari e la sua timidezza, mentre il più giovane biasimava il fratello, seppur con maggiore circospezione, per la sua assenza di curiosità verso qualunque cosa non riguardasse Ares.

In generale, sembravano del tutto complementari: ciascuno possedeva in misura accentuata ciò che all'altro mancava del tutto. Insieme formavano un uomo completo e di notevole valore, e forse per questo erano inseparabili: si rendevano conto dei loro rispettivi limiti, e cercavano di mascherarli tenendo sempre a portata di mano chi poteva farli passare inosservati.

Cinegiro era forte nell'hoplitodromos, ma non imbattibile come Filippide nel dolicos. Era un uomo talmente potente e possente da peccare in agilità, e c'era la speranza che cedesse nella seconda parte dello stadion. Bisognava solo evitare di perdere troppo terreno all'inizio. Eucle provò una partenza dietro l'altra, curando a fondo lo scatto iniziale e studiando a lungo il modo per non farsi frenare dal peso dello scudo. Presto le tempie iniziarono a pulsargli, quasi rimbombando dentro l'elmo, che accentuava ogni suono della sua testa e diveniva a ogni scatto più pesante.

Come il suo scudo, d'altronde.

E intanto fantasticava sul momento in cui si sarebbe voltato verso Ismene, dopo aver passato la linea del traguardo, per raccoglierne il sorriso e i complimenti. Poi la sua mente si perdeva a immaginare le scene successive, la premiazione e il suo dono alla donna, la sua reazione e i festeggiamenti insieme: una passeggiata lungo il Falero e un bacio appassionato al tramonto.

Con il trascorrere del tempo, finì per correre più pensando a lei che ai meccanismi cui doveva prestare attenzione. Ripeteva a se stesso le frasi a effetto che le avrebbe detto davanti al mare e immaginava le reazioni della donna, il suo atteggiamento dapprima freddo e distaccato come sempre, l'espressione sorpresa, poi il cambiamento improvviso, la decisione quasi consapevole di abbandonarsi e di lasciarsi trascinare dall'amore di cui lui sapeva investirla.

E intanto correva, correva con lo scudo, avanti e indietro, agitando il braccio sinistro per compensarne la minore mobilità rispetto al destro. E solo dopo essersi fermato un po' a riprendere fiato, si accorse che la spalla gli faceva male.

Molto male.

L'indolenzimento del muscolo quasi gli impediva di muovere il braccio, ormai. La fitta che avvertiva a ogni tentativo di alzare l'arto gli suggerì di tenerlo attaccato al corpo. Fu assalito dal terrore: se si sentiva così in quel momento, come si sarebbe svegliato il mattino seguente? Senza dubbio più indurito! In quelle condizioni, non solo era in forse la vittoria nella gara, quella che avrebbe dovuto vincere, per sé, per gli amici e soprattutto per Ismene, ma perfino la sua stessa partecipazione alla competizione.

Non fece più un passo. Terminò l'allenamento, prese uno strigile e si passò a lungo l'olio sul muscolo dolorante. Poi tornò a casa, prima ancora che terminassero le competizioni della giornata, senza passare per l'agorà. Avrebbe potuto incontrare Ismene sugli spalti, condividere con lei qualche battuta, ma non si sentiva in vena di scherzare. Neppure con lei.

E poi era probabile che Tersippo e Filippide fossero con la donna, e gli capitava di essere a disagio in loro presenza. Loro due erano più estroversi e si prendevano con Ismene delle libertà che lui non osava, e che non erano nella sua natura. Spesso la palpavano dovunque, e lei li lasciava fare, anche se sembrava non dare alcun peso al loro atteggiamento. Non si mostrava neanche scandalizzata, in realtà: sembrava solo considerarli ragazzi innocui cui non voleva sottrarre quel modesto divertimento. E continuava a ridere e a scherzare con loro come se nulla fosse.

Eucle, al contrario, evitava perfino di sfiorarla, se non quando l'atmosfera era talmente ilare da non dare adito a dubbi; e comunque, lo faceva sempre badando bene a toccarla in punti neutri: le spalle, la vita, il braccio, e per breve tempo. Non voleva mancarle di rispetto, ma neanche lasciar trasparire il suo gran desiderio di toccarla, di cercare il contatto con la sua pelle, e temeva che ogni suo gesto troppo esplicito lo avrebbe tradito. Per gli altri era un gioco, per lui no.

Trascorse una notte insonne, recriminando sulla propria stupidità. Se avesse accettato l'offerta di aiuto di Epizelo, il suo allenatore di un tempo gli avrebbe impedito di farsi del male, e lo avrebbe preparato al meglio per la sfida dell'indomani. Perché nelle circostanze più importanti prendeva sempre le decisioni sbagliate? Si disse che i vincenti non sono solo più forti, ma anche più fortunati: gli dèi donano loro l'intuito per evitare di complicarsi la vita e per rendere al meglio nelle occasioni che contano. Perché non basta mai essere bravo: bisogna anche mettersi in condizioni di esserlo, e per quello ci vogliono un mucchio di altre qualità, che lui possedeva solo in minima parte.

Il suo primo gesto, il mattino dopo alzandosi dal letto, fu di alzare il braccio sinistro. Una fitta lancinante gli impedì di sollevarlo oltre la spalla. Prese lo scudo, lo sfilò dalla custodia di cuoio in cui ogni oplita lo riponeva e lo fissò, traendo un profondo sospiro: la superficie dello strumento, una sottile lamina di bronzo attaccata all'impiantito di legno con la pece, raffigurava un tripode e il calderone con cui la sacerdotessa di Apollo consegnava le sue profezie a Delfi. L'aveva scelto, anni prima, per invocare la protezione del dio, ma a quanto pareva, neanche stavolta Apollo lo aveva protetto dalla sua dabbenaggine. D'altronde Eschilo avrebbe detto che gli dèi non amano impedire la rovina che gli uomini provocano da soli.

Poi sollevò lo scudo con il braccio destro e infilò l'avambraccio sinistro nel *porpax*, il manico interno, afferrando con la mano il cordone che correva lungo il bordo interno. Provò a muovere avanti e indietro il braccio, dapprima lentamente e di poche spanne, poi sollevandolo in modo più pronunciato. E non poté fare a meno di fermarsi subito dopo il primo movimento più accentuato.

Non si poteva proprio fare. Anche ammettendo che, a caldo e sotto sforzo, avrebbe sentito meno dolore, ne sarebbe stato troppo condizionato per rendere in modo decente. Ma era ben allenato, fisicamente, i muscoli delle gambe erano in grado di sostenere un grande sforzo e di assecondarlo nello scatto. Era assurdo sprecare un'occasione del genere.

Decise infine di calzare lo scudo al braccio destro. Non c'era alcuna legge che vietasse ai destrorsi di farsi mancini, qualora lo desiderassero. In una danza pirrica sarebbe stato più difficile, perché i movimenti di lancia con la sinistra sarebbero risultati goffi; ma in una corsa, cosa sarebbe cambiato? Certo, c'era il rischio che i muscoli del braccio non fossero abituati a sostenere un simile peso, ed era altamente probabile che ne derivasse una qualche lesione anche in quel caso: ma ne avrebbe risentito dopo, semmai, non a caldo. E dopo, dopo il traguardo, era del tutto irrilevante.

Andò all'agorà con animo di nuovo speranzoso. Entrò in pista per le eliminatorie scrutando gli spalti e cercando con lo sguardo Ismene. Fu proprio la donna a richiamare la sua attenzione, gridando il suo nome a squarciagola. Si era alzata e agitava le braccia per farsi notare, era piena di monili e vestita nel consueto modo appariscente, con un *himation*, la lunga toga di un vistoso color arancione, sopra la tunica. I suoi capelli erano intrecciati a mo' di cono con la punta rivolta verso l'alto e avvolti in una fascia anch'essa arancione.

A fianco della donna, l'uno a destra l'altro a sinistra, c'erano, neanche a dirlo, Filippide e Tersippo; anche loro facevano il tifo per lui, seppur in tono più compassato, ridendo e scherzando con lei. Davano l'impressione di divertirsi un mucchio, quei tre. Mentre lui era lì, a farsela sotto per la tensione. Chi lo sa, forse presto avrebbero riso di lui, se non fosse riuscito a evitare la figuraccia, e sarebbe finito definitivamente fuorigioco nella corsa a tre per conquistare l'amore di quella donna. Una corsa che, allora, non era stata ancora ufficializzata con una vera e propria sfida.

Li salutò mestamente con un cenno del braccio, mostrando di essersi accorto della loro presenza. Poi si disse che doveva dare un po' più di soddisfazione alla donna che amava, e cercò di apparire baldanzoso, ostentando i muscoli e un sorriso più convinto.

Si presentò particolarmente teso nel triangolo di partenza. Prese posizione chiedendosi come sarebbe stato correre con il braccio destro appesantito. Per lui era una totale novità: nel timore di ledere anche quell'arto, non aveva provato neanche un salto con lo scudo in quella inconsueta posizione; e certamente, se si fosse trattato di andare in battaglia, non avrebbe affidato la propria vita a una protezione collocata nel posto sbagliato.

Era sicuro di passarlo, almeno quel turno. Perciò, quando la barra trasversale si abbassò, scattò in avanti badando bene a non spingere troppo con le braccia: il sinistro, per non ledere ulteriormente il muscolo, il destro, per non menomarlo in vista di impegni ben più gravosi. Si ritrovò così a correre con uno strano miscuglio di tecnica da gara lunga e corta; lunga perché teneva le braccia basse, corta perché la falcata delle gambe era invece ampia e le ginocchia alte.

Andò bene, come aveva previsto. Arrivò secondo, e con ampio margine. Si sarebbe anche abbandonato alla speranza di vincere la corona d'ulivo senza troppi patemi se poi, nella batteria successiva, non avesse visto correre Cinegiro. L'amico si lasciò dietro tutti, e con un vantaggio schiacciante, dando prova di una palese superiorità.

«A quanto pare, mio fratello non ha rivali», gli venne a dire Eschilo, compiaciuto. Eucle dovette ammettere che Cinegiro aveva tenuto fede alle previsioni, che lo vedevano nettamente favorito nella gara. L'unica era sperare che, nella sua ottusità, il fratello di Eschilo desse sempre il massimo nei turni eliminatori e arrivasse stanco in finale.

E in effetti, un'ora dopo lo vide di nuovo impegnarsi allo spasimo nella batteria di semifinale. E dominare, come nel turno precedente. Ma stavolta lo vide anche ansimare in modo più pronunciato, una volta passata la linea del traguardo, e piegarsi sulle ginocchia.

Bene. Molto bene.

Quando toccò a lui disputare la semifinale, uscì dal triangolo di partenza con l'intenzione di ripetere la prestazione del primo turno. Partì senza sforzare le braccia, ma dopo pochi passi si vide già indietro rispetto a una buona metà degli avversari. Dovette quindi ampliare i movimenti delle braccia, ma badò bene a tenerli sotto controllo. Sentì dolore a sinistra, ma vide anche che recuperava a vista d'occhio e continuò a contenersi. Quando ebbe la certezza di essere tra i primi cinque si rilassò, tagliando il traguardo come quarto. Subito dopo avvertì una leggera fitta alla spalla destra: lo scudo iniziava a lasciare il segno.

Per la finale, comunque, sarebbe stata tutt'altra storia. Apprese poco dopo che avrebbe occupato la corsia a fianco di Cinegiro, il quale lo andò subito a prendere in giro. «Ti vedo un po' in affanno, amico. Temo che, occupando il posto accanto a me, si vedrà ancor più la differenza tra noi. Fossi in te mi ritirerei adducendo un pretesto qualunque!».

Lo diceva con il sorriso sulle labbra, da quel simpatico ed esaltato sbruffone che era: ma si considerava davvero un fenomeno in grado di superare chiunque, quando era armato. Anche se non c'era da combattere: era come se il semplice contatto con le armi lo trasformasse in Ares in persona.

Curioso, rifletteva Eucle mentre si concentrava per la finale spalmandosi olio, soprattutto sulle spalle: Filippide si considerava un discendente di Teseo e un semidio, Cinegiro la personificazione di Ares; Tersippo era troppo pragmatico per associarsi agli dèi, ma era profondamente convinto di essere destinato a un posto di primo piano nella storia e nella società ateniese, forse perfino ellenica. Solo lui non si considerava niente di più di ciò che era: un semplice uomo con modeste ambizioni. E forse era proprio quello il suo limite: essere privo di grandi ambizioni e di fiducia in se stesso, di quella convinzione nei propri mezzi che rischia spesso di essere scambiata per pura esaltazione. Forse era proprio questa la causa del suo stato di perdente cronico: puntava in basso, e finiva ancor più in basso. Chi puntava molto, ma molto in alto, qualche successo finiva sempre per conseguirlo…

Fu con queste riflessioni che si presentò ai pali di partenza per la finale, sotto gli occhi attenti di Ismene, Filippide, Tersippo, ai quali si era aggiunto anche Epizelo. Si toccò le spalle, prima la sinistra, poi la destra, provando a sollevare lo scudo. In entrambi i casi sentì dolore. Si rassegnò a un'ulteriore sfida: contro gli avversari, contro Cinegiro in particolare, e contro il proprio dolore. Avrebbe dovuto vincere quest'ultimo, prima di superare tutti gli altri.

Ripose lo scudo a terra e calzò la cuffia, che lo avrebbe riparato dallo sfregamento del metallo dell'elmo. Poi fu la volta dell'elmo, e subito la sua visuale si ridusse al solo corridoio frontale. Le sole aperture erano i fori per gli occhi e un paranaso leggermente rialzato, per permettergli di respirare. Una sottile fessura lungo la confluenza tra i paraguance gli avrebbe consentito, seppur a fatica, di parlare rendendosi intellegibile.

Su Cinegiro. Doveva fare la corsa su Cinegiro, che saltellava proprio accanto a lui, decontraendo i suoi possenti muscoli. Provò a imitarlo, muovendosi con molta cautela, ma non valse a far scomparire la tensione, né tantomeno il dolore. E quanto più era sicuro che quelle fitte lo avrebbero condizionato, tanto più sentiva salire il nervosismo, la furia per non aver saputo preparare neppure quella volta un appuntamento importante.

Chiamarono la partenza. Sugli spalti si fece improvvisamente silenzio. I concorrenti presero posizione, scudo e gamba avanti, testa leggermente piegata in avanti. Quindici scudi diversi si protesero a ridosso della barra trasversale, con i disegni, i monogrammi e i simboli più disparati: oltre al braciere di Apollo, che si stagliava su quello di Eucle, si vedevano i simboli della dea Atena, un'alfa, oppure un pentacolo con due alfa sovrapposte, una piovra, un gallo in dedica al dio Helios, una coppa di vino dedicata a Dioniso, un occhio, un leone.

E oltre la sbarra, quindici folte creste, rosse o nere, sormontavano gli elmi mediante portacimieri decorati a scacchiera, mostrando gli opliti come giganti dalla folta capigliatura.

La sbarra si abbassò, e i concorrenti scattarono in avanti pressoché all'unisono, qualcuno in modo scomposto: alcuni scudi andarono a sfiorarsi o anche a sbattere l'uno contro l'altro. Eucle si ritrovò subito Cinegiro almeno due passi avanti. Provò a focalizzare lo sguardo su di lui, ma gli risultò piuttosto difficile: la scarsa visuale lo costringeva a volgere leggermente il collo verso destra, spingendolo d'istinto a torcere nella stessa direzione anche il busto. Il peso dello scudo sul braccio destro ne accentuava la posizione innaturale, e si accorse di stare perdendo ancora terreno.

Ma era solo uno dei suoi problemi. Tentò di spingere con tutte le forze, portando entrambe le braccia in alto. E subito sentì tirare i muscoli delle spalle. Fitte lancinanti lo aggredirono dapprima a sinistra, poi anche a destra. Non aveva percorso neanche un quarto di gara, e già non riusciva più a sollevare lo scudo. Percorse il resto del tragitto quasi con il braccio penzolante, e con il sinistro appena più vitale, mentre Cinegiro si allontanava sempre più. E non solo lui.

Fu assalito dal panico di arrivare ultimo. *Non questa volta. Non davanti a Ismene. Non dopo aver visto vincere Filippide e Tersippo.* Provò ad allungare la falcata, sperando di trovare nelle gambe il sostegno di cui lo avevano privato le braccia, e si scompose ancora di più volgendo il capo a destra e a sinistra, per controllare la posizione degli altri atleti.

Era consapevole di correre in modo sgraziato, proprio lui che era sempre stato considerato un esempio di stile; ed era altrettanto conscio di aver perso la concentrazione necessaria a puntare il traguardo, sempre e solo il traguardo, come faceva qualunque corridore che aspirasse alla vittoria. Ma lui non puntava più alla vittoria, ormai; puntava solo a non arrivare ultimo, e la sua era una corsa contro i più lenti. Erano loro il suo traguardo, ed era loro che doveva fissare, ormai.

Mille pugnali lo trafiggevano ai muscoli delle spalle. Lo scudo sembrava trascinarlo indietro e verso il basso, come un'àncora che non voleva staccarsi dai fondali e lasciar partire la nave. Una forza invisibile lo scuoteva, lo faceva sbandare, obbligandolo a una strana andatura a zig zag.

Con la sola forza della disperazione riprese un concorrente, e poi un altro, e un altro ancora. Infine, proprio sulla linea del traguardo, riuscì a mettere la propria cresta davanti a quella di un altro. Poi, subito dopo l'arrivo, vide che altri tre gli erano rimasti dietro. Si accasciò a terra, con le spalle che gli dolevano in modo quasi insostenibile, mentre Eschilo irrompeva sulla pista e abbracciava il fratello, netto vincitore.

Ce l'aveva fatta, nonostante tutto: era arrivato a metà classifica. Aveva evitato una figura ridicola davanti a Ismene, ma aveva perso un'altra occasione. Correndo nel modo peggiore possibile, si era difeso; se solo avesse avuto la possibilità di fare una gara normale, con tutta probabilità avrebbe conteso la vittoria a Cinegiro.

Ma era una magra consolazione. Era andato tutto storto, in realtà. Ismene avrebbe continuato a non prenderlo sul serio. E sarebbe stato ancora l'unico del suo gruppo di amici a non aver mai vinto una competizione ufficiale. Il solo a non essere mai stato capace di dimostrarsi un vero atleta, a dispetto del suo fisico, che non aveva nulla da invidiare a quello degli altri. Di chiunque altro.

Ancora una volta, se ne rese conto, si ritrovava a recriminare su se stesso, sui suoi errori, sul suo atteggiamento da perdente, a invocare gli dèi per poter tornare indietro e affrontare la gara in altro modo. La sua era una vita di "se". Sarebbe mai arrivato il giorno in cui non sarebbe stato il peggior avversario di se stesso?

Cosa li attendeva davvero oltre il campo? Quanti erano i persiani ancora sulla terraferma, schierati a protezione dell'imbarco delle altre truppe e disposti a combattere fino alla morte per impedire agli ateniesi di soccorrere Atene? La domanda serpeggiava tra le file dell'armata greca, mentre gli uomini sciamavano nei settori delle rispettive tribù, componendo lo schieramento di marcia agli ordini di ufficiali e strateghi, pronti a uscire dal campo.

Il nemico era lontano otto stadi: troppi, per poterne anche solo intravedere le sagome, nella tenue luce di un giorno decisivo per le sorti della Grecia intera. E i resoconti degli uomini mandati in avanscoperta erano incerti, confusi, e soprattutto incompleti e poco aggiornati: la situazione nel campo persiano era in continua evoluzione, e non era dato sapere quando l'imbarco si sarebbe fermato. Se si voleva cogliere una vittoria assoluta, bisognava aspettare che le navi salpassero con quanti più uomini possibile a bordo; se si voleva salvare Atene, bisognava attaccare subito, anche a costo di essere ancora in inferiorità numerica.

Un dilemma terribile, che il comando aveva superato decidendo per l'attacco immediato. Immediato per modo di dire: le discussioni si erano prolungate fino a permettere al sole di sorgere quasi del tutto oltre l'Eubea, sottraendo speranze ad Atene e non abbastanza uomini all'esercito persiano, probabilmente ancora per la gran parte a terra. E altro tempo si sarebbe perso spiegando agli uomini come mantenere serrati i ranghi.

Eucle si chiese se non fosse il modo peggiore per preparare una battaglia: gli sembrava una strategia perdente quanto quelle con cui affrontava le proprie sfide...

Invece di raccogliere le forze e concentrarsi su ciò che li attendeva, gli opliti assillavano i propri ufficiali chiedendo loro come disporsi, come far combaciare i bordi degli scudi e mantenersi a contatto durante l'avanzata. Molti facevano delle prove, a coppie o in gruppo, e cercavano di attirare l'attenzione dei locaghi per avere conferma della loro disposizione. Qualche ufficiale perdeva la pazienza e mandava a quel paese i suoi subalterni più insistenti. Altri litigavano tra loro accusandosi a vicenda di non saper costruire una formazione serrata.

«Sarà per colpa tua se ci beccheremo una freccia nella coscia!», era una delle frasi che ricorrevano con maggiore frequenza.

Eucle raggiunse Filippide e insieme si misero a disposizione del loro locago, occupando la prima fila. Non avevano alcuna intenzione di stressare l'ufficiale con richieste di chiarimenti e si erano rassegnati a provare i ranghi serrati durante la prima fase della marcia verso il nemico; per quanto abili e numerosi fossero gli arcieri persiani, infatti, era probabile che non avrebbero disturbato la loro avanzata iniziale.

«D'altronde, non ha molto senso provare a serrare gli scudi da fermi», disse Eucle all'amico. «Dovremo farlo mentre marciamo a passo veloce, o addirittura mentre corriamo, e provare durante il tragitto sarà senza dubbio più efficace».

«Puoi giurarci», convenne Filippide, che aveva preso posto alla destra di Eucle. «Però, a quanto pare, io dovrò contare sulla protezione del tuo scudo. Piuttosto paradossale affidare la mia vita a te, considerando la sfida che abbiamo in corso...».

Eucle non poté fare a meno di indignarsi. «Sarebbe paradossale per chiunque altro, forse!», protestò. «Ma non per noi! Siamo amici da tanto tempo, e questa è la migliore garanzia della nostra reciproca correttezza!». O almeno, così si augurava. Era certo della propria lealtà, ma non delle sue reazioni sotto pressione, e di fronte alla possibilità di vincere il premio per lui più ambito. E poi, non poteva garantire fino in fondo per l'amico. Per la gloria, Filippide avrebbe fatto di tutto, probabilmente.

«Tu! Cosa fai in prima fila?». Il locago si rivolse improvvisamente a Filippide.

«E cosa vuoi che faccia? Quello che faccio di solito!», rispose il soldato, sorpreso.

«No. Tu oggi vai in ultima fila. Ordini dell'alto comando», rispose l'ufficiale, poi si voltò e fece per andarsene.

Filippide lo inseguì e lo bloccò. «Come sarebbe? Nella guerra contro Egina ho combattuto in prima fila e mi sono distinto. Perché mai devo essere retrocesso?».

«Non è questo il punto. Ci servi vivo, a quanto so, e bene in forze. Subito dopo la battaglia, serviranno messaggeri rapidi da inviare ad Atene, comunque vada a finire». E se ne andò di nuovo.

Filippide non se ne capacitava. «Lo sapevo che la mia bravura come corridore mi avrebbe fregato! Non è la prima volta che intendono usarmi come araldo, invece che come oplita!».

«Be', se così stanno le cose... sei tagliato fuori dalla nostra sfida», disse Eucle. In cuor suo, non ne era affatto dispiaciuto. E non perché le ultime file dessero all'amico una maggiore garanzia di sopravvivenza. Adesso avrebbe avuto un avversario in meno per Ismene, e proprio quello più pericoloso: essendo più anziano di lui e Tersippo, infatti, Filippide aveva maggiore esperienza bellica e più probabilità di fare sfoggio di valore in battaglia.

«Non se ne parla!», protestò Filippide. «Filippide non passerà alla storia come un corridore che approfittava del suo talento per evitare i rischi della battaglia!».

«Si tratta di un ordine del polemarco. Come pensi di cambiarlo?»

«Andiamo da Aristide. Questa faccenda va risolta», disse Filippide. Eucle cercò dapprima di trattenerlo, ma poi vide che l'amico era determinatissimo e lo seguì senza troppo entusiasmo.

Lo stratego della loro tribù stava arrivando proprio allora, con una corona d'ulivo sul capo. Lo accompagnavano due uomini. Trasportavano un piccolo altare di legno, ed erano seguiti a loro volta da altri due officianti che si portavano dietro un maiale; chiudevano il piccolo corteo un soldato con un cesto e uno con una caraffa d'acqua.

A quanto pareva, Filippide aveva scelto il momento peggiore per protestare con il proprio comandante. Lo stratego stava per celebrare il sacrificio di rito, e disturbarlo avrebbe potuto perfino comprometterne l'esito. Ma il corridore, dopo un istante di esitazione, riprese a camminare nella sua direzione.

«Sei pazzo?», gli disse Eucle, sgomento, cercando di trattenerlo. «Vuoi finire agli arresti? E peggio ancora: vuoi rovinare il sacrificio e inimicarci gli dèi?»

«Gli dèi non se la prenderanno con un discendente di Teseo. E Aristide non si arrabbierà con l'araldo che è stato capace di ottenere l'aiuto di Sparta».

Eucle aveva i suoi dubbi. Anche sull'aiuto di Sparta: i lacedemoni non si erano ancora visti, e dubitava che sarebbero arrivati in tempo per la battaglia, ormai. Tuttavia, seguì l'amico, anche se a debita distanza, per non essere coinvolto nella sua eventuale rovina. La fretta con cui si era deciso di combattere aveva già reso precario e approssimativo il tributo agli dèi, con il rischio di scontentarli e di non ottenere il loro sostegno; invece della consueta, solenne cerimonia unica al cospetto dell'intero esercito, al quale avrebbe dovuto provvedere il polemarco con un bue come vittima, lo stato maggiore aveva deciso per singoli, frettolosi sacrifici in ciascuna unità: ogni stratego avrebbe dovuto scannare un maiale, rendendo grazie agli dèi e in particolare a Eracle, il cui santuario li aveva ospitati fino ad allora, e poi dare l'ordine di marcia.

Niente preparazione della vittima con nastrini, niente esame delle interiora, niente libagioni, cottura e distribuzione della carne tra i soldati. Il solo modo che l'officiante aveva di verificare il favore degli dèi sarebbe stata l'estensione degli schizzi di sangue. Ma Eucle non aveva dubbi: nessuno stratego, e meno che mai l'astuto Aristide, avrebbe trascurato di sgozzare la vittima senza irrorare l'altare.

Aristide aveva fama di uomo equo, e con lui, di solito, si poteva ragionare. Ma in quel momento era improbabile che la prendesse bene. Per giunta Filippide lo investì subito, nonostante il comandante avesse già chiamato a sé il portatore d'acqua e si stesse sciacquando le mani. Nel frattempo i suoi aiutanti sistemavano l'altare e predisponevano la vittima al sacrificio, prelevando a loro volta acqua dalla caraffa sacrificale e spruzzandola sul maiale. La bestia reagì muovendo la testa, infastidito, il che era già un segno favorevole.

«Stratego! Ho saputo che vuoi mettermi in ultima fila! Vuoi forse che venga marchiato come vigliacco?».

Eucle era incuriosito dalla reazione del comandante. Ma non poté fare a meno di voltarsi per guardare l'atteggiamento degli altri soldati del reggimento. Tutti osservavano trasecolati. Ai loro occhi, Filippide stava impedendo il sacrificio propiziatorio, il rito da cui probabilmente dipendeva, più ancora del loro valore, l'esito della battaglia.

Aristide fece finta di niente. Continuò a ignorare l'invadente oplita e infilò la mano nel cesto pieno di chicchi d'orzo, estraendone il coltello. Quindi si rialzò l'himation e se lo pose sulla testa: un sacerdote nel pieno delle sue funzioni doveva avere il capo coperto, per rispetto agli dèi. Forse intendeva, con quel gesto, far capire a Filippide che il rito era cominciato e che non si poteva più interrompere. Forse aveva davvero paura delle conseguenze che avrebbe provocato l'interruzione del rituale, e stava proseguendo come se nulla fosse. Ma il soldato non si lasciò scoraggiare, provocando mormorii e mugugni tra il reggimento.

«Ti prego, comandante, devi darmi l'opportunità di mostrare il mio valore. Gli dèi mi hanno sempre favorito, e mettermi in prima fila può solo essere un vantaggio, anche per Atene!». Se non altro usò un tono più deferente. Ma era sempre sopra le righe. Eucle si sentì profondamente in imbarazzo.

«Li stai offendendo, gli dèi, adesso! Difficilmente ti favoriranno ancora, dopo quello che stai facendo...», disse Aristide, quasi bisbigliando. La sua espressione non tradiva la stizza che senza dubbio doveva provare.

«Con tutto il rispetto, stratego... Nessun dio può biasimare un soldato che desidera fare il proprio dovere e difendere la città cui appartiene, e che si batte per questo. Sono sicuro che gli dèi mi favoriranno ancora di più, adesso».

Aristide respirò a fondo, socchiuse gli occhi e parlò con apparente calma, scandendo le parole. «Solo tu puoi coprire in breve tempo e senza fermarti la distanza tra Maratona e Atene. E qui ogni istante può rivelarsi prezioso. Nessuno disprezza le tue qualità di combattente, lo sai».

«Ma mettermi nelle ultime file come un giovane fresco di efebato! Adesso, vorrei che gli dèi non mi avessero concesso il dono della resistenza. A cosa mi serve, se non a fare brutte figure?», si lamentò Filippide, allargando le braccia.

«Non possiamo permetterci che ti capiti qualcosa. Non solo che tu muoia. Se anche venissi ferito, seppur superficialmente, la tua corsa e la tua resistenza ne risentirebbero...».

«E allora? Manderete un altro!».

«Non c'è nessuno bravo come te. Lo hai appena dimostrato, andando a Sparta e ritornando in un tempo che nessun uomo sarebbe stato capace di impiegare...».

«Non è vero. Sono sicuro che Eucle sarebbe capace di coprire la distanza in un tempo appena superiore al mio. Anche lui ha una grande resistenza», disse Filippide, indicando l'amico.

Eucle sgranò gli occhi. Impiegò qualche istante per assorbire il concetto, e decise che la cosa non gli sarebbe dispiaciuta: in fin dei conti, avrebbe avuto la possibilità di anticipare i tempi del rientro, di vedere subito Ismene e di raccontarle egli stesso com'erano andate le cose. Ma se avesse assecondato Filippide e si fosse dichiarato disponibile, gli avrebbe anche consentito di continuare a partecipare alla sfida, ovvero proprio quel che voleva evitare...

«Non è forse vero, Eucle, che sei in grado di correre fino ad Atene senza fermarti? Ti sei sempre vantato di essere il più abile nelle corse lunghe, dopo di me!», insisté Filippide.

Non poteva esimersi. Anche se avrebbe tanto voluto. «Ma certo. Forse dovrò fermarmi, ogni tanto. Ma ti assicuro, Aristide, che con me le notizie arriveranno ad Atene più velocemente che con chiunque altro», disse infine, sforzandosi di sembrare convincente.

Aristide rifletté ancora qualche istante. «E allora sia. Parlerò io con il polemarco. In fin dei conti sarebbe un peccato privarsi di un combattente esperto per limitare la sua azione alla sola pressione. E poi, le tue capacità di corsa potrebbero consentirti di arrivare a contatto del nemico senza esserti stancato. Questo dovrebbe fare di te uno degli opliti più efficaci, nel corpo a corpo!».

«Bene!». Filippide era il ritratto della felicità. «Adesso possiamo rientrare nei ranghi. Vieni, Eucle!».

«Aspetta!», lo richiamò Aristide. «Sai che ti dico? Proprio perché non ti stancherai correndo incontro al nemico, voglio che tu, e solo tu, indossi la corazza».

Filippide cambiò di nuovo espressione. «Ma... gli altri penseranno che sono raccomandato e che ho più paura».

«Queste sono le mie condizioni. Prendere o lasciare. Voglio ancora che sia tu ad andare ad Atene, e mi dispiacerebbe che non andassi solo perché una freccia ti si è piantata nella spalla... E ora tornate subito nei ranghi. Comunicate voi al locago la mia decisione».

XI

Ombre. L'ombra del crepuscolo che incombe sulla sfida, sulla loro folle corsa. Ombre fugaci che l'occhio di Eucle intravede nella luce incerta del sole calante. Ombre inquietanti in movimento, forse animali allo stato brado, forse civili in fuga, o persiani sbandati, o solo riflessi delle sue paure.

Eucle sente che dovrebbe accelerare il passo. Non solo perché Tersippo è più vicino a lui. Non solo perché Filippide è sempre più lontano. Se cala il buio, c'è davvero il rischio di perdere la strada. O solo di non vedere più il terreno sotto i piedi, aumentando le probabilità di un infortunio. E di perdere Ismene. E con lei, l'ultima possibilità per dimostrare a se stesso di non essere un perdente nato.

Ma il fiato, i muscoli, le ossa, la testa, la vista… tutto sembra congiurare per complicargli la vita. Si rende conto di non avere la minima idea di quanto manchi ad Atene. E di non aver neanche stabilito con i due antagonisti quale sia il vero traguardo. Bisogna arrivare a toccare le mura? Vince chi arriva primo nell'agorà? Chi riesce a parlare con un arconte? O chi mette piede prima degli altri nell'edificio che ospita l'assemblea dei Cinquecento?

Se arrivassero in volata, finirebbero a litigare anche per quello. Come era accaduto fin dalla notte dell'incursione per liberare i prigionieri eretriesi. Ma da come si stanno mettendo le cose, sembra difficile che si arrivi fianco a fianco, a meno di un cedimento improvviso di Filippide.

Però… chi lo sa? Se davvero si presentassero davanti alle mura di Atene insieme, potrebbe accadere qualunque cosa. I due sconfitti, che con tutta probabilità saranno Eucle e Tersippo, potrebbero coalizzarsi e disconoscere il traguardo che Filippide ha scelto.

Potrebbero contestare la sua vittoria e non riconoscergli il diritto di chiedere la mano di Ismene. E allora bisognerebbe ricominciare tutto da capo, ricorrere a un altro tipo di sfida: un'ottima cosa, considerando che non c'è competizione nella quale Filippide sia tanto superiore agli altri come quella che stanno disputando.

Magari potrebbero risolverla lì, sul momento, combattendo tra loro: un incontro di pancrazio, dove ogni colpo è consentito. Un incontro a tre, tutti contro tutti... Si chiede se sarebbero disposti ad affrontarsi anche con le spade, Eucle, ma poi preferisce ricacciare in un lontano recesso della propria mente lo sgradevole pensiero. Non è così sicuro di poter riversare tutta la propria cattiveria su due uomini che, fino a pochi giorni prima, sono stati i suoi migliori amici. Mentre non è così sicuro di poter dire altrettanto di loro due. Quindi sarebbe perdente, ancora una volta. No, meglio il pancrazio, semmai.

Pazzesco, si dice Eucle. Si sta convincendo di essere disposto a qualunque cosa pur di superare i suoi amici. *Qualunque cosa*. Ma per essere disposti a tutto, anche a privarsi degli scrupoli, bisogna odiare. E lui non odia Filippide e Tersippo; o perlomeno li detesta perché costituiscono l'ostacolo principale al suo obiettivo, anzi vogliono sottrargli l'obiettivo, che per lui ha più valore che per loro. Ma non è abbastanza per considerarli dei nemici veri e propri e agire di conseguenza, come se fosse in guerra.

E poi, proprio non riesce ad accantonare i tanti ricordi che lo legano agli altri due giovani. Sono un fardello troppo pesante per liberarsene da un momento all'altro. Significherebbe, quasi, liberarsi di una vita per diventare un altro uomo, e non certo migliore.

Solo dieci giorni prima, sotto il monumento degli Eroi, mai avrebbe potuto pensare di vedere i suoi amici come avversari, se non come atleti, naturalmente. Eucle ricorda con chiarezza quell'ultimo momento di serenità mista a esaltazione, che aveva rappresentato, forse, il suo ultimo momento di felicità.

Era il giorno della mobilitazione. Come in ogni campagna, ciascun cittadino abile al servizio da oplita si recava nell'agorà a vedere se il suo nome era stato inserito nelle liste tribali dei coscritti. Gli elenchi erano affissi sotto ciascuna delle dieci statue degli Eroi eponimi che davano il nome alle tribù nelle quali, solo vent'anni prima, erano stati raggruppati da Clistene i demi di Atene. Il monumento si stagliava nella piazza accanto al Bouleuterion, e consisteva in un lungo e massiccio parallelepipedo di marmo, circondato da un recinto alto fino al petto di un uomo. Su questa base marmorea si stagliavano, ai lati, due bracieri dedicati ad Apollo, e in mezzo le statue di bronzo degli eroi, scelti dalla Pizia in una lista di cento: gli antichi re di Atene Eretteo, Pandione II e Cecrope II, Egeo, padre di Teseo, Leonte, Acarne figlio di Teseo, Eneo re di Calidonia, Ippotoonte, Aiace e il figlio di Eracle, Antioco.

Eucle si era dato appuntamento all'alba non solo con Filippide, che apparteneva come lui alla tribù di Antiochide, e Tersippo, di Leontide, ma anche con Cinegiro ed Eschilo, inquadrati nella tribù di Aiantide. Il sole era appena sorto, ciononostante c'era una gran ressa intorno al monumento. Eucle sentì dire che gli affissori erano arrivati ancor prima dell'alba, eppure erano stati costretti a farsi largo tra la folla e solo con grande difficoltà erano riusciti a raggiungere la base marmorea, entrare nel recinto e apporvi le liste dei richiamati.

Mai campagna era stata tanto sentita dalla popolazione ateniese, d'altronde. Le guerre a corto raggio contro i vicini dell'Ellade non suscitavano tanto interesse, e spesso i coscritti rispondevano alla chiamata con insofferenza, lamentandosi di dover interrompere le proprie attività per andare a rischiare la vita in conflitti che non avrebbero portato loro alcun vantaggio personale.

Ma stavolta era diverso. La minaccia era concreta e ciascuno si sentiva in pericolo e in dovere di reagire, di dare il proprio contributo alla salvezza della città. Girava voce che il gran re Dario volesse far pagare ad Atene il suo supporto alla rivolta ionica, e soprattutto l'incendio di Sardi. Molti temevano che la città potesse subire la stessa sorte che le truppe ateniesi avevano inflitto alla sede della satrapia persiana in Asia minore, e avevano iniziato a lucidare le armi prima ancora di sapere se sarebbero stati richiamati.

Non solo. Eucle era appena entrato nella piazza, e già sentiva qualcuno protestare per non essere stato coscritto. Di solito, gli esclusi tiravano un sospiro di sollievo, invece stavolta protestavano.

Ma in una circostanza del genere, nessuno sarebbe stato veramente escluso: si sapeva che ai più giovani e ai più vecchi, non inclusi nelle liste, sarebbe spettato il servizio di guarnigione in città, per far fronte a eventuali assalti dal mare.

L'assembramento nell'agorà si stava anche trasformando in un'occasione per confrontare le notizie che ciascuno aveva dell'avanzata persiana. Correvano le voci più disparate sull'entità della flotta asiatica, che qualcuno faceva ascendere a in svariate migliaia di navi da guerra, e sui massacri di cui l'esercito si rendeva protagonista nelle isole in cui faceva tappa. Prima ancora di approdare in Ionia, si diceva, i persiani si erano fermati a Rodi e avevano posto l'assedio alla città di Lindo. Poi avevano risalito la costa asiatica ed erano passati da Cos e da Samo, prima di virare e puntare verso occidente.

Nelle Cicladi si erano lasciati una lunga scia di morte e distruzione. I più informati asserivano che Naxos era praticamente scomparsa dalla faccia della terra. Già dieci anni prima il centro principale dell'isola aveva subìto l'attacco dei persiani, ma gli abitanti erano riusciti a nascondersi sulle colline prima di essere catturati. Stavolta, invece, la città era stata messa a ferro e fuoco e nessun isolano aveva potuto evitare di essere trucidato o reso schiavo.

A Paros, poi, sembrava che il comandante supremo, Dati, avesse costretto gli abitanti a servire nella flotta persiana. Non erano i soli greci a combattere per il gran re, d'altronde: molti marinai e rematori delle navi erano ioni. E qualcuno aveva riferito che i persiani si fossero addirittura portati via dall'isola un blocco di marmo dal quale intendevano ricavare il trofeo della vittoria sugli ateniesi. Come se avessero già vinto. Anche per questo, molti cittadini erano ansiosi di dimostrare loro che non era facile superare gli opliti della città consacrata ad Atena.

Tra costoro, il più convinto era sicuramente Cinegiro. Il fratello di Eschilo aveva appena letto il proprio nome sulla tavola affissa sotto la statua bronzea di Aiace.

«Quanto vogliamo scommettere che li sconfiggeremo, sottrarremo loro quel blocco di marmo e ci erigeremo il nostro, di trofeo della vittoria? Non vedo l'ora di far imbufalire il gran re!», esclamò non appena vide Eucle.

L'espressione di Eschilo, immancabilmente al suo fianco, lasciava intendere che anche lui era stato selezionato. Un cane bastonato. Sembrava uno di quelli scontenti per essere stati esclusi. Ma la sua avversione per le faccende belliche era nota.

«Perfino Eschilo gliela farà vedere, stavolta. Non è vero, fratello?», proseguì Cinegiro, dando a Eschilo un'energica pacca sulla schiena.

Eschilo fece una smorfia che era tutta un programma. «Guarda che quella è gente che ha conquistato il mondo... Cosa ti fa pensare che siano avversari teneri?»

«Il fatto che gli dèi abbiano deciso di preservare la libertà della Grecia!». Era arrivato anche Tersippo. Ed era in compagnia di Filippide. Entrambi apparivano decisamente sorridenti.

«E su cosa basi questa tua affermazione?», chiese Eschilo, senza celare il proprio scetticismo.

«Siete già andati a vedere le liste?», chiese invece Eucle, sperando di potersi risparmiare la ressa che si era creata intorno al recinto.

«Sì, e ci siamo tutti», rispose Filippide.

«Per rispondere al nostro pavido amico», disse Tersippo, rivolgendosi a Eschilo, «dovremmo portar qui il profugo di Delo con cui ha parlato Temistocle. Allora sono certo che saresti rassicurato, caro il mio artista! Ma ho paura che non crederai alle mie parole, e continuerai a fartela sotto...».

Eschilo non si mostrò particolarmente infastidito dalle provocazioni dell'amico. Era abituato alle loro ironie sulla sua mancanza di attitudine militare. D'altronde Tersippo lo prendeva in giro senza cattiveria, e sempre con il sorriso sulle labbra: convinto di essere destinato ad alti traguardi, lo aveva prescelto come futuro cantore delle sue imprese.

«Prova a raccontarmelo, e vediamo», disse Eschilo. «Se tu sei interessato alle faccende militari, io lo sono a quelle degli dèi».

«Ebbene, gli abitanti di Delo sono scappati per la gran parte a Tinos, non appena hanno saputo dei massacri persiani a Naxos. Ma non sarebbe stato necessario: a quanto pare, il gran re Dario non intendeva violare l'isola che ha dato i natali ad Apollo e Artemide. Pensate che Dati ha perfino fatto bruciare talenti di incenso sull'altare in onore degli dèi gemelli! Ciononostante, non appena i persiani sono salpati c'è stato un terremoto devastante. E gli abitanti dicono di non ricordare un altro terremoto, in passato...».

«E questo cosa starebbe a significare?», chiese Eucle, perplesso.

«Chiedilo a Eschilo. È lui l'esperto delle faccende gli dèi, a quanto ha detto...», replicò Tersippo, indicando il poeta.

«Significa che gli dèi non hanno gradito. Nonostante il grande tributo offerto ad Artemide e Apollo, adesso Dati sa di averli contro», spiegò Eschilo.

«È esattamente così che la vedono gli abitanti di Delo», confermò Tersippo. «Ed è così che la vedo anch'io. Gli dèi ci hanno dato l'intelletto e i mezzi per sconfiggere l'Asia tanto tempo fa, a Troia, e lo faranno anche ora!».

«Già. Vogliono preservarci per loro, per fare di noi l'oggetto dei loro giochi, delle loro contese e delle loro scommesse. Come hanno sempre fatto, d'altronde», commentò amaramente Eschilo.

«Uff... Fatelo tacere, opliti! Gli dèi ci aiuteranno, certo, ma solo se vedono che ci aiutiamo da soli!», disse solennemente Cinegiro. «E ci hanno già mandato un segnale facendo in modo che il polemarco appena eletto vincesse lo stadion ai Giochi panatenaici appena conclusi. È un chiaro indizio della nostra vittoria! Vuol dire che la sorte ha individuato l'uomo giusto per condurci al successo! E la sorte la guidano gli dèi!».

«Ma non credo che Milziade se ne starà in disparte a ricevere ordini», intervenne Eucle. «Ha troppo peso politico e un consenso troppo vasto per limitarsi a un ruolo di secondo piano... Prevedo contrasti negli alti comandi!».

«Per non parlare di Temistocle e Aristide, che non si sopportano», convenne Tersippo, rivolgendosi a Filippide ed Eucle. «Speriamo che la loro rivalità non coinvolga le nostre due tribù. Sarebbe spiacevole che io debba eseguire ordini che mettono in difficoltà i miei più cari amici, solo perché il mio comandante intende fare un dispetto al vostro».

«Qualunque cosa accada, la nostra amicizia non verrà mai meno!», dichiarò solennemente Eucle.

«Anzi, sono sicuro che da questa guerra il nostro legame uscirà rafforzato!», aggiunse Filippide. «Sappiamo tutti che i rischi e le privazioni di una battaglia rafforzano il cameratismo. Dopo il conflitto, avremo più ricordi da condividere, e questo ci vincolerà ancora di più!».

«Ma certo! Non c'è neanche bisogno di giurare. Siamo destinati a essere uniti in eterno in una persona sola!», confermò ancora Eucle. E ci credeva, allora.

Allora...

Era tardi, per una battaglia. Come molti opliti, Eucle era abituato, in guerra, ad associare il sorgere del sole all'inizio della marcia contro il nemico, o alla volta di un territorio da devastare. Lo si faceva per evitare che i soldati, in panoplia completa, marciassero sotto i raggi del sole nella calura estiva, e arrivassero stanchi, appesantiti e disidratati allo scontro. Era una sorta di mutuo accordo tra i comandanti avversari, e faceva parte di un rituale rigido e codificato, che regolava da secoli le battaglie tra greci.

Tra greci.

Ma stavolta, ad attenderli non c'era un avversario, c'era un nemico. Un nemico con il quale lo stato maggiore non aveva neanche provato a intavolare trattative, a stabilire regole, a prendere accordi. Un nemico vero, contro il quale si sarebbe combattuta una battaglia dove nulla era un gioco: uno scontro non per la supremazia, ma per la sopravvivenza. Escludendo Milziade, nessuno, nell'armata, neanche i più esperti veterani come Epizelo, aveva mai vissuto un'esperienza del genere. Neppure quelli che avevano partecipato alla spedizione di Sardi, o che avevano aiutato gli ioni nella loro rivolta: in quelle occasioni, affrontare i persiani era stata una sfida, non l'estrema risorsa, l'evento cruciale della propria carriera militare. Forse della propria vita.

Era come un'Olimpiade. La suprema competizione, dove ciascuno era obbligato ad affrontare antagonisti e a sopportare pressioni come mai in precedenza. Ma se lì ci si giocava la reputazione, qui era la vita stessa a essere in gioco.

L'orizzonte sul mare era insolitamente tranquillo. Le onde andavano placidamente disperdendosi sulla spiaggia, e il loro leggero sciabordio non era che un'eco lontana, come se l'Egeo fosse a stadi e stadi di distanza, e non a pochi passi. Le increspature sull'acqua iniziavano a brillare sotto i tenui raggi del sole, conferendo all'imminente scenario della battaglia una corona argentea, che sembrava incorniciare l'evento. Il profilo dei monti dell'Eubea si stagliava sulla destra dell'armata, come una barriera che la isolava dal resto del mondo, gettandola nelle fauci di quel nemico spietato.

I reggimenti erano usciti dal campo attraverso gli ingressi di ciascun settore di pertinenza, poi, una volta in campo aperto, si erano dispiegati già in ordine di battaglia. Sebbene l'orizzonte fosse ancora confuso e non si vedesse alcun persiano in modo distinto, nessuno aveva dubbi che le vedette nemiche più avanzate si fossero già accorte dell'avanzata dell'esercito greco. In compenso, si vedevano le sagome delle loro navi, ben poche a ridosso della spiaggia, la gran parte più al largo, e un formicolare di piccole imbarcazioni fare la spola tra le loro fiancate e la terraferma.

Subito i comandanti delle unità si disposero in testa e in coda a ogni reparto, badando a compattare i loro uomini. Il cozzare degli scudi era frequente come in battaglia, e rendeva nervosi i soldati, abituati ad avanzare senza sentirsi il fiato dei compagni addosso. Gli ufficiali spingevano, strattonavano, inveivano, battevano le aste delle lance sugli scudi, i propri e quelli degli altri.

«Bel disastro», commentò Filippide, rivolgendosi a Eucle, al quale cercava disperatamente di rimanere attaccato. «Di tutto ci stiamo occupando, tranne che del nemico. Siamo carne da macello...».

«Se non altro, la nostra profondità è limitata», rispose Eucle, provando a districarsi con i movimenti. «Pensa se ci fossimo schierati su dodici o sedici file, come al solito. Finiremmo per pestarci i piedi a vicenda e ciascuno finirebbe addosso a quello che lo precede». Intanto stava attento a non pestare i piedi al compagno di destra, del cui scudo cercava la protezione, badando nel frattempo ad assicurare la copertura di Filippide a sinistra.

Camminando a passo spedito.

I dieci reggimenti, da un migliaio di uomini ciascuno, oltre a quello di Platea, si erano schierati su otto linee, per estendere quanto più possibile la fronte ed evitare così eventuali accerchiamenti o aggiramenti sulle ali, sempre possibili quando si aveva a che fare con un nemico numericamente superiore. Lo stato maggiore aveva ritenuto necessario sacrificare la profondità a favore della larghezza dello schieramento. I greci, però, non disponevano di cavalleria, e gli arcieri, inutili con la strategia dinamica ideata da Milziade, erano rimasti al campo con gli schiavi; pertanto, i fianchi erano del tutto privi di protezione.

Il reggimento dei due amici era stato collocato proprio al centro. Al suo fianco, quello di Leontide, dove militava Tersippo. All'ala sinistra, verso le alture, erano disposti i plateesi di Arimnesto. All'estrema ala destra, verso il mare, c'era Aiantide, con Eschilo e Cinegiro. E sempre a destra militava, secondo la tradizione, il polemarco, il cui demo, peraltro, ovvero Afidna, apparteneva proprio alla tribù di Aiantide. Il reggimento al comando di Milziade, quello di Oneide, era nella metà destra dello schieramento.

«A me pare già complicato così. Io corro da solo. Combatto da solo. Non penso, quando lo faccio. Così, invece, sono costretto sempre a fare mente locale. È logorante...», si lamentava Filippide.

Eucle era cresciuto alla scuola di Epizelo. Per lui, quella tattica era una naturale conseguenza della mentalità del suo allenatore. Non se ne scandalizzava più di tanto. Ma erano in pochi a comportarsi come lui. I più erano refrattari alle disposizioni degli ufficiali, altri oggettivamente in difficoltà, e lo schieramento era ben lungi dall'aver raggiunto quella compattezza che Milziade aveva auspicato.

E otto stadi a passo veloce si percorrevano presto a percorrere.

Eucle si sentì condizionato dal pessimismo di Filippide. Cosa sarebbe successo se fossero arrivati a contatto dei persiani ancora impreparati a serrare i ranghi? Con linee disordinate, senza corazze, nervosi e disorientati, sarebbero stati indifesi di fronte a qualunque cosa gli avversari avessero voluto fare loro. Né sapevano, ancora, quanti se ne sarebbero trovati di fronte, oltretutto. Se l'imbarco era appena iniziato o procedeva a rilento, si sarebbero ritrovati addosso un numero spropositato di guerrieri.

C'era da dubitare della sanità mentale dei capi, a quel punto. Perché nessuno, con un minimo di raziocinio, avrebbe mandato così allo sbaraglio un esercito di undicimila uomini. Ovvero quasi tutto ciò di cui disponeva Atene.

Forse i soldati si stavano pentendo di aver accolto con entusiasmo la strategia di Callimaco e Milziade. Forse il solo motivo per cui continuavano ad andare avanti era l'esito favorevole del sacrificio: se non altro, gli dèi erano dalla parte dei greci.

O almeno, c'era da augurarselo.

Per Eschilo, il solo problema era tenere il passo di quelli davanti. Lo avevano posizionato in ultima fila, l'ottava, insieme ai più imbranati e alle reclute. Gente che aveva più difficoltà di ogni altro a destreggiarsi con lancia e scudo, e a marciare all'unisono con gli altri. Per lui era diverso. Le cose le sapeva fare, ma gli mancava l'attitudine a farle.

I suoi timori prescindevano del tutto dalla tattica. Riguardavano principalmente il dover dare la morte, il dover affrontare la morte. La guerra, più in generale. Non era mai stato certo di riuscire a odiare abbastanza un nemico da ucciderlo, neanche quando se lo fosse ritrovato di fronte a brandire la lancia o la spada contro di lui. Nonostante avesse già partecipato a qualche campagna a corto raggio, non aveva mai avuto occasione di cimentarsi in un corpo a corpo. Era partito, come tutte le reclute, nelle ultime file, e poiché non si era mai distinto in alcunché sul campo di battaglia, nelle ultime file era rimasto, pronto, eventualmente, a dare il cambio ai compagni più avanti, nel caso il combattimento si fosse prolungato oltre le loro capacità di resistenza.

Ma non era mai avvenuto. I combattimenti tra opliti cui aveva partecipato si erano risolti con una rotta repentina, al primo contatto, degli avversari, e non c'era stato bisogno di dare il cambio. Tutto il resto erano state solo marce in territorio ostile, aveva incendiato caseggiati e sterminato il bestiame del nemico, prendendosela con civili inermi che di certo non avevano mai costituito una minaccia alla loro incolumità.

Quindi Eschilo continuava a marciare chiedendosi come se la sarebbe cavata davanti a un nemico. E non a un nemico qualunque.

A un persiano.

Sarebbe stato meglio o peggio? Sarebbe stato più o meno capace di affrontare l'avversario? Era assillato da questo quesito. Con un oplita, avrebbe esitato di fronte all'obbligo di uccidere un greco come lui, e la sua lentezza di riflessi gli sarebbe stata fatale. Ma con un persiano, uno sconosciuto, un uomo di un'altra cultura e di un altro continente, forse avrebbe avuto meno esitazioni; ma, d'altro canto, i persiani avevano fama di grandi combattenti, e forse sarebbe stato paralizzato dal terrore, risultando così una vittima ancor più facile.

Comunque la si mettesse, aveva paura. Questa era la verità. Era talmente cerebrale da approfondire tutti gli aspetti della sua esistenza: era il suo pregio come artista, ma anche il suo limite come guerriero. Era portato a valutare tutte le implicazioni degli atti in cui era coinvolto, e l'implicazione più ovvia di una battaglia era che le probabilità di morire o di uccidere erano alte. E lui non voleva fare né l'uno né l'altro. Aveva appena iniziato a ricevere consensi sulla sua arte, ed era convinto di essere destinato ad alti traguardi, che lo avrebbero reso immortale. E non intendeva morire prima di esserlo diventato.

Ma la paura lo bloccava, lo rendeva ancora meno valido come soldato, diminuendo le sue probabilità di sopravvivenza. Aveva sempre compatito il fratello per la sua istintività, per la sua indole primitiva e per il ristretto numero di concetti che albergavano nel suo cervello. Ma adesso avrebbe desiderato essere come lui, per non preoccuparsi delle conseguenze delle proprie azioni e di quelle altrui, per godere di quel minimo di incoscienza che gli avrebbe permesso di affrontare il pericolo con maggior determinazione, e quindi con maggiori capacità di difendersi.

«No! Io mi rifiuto! Non sarò mai in grado di accoppare nessuno, se devo far da balia a questi altri!». Delle urla in prima fila. E quella voce, inconfondibile.

Cinegiro.

Eschilo vide cimieri che si spostavano in modo brusco, là davanti. E il locago, al lato dello schieramento, muoversi verso il fratello, fuoriuscito dalla fila.

«Torna al tuo posto, soldato! Così comprometti la coesione della formazione!».

«No! Così comprometto la mia forza!», replicò Cinegiro. «Io combatto come mi pare e tu non puoi fermarmi! Cinegiro è l'oplita più valoroso di Atene, e intende dimostrarlo oggi più che mai!».

«Torna nei ranghi, o chiamo lo stratego!», insisté l'ufficiale.

«Chiama pure il polemarco, se vuoi. Io avanzo per conto mio!».

«Ma vuoi morire subito? Hai solo il tuo scudo. Vuoi essere seppellito da una pioggia di frecce prima ancora di vederlo, un persiano?»

«Io so correre talmente veloce che saranno i persiani a non fare in tempo a vedere me, prima che li sgozzi tutti!».

Eschilo non era in grado di scorgere la faccia del fratello, ma aveva ben presente la sua espressione spiritata, quando prendeva quelle posizioni. Gli occhi gli si iniettavano di sangue, quasi schizzavano fuori dalle orbite, e il suo piglio ringhioso avrebbe intimorito anche il più autorevole dei comandanti. Il risultato, infatti, fu che il locago si ritrasse mormorando qualcosa sul fatto che, se voleva proprio crepare, che facesse pure…

Forse non era così auspicabile essere come il fratello maggiore.

Cinegiro era un pazzo.

Ansia. L'ansia che montava nelle file dell'armata greca man mano che si avvicinava al nemico. Poco tempo a disposizione, tanto da imparare, ancora. Eucle aguzzò gli occhi, cercando con lo sguardo qualche segno che gli rivelasse l'entità del nemico davanti alla grande palude. Forme indistinte si delineavano oltre le sue possibilità di visuale, sagome disseminate su un fronte che riempiva l'intero orizzonte, dal fiume Carandro fino al mare.

Dal fiume Carandro fino al mare.

E come le vedeva lui, le vedevano anche gli altri in prima fila. I persiani ancora a terra erano tanti, a quanto sembrava. *Ancora troppi.* Ciò significava che i greci erano in tempo per fermarli prima che salpassero per Atene; ma anche per subire una cocente sconfitta, che avrebbe condannato comunque la città.

Tutti si stavano rendendo conto che, per quanto i comandanti avessero esteso la fronte dell'armata, la larghezza non garantiva i greci dall'accerchiamento. Pur disponendo le unità su sole otto file, le ali non arrivavano né al mare né al Carandro. E i persiani, di cavalleria ne avevano fin troppa: per loro sarebbe stato un gioco avventarsi sui fianchi nemici e annientarli. A quel punto era ancor più necessario avanzare velocemente, per non dare loro il tempo di manovrare con i reparti a cavallo.

E naturalmente per non farsi massacrare dai loro arcieri, visto che la coesione delle linee lasciava molto a desiderare.

Filippide diede conferma ai suoi pensieri. «Chissà come se la passa Tersippo. Vorrei proprio vederlo, lui che ha tanta fiducia negli alti comandi: noi non siamo capaci di stare uniti, e i persiani, probabilmente, sono ancora molti più di noi».

«Ma quando ce lo dicono quanti sono? A quest'ora, gli esploratori che Callimaco ha mandato in avanscoperta dovrebbero essere tornati a riferire il numero dei nemici...», convenne Eucle.

«Non funziona niente. I comandi ne stanno facendo di tutti i colori. Se non fosse Ippia, quello che abbiamo di fronte insieme agli asiatici, direi che ad Atene serve un tiranno, non la democrazia».

«Ancora questi discorsi pericolosi? Ringrazia gli dèi che io non sono Tersippo».

«Tersippo professa la democrazia solo in apparenza. Se ne vuole servire per i suoi fini. In realtà, si sente più in gamba degli altri e vuole ergersi sopra gli altri. Anche se non lo ammetterà mai, anche lui, come me, è convinto che non tutti i cittadini siano uguali. E lui vuole usare la democrazia per i suoi scopi, dài retta a me...».

«A sentir lui, sei tu che vuoi usare la democrazia per i tuoi scopi».

«Bene. Saranno i fatti a dimostrare chi mente. Adesso, d'altronde, abbiamo problemi più urgenti da risolvere», disse Filippide in tono conclusivo, indicando con un cenno della testa in direzione del nemico, leggermente a destra.

Un cavallo stava avanzando verso le loro linee. Non era ben

chiaro se in sella vi fosse un cavaliere. Man mano che si avvicinava, si notò che portava un carico sul dorso, ma i greci dovettero attendere ancora per capire di cosa si trattava. E quando lo capirono, non ne furono affatto contenti.

Il cavallo si arrestò solo davanti alla prima linea, impennandosi sulle zampe posteriori e lasciando cadere il carico che aveva in groppa.

Era uno degli esploratori, trasformatosi in un cespuglio di frecce.

Sempre peggio, pensò Eucle. Adesso non avrebbero avuto neppure modo di sapere con quanti nemici si sarebbero dovuti confrontare, se non quando fossero arrivati a portata del tiro dei loro dardi. I persiani proteggevano le loro linee con chissà quanti arcieri, che impedivano agli uomini mandati in avanscoperta da Callimaco di fare il loro lavoro. Tutti gli uomini se ne resero conto, e un fremito di terrore pervase le file dell'esercito greco.

Eppure quello spettacolo e l'ansia per un nemico che faceva di tutto per mantenersi sconosciuto e inquietante, finirono per sollecitare, se non il senso di responsabilità degli opliti, almeno il loro istinto di sopravvivenza. D'improvviso, notò Eucle, gli ufficiali non ebbero più bisogno di costringere i soldati a serrare i ranghi e a rispettare la posizione. L'impegno di ciascun combattente si moltiplicò, la sua concentrazione aumentò e, come per una sorta di magia, le file si compattarono, pur mantenendo un ritmo rapido di marcia. C'erano ancora molti buchi, gente che perdeva il passo rispetto a chi la precedeva, soldati che litigavano con i compagni a fianco; ma la situazione era cambiata da un istante all'altro.

Eucle stesso si accorse che Filippide non si lamentava più del modo in cui lui ne proteggeva il fianco scoperto. Anche lui, evidentemente, si era sentito responsabilizzato e, istintivamente, applicava le disposizioni tattiche in modo più attento. Gli capitava ancora di pestare i piedi all'oplita di cui ricercava la protezione a destra, e sentiva molti altri guerrieri lamentarsi dei pestoni dei commilitoni, ma tutta la faccenda sembrava finalmente funzionare.

Provò a immaginare come dovevano apparire le unità greche all'esterno, magari da una postazione soprelevata, come i ponti delle navi persiane ancora attraccate presso la spiaggia di Schinias. Si figurò una gigantesca corazza a piastre, irta di aculei e stesa lungo il terreno, che doveva pur fare il suo effetto. Forse anche loro sarebbero riusciti a incutere timore nel nemico, ad apparire inquietanti come i persiani apparivano a loro.

«Sono tanti! Tantissimi!», sentì gridare qualche fila più in là. Alzò lo sguardo, che aveva mantenuto costantemente sui suoi commilitoni ai fianchi, ed ebbe finalmente modo di farsi un'idea più precisa di quel che li attendeva.

I persiani si stavano schierando a battaglia anch'essi. Se prima, in lontananza, aveva visto l'intero fronte tra il fiume il mare formicolare di sagome, era perché il loro campo si estendeva tra i due margini. Quel che aveva visto erano i profili delle tende e di alcune torri d'avvistamento, i reparti di cavalleria che facevano avanti e indietro in perlustrazione, e le unità di arcieri avanzate in copertura. Era ovvio che l'intero fronte fosse occupato dalla loro presenza. Quel che vedeva adesso, invece, era proprio l'esercito schierato.

E si estendeva anch'esso per l'intero fronte.

I persiani non avevano bisogno di far arrivare la fanteria fino al fiume e al mare. Avevano la cavalleria, e l'avevano già disposta sulle ali, pronta a ghermire i greci non appena avessero provato a giungere a contatto con la prima linea. In tutti gli altri settori si stava disponendo una fitta linea di sparabara, come li chiamava Milziade, quei guerrieri dai grossi scudi la cui disposizione, probabilmente, faceva impallidire quanto stavano cercando di realizzare i greci.

Eucle si ripeté quello che gli avevano detto gli ufficiali: gli scudi persiani erano grandi ma in vimini, pertanto poco consistenti. I fanti nemici non erano armati troppo pesantemente, e non avrebbero retto all'assalto di slancio. Se lo disse ancora una volta, e poi ancora, fino a farne una litania.

Tuttavia rimaneva ancora il problema della protezione sulle ali. Con i fianchi così esposti, non c'era tattica che potesse consentire ai greci di spuntarla. I cavalieri nemici sembravano non attendere altro che avventarsi contro i lati corti del lungo rettangolo formato dagli opliti greci. Lungo, ma non abbastanza. Eucle vide gli ufficiali discutere tra loro, poi parlare con Aristide, che a sua volta mosse verso Temistocle. E mentre i soldati continuavano ad avanzare verso quella trappola, i comandanti parlavano tra loro in modo concitato.

Ciascun soldato si chiese cosa avrebbero deciso. Erano ormai a meno di quattro stadi dal nemico. Entro breve sarebbero entrati nel raggio d'azione dei temibili arcieri persiani, e con le idee ancora confuse. A quel punto, vista la consistenza degli asiatici ancora a terra, c'era anche la possibilità che Callimaco e gli altri decidessero di ritirarsi e di aspettare davvero l'attacco nemico. Oppure, che tornassero alle vecchie tattiche, liberando da vincoli e lacci gli opliti e lasciandoli sfogare tutta la loro aggressività.

Il consiglio, improvvisato e tenutosi a passo di marcia, si sciolse immediatamente, e ogni comandante tornò alla propria unità. Eucle vide Aristide parlare con il suo locago e poi quest'ultimo venire verso di loro.

«Apritevi e fate in modo che il compagno dietro di ciascuno di voi passi al vostro fianco! Dobbiamo metterci su quattro file e allargare la nostra fronte!», gridò il locago.

I soldati ne furono sconcertati. Si guardarono intorno, disorientati, senza sapere cosa fare.

«Presto! Tra poco saremo travolti dai dardi persiani! Presto! Adottate la nuova disposizione e serrate subito le fila!», insisté il locago, che riprese a strattonare e spingere gli opliti in modo perfino più concitato che all'inizio dell'avanzata.

«Tutto l'esercito su quattro file? Ma non reggeremo l'urto con il nemico!», protestò Filippide. «E poi, non c'è bisogno! Se raddoppiamo la larghezza finiamo in mare!».

«Infatti, raddoppiamo la larghezza solo noi e Leontide. Muovetevi!», rispose l'ufficiale.

Allo sconcerto subentrò lo sgomento. Eucle guardò Filippide, e fu certo che stava pensando la stessa cosa. Per evitare minacce sulle ali, lo stato maggiore aveva deciso di indebolire il centro, sia per allungare lo schieramento fino a pareggiare l'estensione di quello nemico, sia per indurre i persiani a convergere verso il centro. In pratica, Aristide e Temistocle avevano accettato di sacrificare i loro uomini per aumentare le possibilità di sopravvivenza del resto dell'esercito.

Era finita. Sarebbero stati massacrati tutti, fino all'ultimo. Non era possibile buttarsi contro quella muraglia di scudi con una linea tanto assottigliata, e senza armature, ovvero senza alcuna forza d'urto. Né sarebbero stati in grado di sostenere il probabile contrattacco persiano, destinato a travolgerli in un istante.

Niente più sfida con Filippide e Tersippo. Niente più Ismene, probabilmente. La sola sfida possibile, ormai, era con se stesso, si disse Eucle; ed era quella per la sopravvivenza.

XII

La falcata è sempre più corta. Eucle prova ad allungarla, ma si accorge di fare troppa fatica, e teme di irrigidirsi. Così asseconda le scarse possibilità che gli offre adesso il suo corpo e si lascia trascinare. È convinto di essere ben oltre la metà del percorso, il che vuol dire che ha già corso come mai nella sua vita.

E dopo una battaglia. Sempre dopo una battaglia, deve tenerlo a mente, per convincersi di essere davvero un atleta di prim'ordine.

Un uomo di prim'ordine.

Lo sapeva. Sapeva di averle tutte, quelle potenzialità, che i limiti della sua indole avevano sempre mortificato, perfino umiliato. Un uomo capace di tanto avrebbe potuto collezionare dozzine di corone d'ulivo, in qualsiasi competizione panellenica, perfino alle Olimpiadi. Invece nulla, neanche un risultato di prestigio. Solo brutte figure, a causa dei suoi timori, delle sue insicurezze. Del suo istinto da perdente.

Ma è ancora in tempo, per tutti gli dèi! È capitato, in passato, che un brocco si sia sbloccato all'improvviso, abbia acquisito consapevolezza delle proprie potenzialità e abbia preso ad andar forte, a diventare un vincente. È ancora giovane, Eucle, e può ancora conseguire le vittorie che il suo spirito pavido gli ha sempre negato. A patto che si ricordi di cosa è stato capace di fare in occasione della battaglia di Maratona.

E a patto che vinca, stavolta.

Superare i due amici che, al contrario di lui, sono sempre stati dei vincenti, conquistare la donna che ama, una donna che non lo ha mai preso sul serio – forse perché il suo intuito femminile lo aveva già classificato come un perdente – diventare l'uomo che ha salvato Atene, impedendo che i fautori di Ippia aprano le porte ai persiani; ce n'è abbastanza per dare a un uomo la convinzione necessaria per raggiungere altri traguardi. Quella stessa convinzione di essere destinato a qualcosa di grande che hanno sempre posseduto Filippide e Tersippo, ma anche, a modo loro e ciascuno nel proprio campo, Cinegiro ed Eschilo.

Però anche loro due vanno forte, maledizione. Di Filippide si sapeva: li sta sfidando sul suo stesso terreno. Ma Tersippo... Tersippo non ha mai avuto capacità di resistenza, eppure è ancora lì. Forse anche Tersippo si sta accorgendo di essere capace di andare oltre i propri limiti, quando la posta in palio è alta. E per lui è alta, senza dubbio: non si tratta tanto di Ismene, ma della popolarità che potrebbe derivargli da un'impresa del genere, e quindi dal potere che potrebbe scaturirne.

Loro affermano di lottare per Ismene, ma in realtà lottano per affermare se stessi, le loro ambizioni. Solo lui la ama davvero. Anzi, il suo è amore vero, perché non tiene conto dei sentimenti di lei, non si fa condizionare dai vantaggi che potrebbe trarne e non ha bisogno di essere alimentato dal suo affetto.

Non fa altro che ripeterselo, per darsi la forza, la spinta per resistere, per continuare a superare i propri limiti.

Il cedimento è improvviso, repentino, imprevisto. La gamba sinistra perde l'appoggio, scivola, si allarga verso l'esterno e trascina con sé bacino e resto del corpo. Eucle si ritrova sul terreno. Rotola nella terra, prova un bruciore tremendo al ginocchio. E solo ora si accorge di essere finito su un terreno friabile, che ha ceduto sotto il suo peso.

Ma non c'è tempo da perdere. Si rialza subito, si guarda il ginocchio. È sbucciato e sporco di terra. Prova a pulirsi sfiorandolo con la mano, ma rimane sporco. E gli duole. Gli duole tanto.

Non fa niente. Le ferite della battaglia sono anche peggiori. Non sarà certo un po' di bruciore alla gamba a fermarlo, né tantomeno a rallentare la sua azione. Riprende a correre, anche se fa fatica ad appoggiare la gamba offesa. E presto si accorge di fare fatica anche a mantenere la stessa cadenza di prima. Era il ritmo che aveva assunto a trascinarlo, a dargli l'abbrivio per mantenere un'andatura istintiva, meccanica, che gli evitava di sentire eccessivamente lo sforzo.

Adesso, lo sforzo lo sente tutto, e tutto insieme. Rimettersi in moto, riprendere quel ritmo magico, quasi ipnotico, è un'impresa. Ora, a ogni passo, a ogni tentativo di produrre una falcata appena più ampia di un'andatura di marcia, si sente addosso tutta la fatica di quella giornata campale, dei fendenti e degli affondi profusi durante la battaglia, degli stadi percorsi fino a quel momento.

E sente anche il pesante ansimare di Tersippo dietro le spalle.

«È dura, eh?», lo sente dire, tra un rauco sospiro e un altro.

«Reggo. Reggo ancora. Mi dispiace per te», si sente in dovere di rispondere. Mai rivelare la propria debolezza a un avversario. Neanche se si tratta di un amico, che dovrebbe conoscerti a fondo.

Intanto Tersippo gli si è affiancato. E sembra poter reggere la sua andatura. «Ma certo... Non lo metto in dubbio», dice l'amico, sempre ansimando. «Il problema è che Filippide ha proprio un altro passo...».

«Lo... raggiungerò, prima di arrivare ad Atene. *Devo raggiungerlo*... e in volata lo batto, ne sono sicuro...».

«Ne dubito... per raggiungerlo, dovremmo dare fondo a tutte le nostre energie... e il risultato... sarebbe che non ne avremmo più nel finale... Filippide sapeva che non avrebbe mai potuto perdere, con noi. Forse con nessun altro, in questo tipo di gara...».

«No... c'è la battaglia, ricordatelo. Si è comportato da valoroso... più di chiunque altro. E aveva pure l'armatura, addosso. Quindi ha faticato più di chiunque altro... Prima o poi cederà. È umano anche lui, a dispetto di quello che afferma di essere...». Eucle lo dice sperando che sia davvero così.

«E proprio perché è umano... ha debolezze tipicamente umane, che forse ci mettono tutti in estremo pericolo. *Forse*...», sentenzia Tersippo, scandendo bene le parole. Nonostante gli sbuffi e i sospiri con cui le ha accompagnate, Eucle ne avverte il tono insinuatore.

«Che... che vuoi dire?». Ma già lo sa. Sono giorni che Tersippo non fa mistero delle sue supposizioni riguardo Filippide. E che si abbandona a illazioni francamente fastidiose.

«Ma non vedi… che Filippide vuole il ritorno della tirannide? Parla sempre dei mali della democrazia… non si trova proprio a suo agio, in questo sistema…».

«Ma se odia Ippia…».

«Ippia, certo. Ma non chi potrebbe venire dopo di lui…».

«Ovvero? Spiegati meglio…».

«Gli Alcmeonidi. Lo sanno tutti che sostengono Ippia… e che sono disposti ad accettare la generica e poco ingombrante sovranità del lontano Dario… pur di fare i comodi loro e prendere il potere ad Atene…».

Tersippo tace, forse solo per riprendere fiato. Eucle non parla. E non per riprendere fiato.

Poi l'amico, vedendo Eucle disposto ad ascoltarlo, riprende a inserire parole tra la selva di sospiri cui lo costringe la corsa. «Se i persiani permettono a Ippia di recuperare il potere… quanto vuoi che duri? È vecchio, stanco, forse ormai è anche diventato un incapace… ma per sostenere la sua tirannide, si affiderebbe agli Alcmeonidi. Gente come Callisseno e Megacle sono pronti a raccoglierne l'eredità… e fanno affari con Ismene. Sposandola, Filippide avrebbe legami con la famiglia più potente di Atene… e con la popolarità acquisita con quest'impresa, ti lascio immaginare a cosa può puntare… anche a essere egli stesso l'erede di Ippia!».

Eucle stavolta parla. «E… in quale modo pensi che possa ottenere tutto questo? Solo… vincendo la nostra sfida?»

«Quella sarebbe la strada più lunga. Ma efficace e praticabile, devi ammetterlo. Tuttavia ce n'è un'altra, più veloce. Può spianarsi la via al potere anche solo… arrivando ad Atene prima di noi e… *mentendo sull'esito della battaglia*».

Eucle si rifiuta di pensare, ormai. Non vuole riflettere sulla possibilità che Filippide, il suo più vecchio amico, sia capace di tradire il proprio Paese. «E come potrebbe mai fare? Noi arriveremmo, prima o poi… e lo smentiremmo. E poi, cosa succederebbe se dicesse che hanno vinto i persiani?»

«Cosa succederebbe? Ma non lo capisci? Gli Alcmeonidi… avrebbero buon gioco nel convincere la popolazione che ogni resistenza è inutile, aprirebbero le porte a Ippia e ai persiani, e sarebbe finita!». Tersippo sembra talmente infervorato che, ormai, riesce a parlare perfino senza interrompersi per prendere fiato.

«Ma noi potremmo sempre smentirlo. E sarebbe la nostra parola contro la sua...», insisté Eucle.

«La parola di due sconfitti invidiosi? Filippide già gode di molta più popolarità di noi. Per molti è già un semidio. La nostra parola vale poco, al confronto. E poi, potremmo arrivare troppo tardi. Non sappiamo quanto sia in grado di lasciarci dietro. E poi...».

Silenzio. «E poi?»

«Ricordati che abbiamo tutti e tre la spada. Chi ti dice che Filippide non ci attenda alle porte di Atene per metterci a tacere per sempre, contando sul fatto che ci fidiamo di lui?»

«Scherzi? Non è possibile! Lo conosco da una vita!».

Adesso Tersippo pare davvero convinto di quello che afferma. «Conosci un altro Filippide. Nessuno di noi può sapere in cosa può trasformarsi un uomo che ha di fronte a sé la possibilità di dare una svolta alla propria vita. Può darsi che non ci pensasse, prima. Ma adesso, i vantaggi che può trarre da questa situazione sono troppi perché li trascuri. Nella migliore delle ipotesi, costituiscono una grossa tentazione. E saprà resistere alla tentazione? Ha sempre ambito alla gloria, ricordatelo!».

Già. La tentazione. Nemmeno lui era capace di resistere alle tentazioni. Anche lui sentiva di essere disposto a tutto, pur di conquistare Ismene. E non era certo che avrebbe resistito alla possibilità di raggiungerla infrangendo qualche codice etico, violando la legge o passando sopra ai propri scrupoli...

«Ma Filippide ha sempre ambito alla gloria sportiva, e non ad altro...», prova a dire Eucle. Ma in tono poco convinto. E non perché fatichi a parlare.

«E perché mai dovrebbe fermarsi a quella sportiva, adesso che può ottenere tanto di più? Il potere non fa schifo a nessuno, quando non bisogna faticare troppo per ottenerlo. *Basta solo tradire la propria patria...*».

A quel punto, le parole esplicite di Tersippo provocano in Eucle un impulso a reagire. «No. Mi rifiuto di pensarlo! Filippide è sempre stato di animo nobile. E di ambizioni semplici, cristalline. Non ha mai fatto male a nessuno, se non costretto. È una delle persone migliori che abbia mai conosciuto. E lo ha sempre dimostrato, fino ad adesso. Anzi, a Maratona lo ha dimostrato più che mai! Mi ha perfino salvato la vita! Non si cambia da un momento all'altro, neppure di fronte alla prospettiva di ottenere simili vantaggi!». Ma non ne era poi così sicuro.

«Va bene, va bene», si affretta a replicare Tersippo. «Volevo solo dire che è una possibilità. Remota, ma è una possibilità. E finché c'è una lontana possibilità che qualcuno possa consegnare ai persiani e al tiranno la nostra città, noi che siamo i soli a poterlo impedire dobbiamo almeno porci il dubbio».

«*Io non ho dubbi*!», esclama stizzito Eucle, rischiando quasi di strozzarsi per lo sforzo.

Proprio allora nota un'ombra passargli a pochi piedi di distanza, lungo il pendio.

Un'ombra con scudo e lancia.

Eucle non le aveva notate subito. Era troppo distratto a seguire con lo sguardo l'interminabile muro di scudi che si stendeva davanti a lui, immobile, per accorgersi di quella barriera quasi impercettibile, proprio sotto i suoi occhi. Ne fu informato grazie alle grida di altri commilitoni meno distratti.

«Frecce! Frecce conficcate nel terreno! A centinaia! A migliaia!».

E allora le vide anche lui. Ma nel frattempo, gli ufficiali avevano dato l'ordine di fermarsi. Ancora qualche passo e sarebbe finito in mezzo a un'innaturale piantagione, con una selva di paletti infissi nel terreno. Dardi, dardi scagliati in precedenza dagli arcieri persiani più avanzati; forse quegli stessi dardi che avevano trafitto gli uomini mandati da Callimaco in avanscoperta.

E non era una barriera regolare. Erano conficcati nel terreno per parecchi passi di profondità, e avrebbero rotto qualunque schieramento avesse tentato di avanzare compatto.

«E adesso? Che facciamo?», disse Filippide. «Questa sarebbe la massima gittata degli arcieri persiani posizionati tra le linee nemiche, oppure il raggio raggiunto da quelli più avanzati in precedenza?»

«Nel primo caso, inizieremmo a essere bersagliati dalle loro frecce non appena riprendiamo ad avanzare, e non avremo modo di riprendere la coesione; nel secondo, abbiamo ancora del margine per superare la barriera e ricompattarci», rispose Eucle, che aveva colto subito il significato delle parole dell'amico.

Rimasero in attesa che il comando decidesse qualcosa. Incredibile: erano a due stadi circa dal nemico e ancora lo stato maggiore cincischiava per decidere quale tattica adottare. Peggio ancora: in quale modo applicare la nuova tattica appena concepita, approssimativamente pianificata e appena abbozzata.

E loro erano proprio nel settore più debole di tutta quella fragile costruzione, nel punto dove lo schieramento era più improvvisato, con uno spessore e una profondità assolutamente ridicoli.

Quattro file.

E senza armature, oltretutto.

Roba da suicidio.

Eucle approfittò della pausa per valutare le forze avversarie e il loro atteggiamento. Ma non era ancora abbastanza vicino per osservarne l'equipaggiamento: degli scudi scorgeva a malapena le sagome, ma i colori risultavano indistinti sotto il riflesso dei raggi del sole, che solo allora stavano perdendo la loro timidezza, per illuminare con più decisione la piana. Anzi, sembrava quasi che i milioni di raggi dell'astro stessero convergendo sullo scenario dell'imminente battaglia, per porre al centro dell'universo i protagonisti dell'evento.

Tuttavia la visuale in campo aperto, non ostruita da alcun albero o da alture, gli consentiva di vedere in modo accettabile l'attività lungo la spiaggia, non nascosta dalla linea di scudi né dalle tende dietro l'esercito schierato. Alcune navi sembravano aver già preso il largo, e apparivano ormai come puntini in lontananza; o almeno, così pensava di poter interpretare quelle macchie scure sulla superficie dell'acqua, appena sotto il profilo dell'Eubea. Ma sulla loro scia ve n'erano altre appena più vicine, che a vele spiegate procedevano verso sud. Altre ancora si stavano allontanando dai fondali bassi e issando le vele, ma il grosso della flotta era ancora a ridosso della spiaggia. Anzi, diversi vascelli erano ancora in secca, e intorno a essi formicolavano uomini impegnati, con travi e passerelle, a rimetterli in acqua.

Quel che lo colpiva soprattutto, e lo spaventava, era il presumibile numero dei nemici. Molti erano già salpati, molti altri lavoravano intorno alle navi, eppure quel muro di scudi si estendeva dal mare al Carandro. Con la disposizione adottata dai comandi greci, su otto linee con quattro al centro, per un totale di undicimila effettivi, Eucle aveva calcolato di far parte di un fronte di circa millecinquecento uomini, pressoché equivalente a quello persiano. Ma era troppo sperare che la profondità dello schieramento nemico fosse altrettanto assottigliata. Quindi, non solo gli uomini disposti di fronte a loro erano ben più di undicimila, e li attendevano a pie' fermo, ben coesi e ordinati, ma l'insieme delle truppe persiane, se solo avessero voluto impegnare tutti gli effettivi a disposizione, sarebbe stato molto superiore a quello ateniesi.

Forse, aspettare gli spartani non sarebbe stata una cattiva idea, dopotutto.

Ma ormai era tardi. Il combattimento avrebbe avuto luogo, a dispetto di tutte le condizioni avverse che si erano create durante l'avanzata dell'armata greca. Ma non era ancora dato sapere *come*.

«Nessun comandante dei nostri, adesso, darebbe l'ordine di ripiegare. Sarebbe come ammettere di aver commesso una serie di stupidaggini, finora», commentò infatti Filippide. «Ci hanno condannati ad andare incontro a morte certa, e lo sanno, ormai. Ma se si ritirassero si renderebbero ridicoli, comunque vada a finire, e sarebbero tutti finiti, politicamente. Qualcuno sarebbe addirittura punito con l'ostracismo, e non potrebbe più mettere piede ad Atene... Preferiscono morire, magari, e passare per dei pazzi valorosi, che consegnarsi alla storia e al giudizio dei concittadini come degli incompetenti. E quindi ora attaccheremo, vedrai. Attaccheremo, per giunta rispettando la prevista avanzata a falange».

«Vuoi dirmi che con un tiranno questo non succederebbe?», gli rispose Eucle. «Che un tiranno non avrebbe paura di perdere consenso e, una volta appurato che il suo piano è fallito, se ne tornerebbe indietro senza porsi problemi?».

Filippide sorrise. Un sorriso amaro. «Tu che dici?»

«Dico che è finita comunque. Con o senza spartani. Quindi, tanto vale morire con dignità, da uomini liberi che hanno deciso il proprio destino».

«Perché, l'hai deciso tu di venire qui a farti ammazzare per niente? Di' la verità: se avessi potuto decidere, non avresti aspettato gli spartani? E non torneresti indietro, tu che non hai interessi politici in ballo, né ambizioni?».

Quel riferimento alla sua mancanza di ambizioni ferì Eucle. «Non l'ho deciso io di venire a farmi ammazzare e di rimanerci; ma ho deciso io chi doveva decidere per me. Gliel'ho concesso...», rispose infine.

«Buon per te. Ma questo non renderà la tua morte meno amara, credo...».

Eucle si guardò intorno. Si voltò e osservò i commilitoni dietro di lui. Se pure gli elmi ne celavano le espressioni, dal loro atteggiamento traspariva con sufficiente chiarezza che tutti si rendevano conto di essersi cacciati in una situazione senza via d'uscita.

Una situazione disperata.

Ma non erano scorati. Disperati, certo, ma non scorati né disorientati.

«Fateci andare all'attacco! Che aspettate?», sentì gridare da un altro settore.

«Forza, muovetevi là davanti! Facciamola finita, una buona volta!», arrivò dalle ultime file.

Ormai si gridava ovunque, nel reggimento. «Facciamogli vedere quanto valgono gli ateniesi!».

«Costringiamoli ad avere paura di noi!».

«Voglio varcare lo Stige insieme a tutti i persiani che ho ucciso!».

«Voglio che gli dèi siano fieri di me!».

«Voglio morire da eroe!».

Eucle si vergognò di sentirsi scorato. Loro, al contrario di lui, sapevano sì di essere ormai senza scampo, ma proprio per questo sembravano ben decisi a vendere cara la pelle. A portarsi dietro quanti più persiani possibile, prima di andarsene. Anche solo per sottrarre effettivi all'esercito che si avviava a conquistare Atene. Erano tutti disposti a sacrificarsi per la patria.

Guardò Filippide. Non parlava più, ma anche lui sembrava pronto ad accettare il proprio destino, a dispetto delle sue dichiarazioni. Guardava fisso di fronte a sé, busto eretto, lancia puntata in terra con la cuspide posteriore. Assolutamente tranquillo e sereno, almeno all'apparenza. Nessun tremore nel suo fisico asciutto, nessuna oscillazione del capo: una statua pronta a scattare, un semidio che raccoglieva le forze per dare il meglio di sé. Come prima di una gara, era concentrato solo sull'obiettivo, per conseguire il miglior risultato possibile che, in questo caso, era abbattere un gran numero di nemici. E non per la loro sfida, che forse era passata in secondo piano, ma per la patria. Forse non pensava neanche più a Ismene, forse non si poneva più problemi di sopravvivenza. Probabilmente, anzi, voleva solo salvare il proprio Paese e morire con orgoglio, sentendosi fiero di se stesso.

E tutto questo, mentre lui, Eucle, pensava ancora a Ismene e a come salvare la pelle.

Filippide era un uomo migliore di lui.

Gli costò ammetterlo. L'evidenza lo feriva, ma stavolta più che mai gli veniva sbattuta in faccia. L'aveva sempre saputo. Ma non perché l'amico era un vincente e lui un perdente. Non perché forse era un semidio e lui un uomo normale. Ma solo perché Filippide era un *uomo*, e lui faticava a esserlo.

Poi, d'improvviso, arrivò l'ordine.

Follia. Follia pura. Sembravano perfino felici di andare incontro alla morte. Eschilo non se ne capacitava. E non si vergognava affatto di non essere come loro. Sentiva i suoi compagni, Cinegiro in testa, invocare lo scontro, l'assalto a quel muro di scudi apparentemente impenetrabile, pur sapendo, tutti quanti, che non ne sarebbero usciti vivi.

Una turba di esaltati, ecco cos'erano. Imbevuti di valori suicidi, di un malinteso amor patrio che sottraeva valore alla vita, per darne solo a termini astratti, come la patria, appunto, come la democrazia, il potere del popolo, un potere di scegliere come morire. Non era nato per quello, lui. Non sapeva uccidere, e non sarebbe stato utile a nessuno, sul campo di battaglia. Li ammirava, i suoi compagni e li detestava al tempo stesso, proprio come aveva sempre ammirato e detestato suo fratello, per la loro pazzia e il loro coraggio. Ma non sarebbe mai stato capace di essere uno di loro. Non *voleva* essere uno di loro.

Sembrava un'epidemia. Una malattia di cui soffriva Cinegiro e che, da lui, si era propagata a tutto l'esercito: tutti convinti che non vi fosse altra scelta che immolarsi per la causa della libertà. Ma che senso aveva essere liberi per pochi istanti e poi morire? Meglio rimanere vivi e schiavi: la schiavitù può sempre essere temporanea. Non c'è nulla di più mutevole, di più fluttuante del destino politico di un Paese. E poi, la politica non è una condizione dell'anima: lo è l'arte, non la politica. La politica è solo un rivestimento, come una corazza, un accessorio esteriore, che condiziona solo parzialmente la libertà interiore. Un artista rimane libero, nell'animo, a prescindere dalle condizioni esterne.

E lui per quello era nato. Per creare. Per narrare le storie degli eroi. Non era un eroe, lui, ma un uomo destinato a cantare le gesta degli eroi condannati. Di uomini che avevano osato, come Prometeo, ergersi al livello degli dèi, ed erano stati puniti per la loro superbia.

Proprio come loro.

Se fosse stato uno di loro, come avrebbe potuto raccontarli?

Era pronto a gettarlo via, lo scudo, proprio come Archiloco. Se lo aveva fatto lui, che era stato celebrato come uno dei più grandi poeti greci, non vedeva cosa ci fosse di male a imitarlo. Perché mai avrebbe dovuto morire, se poteva evitarlo? Perché mai avrebbe dovuto rinunciare a diventare anch'egli uno dei più grandi poeti greci, se il suo sacrificio, com'era probabile, non avrebbe comunque potuto cambiare il destino di Atene?

Era nelle ultime file, ed era pronto a gettare lo scudo e a scappare, se le cose si fossero messe male. E non sarebbe stato certo l'unico. Le reclute accanto a lui invocavano l'attacco, certo, ma con minore convinzione dei veterani. Poteva percepire la loro paura, immaginare le loro espressioni atterrite, dietro la copertura bronzea dell'elmo. Ed era sicuro che, una volta di fronte alla morte, senza il sostegno dei compagni, già massacrati dal nemico al primo impatto, la loro sicurezza si sarebbe disciolta all'istante, e avrebbero pensato solo a salvarsi la pelle.

Ma Cinegiro? Lui si sarebbe fatto trafiggere da mille lance, prima di crollare anche solo in ginocchio. E i loro genitori non avrebbero mancato, in futuro, di far pesare al fratello sopravvissuto la differenza tra i due figli: l'uno, disposto a morire per la patria e ancorato alla prima fila, l'altro fuggito dal campo di battaglia prima ancora di sfidare il nemico.

Cinegiro lo condannava ad agire da eroe. Lo detestava ancor più per questo. E lo ammirava e lo invidiava, anche, per quella sua determinazione a rivestire un ruolo da protagonista nelle tragedie che Eschilo avrebbe saputo scrivere, ma non vivere.

«Basta! Cosa aspettiamo? Io vado! Chiunque desideri una morte onorevole mi segua!». Era la voce di Cinegiro, là davanti in prima fila.

Eschilo vide una cresta staccarsi dai ranghi. Quella dell'elmo del fratello, senza dubbio. Poi ne vide un'altra, e un'altra ancora, e ancora altre. Il locago prese a strillare, dapprima tentando di fermare chi andava avanti, poi tentando almeno di mantenere una parvenza di coesione nei ranghi. Dall'estrema destra dello schieramento, Callimaco mosse verso il centro del reggimento, e iniziò a gridare anche lui.

«Sì! Attacchiamo! Ricacciamoli in mare, quei bastardi che sono venuti a privarci della libertà! Ma tutti insieme! Mantenete la coesione! Mantenete i ranghi compatti!». Intanto, il polemarco spingeva gli opliti l'uno contro l'altro, inducendoli a riprendere l'avanzata fianco a fianco, correva trasversalmente, da un capo all'altro della formazione, ristabilendo le linee e serrando i ranghi. Eschilo fu indotto a riprendere la marcia, dapprima a passo veloce, poi di corsa, abbattendo gli spuntoni di frecce conficcati nel terreno a pochi passi da dove era ripartito.

I dardi gli comparivano davanti all'improvviso, sotto il tallone del commilitone che lo precedeva, rischiando di farlo incespicare a ogni passo. Alcuni erano stesi sul terreno, altri spezzati: impossibile mantenersi tanto vicini da proteggersi a vicenda con gli scudi. Qualcuno era obbligato a scartare l'ostacolo, compiendo movimenti repentini che facevano ondeggiare la formazione; qualcun altro finiva per cadere, trascinando a terra anche chi lo seguiva. Ma nessuno indugiava sul terreno: chiunque perdesse la posizione, si affrettava a recuperarla, per non sentirsi responsabile di aver minato la coesione della formazione e compromesso la sicurezza dei compagni.

Quelli in prima fila, pensò Eschilo, sempre più stupito della determinazione dei suoi commilitoni, erano avvantaggiati: potevano vedere con largo anticipo gli ostacoli. Ma erano anche più esposti ai proietti che, da un momento all'altro, sarebbero piovuti loro addosso. Le frecce infisse e disseminate nel terreno non erano nulla; ma quelle che sarebbero piovute dall'alto sarebbero state letali per molti.

Aspettava. E sapeva che non li avrebbe visti arrivare, i dardi pronti a ghermirlo. Lo avrebbero preso senza farsi preannunciare, se non con un leggero sibilo, troppo repentino per essere percepito in tempo, troppo indefinito per valutarne la direzione e scansarsi. Sentiva un vuoto allo stomaco al solo pensiero. Gli eserciti greci contro cui aveva combattuto disponevano di scarsi contingenti di arcieri, che tiravano poche scariche di frecce verso le prime file nemiche e poi si facevano da parte. E lui, in prima fila, non c'era mai stato. Se non fosse stato per il biennio di efebato, non avrebbe neanche avuto idea del sibilo di una freccia.

Ma ora affrontava un esercito di arcieri. Gente che combatteva soprattutto da lontano, e che si prestava al corpo a corpo solo per finire il nemico, o quando l'azione degli archi non era stata sufficiente.

Solo per finire il nemico.

La loro battaglia, si diceva, i persiani la combattevano con le frecce. Erano capaci di oscurare il sole, facendo cadere addosso ai nemici una pioggia di dardi, una pioggia continua, un tiro costante alternando i reparti, grazie a una velocità e a una precisione di tiro che non aveva eguali al mondo. E se da una freccia non ci si difende, ma si può solo sperare nella fortuna, da una selva di frecce neppure la fortuna ti può salvare. Perché dove non arriva una può arrivare l'altra.

Se non ti colpisce una, ti può colpire l'altra.

«Serrare le fila! Serrare le fila! Stringere gli scudi! Rivolgerli leggermente verso l'alto!», sentì gridare il locago. Erano dentro. Dentro il raggio d'azione di quegli uccelli rapaci, più insidiosi, più piccoli, invisibili e letali di un'aquila.

E non poteva farci niente.

Pregò gli dèi che fosse il primo a essere centrato. Non ce l'avrebbe fatta a vedere i propri compagni cadere al suo fianco uno alla volta, e attendere il suo turno, senza neppure sapere chi lo avrebbe ucciso e da quale direzione sarebbe provenuto, né quando, il colpo fatale. Sentiva una morsa atroce allo stomaco, e temeva di dover rilasciare l'intestino da un momento all'altro.

Un rumore sordo. Scudo.

Uno ovattato. Terreno.

Uno morbido, e poi un urlo.

Il primo caduto.

Era accaduto nelle file anteriori.

Adesso toccava a lui.

XIII

L'ombra non è sola. Ce n'è almeno un'altra, a giudicare dai movimenti che Eucle nota lungo il crinale adiacente alla valle che lui, Filippide e Tersippo stanno percorrendo. Civili in fuga, forse.

Forse. Gli è parso di vedere scudo e lancia, ma potrebbe essere l'abitante di un demo che si è attrezzato per difendersi.

Forse.

Ma sì, ormai sono troppo avanti per incontrare persiani sbandati. Saranno senza dubbio civili del contado, che non sanno ancora nulla dell'esito della battaglia e non vogliono farsi vedere. In fin dei conti, da lontano Eucle e Tersippo potrebbero anche apparire dei persiani. Forse anche da vicino.

Eucle guarda Tersippo, in chiaro affanno. L'amico fa fatica a reggere il suo passo, e si vede che sta pagando lo sforzo compiuto per raggiungerlo. Percepisce preoccupazione sul volto contratto; e forse non è solo perché teme di staccarsi di nuovo.

«Saranno civili, no? Ormai siamo troppo vicini ad Atene per incontrare persiani...», gli dice, cercando una conferma.

«Possono... possono essere qualunque cosa», risponde Tersippo, con sicurezza. «Contadini in fuga, ma anche persiani sbandati, oppure...».

«Oppure?»

«Oppure... persiani mandati qui apposta nei giorni scorsi, per bloccare qualunque nostro tentativo di comunicazione con le retrovie...».

Eucle sente un sobbalzo al cuore. «Nel qual caso, saremmo finiti. Come ci difendiamo, se sono armati di tutto punto?»

«Abbiamo la spada. E siamo ateniesi. Lo abbiamo appena dimostrato sul campo di battaglia, no?».

Eucle vorrebbe avere la stessa fiducia nelle proprie possibilità. Come Filippide, Tersippo crede in se stesso, e già questa attitudine gli permette di decuplicare le forze nei momenti decisivi. Decide di provarci anche lui, stavolta. Essere convinto delle proprie possibilità. Dev'essere fantastico crederci davvero, vivere con l'ottimismo di poter riuscire in qualunque impresa ci si proponga. Si vive meglio, così, senza tormentarsi, senza soffrire per i propri limiti. E senza perdere, perdere sempre.

«Dobbiamo stare attenti, allora», dice all'amico. «Possono aggredirci da un momento all'altro. Neanche loro sapranno come è andata la battaglia, ma ci guadagnano comunque, eliminando i corrieri nemici. L'aggiramento della flotta deve essere stato preordinato in anticipo...».

Tersippo faceva fatica a parlare, ormai. «In ogni caso, come dimostra la faccenda del blocco di marmo, Dati era sicuro di vincere... Secondo me... ha mandato gente in avanscoperta proprio per tagliare la strada agli sbandati dell'esercito sconfitto... ed evitare che le loro notizie diano agli arconti il tempo di organizzare la resistenza».

«Allora potrebbero essercene tanti. Siamo finiti», esclama sgomento Eucle.

«Non è detto. In tanti... non sarebbero mai passati. Abbiamo presidiato tutti i passaggi, ricordi? Possono solo... averli aggirati per i monti, ma in quanti vuoi che l'abbiano fatto?»

«Credo che lo scopriremo presto», replica Eucle, indicando con il braccio le pendici estreme del monte Parnaso sulla destra.

Tersippo, ormai qualche passo indietro all'amico, si volta. Stanno venendo decisamente verso di loro.

E sono guerrieri persiani, in panoplia completa.

Eucle rallenta, sguaina la spada dalla cinta, attende il commilitone. Perché ora Tersippo è solo un compagno, un uomo sulla collaborazione del quale deve contare, se vuole cavarsela. Ha funzionato, prima e durante la battaglia: gli opliti sono stati parte di un insieme, come volevano Callimaco e Milziade, come aveva sempre sostenuto Epizelo. E avrebbe funzionato anche adesso.

Bene, è così che bisogna pensare. Positivo.

Ma sì, funzionerà, anche se loro due sono distrutti dalla fatica per gli oltre cento stadi percorsi a ritmo sostenuto, hanno i riflessi lenti e la vista annebbiata, e i loro avversari sono freschi e riposati. Anche se loro due hanno solo la spada, e gli altri il copricapo, la corazza, lo scudo e la lancia, oltre a disporre della spada anch'essi...

Spade dalle lame corte contro lunghe lance e scudi.

Ma come fa Tersippo a essere tanto sicuro di sé, maledizione?

Eucle vede l'amico chinarsi e raccogliere un sasso. «Fallo anche tu!», grida Tersippo. Come se un sasso potesse colmare il divario tra loro due e i nemici.

Eppure lo imita. Ha deciso di crederci, e intende farlo fino in fondo. Almeno vuole morire pensando da vincente, dopo aver trascorso una vita da perdente. Gli si accosta e insieme rimangono fermi, con i sassi nella mano destra e la spada nella sinistra, ad attendere l'assalto dei due persiani, che si avvicinano di gran carriera, senza dire una parola.

«Non tirarlo finché non te lo dico io!», sussurra Tersippo. «Buttiamoci su quello di destra, insieme. Io faccio in modo che punti su di me, gli lanciamo i sassi, tu lo attacchi di lato e gli togli la lancia».

La fa facile, lui. Ma in fin dei conti, durante la battaglia sono stati capaci entrambi di compiere imprese ben più complicate, e si può fare.

I persiani continuano a tacere. Sembrano due spiriti emersi dall'Ade; forse due di quelli che gli ateniesi hanno ucciso in battaglia fino a poco prima, tornati a vendicarsi. O forse, sono altri due componenti di quell'esercito sterminato, e vogliono solamente evitare di attirare l'attenzione, nel caso in cui altri greci siano nelle vicinanze.

Come Filippide, se non l'hanno già ammazzato.

C'è solo da sperare che non siano spiriti, ma esseri umani. Eucle, come Tersippo, ha ancora addosso il sangue di quelli che ha trucidato poco prima. Ora sa che i persiani, i temibili persiani, muoiono, e anche con una certa facilità, se li si sa ammazzare.

Eccoli, sono di fronte a loro. Tersippo si muove, si scansa di qualche passo da Eucle e va incontro al nemico più a destra. Quello rimane per un istante sconcertato: non se lo aspettava.

«Adesso!», grida Tersippo, e lancia la pietra, passandosi poi la spada nella destra.

Eucle fa altrettanto, poi avanza di qualche passo nella stessa direzione. Il persiano è sbilanciato, la sua lancia è in verticale, non può offendere. Eucle sferra un fendente con il kopis, ma di piatto. L'asta cade di mano al nemico, e lui si affretta a raccoglierla, rotolando a terra per evitare l'assalto dell'altro avversario.

Nel frattempo, Tersippo agisce. Affonda con la spada e, dopo un primo impatto sullo scudo, fa centro al secondo colpo, che il persiano non può più evitare. L'asiatico si accascia a terra, mentre Tersippo gli estrae il kopis sanguinante dall'inguine.

L'altro persiano rimane per qualche istante sconcertato, poi riprende a puntare la lancia. Non è affare da poco avvicinarlo. Sa il fatto suo.

«Passami l'asta! Passami l'asta! Ci penso io!», grida Tersippo, avvicinandosi a Eucle, che nel frattempo brandisce la lancia con la destra e si è passato la spada nella sinistra.

Eucle freme di sdegno. Ma perché, lui non è in grado di cavarsela, con la lancia? Non è stato da meno di Tersippo, né di chiunque altro, in battaglia, eppure adesso l'amico non si fida del suo valore. Ha dunque tanto peso la sua vita da perdente da cancellare ogni residuo di fiducia nei suoi confronti?

«Non ci penso neppure! Tu vagli dietro!», risponde, con tono autoritario. Adesso è lui che ha la lancia, ed è lui che dà gli ordini. Tersippo ha ideato il piano d'azione, ma sarà lui a completarlo e a portarlo a termine.

«Come vuoi!». Tersippo non sembra essersela presa. Aggira l'avversario e gli si piazza alle spalle, mentre quello è costretto a badare agli affondi della lancia di Eucle.

Il persiano, però, è abile. E possiede sangue freddo. A quanto pare Dati, fiducioso di poter vincere la battaglia anche con le reclute, si è privato di un veterano esperto. Riesce a ruotare su se stesso in continuazione, spalancando le braccia e difendendosi con lo scudo da Tersippo, con la lancia da Eucle.

Dopo qualche istante, Eucle si rende conto di essere troppo lento. Molto più lento che in battaglia, e molto più lento dell'avversario. Ma non c'è da meravigliarsi: era già allo stremo, dopo migliaia di passi di corsa. Osserva Tersippo, per vedere se anche lui arranca. Dovrebbe sperare che almeno l'amico sia in grado di fronteggiare il persiano, ma si scopre a desiderare che anche lui si dimostri stremato. Anche a costo di essere uccisi entrambi.

Non intende riconoscergli alcuna forma di superiorità. Mai.

Ma sì, sembra lento anche lui. I suoi occhi sono profondamente incavati, il sudore gli cola dalla fronte, dove la sua frangia si è attaccata alla pelle e alle folte sopracciglia. Appare più ingobbito del solito, le gambe divaricate, le braccia larghe, agisce solo in difesa. E ansima... Il petto si gonfia e si appiattisce in continuazione ma in modo aritmico, come se stesse attingendo alle ultime energie.

Eucle si accorge di essersi concentrato a studiare più Tersippo dell'avversario, quando questi gli sferra un affondo che gli sfiora il braccio. Il braccio destro, quello che tiene la lancia. L'oplita sente una fitta nel punto in cui è stato colpito e, istintivamente, apre la mano, lasciando cadere l'asta.

No! No! Non può dare ragione a Tersippo! Non ora! Il bruciore è poca cosa. Potrebbe riprendere la lancia, ma deve stare attento a non offrire il fianco all'affondo del nemico. Eppure, deve raggiungerla. Un uomo con il kopis è spacciato, quando incontra un uomo con la lancia. Perfino *due* uomini con il kopis possono non farcela, contro *un* uomo con la lancia. E con lo scudo, per giunta.

Non c'è altro modo. Eucle si butta a terra, sulla lancia. Spera solo di essere abbastanza rapido da afferrarla e puntarla contro l'avversario prima che quello affondi o scagli. Ed è un istante. Un istante durante il quale il persiano, di fronte a un bersaglio alla sua mercé, deve decidere se avanzare di un passo e trafiggerlo, o rimanere dov'è e scagliare la lancia, per un centro fin troppo scontato.

Quell'istante di indecisione è sufficiente a Tersippo per affondare il kopis nel fondoschiena dell'avversario. Quello reagisce voltandosi e sferrando un potente manrovescio con lo scudo, ma il colpo è letale. Tersippo si è già fatto indietro, si sottrae alla reazione del nemico e lo osserva crollare a terra, contorcersi negli ultimi spasmi di morte. Poi muove qualche passo verso Eucle e lo aiuta a rialzarsi.

«Bravo! Sei stato molto abile a distrarlo e a permettermi di finirlo!», gli dice Tersippo con un ampio sorriso.

Eucle ha l'impressione che l'amico lo stia prendendo in giro. O forse Tersippo è talmente sicuro di sé che non ha mai avuto dubbi su chi fosse il migliore tra loro, e lo sta sinceramente ringraziando per la collaborazione. È furioso, ma con se stesso, soprattutto, per non essere riuscito a dimostrarsi più abile dell'amico neppure stavolta. Ha preteso di tenere l'asta e l'ha persa. E poco importa che sia andata bene comunque. Doveva andare *meglio*.

«Lo so che è dura. Ma dovremmo rimetterci a correre...», gli dice Tersippo.

Eucle ha un moto di fastidio. Adesso deve pure sentirsi dire cosa fare! «Non hai bisogno di dirmelo!», risponde stizzito. E si rimette a correre.

Ma subito si accorge che non è così facile. I muscoli gli dolgono più che mai, adesso. Fermarsi ha compromesso quei meccanismi che alimentavano il suo movimento quasi istintivo. Ma prosegue. Sa che solo correndo riprenderà a dominare il dolore e la stanchezza, e si forza. Controlla l'amico e vede che anche lui si trova alle prese con quel muro iniziale da valicare.

«Ah! Prima che proseguiamo...», dice Tersippo, afferrandogli il braccio mentre tentano di abbozzare passi di corsa che somigliano più a una marcia. «Filippide...».

«Sarà lontanissimo, ormai. Possiamo solo sperare che si sia infortunato o roba del genere...», risponde Eucle.

«O che sia morto. Potrebbero aver ucciso lui, prima di tentare con noi. Hai visto da che direzione provenivano? Quelli erano più avanti di noi».

Eucle ha un brivido di terrore. Non per l'eventuale morte del suo più vecchio amico, ma perché ha la sensazione di auspicarla.

«Ma se non è morto...», aggiunge Tersippo, in un modo insinuante.

«Se non è morto?»

«Vuol dire che l'hanno lasciato passare».

Una corsa a ostacoli. Ostacoli a terra, ostacoli dal cielo, ostacoli davanti agli occhi. Eucle si chiese cosa sarebbe rimasto dell'armata greca dopo quei due stadi da percorrere fino alle linee nemiche. La barriera di frecce conficcate nel terreno si estendeva per molti passi, segno che i persiani avevano molti dardi da sprecare, prima ancora di iniziare a bersagliare gli avversari. E man mano che ci si inoltrava in quella selva di arbusti artificiali, si faceva più fitta la pioggia di frecce dall'alto, e più precisa la loro direzione. Per finire, la linea dei persiani iniziava a materializzarsi davanti ai loro occhi, non più personaggi astratti e indefiniti nel loro immaginario, ma guerrieri saldi e determinati, pronti ad approfittare di ogni minima debolezza dei greci.

Eucle non riusciva a trovare un elemento incoraggiante, in quella folle avanzata. Neppure ora che avevano ripreso a marciare decisi verso il nemico, dopo quegli istanti di disorientamento di fronte alla barriera. Aveva ripreso l'iniziativa l'ala destra, all'improvviso, prima di ogni ordine ufficiale, forse per l'intraprendenza di qualche esaltato come Cinegiro, o dello stesso polemarco, poi era seguita l'intera fronte. Per non rimanere indietro rispetto ai compagni del reggimento di Aiantide, per non sentirsi dei codardi accanto ai commilitoni, e per non risultare più esposti alla reazione nemica, un po' alla volta erano partiti tutti: anche i plateesi nell'ala sinistra, perfino più solleciti di alcuni reggimenti centrali.

Ma la coesione dei reparti ne aveva risentito. Se non fossero bastate la selva di dardi conficcati nel terreno e la pioggia di quelli che arrivavano dall'alto, l'attacco, affidato ormai all'iniziativa personale di ciascun oplita, rischiava di scompaginare definitivamente i ranghi dell'armata, condannandola a giungere alla spicciolata a contatto con i persiani.

Condannandola quindi alla sconfitta.

Nella sua fila, quella di Antiochide, Filippide era ripartito prima di chiunque altro, non appena aveva visto l'ala destra muovere in avanti. Uno scatto degno di quelli di Tersippo, si era detto Eucle. Anche quella volta, l'amico si era dimostrato migliore di lui. Più coraggioso, più determinato. Eucle lo aveva seguito subito dopo, mosso dall'istinto e dalla frustrazione; in fin dei conti, poi, a lui spettava coprirlo con il proprio scudo. L'altro oplita alla sua destra si era sentito responsabile della sua protezione ed era scattato a sua volta, e così via, finché, nell'arco di pochi istanti, tutta la prima linea e poi le altre tre avevano ripreso a marciare.

Gli ufficiali si erano affrettati a mettersi alla testa del rinnovato slancio dei loro uomini, dettando un passo molto veloce, ma poi avevano dovuto fare i conti con gli ostacoli, dapprima solo lungo il terreno, e poi anche dal cielo. Per quanto gli opliti si sforzassero di rimanere uniti, i dardi a terra glielo impedivano. Sulle prime, gli uomini tendevano ad aggirarli, distanziandosi però l'uno dall'altro e finendo per sbattere contro qualcuno accanto al quale non avrebbero dovuto essere. Qualche oplita perdeva l'equilibrio e finiva per cadere, ed Eucle vide perfino un compagno ferirsi al costato per essere piombato di peso sulla parte posteriore di un dardo infisso nel terreno.

Poi, però, quando non si era più trattato di avere a che fare con frecce immobili, ma con quelle in movimento provenienti dalle linee nemiche, tutti avevano istintivamente cercato di accorciare il percorso e di recuperare il contatto con lo scudo del compagno di destra. Eucle aveva tratto esempio da Filippide, che si era messo ad abbattere i paletti con gli schinieri. Ci passava sopra, fidando nella protezione di metallo che rivestiva i suoi stinchi. Anche in questo, si era detto sconsolato Eucle, l'amico si era dimostrato migliore di lui.

A ogni modo, Eucle aveva finito per adottare lo stesso sistema, come tutti gli altri, e aveva scoperto che era facile abbattere gli ostacoli. Ma anche inciampare, come era capitato al compagno di destra che, nel tentativo di raggiungerlo, non aveva guardato con attenzione dove poggiava i piedi ed era finito giù. Eucle rallentò per qualche istante, dandogli modo di rialzarsi e raggiungerlo, ma intanto Filippide aveva preso il largo, e fu costretto ad aumentare di nuovo il passo fin quasi a correre, per recuperare la posizione. Una posizione che lo manteneva costantemente in prima fila, davanti a tutti gli altri del reggimento, ma non rispetto alla linea della fronte.

Si stava creando, infatti, uno schieramento a semicerchio, con le ali più avanzate rispetto al centro. E non perché i fianchi fossero partiti prima. Gli arcieri persiani, infatti, avevano istintivamente teso a far convergere verso il centro i loro tiri, e pertanto la barriera, in quel settore, era molto più profonda e fitta che lungo i fianchi.

Il recupero sulle ali arrivò quando iniziarono a piovere le prime frecce dal cielo. I primi a esserne bersagliati, infatti, furono proprio i fianchi più avanzati. Eucle, in prima fila, poteva vedere con sufficiente chiarezza quel che avveniva in ciascun settore del fronte ellenico, e percepì chiaramente l'improvviso rallentamento dell'ala destra, su cui teneva l'occhio per valutarne la distanza dalle linee persiane. Gli uomini di Aiantide quasi si fermarono, per qualche istante, cercando di compattarsi per raggiungere quella reciproca protezione degli scudi che l'alto comando aveva tanto invocato.

Sarebbe toccato anche a loro, tra poco. Qualche freccia isolata era già arrivata, ma la leggera brezza che spirava dal mare e la scarsa forza rimasta al dardo dopo aver coperto una così lunga distanza ne avevano attenuato l'efficacia. Erano giunte spente, stanche, come tramortite, sopra le teste degli opliti. Avevano quasi interrotto la loro traiettoria ed erano cadute di piatto, e talvolta dalla parte posteriore, o storte, e comunque mai in grado di nuocere ai greci.

Ma erano solo avvisaglie.

Tutti si rendevano conto che quelle erano prove generali di una tempesta che li avrebbe investiti, forse perfino travolti, da un momento all'altro. E per quanto non facessero alcun male, le frecce cadute fino ad allora incidevano, e molto, sul morale degli uomini. Prima o poi non sarebbero più cadute di piatto: chi sarebbe stato il primo a riceverne una in gola? Quale sarebbe stato il primo sibilo mortale? Eucle non poteva vedere le espressioni degli uomini, nascoste sotto gli elmi corinzi che quasi nulla lasciavano trasparire del viso; ma bastava vedere con quanta frequenza alzavano la testa al cielo per percepire la loro preoccupazione, la stessa che stava vivendo lui.

Ma non Filippide.

L'amico avanzava deciso, guardando fisso di fronte a sé, senza neanche assicurarsi di avere lo scudo di Eucle a ridosso del proprio fianco scoperto. Non pareva preoccuparsi troppo della propria incolumità. Come ogni guerriero valoroso, d'altronde.

Come ogni guerriero migliore di lui.

Probabilmente, anche Tersippo si stava comportando nello stesso modo. *Anche Tersippo era migliore di lui.* E come loro, dozzine di altri guerrieri avanzavano baldanzosi, sfidando i persiani a venire avanti e insultandoli con tutte le offese che potevano venire in mente a un soldato esperto. Eucle non aveva dubbi: se non vi fossero stati ordini superiori che obbligavano gli opliti a ricercare la coesione e la collaborazione dei compagni, una buona metà di essi sarebbe già partita all'attacco, ciascuno per proprio conto.

Proprio come in una tenzone omerica. Molti opliti, infatti, consapevoli dell'importanza epocale dell'evento, erano ansiosi di ritagliarsi un posto nella memoria collettiva del popolo ateniese, di entrare a far parte della lunga lista di eroi greci che aveva avuto origine soprattutto con la guerra di Troia. Molti erano convinti di essere il nuovo Achille, il nuovo Aiace, perfino il nuovo Patroclo, ed erano ben disposti a barattare una morte precoce con la gloria imperitura.

Molti, non lui. Eucle non aveva alcuna intenzione di tirarsi indietro, né di sfigurare rispetto ai suoi amici e compagni. Epizelo gli aveva insegnato l'importanza del contributo che poteva dare alla propria città: ma avrebbe preferito rimanere vivo e trascorrere il resto della vita con Ismene, magari anche nell'anonimato, piuttosto che morire anzitempo. Certo, qualunque cosa era preferibile al morire da vigliacco, ed era ben determinato ad affrontare il pericolo: ma come nelle competizioni sportive, c'era sempre qualcosa, in lui, che lo induceva a pensare troppo, a porsi fin troppi problemi.

E chi pensa troppo si frena, sempre.

Chi pensa troppo, finisce per dover combattere con le proprie paure, prima ancora che contro gli avversari.

Se lo disse proprio mentre una freccia andava a impattare contro lo scudo del compagno più vicino. Un suono netto, potente, segno che i dardi persiani stavano iniziando a essere efficaci. Non giungevano ancora di punta, ma di lì a poco le loro cuspidi avrebbero iniziato a conficcarsi nel bronzo e nel legno degli scudi.

O nella pelle e nelle carni degli uomini.

Nel frattempo, notò che gli opliti stavano provvedendo a rialzare i rispettivi scudi e fece altrettanto. In prima fila, si sentiva esposto al tiro in orizzontale, e fino ad allora aveva tenuto la sua arma difensiva davanti a sé. Ma da quella distanza i persiani tendevano a tirare con una traiettoria spiovente, e il pericolo arrivava dall'alto, adesso. Sarebbe giunto il momento di fronteggiare il tiro diretto, ma era ancora presto.

Cercò di accostarsi a Filippide, che era piuttosto restio a farsi avvicinare, anche dal commilitone che avrebbe dovuto proteggere. Continuava ad avanzare fissando il nemico, ostentando una sicurezza totale. Proprio come un semidio convinto di essere invulnerabile. Che fosse quello il trucco? Comunque, per essere uno che disprezzava i governanti e il sistema di governo della città, era davvero zelante. Chissà cosa sarebbe stato capace di fare per una patria nella quale credeva fino in fondo...

In compenso, il compagno alla destra di Eucle era più docile, e gli veniva dietro affannandosi a proteggere la sua spalla destra. Ma la formazione era ancora ben lungi dall'aver raggiunto la compattezza pretesa dai comandanti. I paletti si flettevano o si spezzavano sotto le sue gambe, ma talvolta lo stinco trovava resistenza, e la sua marcia rallentava bruscamente. Capitava anche agli altri, e i varchi si aprivano a ogni passo di quell'improbabile muro ambulante di scudi.

Poi arrivò il primo urlo di dolore. Neppure il tempo di rendersi conto della sua esatta provenienza, e subito se ne sentì un altro. Entrambi lontani dalla posizione di Eucle. Era iniziata. Eucle sentì sfrecciare sopra di sé, accanto a sé, orridi sibili, come fulmini scagliati da Zeus. E subito sentì quella sensazione di impotenza che aveva temuto di provare: arrivavano all'improvviso, senza essere preannunciati, se non da un leggero soffio un istante prima di colpire, e lui non poteva farci niente.

Sibili a decine, poi a centinaia. Nel volgere di pochi attimi fu un flusso continuo, una pioggia ininterrotta, battente, fitta, contro la quale gli opliti non trovarono altro modo di difendersi che rallentare, rannicchiandosi dietro i propri scudi. Adesso avanzavano ancora, ma era come se fossero controvento, quasi respinti dal vorticoso, rutilante effetto dei dardi incessanti che i persiani, sempre più vicini, riversavano sulle loro linee precarie.

L'impatto delle frecce sugli scudi era diventato un ticchettio continuo, come quello della grandine sul tetto delle case. Era frequente quanto il rumore sordo che facevano i dardi conficcandosi nel terreno. Le urla di dolore aumentavano a ogni passo, ma proprio l'accresciuto pericolo spinse istintivamente gli opliti a ricercare la protezione l'uno dell'altro. In breve, quel che non erano riusciti a ottenere gli ufficiali, che pure si erano sgolati per far mantenere serrati i ranghi, poté la pioggia di dardi, ovvero l'istinto di sopravvivenza.

Il tetto di scudi si venne costituendo naturalmente, a scapito della rapidità dell'avanzata, certo, ma a quel punto era importante restar vivi fino al momento dell'impatto, per poter sperare di sfondare lo schieramento nemico. Eucle vide Aristide aggirarsi per l'intera fronte della sua linea, protetto da altri due subalterni, ed esortare i soldati a mantenersi uniti.

«Rallentate pure, se non ce la fate a stare attaccati! Poi libererete tutta la vostra rabbia a pochi passi dal nemico!», gridava lo stratego.

Anche lui era un valoroso. Non temeva di esporsi a quella pioggia mortale, e prendeva solo le precauzioni minime per non diventare un bersaglio scontato. Il comandante si avvicinò e spinse nei ranghi Filippide, che tendeva costantemente a rimanere un po' avanti rispetto alla linea. L'amico, finalmente, gli si collocò al fianco, e lui poté proteggerlo.

Sarebbe stata dura distinguersi, in quella selva di coraggiosi, o esaltati, composta da gente che non aveva la minima intenzione di passare per codardo. Proprio come lui. Eppure, doveva farlo, per superare i due amici e conquistare Ismene. Per rendersi degno di lei, ma anche per sentirsi orgoglioso di se stesso.

Fasci di frecce si conficcavano a poche spanne dai suoi piedi, ticchettavano sul suo scudo, ne vedeva spuntare le cuspidi attraverso i listelli di legno. Frecce colpivano i suoi compagni, risuonavano sul metallo degli elmi. Frecce sibilavano tra un oplita e l'altro e si perdevano alle loro spalle. Ma le urla di dolore che udiva erano meno frequenti di quelle più lontane, provenienti dagli altri reggimenti. Lo schieramento più sottile di Antiochide e Leontide, con sole quattro linee di profondità, rendeva le unità meno esposte alla minaccia nemica.

Per ora...

Dopo, al momento dell'impatto, proprio il loro schieramento li avrebbe resi più vulnerabili alla reazione avversaria.

Guardò fisso di fronte a sé, come Filippide. Si accorse che i contorni dei persiani erano più definiti. Dovevano essere a poco più di uno stadio, grossomodo. Riusciva a distinguerne i copricapi, oltre il bordo dei grandi scudi rettangolari, di cui poteva già intuire i disegni. C'erano righe, sulla superficie, talvolta disposte alternate, talvolta a zig-zag.

D'improvviso, sentì lo scudo del vicino di destra abbattersi sulla propria spalla, con violenza. Si sbilanciò, si voltò appena e vide il compagno trafitto in pieno petto da una freccia.

Alzo zero.

I persiani aveva iniziato a mirare dritto. Almeno quelli in prima fila. Molte frecce non arrivavano fino ai greci, ma qualcuna, scagliata con maggiore potenza, giungeva fino alla prima fila, in orizzontale, mentre ancora gli ateniesi erano impegnati a difendersi dai dardi provenienti dall'alto mantenendo gli scudi sollevati.

Era il momento più difficile. Il momento in cui ciascun oplita avrebbe desiderato avere due scudi, uno su ciascun braccio.

Un altro compagno fu trafitto alla coscia. E un altro ancora, che si riparava il petto, fu ghermito alla spalla. Eucle prese a muovere lo scudo su e giù, pur notando che Filippide lo teneva fisso di fronte a sé, in perfetto assetto di guerra, come una statua. Sentì nuovi impatti, senza capire se le frecce fossero arrivate dall'alto o dal basso.

Vide Aristide. Stava per chiedergli di dare l'ordine, ma poi lo stratego alzò il braccio e urlò: «Di corsa! Di corsa contro i persiani! Tutti insieme, a ranghi serrati con gli scudi davanti!».

Iniziava lo stadion più difficile della sua vita.

XIV

Tersippo si è staccato di nuovo. Eucle lo sente ansimare sempre più lontano. Filippide non si vede, né lui né il suo cadavere. E Atene non è distante. Ismene, invece, è molto distante, perché tra lui e lei c'è proprio Filippide.

Eucle continua a cercare il cadavere dell'amico di un tempo, ma non ve n'è traccia. Ha forse eluso i persiani con la sua corsa? Ma se così è stato, perché non ha fatto in modo di avvertire i suoi due amici del pericolo? Forse perché non li considera più suoi amici, ma solo avversari che si frappongono tra lui e la gloria, la ricchezza e il potere?

Oppure ha ragione Tersippo. Filippide ha incontrato i persiani e li ha convinti, magari tramite un segnale convenuto da Ippia con gli Alcmeonidi, a lasciarlo andare in città, ad annunciare una fantomatica disfatta dell'esercito ateniese. O, peggio ancora, ha perfino suggerito ai due persiani di eliminare due scomodi testimoni come Eucle e Tersippo…

Ormai, però, una sola cosa è certa: i due asiatici non hanno ucciso Filippide. Il suo cadavere non è per strada, e per quanto sia andato veloce, non può essere tanto avanti rispetto a loro. Ha speso troppe energie in battaglia per poter tenere un ritmo anche solo lontanamente pari a quello delle competizioni ufficiali, nelle quali giungeva allenato e riposato. A dispetto delle sue dichiarazioni, Filippide è un uomo, non un semidio, maledizione!

«Stai… stai attento, se lo raggiungi!», Tersippo boccheggia, ma trova la forza di gridargli dietro.

Bella prospettiva. Con la vista ormai annebbiata per lo sforzo prolungato, c'è perfino il rischio che non lo riconosca neanche più, si dice Eucle. Figuriamoci resistere a un'aggressione: le tempie gli pulsano all'impazzata, la testa gli gira vorticosamente, rendendo instabile l'ambiente intorno e il terreno sotto i piedi, e i riflessi sono più lenti che mai, appesantendo ogni suo gesto. Anche un bambino adesso potrebbe avere ragione di lui.

Ma non ha mai desiderato tanto vincere come in questo momento. Eppure, non è mai stato tanto lontano dalla vittoria. Tutto ciò che si è detto per incoraggiarsi, per motivarsi, si scontra ormai con le sue possibilità fisiche, cui ha dato fondo oltre ogni aspettativa. Avrebbe vinto, se non avesse avuto a che fare con una persona eccezionale come Filippide. Ha superato perfino Tersippo, Tersippo, che lo ha sempre sopravanzato in qualunque cosa.

Ma adesso gli sta capitando di nuovo. L'atteggiamento ambiguo di Filippide lo autorizza a sospettare. Il dubbio. Le esitazioni. Tutto ciò che lo ha sempre condizionato, che ha limitato le sue prestazioni e le sue possibilità, è di nuovo lì, a frenarlo. Se solo Filippide fosse già morto, il problema non si porrebbe. Se avesse la certezza del suo tradimento, lo eliminerebbe direttamente, o perlomeno, ci proverebbe... Ma così, con il dubbio insinuatogli da Tersippo, non si sente capace di agire. Non può certo fermare l'hemerodromos per chiedergli spiegazioni, mentre Atene è in pericolo e la sua salvezza dipende dalla loro celerità. Così, si lascia solo trascinare dalla sua stanca e molle corsa, in attesa dell'ormai sempre più prevedibile sconfitta...

Il peso di una simile possibilità lo prostra, lo sfianca ancor più della fatica stessa, lo paralizza come le sue più ancestrali paure. E fa di lui, per l'ennesima volta, un perdente. Filippide non è stato solo il suo migliore e più antico amico. È stato anche un modello, per lui come per la gran parte della città. Ha dimostrato di meritare tutti i suoi onori, perfino nella battaglia appena combattuta. E lo sta dimostrando anche adesso, offrendo loro una possibilità. Una possibilità che loro due non gli avrebbero mai concesso, se si fossero trovati nella sua condizione, dopo la battaglia.

Movimento. Di nuovo, figure di armati si profilano tra le rocce. Ancora persiani? Allora è finita. Non ha la forza per affrontare altri nemici, non più, non ora. Eucle quasi si rassegna. Non vuole neanche più faticare per difendersi. Tanto è inutile. Gli viene perfino la tentazione di consegnarsi direttamente alle loro lance, per chiuderla subito, senza ulteriori recriminazioni, senza ulteriori sofferenze. Non era destino, evidentemente: gli dèi hanno stabilito fin dalla sua nascita che fosse un perdente.

Poi tira un sospiro di sollievo. Ma no, sono greci, questi, con tanto di elmo, corazza, scudo e lancia da opliti. Forse gli spartani sono finalmente arrivati? Adesso li vede meglio. Sembrano ateniesi: non hanno la lambda sullo scudo. I guerrieri escono dai loro nascondigli e si avvicinano. Tre, in atteggiamento guardingo, con le lance puntate in avanti.

«Fermo!», gli grida uno di loro. La voce è giovane, quasi tremula. Si tratta di una recluta. E non potrebbe essere altrimenti, se non è stato coscritto per la campagna contro i persiani.

Eucle rallenta, ma non si ferma. Attende che gli vengano incontro.

«Fermati, ti è stato detto!». Stavolta a parlare è un altro. La voce è tremula anch'essa, ma è quella di un vecchio. Un altro riservista che gli arconti non hanno ritenuto in grado di affrontare i persiani.

Rallenta ancora. Ormai lo hanno quasi raggiunto. Gli si parano davanti. Prima di andare a sbattere contro le loro robuste panoplie, o peggio ancora, contro le cuspidi delle loro lance puntate, Eucle si arresta. E impugna di nuovo la spada, per maggior sicurezza.

«Cosa volete?», chiede ansimante, le mani sui fianchi e piegato leggermente sulle ginocchia. Poi si rende conto di essere troppo esposto, troppo indifeso, e prova a raddrizzarsi. Tersippo gli ha insegnato a essere diffidente.

«Diccelo tu, cosa vuoi», dice il più vecchio dei tre. Vuole fare il duro, ma ha visto decisamente giorni migliori. Il suo corpo è rinsecchito, la corazza gli sta larga e la tunica è cadente. Ha un aspetto ridicolo e non sembra certo temibile, agli occhi di un uomo che ha appena affrontato migliaia di persiani.

«Dovreste saperlo. È appena passato Filippide, no?», risponde Eucle, muovendo lo sguardo dall'uno all'altro dei tre. Gli altri due sono molto giovani, forse perfino al secondo anno di efebato.

«E se anche fosse? Potreste non volere la stessa cosa...», replica il vecchio.

Eucle si fa più guardingo. Sospettano di lui? Cosa ha detto loro

Filippide per indurli a essere tanto diffidenti? Per tutto lo potrebbero scambiare, tranne che per un persiano...

«Dipende da cosa vuole lui. Io voglio salvare Atene. E voi?», finisce per rispondere. Ma deve far presto. Filippide, nel frattempo, si sta allontanando. E avvicinando al traguardo. «Sentite, lasciatemi passare. Ho un compito molto importante da svolgere!», aggiunge, nel tono perentorio che le sue condizioni gli consentono.

«È proprio questo il punto», replica il vecchio. «Tu non vuoi salvare Atene. Tu vuoi condannarla all'anarchia!».

Eucle sente un grido al proprio fianco. Una delle altre due guardie brandisce la lancia nella sua direzione, ma il suo braccio è fermo a mezz'aria. Gli occhi si cristallizzano in un'espressione di orrore oltre l'elmo, un rivolo di sangue gli esce dalla bocca. Crolla a terra con un kopis piantato nella schiena.

«Colpisci! Colpisci anche tu!», grida Tersippo, mentre si avvicina, ormai disarmato e sempre più affannato.

Un solo istante di disorientamento. Ma poi è tutto chiaro. Eucle sferra un fendente contro il vecchio. Di rovescio, lungo la gola. Un violento schizzo di sangue lo irrora, prima che la sua vittima stramazzi a terra.

Il terzo oplita non reagisce. È spaventato, confuso, troppo giovane per far fronte al pericolo senza esitazioni. Finisce per fare qualche passo indietro, voltarsi e scappare.

«Inseguilo! Non lasciarlo fuggire! Dobbiamo sapere!», grida Tersippo, chinatosi sul cadavere per recuperare la spada.

Eucle non se lo fa ripetere. Anche lui vuole sapere. Riprende a correre, anche se gli costa come mai in precedenza. Combatte i dolori, la mancanza di fiato, il bruciore delle ferite. È come se tanti uomini lo trattenessero e lo bastonassero, oltre che afferrarlo con le unghie e con i denti per bloccarlo.

Ma il ragazzo che sta scappando è gravato dal peso di scudo ed elmo. Non può reggere a lungo. Eucle lo sente già ansimare, con il respiro affannoso di chi non ha grande attitudine per la corsa. Infatti, dopo pochi passi getta lo scudo e anche la lancia. È già stanco; no, questo in battaglia non poteva proprio venirci: non sarebbe servito a nulla, anzi, sarebbe stato d'impaccio ai commilitoni nella falange. In combattimento, ci vuole gente come Tersippo, gente pronta, determinata, abile e valorosa.

Che gli ha appena salvato la vita.

Anche Tersippo si sta mostrando migliore di lui. È stato prontissimo ad accorgersi che l'altro oplita stava per ucciderlo, e abilissimo a centrare il bersaglio da lontano, nonostante le sue condizioni davvero critiche. A dispetto dello sforzo sostenuto, lui che non è un fondista, è ancora capace di grandi gesti. Anche umani. Se quell'oplita lo avesse ucciso, Tersippo avrebbe avuto un avversario in meno; forse due, se quei soldati avevano già ucciso anche Filippide.

Filippide…

Il ragazzo rallenta. Non ce la fa più. Boccheggia. Mette le mani sull'elmo, se lo toglie e lo scaglia lontano. Ma ormai ondeggia. Se Eucle fosse in condizioni appena decenti, lo avrebbe già raggiunto da un pezzo, ma è allo stremo anche lui, e lo sforzo per guadagnare terreno è enorme. Si volta per un istante, solo per vedere dove si trova Tersippo. Sta correndo anche lui per venire a dargli manforte, ma il suo incedere è sempre più pesante.

Un ultimo sforzo ed è tuo, si dice Eucle guardando il ragazzo correre sempre più scomposto. Ormai gli è addosso, lo raggiunge, lo afferra per la tunica e lo tira a sé. Poi gli fa lo sgambetto. Quello si lascia cadere a terra, mani avanti, supino. Eucle si accovaccia, lo volta e gli punta la lama della spada alla gola.

«Perché eri qui? Parla!», gli urla in faccia.

Ma il ragazzo tace. Forse solo per riprendere fiato. Ansima pesantemente.

«Perché volevate uccidermi?», insiste Eucle, spingendo la lama fino a far sgorgare qualche goccia di sangue.

Ancora silenzio. E respiri pesanti.

«Chi vi ha mandato qui?». La lama incide ancor più la pelle.

«Ca… Callisseno», mormora il ragazzo.

Un nuovo schizzo di sangue. Il corpo di Eucle ne viene investito. Ancora una gola squarciata, dopo quella del vecchio.

Eucle si volta verso Tersippo. «Ma perché l'hai ucciso? Stava parlando, finalmente…», protesta con l'amico.

«Abbiamo saputo quello che ci serviva sapere», dice Tersippo, guardando oltre, in direzione di Atene.

E di Filippide.

«Ma... avrebbe potuto dirci altro. Di Filippide, per esempio...».

«C'è bisogno che tu sappia altro? E vuoi perdere ancora tempo, mentre il traditore ne guadagna su di noi a ogni istante?»

«Co... come fai a esserne così certo?». Ma ne è certo anche lui, ormai.

«Era gente degli Alcmeonidi, questa. Lo ha detto lui, che lo ha mandato Callisseno. E Filippide lo hanno lasciato passare, è ovvio. Forse è stato perfino lui che ha detto loro di eliminarci».

Eucle si alzò, scuotendo la testa. «Non posso crederci...».

Tersippo si mette a gridare: «Ma cosa ti serve ancora? Lui non li ha ammazzati, e loro non hanno ammazzato lui, ne sono sicuro! Dobbiamo correre a riprenderlo, prima che arrivi ad Atene e menta agli arconti!».

«Ma no, lo hanno ucciso, lo hanno ucciso...». Ma non gli era parso che le cuspidi delle lance dei tre opliti fossero sporche di sangue.

«Ti è facile appurarlo. Basta andare un po' più avanti. Se l'hanno ucciso, stavolta il cadavere lo troveremo. Ma io sono sicuro che non c'è. Dobbiamo muoverci, subito! Vuoi salvarla o no la tua patria?», dice Tersippo, riprendendo a correre ed esortando l'amico a fare altrettanto.

«Ma Filippide ha troppo vantaggio. Non lo raggiungeremo mai!».

«Sì, invece! Lui continua a correre con un ritmo da corsa lunga, convinto che noi non reggiamo la sua cadenza. Ma noi, adesso, ci metteremo a correre come se dovessimo percorrere uno stadion. Se non lo raggiungiamo la partita è persa comunque. Se invece lo raggiungiamo, possiamo tirare un po' il fiato dopo aver regolato i conti...».

Eucle ebbe un brivido. «E poi... quando lo abbiamo raggiunto?»

«Lo ammazziamo».

L'impatto dei dardi sugli scudi era più frequente di quello dei passi degli opliti sul terreno. O del cozzo degli scudi l'uno contro l'altro. Era incredibile la frequenza con cui gli arcieri persiani riuscivano a tirare. Dovevano essere un'infinità, e disposti talmente bene da riuscire a operare senza ostacolarsi a vicenda, perfino dalle file posteriori del loro schieramento.

I comandi avevano ragione, si disse Eucle. Bisognava percorrere quello stadion nel minor tempo possibile. Ma badando bene a rimanere a ranghi compatti, almeno fino alle ultime decine di passi, quando gli arcieri non avrebbero più potuto tirare in orizzontale.

A ogni passo, Eucle temeva che una freccia scagliata con particolare forza penetrasse lo scudo ben oltre la cuspide, e arrivasse a trafiggerlo negli interstizi dell'elmo o in pieno petto. Oppure temeva di finire con un piede inchiodato a terra. Continuava ad andare avanti quasi alla cieca, sforzandosi solo di mantenersi in linea con i compagni a destra e a sinistra, rannicchiato con il volto dietro lo scudo senza rendersi conto della distanza dal nemico. Sperava solo di percepirne la presenza, quando si fosse trovato faccia a faccia con i fanti avversari.

Tenere la linea in quelle condizioni, con la pioggia orizzontale di dardi e un passo di corsa sostenuto, era già un'impresa enorme. Figuriamoci rimanere vivi. Gli opliti non avevano tutti lo stesso passo: c'era chi era in grado di procedere più velocemente, chi era più lento e impacciato, e chi, vedendo aprirsi improvvisamente un varco accanto a sé, era costretto a rallentare per aspettare che il compagno nella fila posteriore prendesse il posto di quello appena caduto.

Passo dopo passo, comunque, la frequenza dei dardi andò diminuendo. Man mano che gli opliti si facevano più vicini, infatti, i persiani trovavano più difficoltà a mirare dritto, e quelli delle file posteriori non potevano più permettersi di tirare senza rischiare di colpire i compagni più avanzati. Era probabile che, ormai, agissero solo gli arcieri della prima fila, perché le scariche avevano intervalli sempre più frequenti, e durante quelle pause gli opliti aumentavano il passo.

Dovevano essere molto vicini. In base alla sua esperienza di atleta, Eucle calcolò di essere a meno di mezzo stadio dalla prima linea nemica. Avanzò ancora, e il sibilo delle frecce scomparve. Il primo grosso rischio era passato. Adesso arrivavano tutti gli altri. A cominciare dall'impatto. Bisognava piombare sul muro di scudi tutti insieme, ma in velocità, per scardinare i ranghi del nemico. Roba da niente.

Abbassò lo scudo, per vedere finalmente con chiarezza ciò che lo aspettava. Fino ad allora, lo aveva solo presunto. Sì, erano lì davanti, tutti schierati a ranghi compatti. Se ne vedevano solo le teste, coperte di copricapi di cuoio, o di feltro, con la punta rivolta in avanti e tre code a scendere lungo le spalle. Bene. In testa erano vulnerabili. Sarebbe stato meno difficile del previsto sgozzarli: se gli opliti erano esposti alla figura, era pur vero che gli scudi avrebbero offerto loro un po' di protezione, durante il corpo a corpo. I persiani, invece, non avrebbero potuto combattere tenendosi lo scudo sul viso o sul capo, e la loro testa avrebbe costituito un facile bersaglio.

Poi vide che qualche arciere tendeva ancora l'arco. Ce n'era uno proprio di fronte a lui, in linea retta; probabilmente quello con cui era destinato a scontrarsi. Istintivamente, alzò di nuovo lo scudo e si curvò su se stesso; ma non poté rinunciare a mantenere un po' di visuale facendo capolino tra il proprio scudo e quello del compagno, per poter capire quando sarebbe arrivato il momento dell'urto. Vide il commilitone fare altrettanto, poi osservò l'arciere scagliare la freccia. L'ultima freccia.

Arrivò precisa. Un sibilo mortale precedette un impatto schioccante. Non un impatto sul legno, ma sul metallo. Eucle vide il compagno accanto crollare a terra, con l'elmo traforato dal dardo.

Da quella distanza le frecce erano in grado di penetrare ovunque. L'aveva scampata bella. Gli dèi avevano voluto che il bersaglio dell'arciere nemico fosse il commilitone, e non lui. Voleva forse dire che intendevano concedergli la possibilità di continuare la sfida con Filippide e Tersippo? Si sentì incoraggiato e fiducioso, ma solo per un istante; dovette rallentare, e attendere che il commilitone della fila posteriore si ponesse al suo fianco.

«Aumenta il passo! Non ce la faremo a sfondare, se non arriviamo di slancio!», gli urlò nell'orecchio Filippide.

«Non ce la faremo se non arriveremo uniti!», rispose stizzito. «Dobbiamo ricostituire la prima linea!». Le due sole speranze di aprire lo schieramento nemico si stavano rivelando inconciliabili. Tanto più perché proprio il loro reggimento, insieme a quello di Tersippo, aveva solo quattro linee cui attingere: non c'era sufficiente forza d'urto, né abbastanza riserve da portare in prima linea.

Loro, più di qualunque altro settore dell'armata, erano condannati a subire.

Filippide lo prese per il braccio e lo trascinò con sé, infischiandosene di quello che Eucle gli aveva appena detto. Questi guardò disperato alla propria destra, e vide il compagno proveniente dalla seconda fila cercare disperatamente di riprendere l'equilibrio, dopo essere incespicato nel cadavere dell'oplita trafitto attraverso l'elmo.

Eucle dovette abbassare lo scudo e assecondare Filippide, per non perdere l'equilibrio a sua volta. Ma ciò significava andare a sostenere l'urto con il nemico senza la protezione sulla destra. Detestò Filippide perché lo costringeva a farlo, e nello stesso tempo lo invidiò, perché non si preoccupava per se stesso, come stava invece facendo lui.

I persiani erano talmente vicini, ormai, che poteva vederne le espressioni. Non erano impauriti. Certo, non doveva trattarsi di reclute, o di guerrieri inesperti. Non vedeva facce troppo giovani, tra loro, e ciò doveva valere per tutta l'estensione delle prime file. Però erano sorpresi. Qualche faccia era perfino allibita. Di sicuro, non si aspettavano che gli opliti, pressoché nudi, in inferiorità numerica, privi della copertura di fanteria leggera e di cavalleria, si lanciassero contro di loro, mantenendo oltretutto una discreta coesione.

La sola speranza era che continuassero a sottovalutare i greci. Se gli ateniesi erano riusciti a stupirli fino ad allora, era lecito sperare che ci riuscissero anche nel corpo a corpo. Il problema era il loro alto livello di disciplina: che si trattasse di paura delle punizioni degli ufficiali, o di mero senso del dovere, erano riusciti a costituire ranghi compatti anche durante le operazioni di imbarco di una consistente parte dell'armata, a dispetto del caos che doveva regnare nell'accampamento. Eucle non osava pensare a cosa sarebbe accaduto sulle ali, dove erano i plateesi, dove erano Cinegiro ed Eschilo: da quelle parti i persiani disponevano della cavalleria, e quindi gli opliti avrebbero dovuto guardarsi anche i fianchi. Per fortuna, comporre i reparti di cavalleria era più complicato, e non sembrava che ve ne fossero molti pronti, al momento.

Filippide lanciò un urlo di guerra. Invocò Ares, invocò la morte per gli invasori, e tutti lo imitarono. Nel breve spazio che separava gli arrembanti opliti dalla fila di scudi persiani, dall'intero schieramento presero a levarsi urla ferine, quasi bestiali. Eucle si scoprì a fare altrettanto, più per darsi coraggio, spinta, forza, che per spaventare il nemico. Poi sollevò il braccio destro, piegando il gomito e mantenendolo in linea con la spalla, pronto a offendere.

Il terreno sembrò rombare sotto i loro piedi, la piana echeggiò delle loro urla. Qualcosa di terribile stava per accadere. Qualcosa di mai visto in precedenza, a memoria d'uomo: la collisione tra due eserciti ciascuno dei quali portava con sé il peso di una cultura, una tradizione, un sistema politico plurisecolare.

Il mondo, da allora in poi, non sarebbe stato più lo stesso.

Era proprio questa consapevolezza a dare a tutti i combattenti, sia da parte greca che persiana, la determinazione a battersi al meglio, il coraggio di cercare una morte che li avrebbe resi immortali, comunque fosse andata. Quello era lo scenario principale della storia, e offriva a chiunque ne fosse partecipe la possibilità di diventarne il protagonista. Bastava saper cogliere l'occasione. Bastava essere disposti a morire portandosene dietro il più possibile.

Eucle cercò di liberarsi del pensiero di Ismene. La speranza di averla lo spingeva a rimanere vivo, gli toglieva quella lucida follia che gli avrebbe consentito di tentare l'impossibile. Ma se fosse rimasto in vita senza compiere gesta degne di un eroe, l'avrebbe persa comunque. Tanto valeva rischiare la morte come ogni altro, e come avrebbe fatto anche lui se non fosse stata lei la posta in palio della sfida.

Fissò lo sguardo sull'avversario più prossimo. Urlò più forte che poté. Lo vide vacillare, finalmente: lo aveva spaventato. Non provò più ad attendere il compagno sulla destra. Continuò ad assecondare Filippide, anzi, in prossimità dell'impatto, finì perfino per sospingerlo in avanti.

I nemici li attendevano con le lance sotto l'ascella, al riparo dietro la barriera di grandi scudi. Gli arcieri avevano riposto gli archi ed estratto le spade, corte e ricurve ancor più di quelle greche. Stava a loro, agli opliti, scardinare quel muro, con la forza del loro assalto, con la potenza del loro slancio.

Per un istante, poco prima dell'urto, Eucle sperò che il suo avversario diretto, quello contro cui contava di sfondare, fosse talmente atterrito dal suo sguardo assassino da vacillare e poi scappare. Ma non fu così. L'uomo era indubbiamente turbato, forse perfino spaventato, ma rimaneva al suo posto, e teneva il braccio con la spada a mezz'aria, pronto a usarlo.

A usarlo proprio su di lui, che non aveva più la protezione del compagno sulla destra.

Gli venne un'idea. «Punta su quello di fronte a me!», gridò a Filippide. L'amico lo guardò, poi la sua espressione si illuminò. Sorrise, si voltò appena verso il proprio compagno a sinistra e gli indicò l'uomo di fronte a Eucle.

Un attimo prima dell'impatto, Eucle si disse che non l'aveva fatto per proteggersi e salvarsi, ma per concentrare la forza d'urto in un punto specifico e aprire subito una breccia nel muro avversario.

Piombarono in tre, tutti insieme, sull'uomo che gli era davanti. Il soldato fu investito da una forza terrificante, sprigionata da tre uomini dotati di scudo ed elmo, che prendevano lo slancio da almeno due stadi. Cadde all'indietro, come le frecce infisse nel terreno che i greci avevano calpestato al loro passaggio vari stadi prima, senza un urlo né un tentativo di brandire l'arma che aveva in mano. Subito Eucle sentì sotto i piedi il rumore di ossa che si sbriciolavano, muscoli che si tranciavano, pelle che si squarciava. Poi iniziò ad affondare con la lancia intorno a sé, per allontanare i persiani che tutt'intorno cercavano di fronteggiare la loro penetrazione e la pressione degli opliti ancora in attesa di sfondare.

Erano dentro, adesso. Nelle fauci di un animale feroce e gigantesco. Si trattava di non farsi triturare dalle sue zanne.

Lì davanti doveva essersi verificato un impatto di una violenza inimmaginabile. Sul fianco esposto, invece, gli opliti avevano dovuto subire l'aggressione dei cavalieri persiani, piombati quasi da tergo sullo schieramento di Aiantide. Non erano in molti, ma di danni ne stavano facendo tanti. Il lato estremo verso il mare dello schieramento greco si era quasi dissolto, almeno nelle file più esterne. Che fortuna, pensò Eschilo, trovarsi sul fianco interno del reggimento, per giunta in ultima fila. Non doveva subire l'urto contro i fanti, né l'assalto della cavalleria. Dopo, probabilmente, sarebbe toccato anche a lui; ma per ora stava solo facendo numero.

Il vice locago gli disse di spingere. Il reggimento cercava di mantenere una parvenza di coesione, per dare modo a quanto rimaneva delle prime file di sfondare la linea persiana. Per fortuna, i cavalieri nemici si erano organizzati in ritardo, e non avevano attaccato prima dell'impatto; se lo avessero fatto, il reggimento sarebbe giunto all'urto già scompaginato e senza alcuna forza di penetrazione. Invece, i reparti montati si erano mossi solo all'ultimo, quasi in contemporanea all'impatto tra fanterie, senza poter impedire che Cinegiro e compagni si gettassero sulle schiere di scudi degli sparabara.

Era come trovarsi tra i marosi. Come essere preda di un mare in tempesta. Ma in acqua, non su una nave. Eschilo spingeva sulla schiena del compagno che lo precedeva, ma non riusciva ad andare avanti. Sentiva gli effetti degli ondeggiamenti delle prime file, già impegnate nel corpo a corpo senza essere in grado di sfondare; anzi, forse erano state perfino ricacciate indietro di qualche passo. E intanto, gli arrivavano anche degli spintoni sul fianco, a causa degli assalti dei cavalieri nemici, che arrivavano a ondate costringendo gli opliti ad arretrare e a costituire delle piccole fortezze con i loro scudi. Talvolta, un cavallo cadeva, trafitto dalle lance protese dei greci, e allora il cavaliere era alla mercé dei fanti, che gli si scagliavano addosso trapassandolo tutti insieme. Ma così abbandonavano la posizione, e subito gli altri cavalieri ne approfittavano, caricando di nuovo e allargando il varco creatosi nello schieramento.

Eschilo provava a dare occhiate in avanti, sperando di scorgere Cinegiro, e a destra, per vedere se i suoi compagni erano riusciti a riprendere il controllo del fianco. Ma in prima fila, ormai, le creste degli opliti si confondevano con i copricapi dei persiani, in una mischia selvaggia in cui era impossibile capire chi prevalesse. E sul fianco, vedeva distintamente i cavalieri nemici, con le loro ampie creste rosse sugli elmi, i curiosi scudi a semicerchio ma con il bordo irregolare, continuare a caricare indisturbati, senza essere affatto diminuiti di numero. Anzi, ebbe anche l'impressione che fossero aumentati. Ma certo! Nel frattempo, i comandanti persiani erano riusciti ad allestire altri reparti.

Il solo modo per mettere la cavalleria in condizione di non nuocere era di penetrare il più velocemente possibile dentro lo schieramento di fanteria. Solo allora le cariche non sarebbero state più attuabili e la cavalleria persiana sarebbe stata estromessa dalla battaglia. Quindi bisognava spingere. Ma questo significava anche, si disse Eschilo, affrettare la propria partecipazione attiva al combattimento. Presto, a furia di avanzare, tutte le file sarebbero giunte a contatto col nemico e avrebbero preso parte alla mischia.

Anche la sua.

Avrebbe dovuto uccidere. Oppure essere ucciso.

Due alternative che non avrebbe mai voluto prendere in considerazione. Non voleva avere sulla coscienza la morte di un uomo: sospettava che il rimorso lo avrebbe consumato. Ogni uomo, per quanto lontano da lui, per quanto estraneo, era protagonista di un dramma che aveva per scenario il suo mondo. Ucciderlo avrebbe significato spazzare via in un istante un mondo intero.

Una responsabilità che non avrebbe mai voluto assumersi.

Ma d'altronde, se non avesse ucciso, il suo assassino avrebbe spazzato via il suo, di mondo. Un mondo ricco di figure drammatiche che sarebbero morte con lui, se non avesse fatto in tempo a dargli forma in opere coerenti, diffuse e rappresentate ovunque in Grecia. Avrebbe dovuto difenderlo, il proprio mondo, e avrebbe dato qualunque cosa per poterlo fare senza nuocere agli altri. La sua paura di vivere con il rimorso era pari a quella di morire, quindi, si disse, non era propriamente vigliaccheria. Un vigliacco pensa solo a salvare la pelle, non a salvare anche quella degli altri. Solo, non pensava che la guerra avesse bisogno di lui. Era lui, semmai, ad avere bisogno della guerra, per poterne trarre ispirazione per i suoi drammi, per comprendere fino in fondo cosa spinge gli esseri umani a rischiare la vita e a uccidere per qualcosa che, spesso, non capiscono affatto.

Era un dilemma insolubile, il suo. Lo avrebbe risolto, si disse, solo quando si sarebbe trovato di fronte all'alternativa tra uccidere ed essere ucciso. Poi gli mancò improvvisamente l'appoggio davanti. La schiena del compagno che lo precedeva era avanzata di qualche passo. Lo sfondamento aveva avuto inizio, nonostante il disturbo sul fianco.

A quanto pareva, avrebbe dovuto risolvere presto il suo dilemma.

XV

Gli occhi fissi sul terreno, in cerca di un cadavere. Un cadavere che non c'è. Eucle desidera trovarlo come mai ha desiderato qualcosa nella sua vita. Più di quanto abbia desiderato vincere una corona d'ulivo ai Giochi panatenaici. Più di quanto desideri Ismene.

La morte di Filippide riporterebbe tutto al suo posto. Ma proprio tutto. Cancellerebbe ogni sospetto sul tradimento dell'amico e gli restituirebbe la fama di eroe, che si è ben guadagnata non solo con le sue vittorie, ma anche con le sue imprese in battaglia. Consentirebbe a Eucle stesso di vincere la loro sfida, poiché il solo concorrente rimasto, Tersippo, non è certo in grado di arrivare ad Atene prima di lui. E infine, gli eviterebbe lo sgradevole compito di ucciderlo, di eliminare il suo più grande amico, il più celebrato atleta di Atene e uno dei suoi più acclamati guerrieri.

Uccidere Filippide. Mai avrebbe pensato di arrivare anche solo a concepire una cosa del genere. Ma Tersippo ha ragione. Se non lo hanno ucciso i persiani, se non lo hanno fatto fuori gli uomini degli Alcmeonidi, non può che essere un traditore, ed è loro dovere eliminarlo, per impedirgli di arrivare ad Atene prima di loro e compromettere la straordinaria vittoria dell'esercito greco. E più passa il tempo, più diminuiscono le possibilità di trovarlo morto.

Ma più passa il tempo, più aumentano le probabilità che Filippide sia ormai lontano dalla loro portata. Atene è vicina, e colmare il divario con il migliore hemerodromos della Grecia sembra un'impresa impossibile. Tanto più se lui non è stato neanche fermato dai nemici che loro, invece, hanno dovuto combattere e uccidere.

Dopo aver eliminato i due inviati degli Alcmeonidi, Eucle ha ripreso a correre senza troppa convinzione. Sperava ancora di trovare il cadavere dell'amico o, almeno, di quello che riteneva ancora tale, e ha preferito non spendere tutte le energie residue; non si sa mai quali risorse abbia ancora in serbo Tersippo, che non si dà per vinto nonostante sia ampiamente sfavorito. Ma adesso che ha macinato passi su passi, percorso qualche altro stadio, non c'è più un amico da compiangere, ma un traditore da ritrovare, e ciò lo induce ad aumentare la cadenza, nonostante lo sforzo enorme che gli costa.

Che Filippide sia già arrivato ad Atene? Eucle non è in grado di valutare quanto manchi, in realtà, ma di sicuro sono ancora diverse decine di stadi. Ma no, è impossibile, dovrebbe aver volato. Per quanto bravo sia l'hemerodromos, per quante difficoltà abbiano avuto loro due lungo il percorso, non può averli sopravanzati così tanto. Lo vedeva ancora, in lontananza, prima di essere bloccato dai persiani, e non è trascorso molto tempo, da allora.

Ma è di vitale importanza che Filippide non abbia preso troppo vantaggio. Non possono rimontare, se il tragitto da percorrere a quella pazzesca andatura è troppo lungo. Non si può correre con ritmi quasi da stadion per troppi stadi. Se non compare entro pochi passi è finita. È finita per Atene, è finita per la loro sfida.

Un braciere gli arde in gola. Eucle non riesce più a tenere la bocca chiusa, il naso non gli basta più per respirare. Ma più aria aspira, più alimenta il fuoco che gli brucia dentro. Tersippo gli è appena dietro, Eucle lo sente respirare affannosamente, sembrano ruggiti, i suoi: ormai ricorre anche lui a ogni risorsa per proseguire l'inseguimento di Filippide.

Ma Filippide non si vede. I muscoli si irrigidiscono, l'aria sembra trasformarsi in un potente vento contrario che rallenta e appesantisce i movimenti. Eucle ricorre a tutti gli espedienti che gli vengono in mente per darsi nuove spinte. Lacrime gli sgorgano sempre più copiose dagli occhi. Scendono lungo le guance congestionate dallo sforzo e gli si insinuano in bocca, facendogli percepire il sapore acre del sale. Fissa un punto davanti a sé, un masso a mezzo stadio circa da lui, e vi si dirige come se fosse un traguardo, correndo all'impazzata. Poi, dopo averlo superato, si lascia andare per qualche istante, e cerca un altro obiettivo: un albero, forse più di mezzo stadio avanti, e ricomincia a correre come se si trattasse degli ultimi passi di una corsa. Arriva anche lì, vorrebbe accasciarsi a terra, ma no, rallenta soltanto, poi riprende a cercare qualcos'altro...

Corre a strattoni, come spinto ogni volta da qualcuno. Cerca Tersippo con lo sguardo. È sempre lì, pochi passi indietro. Anche lui corre a strappi, si produce in scatti potenti, poi rallenta, quasi si ferma. È sempre stato bravo in partenza. Forse preferisce sfruttare solo gli scatti, ciò che gli riesce meglio. Ma non potrà durare a lungo, in quel modo.

Neanche lui, d'altra parte. Ormai non riesce più neanche a individuarlo, il punto da raggiungere. Tanto meno a fissarlo. Tutto è indistinto, confuso, nebuloso, in costante, vorticoso movimento. Non c'è più un punto fermo, non una natura immobile; tutto fluttua come foglie al vento. Cosa potrà mai fare se raggiungerà Filippide? Avrà il coraggio di uccidere un uomo con il quale ha condiviso tanti momenti di gioia? Domanda oziosa. Quella giusta è: avrà la forza di farlo? Si volta ancora. Gli serve Tersippo, la sua determinazione, la sua forza fisica. In due, per quanto stremati, forse potranno sopraffare il traditore.

Il traditore.

È così che lo chiama ormai... Il suo cadavere non c'è. Filippide non può che aver scelto Ippia. Ha ragione Tersippo: deve aver fatto qualche segnale convenuto ai persiani e agli uomini degli Alcmeonidi, e magari ha pure detto loro di uccidere i due che lo seguivano. Se vincerà, se arriverà ad Atene prima di loro, non sarà spacciata solo la città, ma anche loro due. Filippide non potrà permettersi di lasciarli in vita. Li farà eliminare subito dopo che Ippia ha ripreso il potere; anzi, forse ad attenderli, alle porte della città, ci sono altri alcmeonidi pronti a ucciderli a un suo cenno.

Se Filippide fa parte della congiura dei sostenitori del tiranno, ogni speranza è vana. Tutto è stato preparato per offrire Atene ai persiani, per dare loro una seconda possibilità nell'eventualità di una sconfitta a Maratona. Eucle e Tersippo si stanno ammazzando di fatica per nulla. Eucle ha la tentazione di lasciarsi andare. Di buttarsi a terra e di giacervi finché gli eventi non si sono compiuti, aspettando che qualcuno venga a ucciderlo. Sente di non avere più la forza per influire sugli eventi.

Rallenta. Sente il petto pulsare, le tempie battergli come se avesse mille tamburi in testa. Vuole morire. Si ferma. Crolla in ginocchio.

«Che fai? Non ora, non ora!», gli grida Tersippo.

«Non... ce la faccio».

«Ma sì che ce la fai! La salvezza di Atene... dipende da noi». Anche lui è stremato. Eppure, si ferma e tenta di rimettere in piedi l'amico.

È sempre stato migliore di lui. Come Filippide.

Eucle rimane in ginocchio. Non ha più neanche la forza di buttarsi a terra. «Dovrai... farlo da solo...».

«No! Non rinunciare adesso! Vuoi essere ancora una volta un perdente? Vuoi perdere Ismene?».

Nobile, da parte sua. Tersippo sa che, se rimanessero in due, Eucle avrebbe più possibilità di superarlo nella resistenza, eppure vuole che si rialzi.

«Ismene è vostra. È già stata vostra... si è concessa a voi... io, non sono mai stato neanche considerato...».

«No! Non è vero! Erano solo vanterie, le nostre! Non si è concessa a noi come non si è concessa a te!».

L'attenzione di Eucle si risveglia improvvisamente. «Tu menti, adesso, per incoraggiarmi! Vi ho visti, prendervi delle libertà con lei!».

«E allora? Si fa toccare, d'accordo, ma oltre... non ci ha mai concesso di andare... Tu sei solo troppo timido e rispettoso. Se la toccassi anche tu, non ti avrebbe messo le mani a posto... E poi, ti ha incluso nella sfida, no?».

Già. L'ha incluso nella sfida. Forse Tersippo dice la verità. Se lei non fosse stata interessata a lui, non avrebbe fatto il suo nome tra i suoi possibili pretendenti. Può ancora conquistarla. Può ancora vincere e dimostrare a se stesso che vale quanto loro due, se non di più. L'importante è che abbia fiducia in sé. Si rialza e si rimette in moto. Dapprima lentamente, per non imbastirsi, poi riprende ad allungare la falcata, a spingere con le braccia, a sollevare le mani all'altezza del viso.

Il fuoco riprende ad ardere dentro la sua gola. Non ha mai smesso, ma adesso è un incendio. Il vortice intorno a lui si accentua. I tamburi nella sua testa rullano. Il vento contrario è diventato un muro da abbattere, pietra dopo pietra. Prova a fissare un nuovo traguardo. Ma perfino le alture intorno si muovono. Prova a prendere un albero come punto di riferimento. È lontano: se lo raggiunge ha compiuto un altro bel passo avanti verso Atene. Sfida se stesso ad arrivarci. Una sfida nella sfida. L'albero ondeggia, sembra camminare, spostarsi a destra e a sinistra, ma lui tiene l'occhio fisso su di esso. Si avvicina, e l'albero si fa più definito. Sembra un ulivo. Ne può distinguere le foglie lungo i rami. Man mano che si avvicina, il suo tronco sembra stabilizzarsi. Ecco, lo ha quasi raggiunto. Fosse quello il traguardo, ce l'avrebbe fatta. Ecco, lo tocca, è arrivato, e ora deve ripartire, porsi un nuovo obiettivo.

Un altro albero, più lontano. Si ricomincia. E anche quell'albero si muove. Ma riprendere ad allungare la falcata è sempre più difficile. Alzare le braccia è sempre più complicato. Coordinare i movimenti è un'impresa. Dominare il fuoco che arde in gola è impossibile. E poi, quell'albero non sembra farsi più vicino. Rimane sempre piccolo piccolo. Eucle scatta, scatta ancora, cercando di imitare Tersippo, che adesso gli è a fianco. La loro non è più una corsa, è un sospingersi in avanti a tutti i costi, un'arrampicata su una montagna, con mani e piedi.

Ora quell'albero si è fatto appena più vicino. Ma Eucle ha l'impressione che non lo raggiungerà mai. Adesso, ogni passo gli sembra l'ultimo. Può solo sperare di riuscire a farne un altro, e poi ancora uno. Ma si aspetta di crollare da un momento all'altro. I suoi limiti li ha superati da un pezzo, ne è consapevole. Non c'è più nulla che possa fare. Non c'è salvezza di Atene che tenga. Neppure la smania di dimostrare a se stesso di non essere un perdente lo sostiene più. E neppure il desiderio per Ismene.

Sente di non averne più. Non c'è più nulla che valga a dargli una nuova spinta, perché non ha più nulla dentro di sé cui possa attingere, né nel corpo né nella mente. Ma continua a fissare il suo prossimo traguardo, lo vede muoversi, ora rimpicciolirsi, ora ingrandirsi. È un albero davvero molto sottile.

Troppo sottile, per essere un albero.
Sembra qualcos'altro.
Sembra un uomo.
Filippide.

Niente più ranghi. Niente più protezione reciproca. Niente più coesione. Ogni oplita aveva vicino a sé non un compagno, ma un nemico da combattere, un avversario contro cui duellare. Talvolta più d'uno, perché la superiorità numerica dei persiani al centro era schiacciante. Eucle non faceva in tempo a evitare il fendente di un guerriero che già doveva guardarsi da quello di un altro. Non poteva gioire per averne ucciso uno, perché doveva evitare di essere ucciso da un altro.

Eppure, al primo affondo di lancia aveva lanciato un urlo di trionfo. Ne aveva indirizzato la cuspide contro la testa del primo persiano che si era trovato ad affrontare, subito dopo l'impatto. Bersaglio centrato, in piena cavità orbitale. Il nemico aveva allargato le braccia e aveva lanciato un urlo di dolore contemporaneo al suo. Eucle aveva estratto la lancia prima ancora che quello cadesse a terra, portandosi dietro residui di bulbo oculare, poi era stato costretto a respingere con la punta posteriore l'assalto di un altro persiano. Un movimento innaturale, all'indietro con il braccio, sollevando il gomito fino alla tempia, che lo aveva anche sbilanciato.

Non era bastato. Il nuovo avversario era stato sorpreso alla corazza e, dopo un istante di arresto, aveva ripreso slancio. Ma lui non aveva ancora recuperato del tutto l'equilibrio. Per fortuna, un fendente di spada era calato a tranciare il collo del persiano. Eucle si era voltato e aveva visto Filippide sorridergli e riutilizzare la spada per parare i colpi di un altro nemico. L'amico aveva già utilizzato la lancia, e combatteva con il kopis.

E gli aveva appena salvato la vita.

Non poteva tollerarlo. Se avesse dovuto la vita a Filippide, non avrebbe mai potuto pretendere di superarlo nella sfida. Strinse forte la lancia e puntò ad aprirsi la strada sul fianco opposto, per mettere tra sé e l'amico quanti più guerrieri possibile. Affondò più volte, senza un obiettivo preciso, con il solo scopo di indurre gli avversari a scansarsi o ad arretrare. Ma erano tanti e avevano una moltitudine di commilitoni dietro di sé. Inoltre, per la gran parte erano dotati di corazze: i comandi persiani avevano concentrato al centro la fanteria pesante, disponendo gli arcieri soprattutto ai lati dello schieramento. Al centro, proprio nel settore in cui i greci erano più deboli.

Una fronte quasi impossibile da sfondare. Sarebbe già stata un'impresa non farsi travolgere fino all'ultimo uomo.

Doveva solo affrontare un pericolo alla volta – si trattasse di uno o più avversari – e sperare che, nel frattempo, negli altri settori accadesse qualcosa di favorevole ai greci, qualcosa che inducesse i persiani ad allentare la pressione. Il nemico non retrocedeva di un passo. *Nessun nemico.* Brandivano le lance e le spade senza farsi impressionare dai suoi gesti concitati. Lo attendevano a piè fermo. Stava a lui aprirsi la strada.

Decise di liberarsi della lancia, sperando che facesse effetto. Presto la mischia sarebbe diventata tanto serrata da rendere inutile un'arma così lunga. In seguito, semmai, se ne sarebbe procurata un'altra. Se fosse rimasto vivo. Lanciò un urlo, caricò il braccio e la scagliò verso il nemico più prossimo, imprimendo all'asta un movimento rotatorio, grazie al laccio che avvolgeva il legno all'altezza dell'impugnatura.

L'uomo fece in tempo a opporre lo scudo. Eucle stava per scoraggiarsi, quando vide che la forza del tiro e la prossimità del bersaglio avevano consentito alla lancia di trapassare lo scudo. Il persiano crollò in ginocchio, tenendosi l'inguine, poi si inclinò in avanti e rimase a mezz'aria, sostenuto dalla punta posteriore della lancia, trasformandosi in una curiosa, macabra scultura.

Solo allora Eucle sguainò la spada. E già due persiani si erano catapultati su di lui. Ma l'asta che aveva trafitto il precedente nemico, messa di traverso, costrinse uno dei due a un giro più largo. L'oplita ebbe il tempo di affrontare prima l'altro, che avanzava come un forsennato. Forse era un amico di quello che aveva ucciso, e intendeva vendicarlo. Ma si muoveva in modo scoordinato, sospinto più dall'ira, forse perfino dalla disperazione, che dalla prudenza. Per Eucle fu facile sorprenderlo sul fianco scoperto, di cui colse l'ascella.

Giusto in tempo per rivolgersi contro l'altro. Ne parò l'affondo con lo scudo. Un impatto potente, portato da un braccio muscoloso ed esperto, che si ripeté un attimo dopo. Stavolta il braccio di Eucle sostenne a stento l'impatto e lo scudo, di riflesso, arrivò a sbattergli contro l'elmo. Arretrò di un passo, per timore di non riuscire a sostenere un terzo colpo, che infatti andò a vuoto. Ma quel colosso continuava a roteare il braccio con un vigore che, invece di diminuire, sembrava accrescersi. Non c'era modo di avvicinarlo. Si pentì di aver sprecato la lancia.

Ed era abile, il persiano. Anche quando andava a vuoto, evitava di sbilanciarsi. Sapeva sempre fermarsi a mezz'aria, mantenendo il pieno controllo dei colpi. Ed era più alto e più robusto di lui. Il peggior avversario che potesse capitargli. Ed era appena cominciata. Eucle scosse la testa. Era costretto sulla difensiva e intanto, magari, Filippide e Tersippo facevano strage di nemici. Se anche fosse riuscito a uccidere quell'energumeno, nessun comandante avrebbe tenuto conto del valore degli avversari eliminati.

Fu tentato di lanciargli la spada sul viso, ma se l'avesse mancato, sarebbe rimasto alla mercé sua e di chiunque altro avesse voluto ammazzare greci senza fatica. Poi lo lasciò avvicinare, studiando il modo di colpirlo al braccio attivo. Ma il guerriero era un gigante e portava i colpi dall'alto. Eucle era costretto a tenere lo scudo quasi sopra l'elmo, e ciò ostacolava i suoi movimenti anche con il braccio destro. E a ogni istante qualcuno lo urtava, lo spingeva, cozzava con il proprio scudo contro di lui, obbligandolo a un equilibrio sempre precario.

Non ne sarebbe uscito, senza un gesto disperato, si disse. Poi vide un altro persiano affiancare l'avversario e avvicinarsi a lui. Ma il colosso gli si rivolse in malo modo, spingendolo via. A quanto pareva, aveva deciso che Eucle doveva essere suo. L'altro accennò una protesta. Era quello il momento. Eucle si sfilò l'avambraccio sinistro dal bracciale che sosteneva lo scudo, afferrò l'arma per il bordo con entrambe le mani e la scagliò verso il nemico, proprio mentre il compagno si allontanava per affrontare un altro oplita.

Lo scudo andò a segno. Colpì il persiano appena sotto il collo, e non lo atterrò solo perché la corazza lo proteggeva. Ma per qualche istante il colosso vacillò, tramortito e sorpreso. Fu allora che Eucle avanzò di due passi e sferrò il colpo.

Al braccio destro.

Lo troncò di netto. L'intero avambraccio cadde a terra stringendo ancora la spada, mentre il moncone prendeva a schizzare sangue in tutte le direzioni. Eucle non perse tempo a finirlo; non avrebbe più nuociuto a nessuno, anche se fosse sopravvissuto. Ricordò a se stesso che sarebbe stato opportuno combattere sempre nei pressi di altri opliti. Non tanto per valersi della loro collaborazione e aumentare così le possibilità di sopravvivenza, ma soprattutto per avere più testimoni possibili del proprio valore.

Oltrepassò la sua più recente vittima, che ancora urlava e si contorceva tenendosi il braccio troncato, e si avvicinò a un altro oplita che si trovava a mal partito contro tre persiani contemporaneamente. Se lo avesse salvato, il compagno avrebbe parlato bene di lui.

«Tu concentrati su quello di fronte!», gridò al commilitone in difficoltà. Poi menò fendenti per attirare l'attenzione degli altri due persiani. Ne aggredì uno con decisione, ma subito si trovò ad avere a che fare anche con l'altro. Meglio ancora. Se l'oplita lo avesse visto ucciderne due insieme, avrebbe testimoniato a suo favore. E non sembravano due fenomeni come il colosso.

Valutò la situazione. Uno aveva la spada, l'altro la lancia. Eppure, gli sembrava che insieme non valessero l'avversario precedente. Forse aveva acquisito fiducia, finalmente. Decise di far fuori prima quello con la lancia, che vedeva come una minaccia maggiore. Quasi si acquattò dietro lo scudo, mantenendo il braccio destro lungo il corpo, la punta della lama rivolta verso terra, pur facendo un passo in direzione del bersaglio. Quello affondò con la lancia, lui deviò il colpo con lo scudo, poi, con movimento ascendente, indirizzò la lama in mezzo alle gambe del persiano.

Centro pieno. Il bassoventre si inondò di sangue, e quello crollò a terra, portandosi entrambe le mani all'inguine. L'altro ebbe un istante di esitazione, di cui Eucle si compiacque: doveva aver notato quanto fosse bravo l'oplita che gli era di fronte! Si sentì pervaso da una fiducia immensa. Si sentì invincibile. Ora capiva cosa dovevano provare Filippide e Tersippo quando affrontavano una sfida per la quale credevano di essere tagliati.

Lanciò un nuovo urlo di trionfo, che si confuse con le altre grida, di dolore, di sforzo, di vittoria, con i lamenti dei feriti, con il clangore delle lame l'una contro l'altra, con gli impatti delle armature al suolo o tra di esse, con l'urto degli scudi contro le aste delle lance, con il rombo di decine di migliaia di piedi che calpestavano la pianura, con le onde che si frangevano sulle fiancate delle navi ormeggiate poco distanti dal campo di battaglia.

E dopo l'urlo, saltò. Scudo proteso in avanti, braccio alzato e lama puntata verso l'alto, gamba sinistra piegata in avanti, gamba destra tesa all'indietro. Lo slancio lo portò addosso al persiano, che provò ad arretrare di qualche passo. Ma dietro di lui c'era tanta altra gente. Urtò contro un commilitone a sua volta impegnato con un oplita, rimbalzò in avanti e offrì la gola a Eucle, che ci infilò la lama subito dopo aver rimesso i piedi per terra. Quando la estrasse, un altro, copioso flusso di sangue gli imbrattò la tunica.

Adesso toccava al terzo dei persiani impegnati con il suo compagno. Quest'ultimo non era ancora riuscito a liberarsene. Bene. Se ci avesse pensato lui, l'oplita gli sarebbe stato immensamente grato. Tanto da magnificare le sue imprese al momento opportuno. Avanzò verso i duellanti e alzò il braccio per colpire il persiano ma, proprio in quel momento, l'oplita si fece trovare con la guardia scoperta e per il nemico fu facile fargli arrivare la lama al petto. La punta ne trapassò le carni, la bianca tunica divenne vermiglia, e il greco si accasciò al suolo.

Il persiano non fece in tempo a estrarre la lama. Eucle lo colpì di riflesso, più per rabbia che con la consapevolezza di quel che stava facendo. La spada penetrò all'altezza dell'ascella, lungo il bordo dell'armatura. Eucle fece leva sull'arma e, nell'estrarla, scagliò il nemico addosso ad altri asiatici. Cercò i propri compagni, ma di fronte a lui c'erano solo nemici. Si guardò indietro. Anche alle sue spalle i persiani avevano superato la prima linea di caduti greci e si stavano spingendo in avanti.

Si trovava a essere il più avanzato del reggimento. Gli altri dovevano averlo visto farsi strada tra i nemici! O forse erano troppo impegnati a salvare la pelle per guardare oltre il proprio avversario più prossimo. In ogni caso, non poteva più rimanere lì. La sua unità stava ripiegando, ma non per ordine degli ufficiali; i suoi stavano cedendo terreno sotto la spinta superiore dei persiani. Lo sfondamento non era riuscito, e ora si trattava solo di limitare i danni.

Iniziò a fare qualche passo indietro anche lui. Poté solo sperare che il ripiegamento non si trasformasse in rotta.

Sembrava proprio che i persiani stessero cedendo, là davanti. Eschilo si rese conto di essere avanzato di parecchi passi, dal momento in cui aveva iniziato a spingere i suoi compagni delle file anteriori. I cavalieri persiani continuavano a molestare il fianco greco, ma più gli ateniesi si addentravano nello schieramento nemico, più la cavalleria diventava inutile.

Le cose si mettevano bene. C'era perfino la possibilità, pensò il poeta, che la battaglia si risolvesse prima ancora che lui fosse costretto a sciogliere i propri nodi. Quella che Aiantide stava affrontando era fanteria leggera, arcieri, per la gran parte, privi di corazza e scarsamente in grado di reggere l'urto degli opliti lanciati in corsa e in formazione coesa. Altra storia sarebbe stata contro la fanteria pesante; senza corazze, difficilmente i greci sarebbero riusciti a procedere oltre, dopo l'impatto. Si chiese cosa stesse accadendo al centro, dove Filippide, Eucle e Tersippo erano costretti ad affrontare fanti e lancieri corazzati.

«Voi delle ultime due file! Voltatevi! In posizione! Bloccate la carica della cavalleria nemica!». Il locago si sbracciava e si sgolava per richiamare l'attenzione degli opliti delle file posteriori. Ed Eschilo ne scoprì subito il motivo. La cavalleria nemica si era radunata e, non potendo più sfondare sul fianco, stava operando una manovra di conversione per attaccare il reggimento da tergo.

Proprio nel suo settore.

«Vicini! State vicini, o sfonderanno! Chiudete ogni varco, forza!», disse l'ufficiale, percorrendo l'intera fila e spingendo gli opliti gli uni contro gli altri.

Eschilo li vide arrivare. Decine di cavalli al galoppo, i cavalieri con le lance puntate verso di lui. *Tutte verso di lui*. Si sentì assalire dal panico. Non immaginò quale dio avrebbe mai potuto dargli la forza di resistere all'urto di una bestia più alta di lui e di un cavaliere corazzato. Sentì lo stomaco stringersi in una morsa, il bassoventre bruciare, la gola seccarsi, lo stomaco e l'intestino svuotarsi. Fu tentato di scappare, di arretrare fino a confondersi tra le file anteriori. Ma anche lì si combatteva, e con ancor più accanimento. E la sua condotta avrebbe macchiato l'onore di Cinegiro che, senza dubbio, si stava distinguendo come il più prode dei guerrieri, in prima fila.

«Le lance! Puntate le lance all'altezza del collo delle bestie!», urlò l'ufficiale.

Eschilo si accorse di tremare. Obbedì al locago, ma non riusciva a tenere l'asta ferma a mezz'aria. L'arma vibrava, e il poeta si rese conto che non era per il rombo prodotto dagli zoccoli dei cavalli, sempre più vicini. Si strinse ai commilitoni a fianco, strinse l'asta nei pugni, strinse gli occhi aspettandosi l'impatto da un momento all'altro. Allargò le gambe per trovare stabilità sul terreno, piegò le ginocchia per ridurre il campo d'urto, incassò la testa dietro lo scudo.

E sentì lanciarsi verso di lui quei giganti di muscoli e metallo.

I loro nitriti gli risuonarono nelle orecchie, poté quasi sentire sul viso i loro sbuffi, lo scalpitio degli zoccoli gli diede l'impressione di saltellare sul terreno. Aprì per un istante gli occhi e vide il luccichio del manto del cavallo sopra di sé. La punta della sua lancia ne sfiorò il muso. L'animale si era fermato pochi passi prima della fila di opliti, e così avevano fatto gli altri cavalli. I loro padroni non erano riusciti a indurli a gettarsi sopra il muro di scudi.

Le bestie si imbizzarrivano, scalciavano, si ergevano sulle zampe posteriori, compivano giravolte, impedendo ai cavalieri di approfittare della loro posizione soprelevata e di protendere in avanti le lance. Molti persiani avevano il loro daffare per rimanere in sella. Non erano gli esseri umani che gli opliti dovevano temere, per ora. Il calcio di un cavallo raggiunse il compagno di destra di Eschilo alla sommità dell'elmo. Il soldato si accasciò di peso a terra, tramortito dal colpo. Il poeta si affrettò a scavalcarlo e a ricercare la protezione dell'oplita subito dopo, e intanto protese timidamente in avanti la lancia, cercando di indurre l'animale ad allontanarsi.

«Battete le aste sugli scudi! Fate rumore! Urlate!», gridava nel frattempo l'ufficiale. Molti furono pronti a ubbidire. Da un momento all'altro, aumentò l'intensità di ogni suono udibile in quel settore del campo di battaglia. Eschilo sentì un turbinio di rumori risuonargli nelle orecchie, e poi si accorse di stare urlando anche lui, a squarciagola. Ma intanto, gli zoccoli del cavallo più vicino erano la minaccia più immediata. L'animale era atterrito, scalciava ovunque, e il padrone era in sua completa balìa.

Una zampa piombò sullo scudo di Eschilo, dall'alto. L'urto fu così violento che il suo braccio uscì dal bracciale, ma in modo traumatico. Fu come se gli avessero strappato via l'arma. Il poeta sentì un dolore lancinante all'arto e lasciò cadere lo scudo a terra. E intanto il cavallo continuava a scalciare. Un altro cavaliere, più stabile in sella, vide che l'oplita non aveva più alcuna protezione, caricò il braccio e lo puntò con la lancia.

Zoccoli da una parte, lancia dall'altra. E nessuno scudo a proteggerlo. Eschilo si vide spacciato. Se si fosse spostato per cercare riparo dietro la sagoma del cavallo, ne sarebbe stato travolto; se si fosse allontanato dalla bestia, sarebbe stato un bersaglio ancor più facile per il cavaliere. E dietro, dove si assiepavano i commilitoni, non poteva andare. Paralizzato dal terrore, rimase ad aspettare la morte.

Il persiano scagliò la lancia verso di lui.

Il cavallo imbizzarrito scartò improvvisamente, arrivando a lambire la sua figura.

La lancia saettò verso Eschilo. Il poeta poté sentirne il sibilo farsi sempre più forte. La cuspide lo cercava, sembrava quasi fissarlo, puntarlo dritta in mezzo agli occhi, proprio sul sottile nasale.

Il cavallo scalciò ancora, allungò le zampe fin quasi a sfiorargli l'alta cresta dell'elmo.

La lancia arrivò a una spanna da lui.

Lo zoccolo anche.

La lancia urtò contro lo zoccolo, si spense, cadde a terra ai piedi di Eschilo.

Era vivo. Capì di essersela cavata. Un intervento divino, si sarebbe detto. Forse gli dèi volevano che scrivesse drammi, tutto sommato. Ma aveva ancora il cavallo impazzito addosso. Protese la lancia in avanti e mirò al collo. Lo stavano facendo anche altri compagni. Incise nella pelle dura come il cuoio. Il cavaliere cercò di impedirglielo, allungando il braccio a sua volta, ma la sua lancia ondeggiava troppo per cogliere un qualsiasi bersaglio. Eschilo affondò di nuovo, e stavolta la cuspide penetrò ancor più in profondità nel collo dell'animale.

Evitò per un soffio un nuovo calcio. L'ultimo, perché il cavallo crollò a terra, frantumando le ossa delle gambe al cavaliere, che si ritrovò sotto l'animale dal bacino in giù. Eschilo poté finalmente raccogliere lo scudo, ma vide che si era incrinato. Sarebbe servito a poco.

Per fortuna, in quell'istante non sembrava che ve ne fosse bisogno. I suoi camerati avevano ottenuto altrettanto successo. Di fronte a loro si vedevano ormai diversi cavalli senza cavaliere. I persiani erano a terra, morti sotto gli zoccoli di un animale o trafitti dalle lance degli opliti. La quantità di cavalleria persiana in piena efficienza si era notevolmente ridotta, i suoi ranghi erano scompaginati e non sembravano in grado di raggrupparsi e produrre un nuovo assalto. Infatti, un loro ufficiale impartì un ordine e gli altri ripiegarono, per galoppare verso le navi.

Era fatta. La minaccia alle spalle era stata debellata. Eschilo si rese conto di aver combattuto, in un modo o nell'altro. Forse non in un modo che Cinegiro avrebbe approvato, ma la sua parte l'aveva fatta, tutto sommato.

«Bene! Abbiamo impartito loro una bella lezione!». Il locago era di nuovo comparso accanto a lui. «Adesso aiutiamo i nostri compagni davanti a insegnare anche alla fanteria persiana quanto valgono gli ateniesi!».

L'ufficiale li esortò a voltarsi di nuovo. Eschilo si accorse che le file anteriori non erano più accanto a lui. Avevano guadagnato altro terreno. I persiani stavano ripiegando, senza ombra di dubbio. E gli opliti, ormai liberi dalla minaccia alle spalle e sul fianco, si stavano allargando a ventaglio. Non erano più solo le prime file ad essersi addentrate nello schieramento nemico. Adesso anche quelle intermedie erano giunte a contatto con i persiani. E ogni oplita aveva almeno un avversario contro cui combattere.

Tra poco sarebbe toccato anche a lui.

XVI

È lui, finalmente. Filippide. Eucle lo riconosce dall'andatura agile e armoniosa. Un perfetto esempio di economia delle energie: movimenti ridotti all'essenziale, ritmici e cadenzati. Dopo tanti, tantissimi stadi percorsi, non sembra per nulla in affanno, non è imballato, non si trascina, non è scomposto né disordinato. Corre esattamente nello stesso modo in cui è partito.

Sempre alla stessa andatura.

Era lenta, quando la corsa è iniziata. Non a caso, entrambi sono riusciti a tenerne il passo per quasi metà del tragitto. Ma è veloce adesso che hanno tanti stadi sulle gambe. Filippide lo sapeva, ed è per questo che ha viaggiato al risparmio per tanto tempo.

Il traditore ha un tale controllo della propria corsa, si dice Eucle, che è stato assurdo sperare che gli capitasse qualcosa, che incespicasse o che prendesse una storta. È lucido, Filippide, non ha la vista annebbiata dallo sforzo e può sempre vedere dove mette i piedi. Si vede che ha ancora energie da spendere, nonostante tutto.

Vincerebbe lui, a mani basse e senza storia. Non lo avrebbero battuto neanche se lui e Tersippo avessero fatto una staffetta, metà tragitto per uno. Forse neppure se fossero stati in otto a passarsi il testimone, uno per ciascun dolicos. Adesso Eucle si sente ridicolo ad aver solo pensato di poterlo battere. Meno male che è un traditore; se avesse avuto lo stesso spirito patriottico suo e di Tersippo, loro non avrebbero potuto far nulla per impedirne la vittoria.

Ma ora… ora è un'altra storia. Il tradimento evidente di Filippide li autorizza a eliminarlo.

Sempre che riescano a raggiungerlo.

Eucle si volta verso Tersippo. L'amico è più indietro, parecchio più indietro. Eucle gli indica l'hemerodromos, e l'altro gli fa cenno di averlo visto. Ma a quanto pare, Tersippo non è più in grado di mantenere il suo passo. Sembra proprio che tocchi a lui raggiungerlo. Proprio quel che voleva evitare.

Cosa dirà all'amico di un tempo, se riesce ad arrivargli vicino? Come può indurlo a fermarsi? Prova a immaginarsi con la spada sguainata, mentre lo minaccia. E prova a immaginare la propria reazione, nel caso in cui Filippide non se ne dia per inteso. No, non ci si vede proprio ad affondare il kopis nel corpo dell'amico. Neanche sapendo che lo fa per il bene di Atene.

Ma proprio perché il destino di Atene è nelle sue mani deve agire. E affrettarsi; potrebbero comparire altri sgherri degli Alcmeonidi, e ormai non è in grado di affrontare più nessuno. Neppure Filippide, in effetti; la sola speranza è che l'amico di un tempo non sospetti di essere stato scoperto, e agisca facendo finta di niente, contando solo sulla propria superiorità nella corsa.

Eucle accelera il passo, intanto, per quanto possibile. La vista dell'obiettivo sembra avergli conferito nuove forze, nuova vitalità, ma sa che la luce può spegnersi da un momento all'altro. Si rende conto che non c'è davvero altro che possa chiedere al proprio corpo, alla propria determinazione. Vorrebbe essere leggero, quasi invisibile, nel timore che Filippide, sentendolo arrivare, acceleri a sua volta e si renda irraggiungibile. Ma è troppo affannato, e quasi sente il proprio respiro risuonare nella valle.

Si volta ancora, sperando che Tersippo si sia avvicinato. Ma no, l'amico arranca sempre più. Lo vede fargli segno di andare, in modo sempre più deciso. È ovvio: come potrebbe mai perdonarlo se, pur potendo, Eucle non raggiungesse il traditore?

"Lo ammazziamo", ha detto poco prima Tersippo. Non lui. L'avrebbe fatto Tersippo, semmai. Lui ha troppi ricordi che lo legano a Filippide, e se gli avesse tolto personalmente la vita ne sarebbe stato perseguitato per il resto dei suoi giorni. Poi, magari avrebbe lasciato all'amico un po' di vantaggio, come ricompensa per essersi assunto lo sgradevole onere di eliminarlo; tanto, era certo che lo avrebbe battuto, alla fine. Tra lui e Tersippo, nella corsa di resistenza, c'è la stessa differenza che passa tra lui e Filippide: un abisso. Adesso che lo ha visto arrancare dietro di lui, se ne è convinto. Non lo teme più. Avrebbe dimostrato di essere un vincente, finalmente!

Questa certezza gli mette le ali ai piedi. E non solo questa. Sarà un eroe, per la cittadinanza. Non solo si è distinto in battaglia, ma con la morte di Filippide sarà anche quello ad aver coperto in un tempo più breve di chiunque altro il tragitto da Maratona ad Atene; avrà impedito alla città di consegnarsi ai persiani e al tiranno, ed eliminato un traditore. Forse potrà anche ascendere a cariche importanti in politica, perfino più di Tersippo, che al potere, indubbiamente, ha sempre puntato. D'ora in poi lo stesso Tersippo, ma anche Milziade, Temistocle e Aristide, Callisseno e Megacle, tutti i personaggi più in vista e più ambiziosi della città, dovranno fare i conti con lui, con la sua popolarità.

Sente il proprio corpo sgretolarsi sotto l'enorme pressione dell'ultimo sforzo. Sente il dolore per le mille ferite e contusioni sopraffarlo. Sente il fuoco dentro la gola avvampare e diffondersi ovunque. Ma non gli importa. Sa che gli basta raggiungere Filippide, fermarlo, al resto penserà Tersippo.

Tersippo sa sempre cosa fare.

Guadagna terreno. È a pochi passi, ormai. Si aspetta che, da un momento all'altro, Filippide si accorga di lui e si volti. Oppure, che tenti di forzare l'andatura per lasciarlo indietro. Si avvicina ancora. Adesso Filippide deve proprio averlo sentito. Non può essere altrimenti. Eucle sta sbuffando come un cavallo, i piedi si trascinano sul terreno sollevando polvere e raschiando perfino con i talloni.

Eppure non si gira.

Adesso Eucle ha paura. Forse Filippide ha capito. Sa di essere stato scoperto. E se sguainasse la spada e si voltasse all'improvviso per trafiggerlo? Non potrebbe opporre resistenza. Non ne sarebbe in grado. Forse per questo Tersippo lo ha lasciato andare avanti. Vuole vedere come reagisce Filippide. Tersippo sa fare bene i calcoli; è un politico, e non si stupirebbe se fosse disposto a sacrificarlo. C'è molto in ballo. Il destino di ciascuno di loro tre può cambiare radicalmente, a seconda di quello che accadrà nei successivi istanti.

«Non pensi di aver fatto uno sforzo eccessivo, per le tue possibilità?». È la voce di Filippide. Senza voltarsi. Niente affanni, niente sospiri, tra una parola e l'altra. Come se fosse fermo.

«Come sapevi...», biascicò Eucle.

«Che eri tu? Tersippo ha un passo molto più marcato...».

È imbattibile. Lucido. Forse è davvero un semidio. E allora, come si uccide un semidio?

«Fermati», gli dice Eucle, facendo ricorso alle ultime forze per affiancarlo.

«Scherzi? Manca così poco... e Atene sarà salvata».

«Salvata... da Ippia... o dalla... dalla democrazia?». Eucle gli è quasi addosso. Allunga le mani, si butta in avanti, lo placca, lo atterra, rovina sul terreno insieme a lui. Una brutta caduta. Lui quasi a peso morto, spossato, Filippide, che non se lo aspettava, con un tuffo in avanti, senza fare in tempo a frenare la caduta con le braccia. L'hemerodromos sbatte il viso a terra, rimane tramortito per qualche istante, socchiude gli occhi, lo guarda senza capire. Nel frattempo, Eucle si mette in ginocchio, lo fissa, allunga la mano per sottrargli la spada alla cintola.

Ma Filippide porta la mano all'arma e si scansa leggermente. «Che fai, giochi sporco? Vuoi vincere azzoppandomi?», dice. Le parole non gli escono ancora troppo chiare.

Eucle sguaina la spada. «Non hai visto i soldati persiani?»

«Certo che li ho visti. Ce n'erano parecchi, nei dintorni, di guerrieri sbandati. Ma li ho evitati, e loro non hanno badato a me».

«E le guardie ateniesi?»

«Ho visto anche quelle. Ma le ho seminate. Potevano essere state inviate dagli Alcmeonidi. Perché?».

Sembra sicuro di sé. Talmente sicuro da non estrarre neanche la spada. E sembra anche sincero. *Sembra.* Vuole solo indurlo a fidarsi, ad abbassare la guardia. È abile, molto abile. Filippide intende ucciderlo, e aspetta solo che lui riponga la spada nella cintola. Ma Eucle sa che è un traditore. Non può essere altrimenti. Non lo avrebbero lasciato passare.

«Sei un traditore», riesce soltanto a dire.

«Sei impazzito?»

«Sì, sei un traditore», ripete, a Filippide e a se stesso.

«Sei tu il traditore, se non mi lasci andare. Stiamo regalando tempo ai persiani...».

«Non ti lascio andare. Sei un traditore». È una litania, la sua.

«Ma cosa aspetti? Perché non lo ammazzi?». È arrivato anche Tersippo. È ancora a qualche passo, quando lo esorta ad agire.

Ed è allora che Filippide si scansa e sguaina il kopis. Eucle non osa avvicinarsi finché è da solo, dando così modo all'altro di rialzarsi.

Nel frattempo, si è fatto sotto anche Tersippo. E con la spada sguainata. Ansimando pesantemente, si sposta in modo da costringere Filippide tra lui ed Eucle. Filippide guarda ora uno ora l'altro.

«Avete deciso di farmi fuori, eh? Ma scoprirete che non è tanto facile. Siete cotti...», dice Filippide.

Eucle non parla. Lascia che sia Tersippo a fare la prima mossa. Ma neanche l'amico apre bocca, se non per prendere aria. Tuttavia fa un passo avanti e affonda un primo colpo, che Filippide scansa agevolmente. Ma così facendo, l'hemerodromos è costretto ad avvicinarsi a Eucle, che però non è ancora pronto a colpire. Quando mena un fendente poco convinto, è già tardi: Filippide è tornato in posizione.

Tersippo guarda Eucle con aria di rimprovero e gli fa un cenno con il mento. Forse, si dice Eucle, vuole che prenda l'iniziativa, una volta tanto. Così attacca. Ma subito si accorge di avere i riflessi terribilmente lenti, più lenti che mai. Filippide, invece, è ancora pronto e reattivo. Non come l'ha visto in battaglia, ma abbastanza da costituire un nemico difficile da superare. Impossibile, se fosse solo.

Ma c'è Tersippo. Tuttavia Eucle non intende esporsi troppo. Non ha alcuna intenzione di farsi ammazzare solo per distrarre Filippide e permettere all'altro di uccidere anche il traditore e involarsi verso Atene. Non vuole certo fare favori a Tersippo. Si limita pertanto a tenere impegnato l'avversario, standogli addosso ma senza mai affondare troppo, per non esporsi al suo contrattacco. Neanche Filippide può affondare, per non dare troppo a lungo le spalle all'altro nemico.

Nessuno parla. Non più. Nessuno tenta di dare spiegazioni, nessuno ne fornisce. Ormai nessuno spera di convincere gli altri. Conta solo vincere. Ogni colpo di Eucle si arresta sulla lama di Filippide, ogni reazione di Filippide è prevenuta da un passo all'indietro di Eucle, mentre Tersippo sembra soprattutto riprendere fiato. Colpi e movimenti di Eucle sono prevedibili, lenti, ma Filippide non può approfittarne, finché Tersippo si mantiene alle sue spalle.

Ma gli attacchi di Eucle sono sempre più blandi. A fatica regge la spada in mano, la figura di Filippide gli appare sdoppiata, a stento la distingue da quella di Tersippo.

Che intanto sta recuperando le forze.

Ancora clangore di lame. Dopo la scorribanda notturna, dopo la battaglia, dopo gli scontri con i persiani sbandati e con gli uomini degli Alcmeonidi. Eucle non avrebbe mai pensato di dover sostenere un nuovo combattimento, e con il suo amico di sempre, per giunta. Trova sempre più difficile schivare i colpi di rimessa di Filippide, e altrettanto complicato mantenere l'equilibrio. Teme di cadere a terra da un momento all'altro, per la stanchezza, perché ormai privo di qualunque coordinazione, perché ha inciampato in qualche ostacolo che la sua vista annebbiata non ha notato.

Poi sente un improvviso bruciore alla spalla sinistra. Sangue sgorga da uno squarcio, non troppo profondo. Filippide l'ha punto, e lui non ha neanche visto arrivare il colpo. Reagisce menando fendenti alla rinfusa, più per tenere lontano l'avversario che per colpirlo. Il bruciore alla spalla va ad aggiungersi ai tanti dolori che investono il suo corpo, eppure continua a gesticolare all'impazzata, come se fosse qualcun altro a muoverlo. E prosegue a lungo, anche quando sente Tersippo chiamarlo.

«Fermo! Fermo! È finita!», gli grida l'amico.

Eucle non riesce a fermarsi subito; l'istinto di sopravvivenza e una certa, disperata meccanicità lo inducono a proseguire ancora. Ma il suo sguardo reagisce prima, e si fissa frontalmente, dove non vede più nessuno. Allora rallenta i movimenti fin quasi a bloccarsi, si guarda intorno, e poi scruta per terra, cercando di mettere a fuoco una scena alla quale stenta a credere.

Tersippo, in ginocchio, che estrae la spada dal fianco di Filippide, sdraiato sul terreno.

Un rivolo di sangue sgorga dalla bocca dell'hemerodromos più famoso della Grecia. I suoi occhi sono chiusi. Solo un fremito, sul suo corpo irrigidito. E poi più nulla.

Perfino Filippide arretrava. Eucle si era appena reso conto che il reggimento non teneva più, e ne aveva avuto conferma dopo aver visto ripiegare di qualche passo anche l'amico. Loro due erano gli opliti spintisi più in profondità nello schieramento persiano. La loro azione era andata divergendo a ogni passo, e avevano finito per combattere piuttosto distanti l'uno dall'altro, invece di proteggersi. Ma poi avevano dovuto fare marcia indietro, per non restare isolati tra le schiere nemiche arrembanti.

Dopo un primo momento di disorientamento, i persiani avevano reagito in modo vigoroso. Ce n'erano di guerrieri validi, tra loro, e presto avevano approfittato della netta superiorità numerica al centro per ricostituire i ranghi ed esercitare una costante pressione sulla fila di Antiochide. Eucle dedusse che lo stesso fosse avvenuto nel contiguo settore di Leontide; la calca gli impediva di vedere cosa stesse accadendo nel reggimento di Tersippo, ma visto che l'unità di Temistocle aveva affrontato il nemico nelle loro stesse condizioni, era probabile che stesse ripiegando anch'essa.

Se non si era già sfaldata del tutto.

Preferì perdere un istante e chinarsi a raccogliere la lancia di un oplita caduto. Con la spada non riusciva più a evitare che i persiani gli arrivassero addosso. Impugnò la nuova arma appena in tempo per frenare l'assalto di un nemico, la cui spada andò a cozzare, di taglio, contro l'asta di legno. Eucle se la ritrovò spezzata in due. La rigirò tra le dita e ne utilizzò la punta posteriore. Ciò che gli rimaneva in mano era sempre più lungo di una spada, tutto sommato.

Il persiano gli era sempre addosso. Eucle era consapevole di essere sotto gli occhi dei commilitoni. Come punta avanzata del reggimento, era il greco più sottoposto a pressione, insieme a Filippide. Gettò una rapida occhiata all'amico: vedeva la sua cresta ergersi al di sopra dei copricapi dei persiani, girare su se stessa, talvolta saltare, e ogni tanto la testa di un nemico scompariva, presumibilmente staccata o abbattuta dal coraggioso oplita.

Sarebbe stato difficile fare di meglio. Da solo, Filippide stava tenendo impegnato un cospicuo numero di nemici, dando modo ai compagni dietro di sé di ripiegare con relativa tranquillità. Qualcuno tentava di andarlo ad aiutare, ma la ressa era tale che nessuno riusciva a spostarsi se non di qualche passo dalla posizione che occupava. Ciononostante, Filippide sembrava cavarsela benissimo anche da solo. Eucle si disse che avrebbe dovuto almeno provare a emularlo.

Si accorse all'improvviso di avere a che fare non più con un persiano ma con due. Era arretrato troppo lentamente. Parò i loro colpi con lo scudo e cercò di tenerli lontani con il troncone di lancia, guardandosi intorno per vedere se riusciva a trovarne una intera. La vide, ma i due gli erano addosso, e dovette limitarsi a calpestarla. Poi vide spuntare accanto a sé, improvvisamente, un altro oplita, venuto a dargli manforte.

Eucle diede ancora un'occhiata a Filippide. La sua cresta era ancora isolata tra tanti nemici. «Torna indietro!», urlò al compagno. «Rafforza la linea di difesa del ripiegamento! Qui ci penso io!».

Quello non se lo fece dire due volte. Poi Eucle prese in contropiede i due avversari, avanzando di un passo. Non se lo aspettavano; uno dei due, in particolare, si era distratto seguendo con lo sguardo l'inspiegabile comportamento dell'altro oplita. Eucle notò che i due nemici erano separati da una distanza di poco superiore a quella del suo troncone di lancia. Allora lo sollevò appena in aria, lo riafferrò a mo' di pugnale, avanzò ancora di un passo e si pose tra i due. Quindi trafisse all'occhio il guerriero di sinistra, estrasse rapidamente la cuspide e, con un movimento del gomito verso l'esterno, colpì sempre all'occhio l'avversario di destra.

Due urla lo assordarono quasi in contemporanea. Il primo persiano trafitto era crollato a terra all'istante, morto sul colpo, l'altro aveva il bulbo oculare spappolato dalle schegge di legno e si agitava con le mani sul volto. Gli altri persiani, ammirati dal doppio colpo, si erano fermati, interdetti e timorosi. Urla di trionfo si erano levate dalle schiere di Antiochide.

Avevano visto tutti quant'era bravo.

Tuttavia, stavano anche ammirando da un pezzo il valore di Filippide. Avrebbe dovuto fare ben altro, per eguagliarlo. Ma la sua era stata un'impresa importante, soprattutto per il proprio morale; sempre più acquisiva la certezza di non essere inferiore ai suoi due amici e sfidanti, se non nella determinazione. Gli piaceva, questa sensazione: sentiva di avere il potere, nelle proprie mani, la forza di dare la vita e la morte, di determinare gli umori della truppa, di lasciare un segno tangibile dove passava. Stava allontanando da sé l'ombra del dubbio, la paura di fallire che lo aveva trasformato in eterno perdente.

Finalmente raccolse una lancia integra. Poi invitò con cenni del braccio i persiani a farsi sotto. Alcuni di loro ripresero l'avanzata. Ma intanto lo schieramento greco aveva avuto modo di ricompattarsi; i suoi compagni erano immediatamente dietro di lui, pronti a sostenerlo. Tuttavia, la loro linea era troppo sottile per resistere alla pressione delle unità persiane, contraddistinte ancora da una notevole profondità; si poteva solo contenerne la spinta, nella migliore delle ipotesi. Tuttavia, si disse Eucle, i suoi avevano visto che, grazie a lui e a Filippide, il reggimento aveva evitato la rotta.

Fino a quel momento.

Filippide era rientrato nei ranghi, finalmente. Complimentato dai suoi con dozzine di pacche sulle spalle, attendeva in prima fila il nuovo, prevedibile attacco dei persiani. L'ufficiale richiamò anche Eucle, il quale non poté che adeguarsi, anche perché presto sarebbe stato investito da un tornado. Rientrò in fila, aspettandosi a sua volta di essere travolto dai complimenti, ma proprio in quel momento l'armata persiana si gettò su di loro. Gli asiatici urlavano e correvano come avevano fatto gli ateniesi solo poco tempo prima, nei loro occhi la stessa cupa esaltazione che dovevano aver letto negli opliti all'attacco. Erano appena meno compatti, per fortuna, e questo impedì loro di arrivare tutti insieme addosso ai greci, attenuando la loro forza d'urto. In caso contrario, gli ateniesi sarebbero stati spazzati via in un istante.

Eucle si ritrovò di fronte un persiano molto più rapido dei suoi compagni. Lui e il commilitone a fianco lo trafissero prima ancora che altri asiatici gli venissero vicini. Tuttavia, pochi passi alla sua sinistra i nemici piombarono sulla linea in gruppo, e gli opliti non riuscirono a opporsi. Tra questi ultimi c'era anche Filippide. Ne derivò un'accesa mischia, tanto confusa che Eucle non riuscì più a distinguere gli antagonisti. Intanto lui teneva a distanza altri avversari, giunti alla spicciolata a ridosso del suo settore e costretti ormai ad aprirsi la strada con lance e spade, e non più con la sola spinta.

Eucle combatteva, ma intanto teneva d'occhio la zona di Filippide. Dopo pochi istanti lo scenario fu più chiaro: gli opliti erano finiti tutti a terra, travolti dall'ondata di persiani. Alcuni erano stati calpestati e poi finiti con le lance, altri, letteralmente tagliati a fette dai nemici che avevano avuto il tempo di infierire su di loro. Filippide, invece, era ancora vivo. In ginocchio, teneva lo scudo sopra la testa per ripararsi dalla gragnola di colpi degli avversari, e intanto, con la spada, sferrava colpi trasversali, tranciando ogni caviglia osasse avvicinarsi troppo.

Erano già due i persiani che avevano lasciato l'intero piede a un passo dall'oplita; uno dei due era crollato a terra, addosso ai corpi accatastati dei greci, e si teneva il moncherino della gamba, da cui fuoriusciva una quantità impressionante di sangue; l'altro saltellava sulla gamba buona verso le retrovie, ma i suoi compagni in avanzamento lo urtarono più volte, facendolo finire a terra e calpestandolo senza pietà.

Maledizione! Per quanto lui facesse, Filippide era sempre una spanna avanti! A Eucle venne la tentazione di uscire di nuovo dai ranghi, ma ormai la sola speranza di sopravvivenza, per ciascuno di loro, era legata alla presenza ravvicinata dei compagni. I persiani erano in troppi e la loro pressione insostenibile. Sul suo scudo continuava ad arrivare un colpo dopo l'altro; l'incrinatura che il primo avversario aveva provocato si era accentuata e i listelli di legno si erano distaccati, creando una pericolosa fenditura che lo esponeva anche sul fianco sinistro.

E infine arrivò il colpo più fortunato degli altri. Un persiano riuscì a insinuare la cuspide della lancia nella frattura, arrivando a scalfirgli il petto. Ma Eucle fu prontissimo a muovere il braccio in obliquo, spostando la punta e spezzandone l'asta. La cuspide e l'ultimo troncone di lancia gli caddero ai piedi, il nemico urlò per il dolore al braccio, poi lui affondò la lancia e lo trafisse al collo. Si liberò dello scudo, ormai inutilizzabile, ed estrasse la spada, che si passò nella mano destra, trasferendo a sinistra la lancia.

Era ricoperto di sangue. Quello degli avversari, da cui era stato irrorato ogni volta che aveva troncato arti o arterie, e il proprio, per effetto delle ferite che aveva ricevuto, per fortuna mai profonde. La sua tunica si era tutta arrossata, ed era zuppa di sudore, lacera e strappata in più punti; il metallo del suo elmo era stato reso opaco dalla patina vermiglia di cui era coperto. Guardò verso Filippide. Si era rimesso in piedi e anche lui, ricoperto di sangue, continuava a mietere vittime senza sosta.

Ma anche lui era costretto ad arretrare.

Eucle adesso usò la lancia come scudo, per tenere lontani gli avversari sul fianco sinistro, mentre con la spada li affrontava a destra. Riuscì a calare un fendente sulla testa di un avversario, spaccandogliela in due, e a tranciare un altro braccio, che osservò penzolare dalla spalla della sua vittima. Ma lo spettacolo lo distrasse per un istante e un persiano a sinistra, con un violento colpo di scudo, gli sottrasse la presa della lancia e gli si fece sotto. Se lo ritrovò davanti quando era troppo tardi per fare un passo indietro e sottrarsi al suo fendente.

Non gli rimaneva che ruotare il tronco per parare il colpo con la spada. Alzò il braccio, ma il colpo del nemico non arrivò. Però vide il persiano crollare, trafitto da una lancia penetrata attraverso la spalla, Eucle volse lo sguardo al proprio fianco. Epizelo estrasse la lancia e lo guardò.

«Insieme si combina di più, ricordatelo sempre!», gli disse il suo vecchio istruttore.

Eucle non rispose. Si limitò a un cenno di assenso, poi riprese a duellare con un nuovo avversario. Ma chi glielo aveva chiesto? Se la sarebbe cavata da solo, se solo gli avesse dato il tempo. Adesso, tutti avevano visto che Epizelo lo aveva aiutato, tutti avrebbero commentato che aveva ancora bisogno della sua balia, e avrebbe dovuto raddoppiare gli sforzi per tenere il passo di Filippide.

Ma intanto continuavano a ripiegare. Si accorse di stare calpestando le frecce con cui, in precedenza, i persiani avevano innalzato la barriera contro l'avanzata greca. Questo significava che stavano perdendo contatto con gli altri settori dello schieramento ellenico. Si metteva proprio male.

Quasi si faceva fatica a tenere il passo dei primi. Cinegiro e compagni avanzavano tanto speditamente che i commilitoni delle ultime file non avevano più bisogno di spingerli; anzi, dovevano stare attenti a non perdere il contatto, se volevano partecipare alla mattanza. Eschilo lo sentiva dire da tutti quelli che lo precedevano: i persiani avevano ceduto, e si stavano ritirando senza opporre grande resistenza. Molti ripiegavano combattendo, ma tanti altri offrivano la schiena agli opliti inseguitori e, privi di corazza, finivano abbattuti da un fendente o centrati da una lancia scagliata da lontano. Certi opliti si divertivano a fare il tiro al bersaglio, altri dovevano affrontare sacche di resistenza.

Gli ufficiali non sembravano riuscire più a tenere uniti i propri uomini. Ciascuno seguiva l'impulso e avanzava dove riteneva più opportuno, chi in cerca di facili prede, chi ancora ansioso di affrontare nemici combattivi. Le unità si erano confuse le une alle altre, e nessuno aveva più al proprio fianco i compagni con cui aveva iniziato la battaglia. Eschilo si ritrovò più indietro di tutti; la sua natura lo portava a evitare fin quando possibile gli scontri ancora in atto, ma anche gli inseguimenti di nemici che avevano smesso di combattere e pensavano solo a salvarsi. Avanzava senza convinzione, e così perdeva terreno rispetto ai commilitoni. Il suo unico desiderio era scoprire se Cinegiro era ancora vivo. Non lo vedeva da un pezzo: troppa la distanza che li separava, troppi gli uomini che si accalcavano tra lui e il fratello.

Continuò a camminare oltrepassando gli scontri più accesi e ignorando i fuggitivi isolati. Vide il polemarco Callimaco alla testa di un gruppo di opliti, mentre caricava un pugno di persiani disposti a resistere. Il comandante in capo non badava a coprirsi con lo scudo, e si scagliava sui nemici spavaldo, incitando gli altri a fare altrettanto, senza temere le lance protese. E funzionava. Gli opliti lo seguivano ciecamente, forse con un pizzico di prudenza in più, ma intanto erano capaci di tranciare, con le loro spade, le aste delle lance persiane e di aprirsi la strada per un nuovo sfondamento.

Ma Cinegiro non era tra loro. Eschilo passò oltre. Si soffermò a guardare i cadaveri degli opliti che gli capitava di incontrare, ma il fratello, per fortuna, non era sul terreno. Conoscendolo, se era ancora vivo costituiva la punta avanzata dell'ormai confuso schieramento di Aiantide.

Gli sarebbe toccato spingersi ancora oltre, proprio nelle fauci dello schieramento persiano.

Dove non avrebbe potuto limitarsi a guardare.

Un nemico gli passò accanto. Era senza scudo e senza corazza; solo una spada nella mano, che non mostrava di voler utilizzare contro di lui. Pensava solo a scappare. Per Eschilo sarebbe stato facile fare qualche passo avanti, inseguirlo e trafiggerlo alla schiena; aveva ancora con sé la lancia. Ma non ne aveva alcun interesse. Continuò a camminare e a guardarsi intorno, ma dopo pochi istanti vide la testa del persiano rotolare a terra, pochi passi davanti a lui. Il tronco crollò a terra qualche attimo dopo. Dietro apparve la sagoma dello stratego, Stesilao.

«Ti ho visto, oplita. L'hai lasciato scappare», disse il comandante del reggimento, con un evidente tono di rimprovero.

«Io... non uccido gente indifesa...».

«La battaglia non è finita e ce lo potremmo ritrovare di fronte dopo, quando i persiani si asserraglieranno a difesa delle loro navi in partenza, o magari ad Atene, se riesce a salpare con gli altri. Ricorda che dobbiamo anche evitare che scappino e raggiungano Atene prima di noi. Più ne ammazziamo adesso, meno ce ne ritroveremo di fronte dopo».

Eschilo provò vergogna. Chinò il capo, mortificato. E non disse nulla.

«Prova a riscattarti, Eschilo. Raggiungi tuo fratello in prima fila e fammi vedere che sei degno di lui!», gli disse lo stratego, che poi riprese a correre.

Per un istante, aveva sperato che non lo avesse riconosciuto. In fin dei conti, portava ancora l'elmo. Ma tutti conoscevano Cinegiro, quindi, di riflesso, tutti riconoscevano il suo inutile fratello, incapace di dare anche un minimo apporto all'armata greca. Riprese ad avanzare, ma continuò a ignorare i persiani che gli sfrecciavano accanto, o quelli che superava, e trascurò di nuovo di dare manforte ai compagni che ancora combattevano. Quel che gli premeva era ritrovare Cinegiro; l'idea che potesse essere morto lo terrorizzava. Nonostante il fratello maggiore non gli risparmiasse umiliazioni e prese in giro, gli voleva bene ed era sicuro di essere ricambiato.

Proseguì finché non arrivò all'accampamento persiano. Non c'era un vallo né un fossato, né un cordone di guerrieri a difenderlo. I nemici continuavano a scappare oltre le tende, i greci a inseguirli. Alcuni opliti si fermavano a saccheggiare, irrompendo nei padiglioni più grandi, che probabilmente avevano ospitato i generali e i dignitari, o frugando tra i carri di salmerie che gli asiatici non avevano fatto in tempo a caricare sulle navi.

Ma i più proseguivano la corsa, incitati dagli ufficiali a uccidere quanti più nemici possibile. Proseguivano oltre le tende, oltre le riserve di cibo e armi abbandonate sul terreno. Fino alla grande palude.

Eschilo la vide aprirsi davanti a sé all'improvviso. E si fermò proprio ai margini dell'acquitrino. Come lui, gli altri opliti si arrestavano, limitandosi a bloccare e trucidare i persiani più vicini, o quelli che vi avevano appena messo piede, senza ancora aver raggiunto le zone più instabili. Oltre, nessun greco osava più andare. I persiani ci si gettavano a centinaia, avendo intuito che lì in mezzo sarebbero scampati agli inseguitori.

Quel che non sapevano era che vi avrebbero trovato ben di peggio di una lama pronta a sgozzarli.

Eschilo li vide scomparire poco a poco. Uno dopo l'altro. Tormentati e abbattuti da sciami di zanzare, come se gli insetti possedessero una loro coscienza e si fossero messi d'accordo per ghermire tutti insieme le prede, i soldati si muovevano in modo convulso, frenetico, sbracciandosi istericamente, fino a barcollare e a crollare, per essere poi inghiottiti dal terreno.

Altri erano lentamente ingoiati dal suolo melmoso, come se una mano gigantesca li trascinasse a forza negli inferi; li osservava sbracciarsi per chiedere l'aiuto dei commilitoni, ma chi lo otteneva non poteva far altro che trascinare con sé, sotto il fango, chi aveva avuto il coraggio di tendere loro la mano.

O li vedeva crollare all'improvviso, vittime del terrore provato nell'assistere alla fine dei loro compagni più vicini. E li sentiva urlare. Grida lontane, lugubri, disperate, che riecheggiavano nella valle come un canto di morte.

Non riuscì a sostenere a lungo quello spettacolo. Preferì riprendere a cercare il fratello. Volse gli occhi ai compagni lungo i fianchi, e vide che molti stavano giustiziando solo adesso i prigionieri, dopo averli obbligati ad assistere alla morte dei loro compagni negli acquitrini. Cercò Cinegiro ma non lo vide. Forse era andato già sulla spiaggia, obiettivo ultimo di Aiantide, cui era affidato il compito di bloccare l'imbarco dei persiani sulle navi fino a quando non fossero arrivati anche gli altri reggimenti.

Si mosse, percorrendo i margini della palude, facendosi largo tra i compagni che gli ufficiali stavano radunando per condurli a ranghi compatti verso il mare. Infine lo individuò. Era vivo, per fortuna; vivo e ricoperto di sangue. Non suo, a giudicare dalla veemenza con cui discuteva con un ufficiale e dall'energia con cui gesticolava. Conoscendolo, stava senza dubbio cercando di convincere il locago a lasciarlo andare avanti, oppure a riprendere l'avanzata senza perdere altro tempo a ricostituire le file.

Ebbene, sarebbe andato con lui. In nessun posto si sentiva tanto sicuro come vicino al fratello.

Callimaco di Afidna era pochi passi davanti a Eschilo. Anche lui era ricoperto di sangue altrui, e forse anche del proprio. Lo erano tutti, tranne lui, Eschilo. In quel momento, un oplita sopraggiunse di corsa, parlottò con il polemarco e poi si allontanò subito.

«Attenzione! Quelli da questa parte vengano con me! Antiochide e Leontide, al centro, stanno soccombendo! Dobbiamo andare a soccorrerli, subito!», gridò Callimaco. E immediatamente tutti gli opliti tra il polemarco ed Eschilo si riversarono nella direzione da cui proveniva il poeta.

Eschilo fu quasi trascinato di peso con loro.

XVII

Eucle fissa incredulo il cadavere di Filippide. Il suo amico di un tempo, il più grande corridore della Grecia e uno dei guerrieri che più si sono distinti nello scontro con i persiani. Forse perfino il discendente di Teseo.

Ma anche il traditore della patria e l'uomo che stava per soffiargli Ismene. Insieme alla gloria e la riconoscenza degli ateniesi. No, non deve permettere a se stesso di sentirsi in colpa.

Tersippo è lì, accanto al corpo, seduto, ancora ansimante. Non sembra in grado di riprendere a correre, almeno per ora. Neppure Eucle si sente pronto. Si accascia a terra anche lui; tanto la situazione è sotto controllo. Tersippo non è un avversario da temere.

Tersippo, già.

«Poteva uccidermi», dice all'amico, con tono di rimprovero.

«Ma non l'ha fatto». Tersippo non lo guarda in faccia, mentre risponde.

«Avrebbe potuto. Era più fresco e reattivo di me. Mi hai lasciato a combattere con lui da solo...».

«Era l'unica speranza che avevamo di farlo fuori. Tu stesso hai visto cosa è stato capace di fare in battaglia... Dovevo permettere a uno dei due di recuperare le forze mentre l'altro lo teneva impegnato. Ci avrebbe ammazzati entrambi, se lo avessi assalito subito anch'io».

«Può darsi. Ma, intanto, hai pensato che ti avrebbe potuto aiutare a sbarazzarti di me. Sai bene che, adesso che siamo noi due, non hai comunque possibilità di vincere...».

«Ah sì? E come me la sarei cavata, una volta rimasto solo, contro di lui che era più fresco? E adesso non è affatto detto che tu vinca: potresti essere molto più stanco di me, visto che hai anche combattuto a lungo con lui. Se fossi in grado di ripartire, lo faresti e mi lasceresti sul posto, no?».

Eucle deve ammettere che è proprio così. E poi, se dovessero arrivare l'uno vicino all'altro, Tersippo potrebbe far valere le sue doti sullo scatto e, forse, la sua maggiore determinazione. Non c'è più niente di scontato. E Tersippo, tutto sommato, gli ha fatto un favore. Certo, lui ha dovuto esporsi, rischiare, ma fa parte del gioco. La posta in palio è alta e non la conseguirà senza assumersi rischi sempre più alti.

«E adesso?», chiede all'amico.

«Adesso… Vinca il migliore. Mancano pochi stadi ad Atene. Meno di un dolicos, credo. Ce la giochiamo tra noi. Si intende che Filippide è rimasto vittima dell'attacco di un gruppo di persiani sbandati... Se rivelassimo che era un traditore, ci sarebbe un'inchiesta, e la nostra impresa sarebbe comunque macchiata: gli Alcmeonidi non ammetterebbero mai di averlo comprato e ci getterebbero un mucchio di fango addosso».

«Già. Lui stesso mi ha detto, prima che tu lo uccidessi, di aver visto molti più persiani di quelli che abbiamo incontrato noi…».

«Appunto. Anzi, dobbiamo guardarci da altri agguati. Potrebbero essersi spinti fin sotto le mura della città. Teniamoci ben strette le spade, quando riprendiamo a correre».

Correre. Ormai gli sembra una parola grossa. Ma qualcosa deve pur farla per staccarlo fin dall'inizio. È troppo rischioso arrivare ad Atene insieme a un celebrato scattista. Se dev'essere il dolicos più importante della sua vita, è giusto affrontarlo senza lasciare nulla al caso.

«Che facciamo dunque?», dice. «Partiamo insieme… ora? Insieme, come se fosse una gara ufficiale?»

«Te la senti? Beato te… Io aspetterei un altro po', ma se tu riprendi, sta' pur certo che non ti mollo…».

Eucle tace. Sì, vorrebbe ripartire, ma non è ancora sicuro di poterlo staccare fin dall'inizio. Difficilmente potrebbe fare di più che marciare a passo appena sollecito, sollevando a malapena i piedi da terra. Bisogna adottare la tattica giusta, e non sottovalutare l'avversario, né sopravvalutare le proprie risorse. È troppo importante vincere, stavolta. Sarebbe una vittoria tale da cancellare in una sola volta tutte le sconfitte precedenti. Ora che Filippide si è rivelato per quello che è, non ha più ragione di sentirsi inferiore a nessuno. Lui non tradirebbe mai la patria, e questo lo fa essere automaticamente migliore di Filippide, che pure aveva sempre considerato il più nobile e vincente tra gli uomini.

Vincere questo dolicos significa vincere *tutto*. Tutto ciò che, per un'intera esistenza, gli è stato precluso, o che, perlomeno, ha pensato che lo fosse. I propri limiti, Tersippo, la gloria, forse il potere, e Ismene.

Osserva il solo avversario che gli sia rimasto. Un avversario alla sua portata. Ma non deve commettere errori. Troppe volte ha affrontato le sfide con sufficienza e per questo si è ritrovato sconfitto. Tersippo è stanco morto. Forse l'amico non si metterà a correre finché non lo farà lui. O forse tenterà di sorprenderlo, balzando in piedi all'improvviso e cercando di prendersi del vantaggio in partenza. Lo scruta, controlla i suoi movimenti, la tensione sul suo volto e quella dei suoi muscoli. Non sembra sul punto di ripartire. Evidentemente, aspetta che sia lui a farlo, e intanto si prende tutto il tempo necessario a recuperare le forze.

Eucle riflette. Gli conviene aspettare ancora? Il tempo lavora a vantaggio suo o di Tersippo? Se dà modo all'avversario di recuperare le forze, non rischia anche di fargliene accumulare a sufficienza per lo stadio finale, per l'ultimo scatto? E di annullare la differenza, in termini di resistenza, che c'è sempre stata tra loro due?

D'altra parte, lui ha speso più energie, consumando quelle residue con Filippide. Ripartendo subito, andrebbe troppo lento, e Tersippo forse non avrebbe difficoltà a rimanergli attaccato, per poi punirlo nel finale. Già si vede rallentare e fermarsi dopo pochi stadi, mani sulle ginocchia a boccheggiare. Il riposo fa bene anche a lui, tutto sommato.

Tuttavia, scrutando ancora Tersippo, nota che i sospiri dell'amico si sono fatti meno pronunciati. Sta recuperando in fretta. *Troppo in fretta*. Presto sarà pronto a liberare tutta la sua potenza. Bisogna tenere bene a mente che non è mai crollato, finora, nonostante sia uno specialista dello stadion, nonostante non abbia mai corso più di un dolicos, nonostante la battaglia. Tersippo è un tipo determinato, un vero cagnaccio, e non avrebbe mollato neanche adesso, c'era da giurarci. Non gli sarebbe mai bastato arrivare poco dietro di lui. Quello che gli interessa davvero è la visibilità, e il potere che può derivarne. È troppo ambizioso per accontentarsi di un secondo posto.

Eucle si alza in piedi. È la soluzione migliore. Manda un cenno di assenso a Tersippo, che si rialza a sua volta, senza dire una parola. Sente un gran peso addosso, come se dovesse emergere da una frana che lo ha seppellito quasi del tutto. Dolori e ammaccature su tutto il corpo, bruciori e squarci ovunque. Ma anche Tersippo fa una gran fatica a rimettersi in moto.

Sarebbe stata una lotta oltre i limiti umani, per entrambi.

Si affiancano, proprio come in una gara ufficiale, in uno stadio e davanti a un pubblico. Come se vi fosse davanti a loro una linea immaginaria da non oltrepassare, fino a quando qualcuno non abbia dato il via.

Già. Manca solo qualcuno che dia il via. «Dallo tu il via», dice Eucle.

Tersippo annuisce. Attende ancora qualche istante, respira a fondo, scioglie i muscoli, flette le ginocchia, dondola le braccia.

«Adesso!», grida infine.

L'amico avrebbe potuto approfittare dell'opportunità di stabilire il momento della partenza per scattare subito avanti, invece si accoda a lui. Evidentemente, si dice Eucle, intende misurare le proprie forze e controllare l'avversario, per poi superarlo solo alla fine. Eucle prende subito qualche passo di vantaggio. Lo sente ansimare dietro di sé, e si augura di poter subito accumulare un distacco rassicurante. Il problema è che non riesce a correre davvero. Si trascina, piuttosto, e in quelle condizioni è difficile staccare chiunque. Infatti, continua a sentire il fiato di Tersippo sul collo.

I dolori lo tormentano. È con loro che deve combattere, come se non bastassero la stanchezza e Tersippo. Si sono moltiplicati, dalla testa ai piedi non c'è parte che non gli dolga, e ciascun livido, ciascuna ferita, ciascun muscolo indurito contribuiscono a frenarlo e a farlo soffrire.

Poi, d'improvviso, sente un dolore più forte degli altri. Soffriva già così tanto che solo dopo qualche istante capisce che si tratta di qualcosa di nuovo. E di più intenso.

Crolla a terra, proprio mentre vede Tersippo estrarre la lama della spada dal proprio fianco.

Si sente soffocare. Allunga la mano verso l'altro, che si è fermato e lo fissa, senza espressione.

Si guarda il fianco trafitto. Il sangue esce a fiotti. Poi guarda Tersippo.

«Pe... perché?».

Sul volto di Tersippo compare un sorriso amaro. «Perché? Perché non posso permettermi di perdere. C'è troppo in ballo. Forse tu avresti fatto altrettanto, tra qualche stadio».

«No. Io... io non... l'avrei mai fatto», risponde con un sibilo.

«Ne sei sicuro? Guarda che l'hai già fatto...».

«Co... come?».

«Filippide».

«Filippide era un traditore...».

«Non che io sappia».

«Ma se mi hai convinto proprio tu...».

«Te l'ho fatto credere. E non ho faticato troppo, tutto sommato. Ti faceva comodo crederlo, per avere il pretesto di liberarti di un avversario che sapevi di non poter battere, e hai colto al volo l'occasione che ti ho offerto».

Eucle tace, per qualche istante. Poi, con la forza residua: «Come pensi di giustificare la nostra morte?».

Tersippo si volta. «I persiani, no? Non ricordi? Vi hanno fatti fuori tutti e due. E hanno fatto fuori anche le sentinelle degli Alcmeonidi».

«Sei... sei tu il traditore?»

«Non ce ne sarebbe bisogno. Avrei la città ai miei piedi adesso, e sarei subito arconte. Ma arconte non significa tiranno, e non rappresenta il potere assoluto. Ci ho pensato durante la nostra sfida. Tutto sommato, accordarsi con Ippia mi conviene: mi sposo sua nipote e divento suo erede come tiranno, senza i vincoli della democrazia, senza dover condividere il potere o lasciarlo a qualcun altro dopo un anno».

Poi Tersippo avanza di un passo e solleva di nuovo la spada, pronto a finirlo. Guarda la ferita, da cui continua a sgorgare sangue. Scuote la testa.

«È inutile finirti. Ne hai per poco, ormai. E poi, conoscendoti, starai lì a roderti il fegato per i tuoi sensi di colpa. E questo mi piace. Ti saluto, Eucle», dice, prima di voltarsi e di incamminarsi verso Atene.

Con tutta la calma di un uomo che sa di non avere più rivali.

Il cedimento era sempre più palpabile. Adesso l'iniziativa era passata ai persiani, e per il reggimento di Antiochide era pressoché impossibile arrestarne l'impeto. Gli assalti del nemico si susseguivano tambureggianti, e ogni difesa si rivelava più precaria. I persiani, in forte superiorità numerica, potevano gettare nella mischia sempre nuovi effettivi, che al momento dell'impatto iniziale erano rimasti in attesa nelle file posteriori, mentre i greci erano costretti a rimanere costantemente in prima linea. E poi, il progressivo recupero del terreno instillava nuova fiducia negli asiatici, e induceva a combattere con tenacia anche i più giovani e le reclute.

Eucle si era accorto da un pezzo che non c'erano più persiani deboli o facili da battere. Ogni avversario si rivelava un osso duro, anche quando i movimenti ne denunciavano una scarsa esperienza. Il morale è tutto, in battaglia, e quello dei greci stava andando a pezzi. Lui, Filippide, lo stesso stratego Aristide, Epizelo, combattevano ininterrottamente dall'inizio dello scontro, e non potevano chiedere a nessuno il cambio, perché non c'era oplita che non fosse sottoposto a pressione. D'altra parte, si diceva Eucle, finché Filippide non si fosse spostato dalla prima linea, aveva l'obbligo di rimanerci anche lui, se pure avesse avuto la possibilità di evitarlo.

Gli parve di sentir risuonare nelle proprie orecchie il clangore del metallo da giorni, tanto gli era divenuto familiare il suono delle lame che si incrociavano. Non c'era quasi stato un solo momento per riprendere fiato, da quando si era trovato a scontrarsi con lo schieramento persiano, né lo stratego intendeva ordinare esplicitamente il ripiegamento, la sola soluzione che avrebbe permesso agli uomini di recuperare le forze per qualche tempo, prima di ritrovarsi di nuovo addosso il nemico. Aristide, infatti, era consapevole di non dover perdere definitivamente il contatto con gli altri settori dell'armata, se voleva evitare di essere circondato; inoltre, sapeva anche che, non appena si fosse ricreata una certa distanza tra i due schieramenti, i persiani avrebbero ricominciato a bersagliarli di frecce. E c'erano molti uomini ormai privi di scudo.

Tra questi ultimi c'era proprio Eucle. L'oplita continuava a difendersi dagli assalti nemici agitando la lancia con la sinistra e affondando con la spada nella mano destra. E sempre più spesso i suoi affondi andavano a vuoto. E sempre più spesso le lance nemiche arrivavano a pungergli il braccio sinistro, riempitosi ormai di tagli e squarci. I suoi riflessi si facevano più lenti, i suoi assalti tardivi, i suoi tempi di reazione agli attacchi avversari più lunghi.

E le sue probabilità di morire, più alte.

Un persiano era particolarmente intraprendente, e lo aveva preso di mira. Forse perché, nel proprio settore, Eucle era il solo senza scudo, quell'asiatico doveva essersi convinto che fosse la preda più facile, e insisteva nel volerlo colpire con la propria lancia. Ed era anche piuttosto abile, mostrandosi capace di sottrarsi a ogni contrattacco dell'oplita. Né Eucle poteva permettersi di stargli troppo attaccato, per timore di esporsi troppo. L'avversario lo capì e, con lo scudo proteso in avanti, si fece più sotto puntando con maggior decisione al suo braccio sinistro. Con lo scudo scansava ogni affondo di spada di Eucle, con la lancia cercava di raggiungere il braccio del greco.

Eucle non riuscì a evitarne la cuspide. Il metallo gli si conficcò nelle carni dell'avambraccio, costringendolo a mollare la presa. Il dolore, l'ennesimo provato in quella battaglia che pareva non dover mai finire, non lo distolse dalla necessità di doversi difendere ormai con la sola spada, con la quale parò un altro affondo dell'avversario. Ma ormai il persiano sentiva di averlo in pugno, e intensificò i suoi assalti. L'oplita non poté far altro che arretrare, finendo per addossarsi ai compagni.

«A terra! Buttati a terra!». La voce di Epizelo.

Non aveva molta scelta. Se fosse rimasto in piedi qualche altro istante, avrebbe fatto da bersaglio al nemico. Si gettò sul terreno, ma non rinunciò al suo obiettivo.

«È mio! Tienilo solo impegnato! Quello è mio!», rispose al suo istruttore di un tempo. Non poteva tollerare che lo salvasse una seconda volta.

Epizelo sembrò non averlo sentito. Si frappose tra lui e il persiano il quale, però, di fronte a un oplita dotato ancora di scudo e lancia, si fece più guardingo. Prese a duellare con l'avversario, in una gara di affondi di lancia che, per lo più, andavano a vuoto, oppure finivano sugli scudi. Ma intanto Eucle recuperava le forze. Anche Epizelo era costretto ad arretrare, per non finire in mezzo ai ranghi nemici che continuavano ad avanzare. E anche Eucle dovette rialzarsi, per non essere calpestato dai persiani sopravanzanti.

Ma prima che tornasse a dare manforte al suo maestro, questi portò il gomito destro in fuori, respinse l'attacco dell'avversario con la punta posteriore della lancia e contemporaneamente si sfilò lo scudo e lo offrì a Eucle.

«Hai detto che è tuo? Vediamo come te la cavi!», gli urlò mentre glielo consegnava.

Eucle rimase interdetto, ma istintivamente afferrò lo scudo. Tuttavia, mentre l'arma passava da una mano all'altra, il persiano sferrò un colpo verso l'asta della lancia di Epizelo, disposta ancora trasversalmente. Il vecchio soldato fu rapido a deviare l'affondo, ma l'asta si spezzò nel punto in cui aveva sbattuto con l'altra. Non riuscì a controllare il contraccolpo, e la cuspide del proprio troncone di lancia gli finì dritta contro l'elmo, all'altezza degli occhi.

Epizelo si portò le mani al viso lanciando urla lancinanti. Eucle, che si era appena infilato lo scudo al braccio sinistro, strusciando contro le ferite che si era prodotto fino a quel momento, rimase per un istante perplesso: il colpo non gli era parso molto forte, e comunque l'elmo avrebbe dovuto abbondantemente riparare l'amico. Tuttavia aveva un compito da assolvere, e si gettò contro il persiano, la cui lancia era ormai anch'essa inutilizzabile. Fu spada contro spada, ma adesso Eucle aveva recuperato fiducia, e fu lui ad assumere l'iniziativa. L'altro combatteva in difesa, e non era più così baldanzoso. La spada dell'oplita finì per entrargli in bocca, per poi uscirne arrossata e con alcuni denti saltellanti sulla lama.

Solo allora Eucle si voltò a vedere cosa fosse accaduto a Epizelo.

Il suo istruttore barcollava. Gli opliti intorno a lui lo urtavano ma non si fermavano, impegnati com'erano a schivare i colpi dei nemici. Eucle lo raggiunse, lo afferrò per il braccio e lo condusse qualche passo più indietro, fuori dalla portata dei persiani più avanzati. Provò a togliergli l'elmo, ma Epizelo lo fermò. Allora guardò meglio e ne capì il motivo. La cuspide era penetrata nell'interstizio dell'occhio destro, scavando un solco nell'arcata oculare, poi aveva urtato il nasale, che si era distorto ed era finito nell'altro occhio.

Epizelo era cieco.

Eucle si sentì in colpa. Era stato a causa sua che Epizelo aveva dovuto difendersi con la lancia, invece che con lo scudo. E, a quanto pareva, gli dèi avevano deciso che dovesse accadergli qualcosa che aveva solo una possibilità su un milione di verificarsi.

Il destino di un perdente? Era così che gli dèi decidevano di punire chi non aveva ambizioni, così come finivano per punire chi ne aveva troppe? Si sarebbe attirato anche lui i colpi della sorte avversa, continuando a compiangersi e a limitarsi come aveva sempre fatto?

«Mi dispiace, amico mio», disse a Epizelo. Ma, a pensarci bene, non gli dispiaceva che il suo istruttore gli avesse dato lo scudo. Tutto sommato, poi, quel che era capitato sembrava soprattutto un monito degli dèi, indirizzato proprio a lui, perché si ricordasse di utilizzare tutte le risorse di cui disponeva, se intendeva primeggiare.

E intendeva farlo, stavolta.

«Dispiaciti solo se perdiamo, Eucle. Quel che conta è la vittoria di Atene, nient'altro», rispose Epizelo.

Nient'affatto. C'erano molte altre cose in palio; la vittoria di Atene era solo uno degli obiettivi, pensò Eucle mentre conduceva il vecchio soldato nelle retrovie. Ma quando cercò di tornare in prima linea, trovò la strada ostruita da opliti che non riconosceva. Poi vide Temistocle, alla loro testa. Era finito tra i soldati di Leontide? C'era una gran confusione in realtà. Niente schieramento, niente ranghi compatti, solo un'accozzaglia indefinita di opliti che si accalcavano tentando di arginare la spinta persiana.

Inutilmente.

A ogni modo, lui doveva tornare in prima fila. Filippide continuava ad accumulare vantaggio, mentre lui perdeva tempo a fare da balia a Epizelo. Poi però vide che anche Filippide era finito nelle file posteriori, ammesso che si potesse ancora parlare di file in quella calca. Lo raggiunse subito.

«Che sta succedendo? Dove siamo finiti?», gli chiese.

«Aristide e Temistocle si sono parlati e hanno deciso di alternare i reggimenti in prima linea», rispose l'amico. «Non aveva senso continuare a tenere una fronte estesa ma sottile; stavamo solo perdendo terreno, e rischiavamo di cedere di schianto da un momento all'altro. Adesso, noi siamo retrocessi dietro di loro e lasciamo che sia Leontide ad arginare il nemico. Poi, quando saranno stanchi, subentreremo di nuovo noi!».

Alternanza. Proprio come stavano facendo i persiani. Ma questo significava ridurre le possibilità di mettersi in mostra e colmare il divario con Filippide.

«Insomma, a quanto pare, adesso ci pensa Tersippo a difenderci!», aggiunse Filippide.

«È ancora vivo?», chiese Eucle.

Filippide non rispose. Gli indicò un punto oltre le creste dei compagni. Ed Eucle lo vide, comparire e scomparire tra la calca. Il fisico tozzo e compatto dell'amico era inconfondibile. Era in prima fila e sembrava cavarsela egregiamente.

«Tra poco toccherà di nuovo a noi, mi auguro. Anche loro sono stati sempre in prima linea, finora...», disse Eucle.

«Già. Temistocle e Aristide hanno perso tempo a discutere su chi dovesse fare il primo turno, infatti. Credo che se la siano giocata a sorte, alla fine».

Infatti, gli uomini di Leontide sembravano non reggere. Non avevano avuto pause, d'altronde. Antiochide non poteva permettersi di tirare troppo il fiato. Aristide ordinò di spingere in avanti, per arginare il graduale ripiegamento degli uomini di Temistocle. Sia Eucle che Filippide, tra i più avanzati del proprio reggimento, presero ad accalcarsi contro la schiena di uomini che neanche conoscevano e con i quali non avevano mai combattuto. Ma era come tentare di bloccare una mandria di buoi. La pressione persiana era talmente forte da impedire agli opliti di ancorarsi al terreno, che sembrava sempre mancare loro sotto i piedi.

«I fianchi! Attenti ai fianchi!». Aristide richiamò la loro attenzione, afferrò alcuni opliti e li trascinò con sé. Eucle vide cosa intendeva. Le due tribù, mettendosi una dietro l'altra, avevano ristretto l'estensione dello schieramento, di fatto dimezzandolo. E se ciò aveva rallentato la spinta persiana in avanti, aveva però consentito al nemico di allargare la propria linea e di iniziare a circondare i greci.

Adesso gli ateniesi non avevano più i persiani solo davanti, ma anche sui lati. Peggio non poteva andare. O meglio, certo che poteva: presto li avrebbero avuti anche dietro, probabilmente.

Filippide fece un cenno a Eucle. Ambedue si spostarono verso l'esterno, sul fianco opposto a quello in cui era andato Aristide. Ormai, quelli di Leontide dovevano cavarsela da soli. Ad Antiochide toccava presidiare entrambi i fianchi. I due opliti arrivarono in pochi istanti al margine del piccolo schieramento dell'unità. E videro che i persiani all'assalto del fianco erano già tanti.

Troppi.

Filippide urlò e si gettò contro i nemici. Eucle si affrettò a imitarlo, così come altre poche decine di opliti. Ma era inutile. Nessuno di loro avrebbe potuto cavarsela, in quella situazione disperata; e presto i persiani, che aumentavano di numero istante dopo istante, avrebbero chiuso ogni via di fuga. Ammesso che qualcuno volesse fuggire. Eucle prese a mulinare la spada contro i persiani più vicini, quando udì un grido.

«Aiantide e i plateesi! Stanno sopraggiungendo! E stanno attaccando i persiani da tergo! Siamo salvi!».

Eschilo si chiese se i suoi amici fossero ancora vivi. Filippide, Tersippo ed Eucle erano nei reggimenti che più avevano subìto lo scontro, e a quel punto le due unità dovevano essere decimate. I persiani, infatti, erano ripiegati sulle ali, ma al centro avevano concentrato tutta la fanteria pesante e sprigionato tutta la loro potenza, trovando per giunta la scarsa opposizione di formazioni assottigliate per necessità tattiche.

Insomma, tutto il peso del combattimento si era riversato su Antiochide e Leontide. La manovra a tenaglia ideata dal polemarco era il solo modo di evitare ai due reggimenti la distruzione totale. E di evitare anche che, una volta liberatisi del centro greco, i persiani attaccassero da tergo le ali elleniche impegnate nell'inseguimento dei nemici in fuga verso la spiaggia. Bisognava dare atto a Callimaco di aver concepito un piano brillante: una conversione di parte delle forze di Aiantide verso il centro, contestualmente a un movimento speculare dei plateesi all'ala opposta, per attaccare da tergo la fanteria pesante dei persiani, a sua volta spintasi molto avanti nell'inseguimento del centro greco e isolatasi dal resto dell'armata in ripiegamento.

Callimaco aveva lasciato lo stratego del reggimento, Stesilao, a condurre l'inseguimento verso la spiaggia e a bloccare l'imbarco dei persiani sulle navi, ed era tornato indietro puntando sul fianco del centro persiano, ormai concentrato sull'obiettivo di sterminare i reggimenti di Aristide e Temistocle. Arimnesto, lo stratego dei plateesi, aveva dato il suo assenso e, dal campo nemico ove si era spinto con i suoi, aveva fatto altrettanto.

E sarebbero piombati tutti addosso alle file posteriori della fanteria pesante nemica in pochi istanti, e quasi contemporaneamente, se non fosse stato per Milziade. Lo stratego di Oneide, infatti, aveva sbarrato il passo al polemarco non appena aveva saputo della sua manovra. Eschilo ricordava ogni parola del loro dialogo, decisamente surreale in una situazione limite come quella: una parte dell'esercito prossima alla vittoria, e un'altra vicina alla distruzione.

«Ma dove stai andando?», aveva preteso di sapere Milziade, schierando i suoi di fronte alla colonna di soccorso condotta da Callimaco.

«Ad attaccare il centro persiano. Sono già d'accordo con Arimnesto. Stanno andando anche loro! Lasciami passare!», aveva risposto Callimaco, con l'autorità che gli derivava dalla sua carica, e anche dal valore dimostrato in battaglia. Un valore che un vecchio di sessant'anni non aveva potuto certo dimostrare.

«Ecco, bastano i plateesi per questo. Adesso, tutte le forze disponibili sono necessarie alla spiaggia! Non dobbiamo lasciar scappare i persiani!», aveva replicato Milziade.

«Non serve a nulla rastrellare i persiani sul mare se poi lasciamo le spalle esposte al contrattacco della loro fanteria pesante! Vuoi finire in una morsa, attaccato di fronte e da tergo?»

«E non serve a nulla distruggere il centro persiano se lasciamo che tutto il resto dell'esercito salpi per Atene! Sarà la vittoria sul campo più inutile che abbiamo mai ottenuto! Forse addirittura la più dannosa!».

«Niente affatto! Se attacchiamo insieme, noi e i plateesi, faremo in fretta e torneremo alla spiaggia! Ho lasciato Stesilao a tenere impegnati i persiani coinvolti nelle operazioni di imbarco».

«Ma se i persiani stavano già salpando quando abbiamo iniziato ad attaccare! Quanti pretendi di bloccarne, se aspetti un altro po'?»

«Ma hai visto quanti ne sono finiti nelle paludi? E poi, gran parte della loro fanteria pesante è ancora sul campo di battaglia. Abbiamo l'opportunità di privarli dei contingenti più pericolosi e di salvare due nostri reggimenti, e non me la lascerò scappare!».

Ma quest'ultima eventualità non sembrava interessare molto Milziade. Ed era questo, più di ogni altra cosa, che aveva colpito Eschilo. «Non c'è niente di riprovevole nel sacrificare due reggimenti per salvare la città intera e il resto dell'esercito!», aveva replicato ancora Milziade. «Anzi, è stato un bene aver indebolito il nostro centro. Così abbiamo indotto i persiani del centro a separarsi dalle ali e abbiamo potuto prevalere sui fianchi. Il nostro obiettivo, ricordalo sempre, era di arrivare alla spiaggia e bloccare le operazioni di imbarco, e in questo modo ci siamo riusciti! E ora tu vuoi rovinare tutto?»

«Non era questo il mio intento! E in ogni caso non intendevo sacrificare i reggimenti di Aristide e Temistocle quando ho autorizzato l'estensione della fronte, ma solo evitare l'accerchiamento da parte delle ali nemiche! Levati di mezzo, ho detto, o ti riterrò responsabile della loro distruzione e ti accuserò pubblicamente davanti all'assemblea!», aveva tagliato corto Callimaco, con un tono perentorio che non ammetteva più repliche.

Ma Milziade non era tipo da farsi mettere a tacere facilmente, e aveva replicato ancora. «Sarò io ad accusare te davanti al popolo!

Metti a rischio la salvezza dell'intera città per salvare due reggimenti ormai condannati!».

Callimaco tacque per qualche istante. Fissò negli occhi il rivale. Intorno a loro gli armati rimasero immobili come statue, in silenzio anch'essi, tutti pervasi dal timore di dover sentire un ordine al quale non avrebbero mai voluto obbedire: aprirsi la strada a scapito dei compagni dell'altro reggimento.

«È un rischio che sono disposto a correre. Levati di mezzo, ho detto», quasi sussurrò Callimaco, alla fine.

Eschilo aveva tremato. Né avrebbe saputo quale posizione prendere, se la decisione fosse dipesa da lui. Fremeva perché Callimaco portasse aiuto a Stesilao, e quindi a Cinegiro; ma in quel settore i greci stavano prevalendo, e forse il fratello correva meno pericoli dei suoi amici, che invece erano sul punto di essere spazzati via.

Milziade aveva esitato ancora. Poi aveva fatto cenno ai suoi di spostarsi e di mettersi in coda ad Aiantide. E alla fine erano giunti tutti alle spalle dei persiani, poco dopo l'arrivo dei plateesi sul fianco opposto. Il problema, adesso, era che Arimnesto non aveva osato attaccare senza Callimaco, e nel frattempo gli asiatici, accortisi della presenza di truppe nemiche alle loro spalle, si erano organizzati per sostenere un assalto. Addio sorpresa: parte dei persiani aveva fatto una conversione e si era voltata a presidiare le spalle dello schieramento, creando una doppia fronte. Ma, se non altro, il nemico aveva parzialmente allentato la pressione su Aristide e Temistocle.

E quindi su Filippide, Eucle e Tersippo, ammesso che fossero ancora in vita.

Era il momento di attaccare. Callimaco poteva vedere Arimnesto alla testa delle truppe plateesi, a circa mezzo stadio di distanza. Gli fece segno di avanzare di corsa e partì egli stesso, trascinandosi dietro i suoi. Eschilo si era collocato nelle ultime file. Nessuno si aspettava, d'altronde, che contribuisse all'assalto con qualcosa di più di una spinta e un ruolo da riserva. Sentì l'impatto, nonostante ne fosse distante: gli opliti davanti a lui, lanciati in corsa, si arrestarono improvvisamente e lui gli si accalcò addosso; il suono di centinaia di scudi, spade e lance che cozzavano, quasi tutti nello stesso momento, risuonò talmente forte nella piana che ebbe l'impressione di trovarcisi in mezzo.

Centinaia di uomini, da ambo le parti, che si affrontavano guardando in faccia la morte senza averne paura. Sapevano tutti che ogni colpo, vibrato o subìto, avrebbe potuto essere mortale, o portare a una mutilazione orribile, infliggere sofferenze insopportabili, provocare lutti insostenibili per chi rimaneva. Eppure lo facevano, senza esitare e senza fare storie. Eschilo se ne stupiva fin dall'inizio della battaglia, e aveva continuato a studiarli per l'intera durata del combattimento, cercando di capire cosa li spingesse a sfidare la sorte con tanta leggerezza. Era forse quello il coraggio? Non tirarsi indietro, mai? O era semplice superficialità, quasi incoscienza delle conseguenze delle loro azioni, scarso valore attribuito alla vita, alla propria e a quella altrui?

Osservò Callimaco comparire e scomparire tra le decine di creste e scudi che intercorrevano tra lui e la prima fila. Era il capo supremo, e avrebbe potuto tenersi defilato. Invece, era sempre davanti a tutti, si esponeva a qualunque rischio, come e più dei suoi subalterni. Lo vide scagliarsi per l'ennesima volta contro il muro di scudi dei persiani, che appariva impenetrabile. E più tempo passava, più Antiochide e Leontide venivano decimati. E più tempo passava, più i persiani sulla spiaggia avevano modo di salire sulle navi e salpare alla volta di Atene.

Più tempo passava, e più aumentava il rischio che Milziade avesse ragione.

Callimaco doveva essersene reso conto, perché non si stancava di esortare i suoi a imitarlo, a scagliarsi come tori infuriati contro gli sparabara. Un varco. Serviva aprire un varco nella falange persiana rivolta verso di loro, scarsamente profonda, stavolta, perché l'altra metà degli effettivi era schierata contro Antiochide e Leontide. Dopo sarebbe stato tutto più facile: i persiani si sarebbero trovati tra due fuochi e sarebbero stati loro a essere circondati.

Ma quel varco non si apriva.

Gli opliti non erano più freschi come all'inizio della battaglia. Non riuscivano ad avere lo stesso slancio, né la stessa potenza d'urto. Ormai ciascuno correva e si muoveva con le scarse forze che gli rimanevano, e quindi gli assalti al muro di scudi erano deboli e scoordinati. I locaghi cercavano di raggruppare i loro subalterni per guidarli tutti insieme contro l'obiettivo, ma ciascuno arrivava di fronte alle lance nemiche in un momento diverso e, nella migliore delle ipotesi, era costretto a ripiegare senza aver concluso nulla.

Nella peggiore, rimaneva appeso alle cuspidi persiane.

Poi Callimaco esortò gli ufficiali a radunare il gruppo più cospicuo dietro di lui. Quando ne vide dietro di sé una trentina, lanciò un urlo e si scagliò contro la linea persiana. Aveva la spada, oltre allo scudo. Arrivò prima dei suoi compagni, e si diede a menare fendenti per spezzare le lance. Eschilo vide tronconi di aste saltare in aria, il braccio del polemarco inondarsi di sangue e continuare ad alzarsi e calare sugli avversari. E poi vide il corpo di Callimaco sollevarsi lentamente da terra, e almeno una dozzina di cuspidi fuoriuscire dalla sua schiena.

Proprio in quel momento, gli altri opliti approfittavano della diversione creata dal loro comandante e si aprivano la strada proprio al suo fianco, dove i persiani, impegnati con lui, avevano abbassato la guardia.

Milziade l'aveva detto, che per vincere e salvare Atene un sacrificio era accettabile, forse perfino necessario. E Callimaco di Afidna sapeva che, per salvare Aristide e Temistocle da una parte, e Stesilao dall'altra, avrebbe dovuto sfondare immediatamente.

E aveva sacrificato se stesso.

XVIII

Una lunga e dura battaglia. E dopo una pericolosa incursione notturna nelle linee nemiche. Una corsa estenuante. La scoperta del tradimento di Filippide. L'inganno di Tersippo. Il senso di colpa per aver determinato la morte dell'incolpevole Filippide. E, ora, uno squarcio nel fianco. È come se mi avessero ucciso una decina di volte nell'arco di una sola giornata, pensa Eucle osservando il proprio sangue sgorgare dalla ferita provocata dal kopis di Tersippo.

E questa, comunque, pare proprio la volta buona.

Per molto tempo ha combattuto contro i propri limiti, Eucle. Fin dalla prima azione di quella campagna, a Maratona, ha dovuto fare i conti dapprima con le proprie paure, con la mancanza di determinazione, poi con le forze che si affievolivano, che lo abbandonavano dopo ogni impresa, dopo ogni gesto che gli era valso a salvarsi la vita o a mantenere il livello delle sue prestazioni pari a quello dei due sfidanti. Con il trascorrere del tempo, si è perfino reso conto di averli superati, i propri limiti, o quelli che credeva tali; perché – ed è stata questa la lezione che ha tratto da quegli eventi grandiosi e terribili – essi si sono rivelati solo delle barriere autocostruite per timore di mettersi davvero alla prova.

Ma adesso non c'è più niente da fare. C'è solo da trascorrere gli ultimi istanti di vita a recriminare su ciò che sarebbe potuto essere e non è mai stato. Tranne nella prima gara del biennio di efebato, nella quale è riuscito ad attingere a tutte le proprie risorse per vincere; perché ha davvero desiderato vincere. Poi più nulla, solo sconfitte. Non ha più ritenuto importante vincere perché non ha più ritenuto importante se stesso. Ha sempre dato per scontato che gli altri fossero migliori di lui, e ha lasciato che la loro determinazione facesse la differenza, si è lasciato dominare da loro e dagli eventi, e si è trasformato in un perdente cronico.

Poi è arrivata la campagna di Maratona. La campagna della vita, per tutti coloro che abbiano mai impugnato una lancia e uno scudo in favore della propria patria. E lui ha creduto di trovare in Ismene uno stimolo finalmente degno di sollecitare la sua determinazione. Ma è stata un'illusione. Ora si ritrova morente, a pochi stadi da Atene, la sua meta, dopo essersi accorto di aver ucciso un vero amico, meritevole dei più alti onori e della più ampia considerazione, e di essersi lasciato manovrare da un individuo privo di scrupoli, che ha creduto amico.

Ha sbagliato tutto. Proprio tutto.

Perfino Ismene è stata uno sbaglio. L'ha persa di vista, man mano che la sfida assumeva contorni più drammatici. Quella donna, in realtà, è stata solo un pretesto per avviare la sfida. La posta in gioco è sempre stata un'altra. Ha creduto di essere il solo ad ambire a lei per puro sentimento, per amore e senza secondi fini. Ha accusato Filippide di volerla sposare per puro diletto, e Tersippo per i benefici economici che gliene sarebbero derivati.

Ha creduto di amarla, di essere il solo, dei tre, a non amare se stesso. Ma è stata tutta una farsa. Voleva solo vincere la sfida, dimostrarsi finalmente, se non migliore, pari a loro due, che erano sempre stati dei vincenti. Si è convinto di amarla, sperando di trovare nell'amore una spinta sufficiente a permettergli finalmente di vincere ogni remora. A dispetto dell'evidente disinteresse che lei mostrava nei suoi confronti. A dispetto di tutte quelle caratteristiche che, in qualsiasi altra donna, gli avrebbero dato fastidio: la frequente volgarità, la sfrenata passione per le competizioni sportive, l'età...

Ma il suo vero stimolo è stato un altro. Non una donna, non un amore rivelatosi fittizio, pretestuoso, labile. È stato la frustrazione. È stato l'invidia. La frustrazione per non aver conseguito mai alcun risultato degno di lode, l'invidia nei confronti di due amici di successo. Non gli interessava Ismene, gli interessava solo superarli, dimostrarsi migliore di loro, una volta per tutte. Anche per lui, dunque, lei è stata solo una posta in palio di facciata; in ballo c'era altro. Anche per lui ciò che era veramente importante, in quel gioco al massacro, era se stesso, Eucle. Ha creduto di potersi rifare in una sola volta, nella sfida più importante per loro e per la patria, di tutte le sconfitte, di tutte le amarezze, sottraendo a Filippide e Tersippo la più grande delle vittorie, la più clamorosa occasione di popolarità.

E invece, proprio stavolta si è rivelato il peggiore di tutti. Perfino Tersippo, con tutta la sua mancanza di scrupoli, ha sempre saputo dove voleva arrivare, e in battaglia ha dato il suo pieno contributo alla causa ateniese, senza che qualcuno potesse rimproverargli alcunché. Lui, invece, ha sempre inseguito, ha sempre agito per emulazione, per dimostrare qualcosa. E ha voluto superare i due sfidanti non per amor di patria, non per ambizione personale, per stizza e per dispetto. Non si può spiegare in altro modo la facilità con cui ha accettato il presunto tradimento di Filippide, la rapidità con cui Tersippo lo ha convinto a uccidere l'amico. In realtà, non aspettava altro che un pretesto per eliminare un avversario che sapeva di non poter battere.

Non solo: non ha neanche avuto il coraggio di ucciderlo direttamente. Ha lasciato che lo facesse un altro per lui. Alla fine, se Tersippo lo ha usato per eliminare il concorrente pericoloso, lui non è stato da meno. Lui ha usato Tersippo per fare qualcosa che desiderava fare ma che non aveva il coraggio di fare. Non è migliore di lui, anzi, è perfino peggiore: l'amico di un tempo, almeno, ha avuto il coraggio delle proprie azioni, fino in fondo, ed è stato anche il più abile, in quel perverso gioco di ambizioni esplicite e nascoste.

Hanno eliminato il solo uomo che rappresentasse la causa di Atene fino in fondo, il solo, dei tre, che meritasse di vincere; il solo, dei tre, che non aveva mentito né a se stesso né agli altri.

Non può andarsene così, in una pozza di sangue, lontano dal luogo di una battaglia nella quale ha corso il rischio di perdere la vita più volte. Non può finire così. Per lui, per Atene, per lo stesso Filippide. Darebbe qualunque cosa per potersi rialzare, raggiungere Tersippo, toglierlo di mezzo e arrivare ad Atene, a salvare la città e a spiegare a tutti come sono andate le cose. A dire che il vero vincitore, il vero eroe è stato Filippide.

Ma la quantità di sangue che alimenta ciò che resta del suo corpo è insufficiente, ormai, perfino a permettergli di alzarsi da terra. È condannato, ha ragione Tersippo. È solo una questione di tempo. Poco tempo. Troppo poco, anche volendo provarci...

E allora? Proprio per questo, si dice Eucle, cos'ha da perdere? Adesso ha uno stimolo davvero valido. Non più un amore che non esiste, non più l'invidia, non più la frustrazione, ma la salvezza della città. E non come pretesto per nascondere le proprie ambizioni, ma come redenzione. È la sola possibilità non solo di salvare la memoria di Filippide, ma anche di redimersi, almeno parzialmente, di dare un senso alla sua morte ormai inevitabile.

Prova a puntare le braccia sul terreno e a sollevarsi. Lo sforzo è immane. E subito si rende conto che, una volta in piedi, difficilmente farebbe un passo senza crollare. Deve arginare il sangue, tentare di conservare quel poco che gliene rimane. Trae un profondo sospiro e si strappa un lembo della tunica. È facile, non deve fare forza: l'indumento è tutto lacero, basta infilare la mano in uno dei buchi e tirare. Appallottola la striscia di lino che gli rimane in mano e la accosta alla ferita. Una breve esitazione, la paura di aumentare il dolore. Ma poi scrolla le spalle; non avrà molto tempo per soffrire, dopo.

Perché dopo tutto avrà fine.

Fitte, bruciore, dolore nella ferita e tutt'intorno. Non ci bada. Infila il pezzo di lino nello squarcio e tiene premuto. Serve a poco. Con un nuovo sforzo, si sfila ciò che gli rimane della tunica e se l'annoda alla vita, bloccando il pezzetto che ha messo sulla ferita.

È stata una fatica inaudita. Vorrebbe sdraiarsi di nuovo e aspettare la morte, riposarsi, negli ultimi istanti di vita. Ma non può buttare via l'ultima occasione che gli viene offerta di ottenere una vittoria. A quanto pare, gli dèi gli stanno concedendo ancora una piccola frazione di tempo. Sta a lui impiegarla per fare la cosa giusta.

Ancora una volta, punta le mani per terra e cerca di fare forza sulle braccia per alzarsi. Riesce a malapena a sollevarsi, poi è costretto a sedersi di nuovo. Troppo forte il dolore sul fianco squarciato. Sospira profondamente, prima di darsi un nuovo slancio. E sente nuove fitte: il movimento dello sterno gli ha rinnovato il dolore. Si convince che il più è alzarsi in piedi. Poi andrà meglio; poi il dolore diventerà costante. Ma sì, un obiettivo alla volta. Adesso prova a fare forza solo con il braccio sinistro, quello sul fianco ancora integro. Ma si tratta anche del braccio più ricoperto di lividi, ferite, tagli e contusioni. Tuttavia, sono dolori più sopportabili rispetto a quello all'altezza della vita. Si concentra su di essi; sa di poterli vincere. Si solleva appena, e poi ancora un po', e infine riesce a mettersi in ginocchio.

Bene. Il più è fatto, forse. Dà un'occhiata alla tunica avvolta alla vita. È già in gran parte intrisa di sangue. Il suo sforzo di arginarne il flusso si sta rivelando patetico. Raccoglie la spada e la impugna con la mano destra. La stretta è debole, quasi inconsistente; non è la stretta di un guerriero. È quella di un guerriero *moribondo*. Senza speranze, contro un guerriero ancora vitale.

Fa ancora forza sul braccio sinistro per darsi lo slancio, e poi sulle ginocchia, sulle cosce e sui polpacci, induriti dalla fatica e dalla debolezza. Raggiunge la posizione eretta, ma sente mancargli l'appoggio sulle gambe malferme. Il terreno sembra scivolargli sotto i piedi, la natura intorno pare girare all'impazzata.

Non riesce a impedirsi di barcollare, e impiega molto per trovare una posizione stabile. Non c'è un punto fermo, intorno a lui, e tutto ha contorni indefiniti. Non sa più neanche individuare la direzione giusta. Sente di poter stramazzare a terra da un momento all'altro. Volge il collo a destra e a sinistra, cercando di capire dove andare. Guarda per terra, ma non è in grado di distinguere la strada dal terreno che la delimita. Scruta il paesaggio, prova a interpretare quell'indefinita e incerta riproduzione della natura che lo circonda. Intravede montagne in lontananza; dev'essere il monte Parnaso, quindi non è là che deve andare. Se è così, alla sua sinistra devono esserci alture meno elevate. Ma sì, certo: è il monte Egaleo. Allora deve ruotare di novanta gradi per puntare su Atene.

C'è da mettersi in moto, adesso. Trascina un piede in avanti, il destro. Fitta atroce. Ora il sinistro. Altra fitta, ma meno acuta. Meglio provare a camminare, prima di azzardarsi a sollevare i piedi per un abbozzo di corsa. E comunque è difficile che Tersippo stia facendo qualcosa di più che marciare. Lui, invece, deve fare qualcosa di più, se vuole raggiungerlo prima che arrivi ad Atene.

E prima di crepare.

Eucle muove cautamente i piedi. A ogni movimento teme di cadere. E ogni passo avanti è una vittoria. Non sa quanto durerà. Sa solo che deve tenere duro, finché ce la fa. Non gli rimane altro, adesso, nella vita, se non raggiungere Tersippo e poi sopravvivere fino ad Atene. Si tiene il fianco, si comprime la ferita, si provoca un maggior dolore. Lo fa intenzionalmente, per tenersi vigile, per non lasciarsi andare. Per trovare conferma di essere ancora vivo. Ormai ha capito che è solo il dolore a tenerlo in vita. Cerca di aumentare la cadenza e inizia a sollevare appena i piedi da terra.

Ecco, funziona. Ha abbozzato un passo di corsa e non è ancora caduto. Forse, da questo momento, sta iniziando anche a recuperare terreno su Tersippo. Lacrime, sudore, debolezza gli offuscano la vista. Poi si accorge di sputare sangue. Gli finisce sugli occhi, anch'esso. Se li strofina, ma non serve. Non vede quasi più nulla. Sbatte le palpebre ripetutamente: dovrà pur individuare Tersippo, se vuole impedirgli di tradire la città.

Nulla. Tutto è indistinto. Non saprebbe distinguere un albero da un essere umano, ormai. Non può sperare di notare l'oplita in lontananza. Ma procede, procede ancora, e accentua la cadenza, anche se la sua falcata è ridotta al minimo. È l'ultimo atto della sua vita, non ha nulla da perdere. Sente i propri passi sempre più pesanti, il suo respiro divenire un rantolo, le sue braccia ormai incapaci di sollevarsi oltre i fianchi, la spada rischiare di sfuggirgli di mano a ogni sobbalzo, il fianco squarciato risucchiargli via la vita e, insieme, ricordargli che è ancora vivo.

Le sagome che intravede a distanza si trasformano in alberi solo quando gli passa accanto. E fino all'ultimo, teme che possa trattarsi di un uomo, o dello stesso Tersippo, e si dispone ad affrontarlo cercando di sollevare la spada in posizione di guardia.

Cercando…

A giudicare dal numero di passi, deve aver percorso due stadi o poco più. Ormai Atene è vicina. E più si avvicina alla città, più scarse si fanno le probabilità di raggiungere Tersippo prima che il traditore ne varchi le mura. Deve aumentare la cadenza, a tutti i costi. Ma è troppo debole, stanco, appesantito, dolorante. Il suo corpo non gli permette di andare oltre lo sforzo che già sta facendo. Allora prova ad aumentare la falcata. Allunga una gamba, poi l'altra, e il dolore aumenta, il terreno diventa più instabile sotto i piedi. Ogni volta che poggia di nuovo il piede a terra, si sente in procinto di scivolare.

Impugna la spada con la mano sinistra. Sul braccio destro si sente troppo sbilanciato. Ma la falcata risente del movimento del busto, il piede atterra storto, ed Eucle si sente precipitare in mezzo alla polvere.

È finita. Non si sente in grado di alzarsi una seconda volta. E poi, la caviglia gli duole, adesso. Raccoglie la spada, che gli è scivolata a poche spanne. Non ce l'ha fatta, neppure stavolta. Perdente era, e perdente morirà. Come ha potuto anche solo pensare di salvare la città, lui, così incapace di salvare se stesso dalle brutte figure, ogni volta che ha dovuto mettersi in gioco?

Tanto vale farla finita subito, senza stare a piangersi ancora addosso. L'ha fatto tutta la vita, meglio evitare di farlo anche in punto di morte. Trascorrere l'agonia ricordando tutti i propri fallimenti non è una bella prospettiva. La spada, la spada che pretendeva di usare su Tersippo, adesso ha un altro bersaglio.

Se stesso.

Almeno questo, si dice, riuscirò a farlo. Anche un incapace come me può mettere fine alle proprie sofferenze...

«Ma cosa credi di fare? Farmi fuori? Ma se sei già morto!».

La voce di Tersippo. Seguita da una sonora risata.

L'arrivo dei rinforzi produsse immediatamente i suoi effetti. Anche se gli opliti di Antiochide non videro subito chi era giunto in loro soccorso, la pressione dei persiani sul reggimento e su Leontide si allentò nell'arco di pochi istanti. Per fortuna. La situazione delle due unità era molto vicina al punto di non ritorno, dopo che il nemico le aveva circondate su tre lati. Una volta chiusa anche la via di fuga verso il bosco sacro di Eracle, nessun oplita avrebbe più avuto scampo, e degli uomini di Aristide e Temistocle non sarebbe rimasto più nulla.

Eucle si guardò intorno, accorgendosi solo allora di quanto fossero andati vicini all'annientamento. A un rapido colpo d'occhio, i morti e feriti tra gli opliti erano pari a quelli ancora in piedi e in grado di combattere. E tra i feriti non comprendeva se stesso, pur sapendo di non avere parte del corpo priva di tagli ed ecchimosi, o tanti altri nelle sue condizioni. Altri, infatti, giacevano seduti o sdraiati a terra, addirittura nella zona tra i due schieramenti, con squarci troppo profondi per rialzarsi, o solo trascinarsi in una posizione meno esposta.

Un oplita stava strisciando verso il proprio piede, che una scimitarra persiana aveva fatto volare a pochi passi da lui. Cercava di afferrarlo, come se si illudesse di poterselo riattaccare. La follia del dolore. O forse, voleva morire tutto intero. Un altro giaceva seduto, con il capo reclinato sul petto, l'elmo per terra, parte della cute asportata, e qualcosa che poteva essere il cervello affiorava tra i residui di capelli. Un altro ancora cercava inutilmente di arginare lo zampillio di sangue dal suo avambraccio semitranciato, penzolante dal resto dell'arto. C'era anche chi si trascinava carponi, con il sangue che gli gocciolava dal petto e chi, come Epizelo, se ne stava seduto con aria distante, come estraniato da ciò che lo circondava.

E poi c'erano i morti. Tanti morti. Opliti riversi sul terreno, ma nessuno con la schiena squarciata. Le loro ferite fatali erano sul petto, all'inguine, alle gambe, alle ascelle. Antiochide e Leontide avevano dovuto ripiegare, ma la loro ritirata non era mai arrivata a somigliare a una fuga. Tutti i soldati avevano continuato a guardare in faccia il nemico, mentre arretravano; qualcuno era perfino incespicato in un sasso o in un qualsiasi altro ostacolo, finendo alla mercé degli avversari. Gli stessi ufficiali non si erano mai voltati, neppure per dare gli ordini.

Ma Eucle non poteva ancora permettersi di riposare. I persiani erano meno aggressivi, e molti di loro si erano spostati ad affrontare i plateesi e Aiantide, ma gli erano ancora addosso e in grado di nuocere. Eucle vide un suo compagno avanzare baldanzoso verso di loro, sospinto dall'esaltazione per le buone notizie pervenute, e finire trafitto da due lance al petto, che lo sollevarono da terra per rigettarlo addosso ai suoi. Per nulla scoraggiato, Filippide fece altrettanto. Avanzò anch'egli spavaldo verso la linea nemica, e qualcosa nel suo atteggiamento dovette spaventare i persiani, che rimasero ad aspettarlo piuttosto passivi. Fu lui ad aggredirli, spostando con un ginocchio lo scudo di un avversario per poi colpirlo all'inguine con la spada.

Eucle si disse che non poteva essere da meno. Si era procurato un nuovo scudo e una lancia integra. Avanzò a sua volta, e non si curò dei richiami del locago che gli intimava di rimanere al suo posto. Si indispettì, perché l'ufficiale non aveva osato dire nulla a Filippide, una celebrità cui era consentito fare tutto ciò che voleva, e si scagliò contro il nemico più vicino urlando a squarciagola; non tanto per spaventare l'avversario o per darsi coraggio, quanto per attirare l'attenzione dei commilitoni, da cui voleva essere giudicato.

E mentre con la coda dell'occhio notava Filippide uccidere un altro persiano, sfogava tutta la sua frustrazione sul nemico, tempestandolo di colpi sullo scudo. Vi mise una tale foga che, dopo un po', sentì il legno cedere sotto la cuspide della propria lancia. Un nuovo colpo riuscì a penetrare la superficie dello scudo, ma la punta vi rimase incastrata per un istante: tempo sufficiente a permettere all'avversario di dare uno strattone e sottrarre la lancia alla presa dell'oplita.

Gesto incauto. Commesso davanti agli occhi dei commilitoni, per giunta. Eucle si affrettò a estrarre la spada, e proprio mentre la estraeva dalla cintola dovette fronteggiare l'affondo di lancia dell'asiatico; lo parò con un fendente di traverso, dal basso verso l'alto, e il suo colpo fu talmente efficace da costringere il persiano a mollare a sua volta la presa. Adesso erano spada contro spada, ma lo scudo di Eucle era ancora integro, quello dell'altro ridotto in pezzi.

E intanto, Filippide aveva ammazzato un altro persiano. Furioso, Eucle riprese a tempestare di colpi l'avversario, che dovette liberarsi dello scudo, ormai inutilizzabile, e arretrare. Il greco lo seguì da presso. Doveva far presto, gli servivano altri morti per impressionare i compagni e gli ufficiali quanto era stato capace di fare Filippide. Si sfilò lo scudo e, nonostante gli facesse male il braccio ricoperto di ferite, lo afferrò saldamente per il bordo usandolo per menare fendenti in orizzontale. Uno arrivò dritto sull'elmo dell'avversario, tramortendolo quel tanto che gli serviva per sorprenderlo e trafiggerlo subito dopo alla spalla.

Guardò oltre. Gli si parò davanti un altro nemico. Eucle calzò di nuovo lo scudo al braccio e gli si avventò contro. La sua spada contro una lancia. Non se ne curò. Scansò un affondo, spinse l'asta dell'avversario verso l'esterno con lo scudo e sferrò a sua volta un affondo, che centrò il persiano allo stomaco, immediatamente sotto il bordo dell'armatura. Sentì i commilitoni acclamarlo, poi subito dopo udì un'altra acclamazione e volse lo sguardo verso Filippide: l'amico aveva appena spiccato una testa dal collo.

Per quanti sforzi facesse, non riusciva proprio a superare Filippide. Non importa, si disse: non sarebbe stato il numero di uccisioni a determinare il vincitore; nessuno ne stava tenendo conto. Gli ufficiali, i commilitoni, avrebbero espresso un giudizio soggettivo: era importante lasciare impresso nella loro memoria qualche gesto straordinario, possibilmente negli ultimi istanti della battaglia, che rendesse irrilevante quanto compiuto dagli sfidanti in precedenza.

Poteva ancora sopravanzarlo.

Si lanciò contro tre persiani strettisi l'uno all'altro. Ecco, questa sì che poteva essere un'impresa. Ma li vide ripiegare, e se ne stupì; era impossibile che avessero paura di un solo oplita. Fino a quel momento, gli asiatici si erano sempre rivelati dei valenti e coraggiosi guerrieri. Poi notò che tutto lo schieramento nemico di fronte a lui ripiegava. Dapprima lentamente, poi in modo più caotico. Si sentì affiancare dai compagni; stavano avanzando tutti, ormai, incoraggiati dall'atteggiamento passivo dei persiani. Poi vide gli ufficiali nemici fare ampi cenni, indicando alle loro spalle e urlando a squarciagola ordini per lui incomprensibili.

Presto non ci fu bisogno di capire la loro lingua per rendersi conto di ciò che stava avvenendo. Gli ufficiali stavano indicando l'arrivo dei plateesi alle loro spalle. Ed esortando gli uomini a sottrarsi subito alla morsa.

In breve tempo, dei persiani Eucle vide solo le spalle. Lo scontro, per Antiochide e Leontide, era finito. Iniziava l'inseguimento.

Una fase della battaglia nella quale compiere gesta eroiche sarebbe stato a dir poco impossibile.

Chiunque era capace di uccidere un nemico in fuga.

Eschilo scalpitava. Ormai era fatta, nella pianura di Maratona. Il centro persiano, che era stato sul punto di distruggere il centro ellenico, era circondato, ed era iniziata la caccia all'uomo. Ma non era quello che volevano i greci. Tutti i comandanti erano consapevoli che l'obiettivo finale dello scontro doveva essere quello di impedire al grosso dell'esercito persiano di raggiungere Atene. E ogni istante sprecato a concedere ai propri uomini il divertimento, e il lusso, di inseguire e massacrare il nemico in fuga era una probabilità in meno di rendere completa e definitiva la vittoria.

Filippide, Tersippo ed Eucle erano salvi, ormai. Ammesso che non fossero morti in precedenza. Per Eschilo, adesso, l'essenziale era andare in soccorso di Aiantide, che combatteva da sola contro i persiani in procinto di imbarcarsi o già sulle navi.

Quel che contava, ora, era salvare Cinegiro.

Ma nessuno si decideva a dare l'ordine di ripiegamento, adesso che il comandante supremo era morto. Né Arimnesto, né Aristide, né Temistocle, né Milziade. Osservavano i loro uomini indugiare nel massacro dei persiani e non comunicavano nulla ai propri subalterni. In compenso, parlavano animatamente tra loro, probabilmente per decidere chi dovesse assumere il comando supremo dopo la morte di Callimaco. Eppure, per effetto della rotazione giornaliera, sarebbe toccato proprio a Milziade. E il vecchio tiranno del Chersoneso tracico non era tipo da rinunciare a simili opportunità.

A meno che, da buon politico, non volesse trarre il maggior vantaggio possibile dalla situazione.

Ma che senso aveva indugiare sui persiani tagliati fuori dalla ritirata via mare, infierire su di loro, se erano proprio quelli in mare a costituire la vera minaccia per Atene, adesso?

Eschilo si avvicinò al proprio locago. «Cosa aspettano? Qui abbiamo finito! Andiamo alla spiaggia dai nostri commilitoni!», gli gridò a una spanna dal viso.

L'ufficiale lo guardò. Nei pochi tratti non celati dall'elmo,

Eschilo poté leggere tutto il disprezzo nutrito dall'uomo nei confronti di un soldato che non aveva compiuto il proprio dovere.

«I nostri comandanti sanno quello che fanno. Lo hanno ampiamente dimostrato. Non sta a te giudicare. Vai a fare il tuo dovere, piuttosto!», gli rispose il locago.

Eschilo non riteneva che rientrasse tra i suoi doveri divertirsi a massacrare nemici ormai inermi. Osservò sconsolato i propri compagni quasi scherzare con gli avversari, molti dei quali avevano perfino gettato le armi e alzato le braccia in segno di resa. Qualcuno li ammazzava lo stesso, infierendo poi sul cadavere e spogliandolo di uno o più elementi dell'equipaggiamento, da conservare come ricordo della grande impresa. E Milziade non diceva nulla.

Irritato, si mosse in direzione di un gruppo di persiani che si era arreso. Un oplita ne aveva afferrato uno per il bavero e lo insultava, puntandogli la lama alla gola.

«Cosa ci siete venuti a fare qui, voialtri?», gli diceva. «Nessun greco accetterebbe mai di diventare uno schiavo come voi!». E intanto spingeva la punta della lama nel collo, incidendo la pelle.

«Lasciali perdere! Abbiamo altro da fare che stare a giocare con i prigionieri! Ci sono i nostri compagni in pericolo!», gli urlò in faccia Eschilo. «Limitati a radunare i persiani che si sono arresi!».

Ma quello reagì male. «E chi sei tu per darmi ordini del genere? Ho subìto i loro colpi per tutta la battaglia! Adesso ho intenzione di rifarmi! Certo, tu ti sei guardato bene dall'affrontare le loro lance... Povero Cinegiro... che fratello si ritrova...».

Eschilo si sentì pervadere da un'ira che non riuscì più a contenere. Ira verso se stesso, soprattutto. Caricò con l'elmo il commilitone e lo colpì al volto con una testata. L'impatto del bronzo contro il bronzo risuonò per molti passi intorno attirando l'attenzione dell'ufficiale. I persiani di fronte apparvero disorientati. L'altro oplita, tramortito dal colpo, impiegò qualche istante per rendersi conto dell'accaduto. Quando recuperò lucidità, si scagliò contro il poeta.

«Invece di attaccare i persiani, te la prendi con i tuoi compagni adesso? Sei proprio un codardo!», gli urlò in faccia mentre tentava di afferrarlo al collo.

I due si avvinghiarono l'uno all'altro, persero l'equilibrio e finirono per terra, a rotolarsi nella polvere. Arrivò il locago. «Ma siete impazziti? Vi faccio subito rapporto, brutti imbecilli! Alzatevi!», li sgridò.

Eschilo e il compagno non poterono fare a meno di ubbidire. Una volta in piedi, l'ufficiale li afferrò per le braccia e li condusse dagli strateghi, ancora intenti a discutere tra loro.

L'ufficiale non osò interromperli. Attese che fossero loro a richiamare la sua attenzione, ed Eschilo ebbe modo di ascoltare le loro parole.

«Va bene, allora. A Callimaco di Afidna la palma di miglior guerriero della giornata. A te il merito della vittoria», disse Temistocle, rivolgendosi a Milziade. «Ma ricordati che voglio l'arcontato, entro due anni».

«Siamo d'accordo», rispose Milziade, compiaciuto.

«Niente affatto!», intervenne Aristide. «È soprattutto di Callimaco il merito della vittoria! E non accetto questo genere di accordi. Sarà arconte chi sarà estratto a sorte, come stabilì Clistene! Basta elezioni pilotate!».

«Hai intenzione di mettermi ancora i bastoni tra le ruote? Ti farò ostracizzare appena sarò arconte!», grugnì Temistocle.

«Provaci», lo sfidò il rivale. «Vedremo chi saprà raccogliere i maggiori consensi!».

«State calmi! State calmi, non c'è bisogno di litigare!», intervenne Milziade. «Volete competere per l'arcontato? E sia, dunque. Aristide, non devi preoccuparti che a Callimaco non sia riconosciuto il giusto merito. Il fatto che al polemarco venga assegnata la palma di miglior guerriero è un riconoscimento indiscutibile del suo contributo alla vittoria. D'altra parte, non potrai negare che ha applicato il mio piano. E se sei in cerca di consenso per le future elezioni, facciamo così. Adesso noi andiamo in soccorso di Aiantide e tu, con i tuoi uomini e parte di quelli di Temistocle, prendi i prigionieri e vai a occupare il campo e ti appropri del bottino dei persiani. E se qualcosa in più rimarrà nelle mani dei tuoi uomini, senza rientrare nella spartizione generale, pazienza...».

Aristide esitò. Era un'offerta davvero allettante. Perfino per un uomo integerrimo come lui. Ed Eschilo, pur disgustato da quella discussione, sapeva che lo stratego, al contrario degli altri, non voleva solo sembrare giusto, ma esserlo davvero.

Il comandante di Antiochide tacque. Gli altri lo presero come un assenso. E anche Temistocle sembrò accettare la proposta di Milziade il quale, finalmente, rivolse la propria attenzione al subalterno.

«Che cosa c'è, locago?», gli disse con sufficienza.

«Questi due uomini, stratego», rispose l'ufficiale, indicando Eschilo e il compagno. «Litigavano, invece di badare ai prigionieri. In generale, gli uomini ci stanno sfuggendo di mano, signore. Dobbiamo provvedere subito».

«Infatti», convenne Milziade. «Passa la voce. Che si raduni tutto il reggimento di Oneide, metà di quello di Leontide e tutti i plateesi. Li voglio subito ai miei ordini, pronti a prestare soccorso ai nostri valorosi commilitoni sulla spiaggia. Gli altri prendano con sé i prigionieri e vadano a presidiare il campo persiano, immediatamente».

«E di questi due insubordinati, che ne facciamo?», chiese l'ufficiale.

«Nulla. Ci servono tutti gli uomini validi».

Eschilo non poteva chiedere di meglio. Si sentì addosso le occhiate ostili del compagno e anche dell'ufficiale, ma non se ne curò; era solo ansioso di raggiungere il fratello. Fu tra i primi a schierarsi nella colonna di marcia. E stavolta non esitò a porsi in prima fila.

La colonna tagliò trasversalmente il campo di battaglia, percorrendolo a passo molto sostenuto. Eschilo poté vedere già da una certa distanza il formicolio di uomini lungo il litorale, le navi attraccate a breve distanza dalla spiaggia, sui fondali bassi, e una lunga colonna di vascelli che stava prendendo il largo. E notò anche colonne di fumo alzarsi da almeno due delle imbarcazioni più vicine.

Gli uomini della sua tribù, a quanto pareva, avevano già messo fuori gioco un paio di navi nemiche, forse già stipate di armati. Ma ce n'erano tante altre che bisognava fermare. E molti soldati sulla spiaggia cui impedire di imbarcarsi, soprattutto.

Nell'avvicinarsi ancora, Eschilo distinse lo stratego, Stesilao, inconfondibile con il suo scudo raffigurante un grifone sulla superficie, e la sua cresta multicolore. Il comandante della sua unità era in acqua, accanto a una nave, e combatteva per salire a bordo. Mentre udiva l'ordine del locago di attaccare, e nelle sue orecchie risuonava la risposta entusiastica dei commilitoni, si diede a cercare con lo sguardo la gorgone rappresentata sullo scudo di Cinegiro.

Avanzò, sapendo di dover prendere una decisione. Era in prima fila, e non poteva sottrarsi allo scontro. Certo, poteva correre più lentamente degli altri e lasciarli sfilare: invasati com'erano, non avrebbero fatto caso a questo suo ennesimo atto di codardia. Ma così avrebbe perso qualsiasi possibilità di rintracciare Cinegiro. Infine decise di correre ancora, e si ritrovò sulla spiaggia, dove persiani e greci combattevano accanitamente, senza più alcuna distinzione tra i due schieramenti.

A giudicare dalla situazione, Stesilao aveva preso con sé una parte delle truppe lasciategli da Callimaco e con esse doveva aver sfondato lo sbarramento nemico a protezione delle imbarcazioni, aprendosi un corridoio verso il mare. Gli altri suoi uomini erano rimasti sulla spiaggia a tenere impegnati i persiani che non erano ancora riusciti a imbarcarsi. Ma erano in inferiorità numerica, e molti di loro erano già caduti; gli altri stavano per essere sopraffatti, e presto quelli in acqua si sarebbero trovati in una morsa.

Ma adesso, con l'arrivo dei reggimenti di Oneide, Leontide e di una parte di quelli di Aiantide, erano i persiani a trovarsi tra due fuochi. Gli opliti al comando di Milziade si scagliarono a sostegno dei compagni sulla spiaggia, e la sabbia a ridosso dell'acqua si sollevò in un vortice di pulviscolo. Eschilo esitò, rallentò il passo, ma poi si rese conto che in quel caos la visuale gli era preclusa e riprese a correre. Non aveva visto scudi con gorgoni, ma non significava nulla; Cinegiro poteva aver perso lo scudo. Decise che un guerriero come il fratello poteva essere solo in prima linea, al fianco di Stesilao, e si fece largo tra i commilitoni, tentando di guadagnare di nuovo la prima fila. Cercò un corridoio che gli permettesse di raggiungere il mare, evitando di aprirsi la strada combattendo.

La densità di granelli di sabbia fluttuanti nell'aria, se pure gli impediva di vedere qualsiasi cosa distintamente, gli permetteva di passare tra un duello e l'altro senza essere avvistato se non quando era già passato. E comunque, tutti i possibili avversari erano già impegnati con qualche oplita. Continuò a cercare un accesso diretto all'acqua, dando e subendo spallate o spinte con gli scudi, sfiorato dalle lance e dai fendenti di spada. Stringeva in mano la lancia ma non ne fece alcun uso; si limitò solo a muovere lo scudo per ripararsi.

Gli parve di essersi insinuato in una fitta foresta, con gli alberi in perenne movimento, i rami ad altezza d'uomo, come artigli pronti a ghermirlo, tra urla di trionfo e di dolore inquietanti quanto ululati di lupi, sotto una selva di scudi che parevano fronde, tali da offuscare i raggi del sole. Si fece largo a fatica in quella vegetazione selvaggia e alla fine trovò uno stretto corridoio, che sembrava trascurato da tutti i combattenti. E d'improvviso il sole appena calante illuminò l'acqua increspata sul litorale. Ed Eschilo vide il secondo scenario della battaglia: i combattimenti in mare.

Oltre alle navi incendiate che aveva scorto da lontano, erano almeno tre le altre imbarcazioni prese d'assalto dagli opliti. Soldati persiani a bordo e nell'acqua cercavano di respingere i drappelli di greci che, favoriti dal fondale basso, tentavano di risalire le fiancate. Gli asiatici a bordo menavano fendenti verso il basso, oppure affondavano le lance, cercando di tenere distanti gli avversari; gli ateniesi tentavano di eliminare i difensori protendendo in alto le loro lance.

Avanzò ancora, finché non ebbe l'acqua fino alla cintola. Poteva vedere distintamente tutti i combattenti, adesso. Scrutò i greci uno a uno, ma sulle prime non riconobbe Cinegiro. Poi soffermò la propria attenzione sulla zona intorno alla nave presa di mira da Stesilao. Lo stratego combatteva contro due avversari in acqua, ma altri opliti si erano aggrappati al bordo della fiancata e cercavano di scavalcarlo. Uno di essi, con uno scudo sul quale era raffigurato il simbolo di Atena, aveva già messo una gamba oltre l'impavesata, quando un persiano lo trapassò da parte a parte sul collo con una lancia e lo ricacciò in acqua.

Al suo fianco un altro oplita privo di scudo si era aggrappato con una mano agli ornamenti di poppa, cercando di fare forza con i piedi e darsi lo slancio per raggiungere il ponte. Nell'altra mano brandiva la spada. Un persiano a bordo vibrò un colpo con la scimitarra e gli troncò di netto la mano con cui si sosteneva. L'oplita lanciò un ruggito, cadde in acqua ma si rialzò subito, con il sangue che zampillava dal moncherino. Con l'altra mano, quella che reggeva la spada, si levò l'elmo e poi anche la cuffia di pelle che lo proteggeva dallo sfregamento del metallo.

Cinegiro.

Solo allora Eschilo, sgomento, riprese ad avanzare. Si precipitò goffamente in avanti, compiendo ampie e lente falcate nell'acqua che diventava più profonda. E intanto vide Cinegiro lanciare un nuovo urlo, mettersi la lama della spada tra i denti, darsi lo slancio e afferrare gli aplustri con la sola mano rimastagli.

«Fermati! Fermati!», gli gridò. Ma Cinegiro non lo ascoltava. Si aggrappò alla nave, e subito il persiano che gli aveva mozzato la mano fece calare la propria spada anche sull'altra.

La mano dell'oplita rimase attaccata all'ornamento. Tutto il resto crollò pesantemente in acqua.

Senza ricomparire.

XIX

«Sei patetico, non te ne rendi conto?».

Le parole di Tersippo risuonano lontane; eppure Eucle sa che l'amico di un tempo, l'uomo che lo ha pugnalato, è appena sopra di lui. Ecco a cosa è servito raccogliere tutte le energie residue e raggiungerlo: a dargli anche la soddisfazione di assistere alla sua agonia.

Bell'affare.

«Allora? Hai la spada in mano. Che aspetti a usarla, relitto umano? Suppongo che tu sia arrivato fin qui, strisciando come un verme, per uccidermi». Tersippo continua a provocarlo.

Eucle tenta di sollevarsi sulle braccia, stringendo l'impugnatura della spada. Ma ha l'impressione di aver consumato tutte le poche energie rimastegli. Vorrebbe rimanere a terra e recuperare almeno un residuo di vigore. Ma sa che tra poco le forze lo abbandoneranno del tutto. E per sempre.

Percepisce i passi di Tersippo. Ruota il collo e vede l'altro camminargli intorno. «E perché mai vorresti uccidermi, Eucle? Perché sono stato più bravo di te, ancora una volta?»

«Per... per impedirti... di tradire Atene», sibila Eucle.

«Non dire sciocchezze!». Tersippo prorompe in una sonora risata. «Non puoi aver creduto che lo facessi veramente! L'ho detto solo per farti morire con il rimorso di non aver individuato il traditore giusto! Non c'è nessun traditore! Chi me lo fa fare? Sarò una celebrità, adesso, e avrò in pugno la città! Perché mai dovrei mettermi sulla strada quel vecchio decrepito di Ippia? Avrò tutto lo stesso!».

Eucle tace. Ma riprende a far forza sulle braccia. Riesce a poggiare un gomito a terra.

«E allora? Vuoi uccidermi ancora, adesso?», insiste Tersippo, che continua a girargli intorno.

«Certo... Io... non mi fido... Mi hai indotto a uccidere... Filippide. Il migliore di noi...».

«Scuse. Tutte scuse. Hai desiderato fortemente togliere di mezzo Filippide. Io ti ho solo fornito il pretesto. Vorresti uccidermi solo per scaricare la tua frustrazione da perdente. Per eliminare tutti quelli più bravi di te. L'hai sempre sognato, sotto sotto...».

«No... non è vero». Eucle poggia anche l'altro gomito. Quello del fianco squarciato. Si sente soffocare, sopraffatto dal dolore.

«È vero, eccome. Sei privo di scrupoli quanto me, ma meno abile. Infinitamente meno. Hai sempre avuto le tue ambizioni, ma ti è sempre mancato il fegato di realizzarle. Il mondo è pieno di gente come te. Gente che pensa in grande, e agisce in piccolo. Irrisolta e irresoluta, incapace di provare sentimenti veramente nobili ma altrettanto di mettere in atto quelli ignobili radicati nell'animo. Mi fate schifo!».

Questo no. La morale, la lezione di vita da Tersippo, proprio da lui, no. E il guaio è che, probabilmente, ha ragione.

Eucle contorce il busto, combattendo con le fitte orribili che il movimento gli provoca, e fa strisciare avanti un ginocchio. Poi un altro. Tossisce per lo sforzo, gli cola sangue dalla bocca. Ma si ritrova in ginocchio, finalmente.

«Complimenti! Guarda cosa può arrivare a fare un uomo morto! Frustrato, assetato di vendetta, eternamente perdente, meschino e... morto!». Tersippo si ferma davanti a lui.

Adesso. Deve approfittarne adesso. Tersippo non si aspetta che abbia ancora la forza di vibrare un colpo. Eucle cerca di dissimulare il movimento fino all'ultimo istante. Poi afferra il kopis con entrambe le mani e mena un fendente orizzontale, da destra a sinistra, mirando alle caviglie di Tersippo.

Per qualche motivo che non sa spiegarsi, manca il colpo. Il movimento lo sbilancia e finisce di nuovo a terra, faccia nella polvere. La spada ancora stretta nella mano destra.

E ode di nuovo la beffarda risata di Tersippo. «Te l'ho detto che sei patetico! Non ti accorgi di quanto sei lento? Sembri avere in mano un peso enorme, non la spada! Non avresti ucciso neanche un bambino! Anzi...», aggiunge Tersippo, «mi sembra un peso troppo grande per un uomo nelle tue condizioni. Meglio toglierTelo...». Si avvicina a Eucle. Con una pedata, proprio sul fianco squarciato, lo rivolta. Eucle, ora supino, emette un urlo strozzato. Tersippo vibra un colpo, centrando la mano che impugna la spada.

Un altro urlo, stavolta a pieni polmoni. La spada vola via dal braccio dell'agonizzante, insieme a due dita. Spruzzi di sangue inondano l'impugnatura dell'arma, abbandonata sul terreno.

«Sai perché ti faccio tutto questo, Eucle?».

Domanda senza risposta. Eucle non ha la forza di parlare. Si tiene la mano mozzata, contorcendosi per il dolore. Dolore ovunque.

Tersippo gli sferra un nuovo calcio, stavolta più forte, sulla ferita. Ed Eucle lancia un nuovo, lancinante urlo. La fascia si allenta.

«Ho detto: sai perché ti faccio tutto questo, Eucle?».

Nessuna risposta. E ancora un calcio sulla ferita. Stavolta Eucle se lo aspettava, e ha tentato di raggomitolarsi. Il piede di Tersippo l'ha raggiunto parte in faccia, parte sul costato offeso. Sangue esce dal naso.

«Pe... perché?». È appena un sibilo, il suo. Ma Eucle sa di doverlo pronunciare, se vuole evitare altro dolore. Oltre a quello che lo pervade tutto.

«Perché hai buttato via la tua vita. Perché potevi essere qualcuno e non sei stato niente. Né un buono né un cattivo. Né un forte né un debole. Né coraggioso né vigliacco. Né attivo né passivo. Hai buttato via la tua esistenza, torturando te stesso con le tue angosce, le insicurezze e le paure. Sei stato sempre il peggiore nemico di te stesso, e adesso ti sto dimostrando cosa ti sei inflitto. E ti odio, per quello che ti sei fatto. Nella prima gara dell'efebato vincesti, e soprattutto sconfiggesti le tue paure, dimostrandomi cosa eri in grado di fare. Quindi sapevi bene di cosa eri capace; eppure, non hai più saputo ripeterti, e sei diventato il peggiore dei mediocri. Ed è stato come se l'avessi fatto a me, che credevo in te. Sei stata una delusione enorme, anche per te stesso, e questo ti ha reso sempre più meschino. Ti meriti tutto quello che ti sto facendo, per quello che hai fatto a te stesso. E per quello che hai fatto a Filippide. Sei tu il vero assassino del tuo più vecchio amico: io sono solo l'esecutore materiale!».

Ogni parola è una coltellata, per Eucle. Un colpo ulteriore al suo corpo maciullato. È pazzo, Tersippo, è evidente: forse lo è sempre stato, fin da quella prima volta in cui gli propose quel patto, quella scelta tra il diventare amici o nemici. Ma questo non lo rende meno lucido nella sua analisi. Eucle si accorge di aver ormai perso la tunica avvolta intorno alla vita. Il lino intriso di sangue è accanto a lui, tra il suo braccio e i piedi di Tersippo. Ne afferra un lembo. Prova a stringerlo con la mano alla quale mancano indice e medio. Poi avvicina anche l'altra mano e aiuta quella offesa.

E compie lo scatto. È la somma dei dolori che sta provando, il totale delle frustrazioni che sta vivendo, a dargli la forza di scagliare la tunica intorno alla caviglia di Tersippo, allungare un braccio, afferrarne il lembo opposto e poi tirare.

Tersippo vola gambe all'aria. Eucle afferra la propria spada, che l'altro gli ha lasciato accanto, si dà lo slancio, si erge da terra con il busto, allunga le braccia afferrando il pomello con entrambe le mani e affonda la lama nel corpo dell'avversario, ancora a terra, riverso sul fianco.

Il ferro penetra, scorre, si insinua nel costato di Tersippo, che lancia un urlo strozzato, ansima, rotola, si abbandona supino sul terreno, sgrana gli occhi, guarda il suo uccisore, l'uomo che aveva chiamato morto, ed emette un sibilo prolungato.

Poi diventa statua.

A quanto sembrava, la battaglia, per Antiochide e Leontide era terminata. Erano stati i due reggimenti su cui più era gravato il peso dello scontro, le unità che avevano subìto più perdite, e quindi venivano collocate a riposo anzitempo. Come altro si poteva chiamare infatti, si disse Eucle, rastrellare i prigionieri e presidiare il campo nemico, mentre le altre tribù continuavano a combattere sulla spiaggia?

Eucle non ne era affatto contento. Aveva bisogno di altro tempo, per colmare il divario con Filippide. Ignorava come si fosse comportato Tersippo, ma aveva l'impressione che anche lui si fosse dato molto da fare; e poi, Tersippo ci sapeva fare con la gente, e aveva sicuramente trovato il modo di legare a sé gli ufficiali e di influire sul loro giudizio.

Insomma, era destinato a perdere anche stavolta.

Per gli dèi! Si era trovato ad affrontare due degli uomini più in gamba di Atene! Non avrebbe dovuto rimproverarsi troppo di aver perso! In fin dei conti, chiunque altro non avrebbe avuto vita facile con Filippide e Tersippo. Chiunque li sfidasse, poteva solo sperare che morissero, per poterli superare. Ma non erano morti. Avevano corso rischi pazzeschi, perfino più dei suoi, forse, e non erano morti, né erano rimasti menomati in alcun modo. Gli dèi erano con loro, e soprattutto con Filippide, a quanto pareva.

E non erano mai stati con lui.

Mentre procedeva alla volta del campo persiano, Eucle prese distrattamente in consegna il gruppo di prigionieri affidatogli dal locago. Notò che Filippide, poco avanti a lui, ne aveva ricevuti di più. Si fidavano più dell'hemerodromos, ovviamente. Un primo riconoscimento della sua superiorità. Eppure, se non fosse stato per Filippide, Eucle era sicuro che avrebbero assegnato a lui il premio come miglior combattente del reggimento...

Ma c'era sempre Filippide, sulla sua strada. C'era sempre stato, fin da ragazzini. La ribalta era sempre stata per lui. Qualunque cosa Eucle facesse per superarlo o per mettersi in mostra.

La colonna entrò nel campo persiano. L'esercito di Dati aveva abbandonato tutto in fretta e furia. In alcuni settori si vedevano sul terreno i segni della presenza di tende e dei buchi per i picchetti dei tiranti tutt'intorno. In quei casi i soldati avevano fatto in tempo a smontare i ricoveri e a imbarcarli con loro. Ma nella gran parte dei settori le tende erano ancora lì, abbandonate, oppure smontate e lasciate a terra. Gli opliti incaricati dagli ufficiali presero a entrare in ogni tenda, a gruppi di tre, per racimolare tutto ciò che poteva costituire bottino. Ne uscivano con coperte, indumenti, talvolta armi. Solo di rado Eucle li sentiva esultare per aver trovato qualche monile e stoffe preziose, frutto, con ogni probabilità, delle razzie compiute dalla flotta nelle isole incontrate lungo il percorso dall'Asia alla Grecia.

I soldati erano particolarmente solleciti e zelanti nei confronti dei padiglioni più ampi, che avevano sicuramente ospitato i comandanti e i dignitari più importanti. Li controllavano con grande accuratezza, ma ne uscivano delusi. Qualcuno appiccava il fuoco per la frustrazione, subendo poi le blande proteste degli ufficiali.

A quanto pareva, il bottino che Milziade aveva prospettato ad Aristide come merce di scambio non era granché. Lo stratego avrebbe avuto sicuramente da ridire, in seguito. Per il momento i soldati stavano radunando soprattutto armi, con cui erigere il trofeo della vittoria.

Perché era stata una grande vittoria, Eucle si rese conto che tendeva a dimenticarlo. Risucchiato dalle vicende personali, non aveva badato all'andamento generale della battaglia. A quanto aveva appreso, il settore centrale dello schieramento greco, quello nel quale aveva combattuto, era stato il solo che avesse sfiorato il tracollo. Dalla sua ottica, lo scontro sarebbe potuto sembrare perso, e invece, sulle ali i greci avevano prevalso fin dall'inizio. Tanto da potersi permettere di distaccare una parte degli effettivi a sostegno del settore in difficoltà. Adesso, si trattava solo di stabilire l'entità della vittoria, impedendo ai fuggitivi sulla spiaggia di imbarcarsi nella flotta.

Insomma, era stato comunque un trionfo. Il primo grande combattimento tra l'impero più vasto e potente del mondo e gli ateniesi si era risolto a favore dei greci. Un evento che sarebbe stato celebrato nei secoli a venire quanto la guerra di Troia.

Avrebbe dovuto gioire, ma non ci riusciva. Per lui, in realtà, si era trattato di una sconfitta. L'ennesima. La più importante. La più sconfortante.

Notò carogne di animali ammassate in più di un settore del campo. Sulle prime, pensò che si trattasse di bestie da soma, che i persiani in fuga non avevano fatto in tempo a portare con sé sulle navi, e che avevano scelto di non lasciare vive nelle mani dei vincitori. Poi vide che si trattava di cavalli, per la gran parte. E molti erano ancora in vita. Giacevano su un fianco, con la testa reclinata, nitrendo e sbuffando, in agonia, con i tendini delle zampe recisi. Era chiaro: i cavalieri erano fuggiti sulle navi senza potersi portare dietro gli animali, e li avevano uccisi o azzoppati, a decine, forse a centinaia, per evitare che i greci se ne valessero per tornare prima ad Atene. Qualche oplita pietoso li sgozzava, ma i più erano troppo impegnati a rastrellare le tende per risparmiare l'agonia alle povere bestie, che avevano attraversato il mare solo per essere torturate dai propri padroni.

C'erano anche cadaveri di persiani, tra una tenda e l'altra. E i feriti e i malati, abbandonati dai compagni. Molti di loro erano stati trucidati dai plateesi e da Aiantide, durante l'inseguimento fino al margine delle paludi retrostanti. Eucle non dubitava che la scarsità del bottino fosse dovuta anche al precedente passaggio delle altre unità; nonostante fossero ancora impegnate in combattimento, avevano certamente trovato il modo e il tempo di racimolare preziosi.

Erano parecchi, i persiani non in grado di combattere. Molti non sembravano avere bende e fasciature, ma presentavano una brutta cera che poteva essere solo il frutto della prolungata prossimità alla malsana palude. Una settimana trascorsa in quelle condizioni climatiche doveva aver prostrato chi era abituato al clima asciutto dell'Asia. Eppure, i persiani avevano combattuto con tenacia, in battaglia.

Osservò ancora Filippide, che lo precedeva nella colonna, ormai sfilacciatasi in tante squadre distinte. Determinato, sicuro di sé, avanzava rastrellando i feriti, costringendo i più malandati ad alzarsi o dando il colpo di grazia a chi era conciato peggio. Mai un dubbio su ciò che doveva fare. Si immaginò al suo posto: no, non sarebbe stato altrettanto efficiente. Avrebbe esitato nell'uccidere i feriti, si sarebbe fatto condizionare dalle proteste di chi non voleva alzarsi, non sarebbe mai riuscito a imporre la propria autorità e avrebbe avuto mille ripensamenti...

Realizzò solo dopo qualche istante cosa stava accadendo. Aveva visto avanzare due persiani che non sembravano feriti, né parevano far parte dei gruppi di prigionieri. Poi notò che uno aveva una spada, l'altro portava con sé parecchie scimitarre. Si avvicinavano al gruppo di Filippide di soppiatto, puntando direttamente al greco e al suo compagno che scortava i prigionieri. E vide l'amico già spacciato.

Filippide, infatti, non si era accorto di nulla. Avanzavano alle sue spalle, senza rendersi conto che, dal suo angolo di visuale, dietro una tenda, Eucle poteva osservarli. A quanto pareva, si disse, avrebbe assistito alla morte dell'amico, senza poterci fare nulla. Certo, poteva gridare, avvisarlo, ma ormai quelli non avevano più niente da perdere, e lo avrebbero ucciso comunque, prima di essere fermati dagli altri opliti nell'accampamento, lui compreso.

Sì, Filippide era spacciato. E la sfida, tra Eucle e Tersippo, sarebbe stata ancora aperta. Gliene dispiacque: in fin dei conti, all'inizio del combattimento Filippide aveva salvato la vita a lui, e ora lui non aveva la possibilità di ricambiargli il favore.

O forse *non voleva* ricambiargli il favore?

Poi però sentì avvicinarsi l'altro oplita che componeva la sua pattuglia di rastrellamento. Presto anche lui avrebbe notato le mosse dei due persiani, ed Eucle non avrebbe potuto sottrarsi al suo biasimo per aver fatto finta di niente. Qualcosa doveva tentare. In fin dei conti, se fosse riuscito a intervenire in tempo, avrebbe pareggiato i conti con Filippide e annullato parte del suo vantaggio.

«Due persiani armati! Attenzione!», gridò, lasciando sul posto il compagno e scattando in avanti. Aggirò la tenda e scagliò la lancia verso il persiano ormai prossimo alla schiena di Filippide. Centrò il nemico, privo di armatura, nel pieno della cassa toracica, che emise un rantolo e crollò a terra, attirando finalmente l'attenzione dell'hemerodromos. L'altro persiano, che aveva in mano le armi da distribuire ai prigionieri, le lasciò cadere tutte tranne una spada, che utilizzò per difendersi dall'immediato assalto di Filippide.

Fu un duello breve. Quando Eucle raggiunse l'amico, Filippide aveva già trapassato lo sterno dell'avversario, che cadde pesantemente sulle armi abbandonate, provocando un intenso rumore di ferraglia.

Filippide guardò Eucle, poi indicò con un cenno l'altro persiano trafitto dalla lancia. «Sei stato tu, eh?», disse, sorridendo.

Eucle annuì senza convinzione. Provava un forte imbarazzo, e non sapeva spiegarselo.

«Mi hai salvato la vita. Sei un vero amico, Eucle», dichiarò solennemente mettendogli una mano sulla spalla, con il franco sorriso che esibiva in ogni circostanza.

«Già. Un vero amico...», rispose a mezza bocca Eucle, senza provare alcuna soddisfazione.

Eschilo si precipitò verso la fiancata della nave sotto la quale aveva visto scomparire il fratello. Vide riemergere qualcosa che somigliava vagamente a un braccio, poi un altro.

Cinegiro annaspava, tentando disperatamente di riemergere. Ma senza più le mani, non riusciva a darsi la spinta.

Il poeta si liberò dello scudo e della lancia e avanzò nell'acqua in modo frenetico, caotico, a metà strada tra il nuoto e i salti. Raggiunse il fratello, ma dovette lottare con lui per bloccarlo e riportarlo in superficie. Cinegiro era reso pazzo dal dolore e dalla furia per la propria impotenza, e continuava ad agitarsi.

«Sta' fermo! Sono Eschilo, tuo fratello! Sta' fermo, e ti riporto a riva!», gli gridò il poeta.

Solo allora Cinegiro parve riconoscerlo. Un barlume di lucidità comparve nei suoi occhi.

«Cosa riporti a riva, un relitto? I relitti rimangono in mare...», rispose. Aveva bevuto, e le parole gli uscirono tra mille gorgoglii.

«Sei vivo. È questo che conta. Vieni con me!», rispose Eschilo, cercando di tirarlo su. Ma il fratello era molto più massiccio di lui, e se decideva di opporre resistenza c'era ben poco da fare.

Cinegiro si guardò i moncherini. «Non sono vivo. Ho perso le mani, e senza di esse non sono più un guerriero. Non c'è ragione di vivere, per me». A quel punto, non solo non assecondò più Eschilo, ma fece forza per immergersi di nuovo.

Il fratello lo afferrò per un braccio e tentò di trascinarlo con sé. Ma Cinegiro teneva la testa infilata sott'acqua, ed era come un'àncora: il fondale sfuggiva a Eschilo sotto i piedi. Tirò con tutte le forze, e riuscì a smuoverlo appena, poi lo trascinò di qualche passo. Lo sentiva scalciare e sbracciarsi, ma tenne duro e continuò a spostarlo, seppur di poco, concentrandosi solo sui propri movimenti.

Non seppe quanto tempo era passato, quando si voltò a vedere perché gli riusciva più facile trascinarlo. Si fermò, e notò che il fratello non reagiva più. E ormai era più vicino alla riva che alla nave dalla quale lo aveva portato via. Il fondale era bassissimo, gli arrivava alle ginocchia. Assalito dal terrore, issò il fratello in modo da metterlo a sedere. Ma Cinegiro non si sosteneva. Il viso reclinato sul petto, non dava più segni di vita.

Per qualche istante, Eschilo sperò che avesse perso i sensi. Appoggiò l'orecchio al cuore, poi alle narici, ma non trovò alcuna testimonianza vitale. Si accasciò in ginocchio, urlò e pianse, disperato. Accarezzò a lungo il viso di Cinegiro, se lo tenne stretto al petto, proprio sotto il mento, e le sue lacrime si sciolsero nell'acqua di cui grondavano i capelli del fratello morto.

Cinegiro aveva rinunciato a vivere, dopo aver capito di non poter più essere un guerriero. E lui, invece, aveva sempre disprezzato un ruolo per il quale il fratello si era immolato, e al quale aveva dedicato la propria esistenza. Se avesse combattuto anche lui, se avesse fatto il proprio dovere, forse si sarebbe ritrovato accanto a Cinegiro nel momento critico e avrebbe impedito a quel persiano di mozzargli entrambe le mani.

Cinegiro aveva combattuto per entrambi. *Era morto* per entrambi. Aveva dovuto impegnarsi più del necessario per mantenere alto l'onore della famiglia, che lui, Eschilo, con la sua ignavia, avrebbe fatto naufragare.

Non poteva essere morto invano. Gli dèi facevano strani scherzi, talvolta. Se erano stati tanto perversi da farlo assistere alla sua morte, forse intendevano lanciargli un messaggio. Forse volevano che ne rilevasse il testimone. Che continuasse l'opera di Cinegiro.

Ma ciò che volevano gli dèi non gli importava, in quel momento. Perché adesso era pronto. Era lui a voler continuare l'opera di Cinegiro. Il miglior modo per onorare la memoria dell'adorato fratello era di emularlo.

Finì di trascinare l'oplita a riva, poi guardò la nave accanto alla quale Cinegiro era morto. C'erano ancora opliti intorno e perfino sopra di essa. Oltre l'impavesata scorse anche la sagoma di Stesilao; circondato da persiani, lo stratego combatteva con tenacia pari a quella del fratello. Eschilo raccolse una lancia e uno scudo tra i tanti disseminati lungo la spiaggia, corse di nuovo in acqua e si lanciò verso l'imbarcazione. In breve fu sotto la fiancata. Tutti i persiani a bordo erano impegnati contro gli opliti già saliti, tranne uno, che lo notò e subito affondò la lancia nella sua direzione.

Eschilo evitò il colpo con uno scatto della cui rapidità si stupì e affondò a sua volta. La cuspide della sua lancia centrò in pieno il dorso della mano del nemico, e la inchiodò al legno dell'impavesata. L'asiatico lasciò cadere la sua arma, lanciando un grido di dolore. Eschilo lasciò la lancia infissa dov'era ed estrasse dalla cintola il kopis. Poi si diede lo slancio aggrappandosi con il braccio sinistro all'impavesata e, con il destro, raggiunse la gola dell'avversario, che recise di netto.

Poté così salire indisturbato. Ripose la spada, recuperò la lancia e si lanciò a grandi passi nel settore dove combatteva Stesilao. Lo stratego e un altro oplita erano circondati; cinque persiani gli erano addosso, mentre gli altri greci erano poco più distanti e dovevano vedersela con altri nemici. Eschilo si scagliò contro uno degli avversari del comandante, lo sorprese di schiena e lo trafisse passandolo da parte a parte con la lancia. Solo allora gli altri si accorsero di lui. Anche Stesilao lo notò. Eschilo colse un'espressione sorpresa negli occhi, tra le fenditure dell'elmo; ma vide anche un profondo squarcio lungo la coscia.

Lo stratego era ferito gravemente e perdeva molto sangue. Ciononostante, stava in piedi e combatteva, anche se si manteneva sulla difensiva. Eschilo fece appena in tempo a estrarre la lancia dall'uomo che aveva trasformato in cadavere; l'altro avversario diretto di Stesilao gli si avventò contro. Il poeta lo respinse con lo scudo e poi lo colpì alla testa con l'asta appena estratta, stordendolo e lasciando una vistosa macchia di sangue sul copricapo di pelle.

Prima che l'uomo recuperasse equilibrio e lucidità, Eschilo usò di nuovo la lancia, stavolta di punta, e lo centrò in piena fronte. Estrasse la cuspide, su cui si era depositata materia cerebrale, e si rivolse agli altri tre persiani. Stesilao era passato ad aiutare l'altro compagno, ma la ferita non gli permetteva di muoversi tanto velocemente da evitare gli affondi e i fendenti degli avversari. Uno di essi lo raggiunse al braccio con la scimitarra, aprendogli un altro squarcio da cui sprizzò gran parte del sangue rimastogli in corpo.

Eschilo si scagliò contro il persiano con un affondo di lancia, ma quello parò con lo scudo e l'asta si spezzò. Il poeta lanciò un urlo e impugnò la spada, avanzando di un passo con il fianco protetto in avanti. Con il proprio scudo spostò verso terra lo scudo dell'avversario e vibrò un fendente in verticale, dall'alto in basso, aprendo in due il cranio dell'asiatico.

Intanto, l'altro oplita veniva trafitto dalla lancia di uno dei due nemici. Stesilao si risollevò a fatica e, barcollando, si avvicinò ai persiani. Coperto di ferite, teneva le braccia quasi inerti, e a stento riusciva a brandire la spada. Eschilo lo notò e cercò di frapporsi tra lui e gli altri due, ma uno era già riuscito ad affondare la lancia. Il poeta tranciò l'asta quando già la cuspide era penetrata nella spalla dello stratego. Stesilao crollò in ginocchio, con il troncone di asta conficcato nel corpo, mentre Eschilo trafiggeva il nemico prima che potesse estrarre la scimitarra dalla cintola.

Ma nel frattempo anche l'altro persiano aveva deciso di liberarsi della lancia, inutile nel corpo a corpo. E la scagliò a sua volta verso Stesilao, centrandolo all'addome. Lo stratego, già in ginocchio, si inclinò in avanti, ma rimase in posizione eretta, con la parte posteriore dell'asta che gli faceva da sostegno sul ponte della nave. Eschilo urtò contro la lama dell'avversario un paio di volte, prima di sferrare il colpo vincente e di centrarlo sotto l'ascella.

Il poeta si accostò al suo comandante, nei cui occhi brillava ancora una stilla di vita.

«Combatti... come tuo fratello, adesso», mormorò lo stratego, prima di chiudere gli occhi e pietrificarsi.

Nulla avrebbe potuto rendere Eschilo più orgoglioso. Si guardò intorno. Gli opliti stavano prevalendo. Raggiunse un compagno in difficoltà e ne sgozzò l'avversario sorprendendolo sul lato scoperto. Poi guardò oltre l'impavesata. Altri greci erano impegnati sul ponte di una nave a poche decine di passi di distanza.

Mosse verso due compagni che si erano appena liberati dei rispettivi antagonisti. «Questa nave è nostra, ormai», disse, con tono autoritario. «Venite con me. Adesso c'è da prendere quella», aggiunse, indicando il prossimo obiettivo.

Senza attendere che lo seguissero, scavalcò l'impavesata e balzò in acqua, muovendo verso l'altra nave.

Per Cinegiro.

XX

Le mura di Atene. Sono lì, a breve distanza da lui. Eppure sembrano dall'altra parte della Grecia. Eucle arranca, quasi strisciando sul terreno e lasciandosi dietro una scia di sangue. Si è lasciato dietro i brandelli di tunica. Si è lasciato dietro la spada. Si è lasciato dietro le dita che gli sono state mozzate.

Si è lasciato dietro Tersippo.

Ha vinto, stavolta. A dispetto di quanto affermava quel traditore, è stato Tersippo il perdente. È stato lui quello che aveva la vittoria in pugno e l'ha gettata via. Eucle ripensa a tutte le volte in cui ha sentito di poter vincere e poi, per insicurezza e paura, ha sprecato l'occasione. Tersippo ha buttato via tutto per eccesso di sicurezza, invece. Abituato ad avere a che fare con un perdente, ha indugiato, ha infierito, e ha permesso a Eucle di prevalere.

L'ha vinta lui, la sfida. Solo che, da sfida per Ismene, si è trasformata in una gara per stabilire chi fosse il migliore. E da competizione sportiva, è divenuta una sfida all'ultimo sangue, senza esclusione di colpi.

Una sfida alla morte.

E sono morti tutti e tre, infatti. Ma perché vi sia comunque un vincitore, deve raggiungere Atene. È quello il traguardo. Sarebbe una beffa terribile, essersi liberato dei suoi due oppositori, aver ucciso Tersippo contro ogni possibilità, e poi crepare davanti alle mura di Atene senza avere la possibilità di mettere in salvo la città. Sarebbe da perdente, ancora una volta.

Eppure può accadere. Anzi, è assai probabile che accada. Eucle si guarda la ferita. Il flusso di sangue si è quasi arrestato, ma solo perché sente di non avere quasi più sangue in corpo. Né vita. È già ospite dell'Ade, ma deve arrivare ad Atene prima che ciò che resta del suo corpo perda ogni residuo di funzionalità. È solo la volontà che lo tiene aggrappato all'esistenza terrena, quella volontà che gli è mancata per tutta la vita e che riesce a trovare solo adesso. Proprio ora che si sta trasformando in spettro.

Gratta il terreno per trascinare in avanti il proprio corpo. Afferra tutto quel che gli capita a portata di mano, sassi, zolle, pietrisco, infilando senza pietà i monconi di dita nella polvere, infliggendosi ulteriori dolori per tenersi in vita, per sentire ogni volta una scossa che lo resusciti quel tanto che basta per avanzare ancora un poco. Sa che, nel momento in cui non sentirà più dolore, sarà morto. E allora fa forza sulle dita offese, stende il tronco in avanti allargando lo squarcio, struscia sui sassi il braccio sinistro tagliuzzato, sbatte la testa per terra, e ogni volta sente un ruggito risalirgli dal profondo della gola e risuonargli nelle orecchie. Ed è una nuova vittoria sulla morte.

È come se, a ogni spanna guadagnata verso Atene, avesse respinto un nuovo assalto della morte. Sa che non potrà respingerla a lungo: i suoi attacchi si fanno sempre più pressanti e le proprie forze più esigue. Ma continua, perché non gli rimane altro. Qualunque cosa è meglio che rimanere fermo, in attesa di una morte inutile che sancisca il suo eterno ruolo di perdente.

E ogni dolore, per quanto terribile, lacerante, devastante, può essere l'ultimo che sente. Se lo autoinfligge, è lui a decidere quando farlo arrivare, è un genere di tormento di cui è lui stesso a dettare cadenza e intensità; non è una tortura che un aguzzino gli propini quando meno se l'aspetta.

Ma è sempre più difficile avanzare. Il progressivo dissanguamento lo rende sempre più debole. Ogni movimento è più pesante del precedente, ed è alimentato solo dall'impulso del dolore. I suoi movimenti sono come spasmi di morte.

È il vuoto, che deve combattere. L'incoscienza che potrebbe sopraggiungere da un momento all'altro. Riempire quel vuoto con il dolore è l'unica possibilità. Non c'è altro modo.

Alza la testa, prova a valutare la distanza dalle mura. È tutto velato. Si è anche fatto scuro, forse sta calando il sole, o forse è solo la luce della sua vita che si sta spegnendo. Però il contorno della cinta muraria gli pare più vicino, scorge perfino gli spalti, e gli pare di notare alcune sagome che vi camminano sopra, avanti e indietro, avanti e indietro…

O forse se lo sta solo immaginando, forse è preda del delirio che precede la morte. Forse immagina quel che vorrebbe vedere, e in realtà, tutti gli sforzi per lasciarsi dietro di sé il corpo senza vita di Tersippo non sono serviti a nulla. Forse l'amico di un tempo è ancora lì, proprio dietro di lui, non è morto e lo guarda beffardo, lenendo la sua agonia con la soddisfazione di vederlo fallire per l'ennesima volta.

Ebbene, che si tratti delle mura di Atene o di una proiezione della sua immaginazione, deve continuare ad avanzare. Il peggio che gli possa capitare è morire, in fin dei conti. E non vedere più niente, se non le tetre e umide rocce dell'Ade.

Si sbuccia i gomiti, cercando di portarsi avanti con tutte le braccia, e non solo con le mani ormai logore, dai polpastrelli consumati e abrasi. Lotta per tenere sollevata la testa, non ci riesce e la sbatte per terra, avanza strusciando la faccia sul terreno; il suo viso diventa una maschera di sangue, ma gli ricorda che è ancora vivo, nonostante tutto.

«Chi sei?».

Una voce, appena sopra di lui. Eucle solleva di nuovo la testa, e vede dei piedi. Quattro, sei, otto, o solo due che la sua vista appannata moltiplica esponenzialmente.

«Sono Eucle… del reggimento di Antiochide. Mi… mi ha mandato Aristide». Eucle ha un fremito di terrore. Potrebbero essere altri emissari degli Alcmeonidi. Ma non può farci niente.

Un uomo si china su di lui. Ha gli schinieri. È un soldato. «Chi ti ha ridotto così? I persiani? Ne abbiamo visti alcuni spingersi a ridosso delle mura…».

Eucle esita. «S-sì. Proprio loro». Zeus, fa' che non siano uomini degli Alcmeonidi.

«Porti notizie della battaglia?», chiede un'altra voce. Allora erano proprio più d'uno.

«Sì. Portatemi… dagli arconti. Subito». C'è solo un modo di sapere da chi prendono ordini.

«Dicci subito cos'è successo!».

«Dagli arconti, ho detto». Eucle non ha fatto tutta quella strada per svolgere il suo compito con un oscuro soldato e crepare fuori le mura di Atene. La sua vittoria sarà completa solo se riuscirà a fare un annuncio ufficiale. Il suo riscatto sarà totale se potrà spiegare come sono andate le cose. Se quegli uomini sono gente del clan che ha tradito Atene, finirà comunque lì, sul momento.

I soldati – non ha ancora capito quanti sono – confabulano tra loro. Non è in grado di capirli, ma dopo pochi istanti lo afferrano delicatamente e lo issano in piedi, sostenendolo sotto le braccia. Con attenzione, un passo alla volta, evitando per quanto possibile di infliggergli scossoni, lo fanno avanzare.

«Più veloce! Più veloce! Non ho molto tempo. E neanche voi!». Non gli importa di sentire più dolore. Ha troppe cose da fare, prima di morire, e non può prendersela comoda.

I soldati esitano, perplessi, poi, devono essere colpiti dal suo tono disperato, perché avanzano con maggiore decisione. Li sente dire a un altro del gruppo di precederli di corsa e di avvertire gli arconti del loro arrivo. Non sa dire quanto tempo sia passato quando varcano l'ingresso ed entrano in città. Gli pare di vedere vie, abitazioni e posti familiari, ma è tutto confuso, nebuloso, indistinto. Sente il vociare della gente, ha l'impressione che si sia formato un codazzo dietro di lui; gli altri componenti del gruppo tengono lontani i cittadini, che sembrano assembrarsi intorno a loro.

Ora gli pare di essere nell'agorà; forse sta passando accanto al monumento degli Eroi eponimi, e quello che scorge di fianco è il Tholos. Vuol dire che sono davanti al Bouleuterion. Sente che lo issano sulle scale. Ogni scalino una fitta atroce. Deve aver gridato, perché si fermano.

«Non vi fermate! Salite!», ruggisce con insospettabile energia.

I soldati riprendono a muoversi, raggiungono la piattaforma, superano le colonne, arrivano all'ingresso, lo portano oltre, entrano nell'aula e poi si fermano. Eucle solleva lo sguardo. Intravede delle figure sedute sugli scranni. Gli arconti! Prova a contarli, ma è uno sforzo mentale troppo grande e rinuncia dopo i primi tre. Forse non sono tutti e nove, ma non importa.

«Eucle di Antiochide! Sei stato un eroe a giungere fin qui nonostante le tue ferite!», dice una voce autorevole che non è in grado di riconoscere. «Ci porti forse notizie della battaglia a Maratona?».

È un eroe, adesso. L'ha detto l'arconte. Finalmente.

Ha vinto lui.

Con un ultimo sforzo, si divincola dal sostegno dei soldati. Un eroe sta in piedi da solo, quando deve parlare.

Barcolla. Tutto gira intorno a lui. I suoi interlocutori non stanno fermi un attimo. Deve fare in fretta. Un eroe non crolla prima di aver completato il proprio compito.

«Vittoria completa. Ma la flotta nemica sta venendo qui. Preparatevi a un assedio, almeno finché non torna il nostro esercito». Lo dice tutto d'un fiato, prima di stramazzare a terra.

Sente uno dei soldati avvicinarsi e un vocio di sottofondo, poi un clamore assordante. La notizia si è già propagata oltre l'ingresso del Bouleuterion.

Ma lui ha ancora una cosa da fare. È un eroe, adesso, ma un eroe senza onore. Deve restituire l'onore a Filippide. E a se stesso, per quel che vale.

Afferra un braccio del soldato che si è chinato su di lui. «Po... portami da Ismene, la nipote di Ippia. Subito, ti prego...».

Il riposo era un lusso che nessuno dei vincitori poteva permettersi. C'era ancora tanto da fare, nonostante la battaglia fosse terminata. Gli ufficiali erano costretti a prendere a pedate soldati che avrebbero voluto ricoprire di elogi, per esortarli a rialzarsi e a provvedere ai compiti che i comandanti si aspettavano svolgessero. C'era da tornare subito ad Atene, per anticipare l'arrivo della flotta persiana.

Tuttavia, prima ancora, era necessario provvedere ad alcune incombenze senza le quali la vittoria avrebbe perso efficacia. C'era da radunare tutti i morti greci, per poter rendere loro gli onori dovuti una volta che fosse passata la crisi; gli dèi e gli spiriti degli Eroi eponimi non avrebbero gradito che guerrieri valorosi e coraggiosi, che avevano dato la vita per la salvezza della patria, venissero abbandonati lì dove erano caduti, accanto a oscuri nemici, in balìa di animali notturni o di saccheggiatori.

C'era da tirare in secco le sette navi che Aiantide era riuscita a catturare; sarebbero state molto utili alla flotta ateniese, ed era comunque opportuno evitare il rischio che, con un colpo di mano, i persiani tornassero a riprendersele abbordandole in mare.

E poi bisognava spegnere gli incendi che più minacciavano di estendersi; finire di rastrellare e radunare tutto il bottino, prima che ci pensassero gli abitanti del luogo o addirittura gli spartani, di cui era finalmente dato per imminente l'arrivo; allestire un ospedale da campo per i feriti che non erano in grado di camminare. E costruire un recinto per tenervi i prigionieri, che lo stato maggiore non intendeva certo portarsi dietro per non rischiare di rallentare la marcia.

Infine era necessario stabilire chi sarebbe rimasto a presidiare la pianura e a provvedere alla costruzione del trofeo della vittoria, di cui si doveva ancora individuare la collocazione. C'era infatti chi riteneva giusto farlo nel punto dove Antiochide e Leontide avevano iniziato a cedere, o dove erano stati soccorsi dai plateesi e da Aiantide, chi pensava fosse più giusto erigerlo lungo la spiaggia, chi all'altezza del campo persiano, chi dove era avvenuto l'impatto tra i due eserciti.

Gli opliti svolgevano gli incarichi assegnati parlando animatamente tra loro, commentando le varie fasi della battaglia appena conclusasi e magnificando ciascuno il proprio ruolo nello scontro. Si discuteva dei persiani e delle loro capacità belliche, soprattutto. C'era chi era rimasto deluso, trovandoli meno abili di quanto si era aspettato, chi invece riteneva di aver affrontato nemici valorosi ed esperti. E si discuteva anche su chi fosse stato il guerriero più valoroso della tribù, chi meritasse il premio come miglior combattente. E tutti lodavano la strategia e la lungimiranza di Milziade non meno del valore e dell'abilità di Callimaco, il cui corpo era stato riposto con cura a una certa distanza da tutti gli altri.

Qualcuno aveva ancora la forza di mimare i gesti con cui si era liberato di un avversario, o quello che aveva visto fare a qualcun altro; ma in tal caso gli ufficiali erano pronti a sfruttare quell'energia per compiti più fruttuosi. In generale, l'atmosfera era euforica, anche se tutti erano consapevoli che aver vinto la battaglia non significava aver vinto anche la guerra. I ringraziamenti personali e di gruppo agli dèi risuonavano in ogni angolo della pianura, i canti di vittoria accompagnavano i lavori più sgradevoli e pietosi. Ma c'era anche chi era in pena per le famiglie, minacciate ad Atene dalla manovra dei persiani, e si lamentava dello stato maggiore, che non aveva dato la priorità assoluta al ritorno in città.

Solo Eschilo si sottraeva alla gaiezza che permeava l'armata e svolgeva i propri compiti quasi meccanicamente, senza rivolgere parola a nessuno; neanche quando, e neppure tanto di rado, qualcuno lo avvicinava e si complimentava con lui per le tre navi che aveva conquistato quasi da solo. Le congratulazioni dei compagni, anzi, acuivano il suo disappunto per non essersi dato da fare prima, per aver lasciato che il fratello combattesse senza il suo aiuto. Se solo si fosse deciso prima a compiere il proprio dovere, a impegnarsi come il fratello lo aveva sempre esortato a fare, forse Cinegiro non sarebbe morto, e avrebbero potuto celebrare insieme la vittoria.

Insieme, avrebbero potuto rendere fieri il padre, che invece, adesso, si sarebbe trovato a compiangere un figlio che non c'era più; e forse sarebbe stata una magra consolazione apprendere di aver acquisito un altro figlio guerriero. Perché era proprio ciò che Eschilo intendeva diventare, adesso: un guerriero, ma senza rinunciare a essere un poeta. Aveva capito di non potersi limitare a osservare la vita. Doveva viverla, per poterla raccontare. Altrimenti l'avrebbe solo immaginata, limitandosi a ipotizzarle, le emozioni. Ma senza poter davvero cogliere quel che accade nell'animo umano quando vince le proprie paure. Da allora in poi, lo aveva deciso, avrebbe cercato di essere anch'egli protagonista, per poter vivere in prima persona la disperazione, il dramma di un uomo capace di affrontare una sfida, e non di evitarla con il pretesto di volerne essere il testimone.

Un testimone non potrà mai sapere cosa prova un protagonista. Era la grande lezione che aveva imparato sul campo di battaglia di Maratona. E l'aveva pagata a caro prezzo.

Adagiò il cadavere senza mani di Cinegiro accanto a quello dello stratego Stesilao, poco oltre la spiaggia. Erano i due eroi di Aiantide, gli uomini di cui si diceva che avrebbero ricevuto il premio come miglior guerriero della tribù. In realtà, c'era qualcuno che parlava proprio di lui, di Eschilo, come l'oplita decisivo; se non fosse stato per lui, dicevano i più entusiasti, la flotta che si accingeva a raggiungere Atene sarebbe stata ben più consistente; non solo per le tre navi che aveva conquistato, ma per le altre cadute nelle mani dei greci grazie all'esempio che aveva dato ai compagni.

Per quanto lo riguardava, considerava quei complimenti un'estensione di quello che avrebbe meritato Cinegiro. Si era fatto Cinegiro egli stesso, ne aveva completato l'opera, proponendosi come qualcosa di più che un suo erede: forse come una sua personificazione, una reincarnazione del fratello che gli dèi avevano autorizzato a tornare dall'Ade per finire di dare il proprio contributo alla causa ateniese. Era come se lo spirito di Cinegiro si fosse impossessato di lui e lo avesse guidato nelle ultime fasi della battaglia, quelle che avevano impresso negli occhi e nella memoria dei compagni l'immagine di un Eschilo coraggioso e forte, facendo loro dimenticare il pavido e inutile guerriero che affrontava lo scontro rintanandosi stabilmente nelle ultime file.

Promise a se stesso di non lasciar più scappare quello spirito indomito, di alimentarlo e di valersene, in futuro, in ogni momento della sua vita. Solo così sarebbe riuscito a tenere in vita Cinegiro e, nello stesso tempo, a dare la giusta intensità alle proprie opere.

Eschilo ebbe l'impressione di essere finalmente diventato un poeta. Nello stesso momento in cui era diventato un guerriero.

«Il locago mi ha detto che mi proporrà per il premio come miglior combattente del reggimento! E Temistocle ha voluto farmi personalmente i complimenti, prima di riunirsi con lo stato maggiore!». Tersippo arrivò quasi di corsa nel settore dove ciò che restava dell'unità di Antiochide stava raccogliendo i suoi caduti. Eucle e Filippide erano intenti a trascinare i cadaveri, che il loro ufficiale aveva ordinato di accatastare tutti insieme per poter procedere alla conta esatta delle perdite dell'unità.

«Noi di Antiochide siamo troppo impegnati a lavorare per badare a queste cose, per ora», rispose Eucle stizzito. In ogni caso, la presenza di Tersippo in un settore non di sua pertinenza attestava, ancora una volta, i suoi agganci con le alte sfere e, di conseguenza, offriva loro la conferma che il titolo di miglior oplita se lo sarebbe procurato anche se non lo avesse meritato.

A ogni modo, per quel poco che aveva visto Eucle, poteva benissimo esserselo meritato.

Filippide taceva, ma un sorrisetto divertito sul suo volto lasciava chiaramente trasparire come fosse sicuro del fatto suo.

«E allora?», insisté Tersippo, «è il momento di decidere chi ha vinto la sfida, no? Quando arriverò ad Atene, voglio poter andare direttamente da Ismene a comunicarle che sarò io a sposarla».

Tersippo era il solito calcolatore, pensò Eucle, scorato. Aveva bisogno di certezze immediate, per poter pianificare tutte le successive mosse, soprattutto sotto l'aspetto politico. Era evidente che aveva una gran fretta di capitalizzare i vantaggi acquisiti sul campo di battaglia.

«Forse dovremmo rimandare ogni decisione a quando si saranno calmate le acque», intervenne finalmente Filippide. «Ti ricordo che probabilmente la guerra non è ancora finita».

«Ma la nostra sfida sì!», continuò Tersippo. «E io ho vinto!».

«Il nostro reggimento non ha ancora stabilito nulla, riguardo ai premi. Ma se vuoi, andiamo a chiedere al locago», rispose Filippide, facendo spallucce.

«Ci puoi scommettere che lo voglio! Andiamo!». Eucle li seguì, avvilito, e in breve raggiunsero il settore dove il locago stava dando disposizioni per la catalogazione del bottino. Nessuno dei capi voleva che sparisse qualcosa mentre l'esercito tornava ad Atene.

«Locago!», Filippide attirò l'attenzione dell'ufficiale, «sai qualcosa su chi sarà premiato come miglior combattente del reggimento?».

L'ufficiale, lungi dall'essere infastidito per l'interruzione, gli rivolse un franco sorriso. Guardò sia Filippide che Eucle, poi poggiò a terra un'armatura persiana finemente cesellata e rispose. «Be', mi trovo davanti i due migliori soldati dell'unità. E su questo sono tutti d'accordo. Caro Eucle, ti sei ben comportato in questa battaglia, ti sei distinto come mai in precedenza dimostrandoti un valente guerriero. Lo stesso Epizelo, che adesso è in mano ai dottori, si è detto fiero di te e ha dichiarato che sei il suo miglior allievo. E anche Aristide ha avuto parole di elogio per te…».

Eucle si rianimò. Allora non era andata poi tanto male. Lo avevano visto tutti, che aveva dato il meglio. E quando riusciva a dare il meglio, non era secondo a nessuno. Questo significava che era ancora in corsa per la vittoria.

«Direi che saremmo tutti d'accordo nell'assegnare a te il premio», proseguì l'ufficiale, «se non fosse stato per la straordinaria prestazione di Filippide», aggiunse, gelando Eucle.

«Caro Filippide», continuò il locago mettendo una mano sulla spalla all'hemerodromos, «nella mia lunga carriera mi è capitato di rado di vedere un oplita combattere in modo tanto valoroso, abile, generoso e altruista. Sei il perfetto esempio di soldato ateniese. Ne basterebbero cento come te, e sarebbe Atene a dominare il mondo, non la Persia!».

Filippide si schermì, con parole di circostanza. «Ho fatto solo il mio dovere…».

«Altroché!», si entusiasmò l'ufficiale. «Sei probabilmente l'oplita al quale va maggiormente il merito per aver evitato l'annientamento di questa unità! Eravamo spacciati e tu, con il tuo valore, ci hai permesso di resistere fino all'arrivo dei rinforzi!».

Filippide guardò Tersippo e, senza dir nulla, allargò le braccia, come a dire che non poteva farci nulla.

Ma Tersippo non aveva intenzione di mollare. «E allora? Anch'io sono stato designato il migliore della mia unità! Aspettiamo di vedere cosa deciderà lo stato maggiore. Suppongo che sceglieranno uno di noi due come miglior combattente dell'esercito!».

«Questo mi sento di escluderlo», dichiarò solennemente il locago. «Corre voce che il premio sarà assegnato a Callimaco di Afidna. Ci ha condotti alla vittoria ed è morto eroicamente, combattendo in prima fila. Milziade e gli altri hanno voluto così, a quanto so».

Tersippo sospirò a fondo. «E adesso, come la mettiamo?»

«Facciamo decidere a Ismene?», ipotizzò Filippide.

«Oppure, proseguiamo la sfida ad Atene, se ci sarà da combattere ancora contro i persiani?»

«Eccoti qui, Filippide! Giusto te cercavamo!». Aristide era sopraggiunto con il resto dello stato maggiore. Al suo fianco c'erano Milziade, Temistocle e Arimnesto, oltre agli altri strateghi sopravvissuti.

«Voglio complimentarmi personalmente con te per il valore mostrato in battaglia», proseguì lo stratego. «E anche con te, Eucle. Avete mostrato un coraggio senza pari e un'abilità nel combattere che sono risultati determinanti per l'esito della battaglia. Se il centro fosse crollato, i persiani avrebbero potuto attaccare le ali alle spalle e di fianco, e avremmo finito per perdere. Ora, però, Filippide, devo chiederti un altro sforzo...».

«Sono a tua disposizione, stratego».

«Come sai, temiamo che ad Atene qualcuno cospiri per riportare al potere Ippia. Se i persiani arrivano al Falero prima di noi, non è da escludere che i sostenitori del tiranno che operano in città aprano loro le porte. Dobbiamo quindi avvisare prima possibile gli arconti della nostra vittoria, e che resistano fino a quando non arriveremo in loro soccorso. In virtù dei tuoi trascorsi sportivi e della tua impresa a Sparta di pochi giorni fa, sei il solo che possa coprire la distanza tra Maratona e Atene prima che faccia buio...».

Eucle vide Tersippo fremere di sdegno. Certo, questo incarico confermava Filippide come stella di prima grandezza nel firmamento ateniese. Sarebbe stato impossibile superarlo in popolarità, da allora in poi. Considerando, inoltre, che Tersippo nutriva dei sospetti sulla fedeltà dell'amico alla repubblica, v'era da credere che fosse addirittura furioso per la fiducia di cui godeva presso i comandanti.

«Sono onorato che tu riponga in me la tua fiducia, stratego», dichiarò Filippide. «Stai pur certo che metterò tutto il mio impegno nell'assolvere nel migliore dei modi il compito che mi hai assegnato».

«Ne sono certo. La salvezza della città dipende da te. Purtroppo, i persiani non ci hanno lasciato un solo cavallo, e quindi siamo costretti ad andare tutti a piedi».

«Tuttavia», intervenne Milziade, «abbiamo visto i persiani scappare in tutte le direzioni. Né possiamo escludere che, durante i giorni scorsi, nella fase di stallo, qualcuno sia filtrato tra le nostre linee e ora vaghi per le campagne dell'Attica. Un uomo solo potrebbe cadere in un'imboscata. E per noi è di vitale importanza che qualcuno arrivi ad Atene prima di sera. Ritengo quindi che dovremmo mandare altri messaggeri. Non saranno veloci quanto Filippide, certo, ma se dovesse capitare qualcosa al nostro uomo migliore, almeno avremmo la garanzia che qualcuno arriverebbe».

«Più che giusto», convenne Temistocle, e anche Aristide annuì. «Ma chi mandare? Non c'è oplita che non si sia impegnato a fondo nella battaglia. Sono tutti stanchi morti, e la gran parte è ricoperta di ferite...».

«Io propongo Tersippo, e anche Eucle», disse improvvisamente Filippide. «Sono certo che sapranno dimostrare in questo compito lo stesso valore che hanno mostrato in battaglia. Se c'è davvero da affrontare qualche persiano, loro sono stati i guerrieri migliori e sapranno come cavarsela, no?».

Eucle sgranò gli occhi dalla sorpresa. Tersippo lo scrutò con curiosità. Eucle lesse anche un po' di diffidenza, nel suo sguardo indagatore.

«Eccellente idea. Ve la sentite?», chiese Aristide, rivolgendosi ai due opliti.

Tersippo sembrò esitare. Ma solo per un istante. «Ma certo!», dichiarò infine con convinzione.

«Naturalmente...», gli fece eco Eucle, in tono più sommesso.

«Bene! Allora partirete a breve. Approfittatene per prendere fiato qualche istante. Sedete, rifocillatevi, tenetevi un kopis alla cintola e poi andate. La salvezza di Atene dipende da voi!», dichiarò ad alta voce Milziade, facendosi sentire da tutti gli opliti intorno. L'intero stato maggiore si complimentò con i tre soldati e si prodigò in incoraggiamenti, poi i comandanti li lasciarono soli per rivolgere la loro attenzione ad altre questioni.

«Perché hai proposto noi?», chiese subito Tersippo a Filippide, non appena si ritrovarono da soli. Il locago aveva ordinato agli altri compagni di lasciarli in pace.

«Non volevi proseguire la sfida? Eccoti servito. Chi arriva prima ad Atene si prende Ismene».

«Lo sai bene che non posso competere con te nella corsa sulla lunga distanza... Non è una gran concessione», rispose scettico Tersippo.

«Hai visto tu stesso che dopo Callimaco, i comandanti erano orientati a scegliere me come miglior guerriero. Penso che dovresti ringraziare gli dèi se ti viene offerta un'altra occasione».

«Ed Eucle allora, che c'entra? Lui ormai era fuori gioco», insisté Tersippo, per nulla convinto.

«Merita anche lui un'altra occasione. Si è impegnato a fondo, per vincere, e desidera Ismene più di noi due. E poi, dubito che si sia distinto meno di te, in battaglia...».

«Ho capito. Se ti capita qualcosa, preferisci che sia lui a vincere, e non io. Siete amici da più tempo, voi due...».

«Può darsi. Ma da questo momento, voglio che ti impegni a rispettare l'eventuale vittoria di Eucle, nel caso a me capiti qualcosa, fosse pure una storta alla caviglia, e diventi una questione tra voi. Voglio che ti impegni a non rimettere in gioco il valore in battaglia. Ormai quello è un capitolo chiuso. Ce la giochiamo con la corsa».

Tersippo esitò. Poi annuì. Eucle guardò Filippide con ammirazione. Per quanto avesse sempre ritenuto l'amico nobile d'animo, dovette ammettere di esserne rimasto sorpreso. Doveva solo a lui se aveva ancora una possibilità di conquistare Ismene. Certo, non poteva dar torto a Tersippo: Filippide era talmente sicuro di vincere che la sua non era poi una gran concessione. Ma si commosse al pensiero che l'amico di sempre volesse dargli una nuova possibilità, nel caso in cui gli fosse accaduto qualcosa.

Se mai gli fosse accaduto qualcosa. Filippide sembrava davvero un prediletto degli dèi.

Sarebbe stato improbabile. Ma non impossibile, in fin dei conti. Era pur sempre un essere umano, come loro.

Epilogo

Capo Artemisio, Eubea, agosto del 480 a.C.

«Eucle sopravvisse il tempo necessario a raccontarmi tutta la storia», concluse la donna che Eschilo era stato ad ascoltare quasi tutta la notte. «Spirò tra le mie braccia un istante dopo aver finito di parlare». Lacrime sgorgarono da quegli occhi appesantiti dal trucco, sciogliendone il disegno dal nero intenso.

Eschilo rimase in silenzio, con lo stilo e la tavoletta sospese a mezz'aria. Aveva annotato tutto quello che la donna gli aveva raccontato, anche se spesso lei aveva dovuto esortarlo a scrivere.

«Era un gioco... soltanto un gioco...», continuò Ismene, scuotendo la testa.

«Già. È difficile da credere che si sia trasformato in una cosa del genere», ammise Eschilo, indicando la tavoletta.

«Eppure è proprio quello che mi ha detto Eucle», disse la donna. «Non ho fatto che pensarci, in questi anni. E solo da poco mi sono resa conto che non era per me che si sono sfidati. Eucle non mi ha detto nulla, in punto di morte, né mi ha chiesto nulla. Forse non era interessato a me più di quanto lo fossi io a lui. Nessuno di loro lo era. Volevano solo dimostrarsi migliori l'uno rispetto all'altro. Con la mia innocente proposta ho scatenato la loro rivalità, sopita per anni dall'amicizia...».

«E ora? Cosa vuoi che faccia di quello che mi hai rivelato?»

«Sta a te deciderlo. Eri loro amico. Eucle voleva che si sapesse la verità. Che Filippide era un uomo nobile e Tersippo un individuo senza scrupoli. Se vuoi rispettare la sua volontà, racconta la sua storia. Tu puoi farlo meglio di chiunque altro. Io, qui, ho finito. Serse è stato già abbastanza tollerante da lasciarmi venire. E tra poco inizierete di nuovo a combattere. È ora che vada», disse la donna, voltandosi e dirigendosi verso la fiancata.

I suoi uomini erano ancora ad attenderla nella scialuppa alla base della paratia. Eschilo la seguì con lo sguardo, vedendola calarsi giù e sparire oltre l'impavesata. Rimase con il viso rivolto in quella direzione, poi si alzò e raggiunse il bordo della nave. La piccola imbarcazione si intravedeva a malapena nell'incerta luce dell'alba nascente, che presto avrebbe rivelato all'orizzonte i puntini rappresentati dalla sterminata flotta del gran re.

Il poeta tornò per un istante con la memoria a Cinegiro. Il fratello avrebbe dato qualsiasi cosa per partecipare ai nuovi scontri con i persiani, che si prospettavano ancor più epici di quello di Maratona; se non altro perché stavolta era coinvolta la Grecia intera, e l'esercito e la flotta che Serse si era portato dall'Asia erano enormemente superiori all'armata di Dati di dieci anni prima. Ma poi si consolò pensando che lo spirito di Cinegiro era in lui, e gli piacque pensare che il fratello sarebbe rivissuto attraverso le sue gesta, ancora una volta. Eschilo era sempre stato in prima fila, in ogni guerra locale dopo Maratona, ed era intenzionato a fare altrettanto anche negli scontri che lo attendevano di lì a poco.

Continuò a osservare il mare, quasi immobile nella sua maestosità, a dispetto delle increspature argentee sulla superficie, che sembravano lasciar presagire il terremoto prossimo a scatenarsi, quando il sole fosse sorto completamente. Tornò con la mente a quanto gli aveva raccontato la donna e al dilemma con il quale lo aveva lasciato. Per Atene, Eucle, Filippide e Tersippo erano eroi da un decennio; erano diventati il simbolo della dedizione totale, incondizionata, alla causa della democrazia, i soli disposti a sacrificarsi per la patria anche dopo la fine della battaglia di Maratona; i soli che avessero avuto la forza e il coraggio di affrontare altri sforzi e altri pericoli dopo aver dato tutto in combattimento. Le ultime vittime degli invasori persiani, che tutti davano per scontato li avessero uccisi lungo la strada.

Ismene gli aveva raccontato una versione diversa della storia. Una versione che faceva di almeno due di loro dei personaggi discutibili, e del terzo, Filippide, un uomo nobile morto ingloriosamente.

E c'era sempre la possibilità che la donna si fosse inventata tutto, solo per darsi importanza, o anche per gettare fango sul partito che aveva ostracizzato lei e la sua famiglia, per i loro legami con Ippia.

Eucle, Tersippo e Filippide erano diventati gli eroi della democrazia, dei politici come Temistocle che avevano assunto le redini della città negli anni successivi a Maratona, dopo la caduta in disgrazia e la morte di Milziade. Screditare loro significava screditare gli attuali governanti di Atene, che non mancavano occasione, nelle loro arringhe, di ricordare il sacrificio e l'esempio dei tre corridori, esortando gli altri a emularli, se necessario. Soprattutto adesso che Atene e la Grecia intera dovevano affrontare la più grave delle minacce.

Eschilo si staccò improvvisamente dall'impavesata. Tornò indietro, raccolse le tavolette cerate su cui aveva scritto tutta la notte, quasi sotto dettatura, poi si avvicinò di nuovo alla fiancata. Si soffermò qualche istante a guardare di sotto e a riflettere ancora.

Per quanto lo riguardava, Eucle, Filippide e Tersippo erano stati uccisi dai persiani mentre compivano il loro dovere. Ed erano riusciti a portare a termine il loro ultimo incarico, nonostante tutto. Erano stati i suoi amici più stretti e sinceri, e per tutti gli altri erano degli eroi.

Non sarebbe stato lui a cambiare tutto questo.

Gettò in acqua tutto quel che Ismene gli aveva rivelato, e con esso, i ricordi di quella notte. Avrebbe raccontato tante storie, in futuro.

Ma non quella.

Postfazione dell'autore

Che la guerra di Troia sia stata raccontata in modo leggendario lo sanno tutti. Si fa una gran fatica a rintracciare gli eventi e le circostanze storiche in quella ricca messe di episodi mitici che ci ha tramandato la tradizione. Quel che il lettore non sempre sospetta è che lo stesso criterio si potrebbe applicare alla battaglia di Maratona, ovvero al primo, grande scontro tra greci e persiani.

Lo stesso Erodoto, principale fonte sulla vicenda, esprime le sue perplessità sugli eventi di cui è brillante cronista, e volutamente esclude una ridda di leggende fiorite intorno all'episodio, riportandone solo alcune; altri cronisti posteriori sono più prodighi di particolari incredibili e chiaramente mitici, rendendo davvero improbabile qualsiasi ricostruzione univoca dello scontro campale e delle modalità con cui si svolse.

La stessa campagna, i suoi tempi e le sue strategie, sono piuttosto confusi nei resoconti degli storici. Per esempio, i dati forniti da Erodoto relativi ai caduti, 192 morti tra gli ateniesi, 6400 tra i persiani, sono piuttosto sospetti; Giustino, per esempio, parla di 2000 morti tra gli invasori. Dobbiamo sempre tener conto del fatto che si tratta di eventi accaduti 2500 anni fa, tramandati e ingigantiti oralmente di generazione in generazione. Nel complesso, quindi, sono portato a credere che le poche notizie certe abbiano bisogno di molta immaginazione, da parte di uno scrittore, per essere collegate tra loro e razionalizzate in un racconto coerente.

Ho trovato molto interessanti le teorie di Hans van Wees (*La guerra dei greci. Miti e realtà*, Editrice goriziana, Gorizia 2009), secondo il quale, all'epoca di Maratona, i greci non avevano ancora ben definito l'assetto a falange dei loro eserciti; insomma, solo la necessità di fronteggiare la pioggia di frecce proveniente dallo schieramento persiano li avrebbe spinti ad adottare formazioni più coese. Inoltre, van Wees ipotizza che gli opliti si siano liberati delle corazze per poter correre più velocemente contro le linee persiane; d'altronde, uno dei pochi dati certi è proprio la folle corsa dei greci contro lo schieramento nemico, e l'ipotesi sembra ragionevole. Di sicuro, è "narrativamente" suggestiva.

Infine, una parola sui protagonisti di questo romanzo. Eschilo andava fiero della sua partecipazione alla battaglia di Maratona, tanto da volerla ricordare nell'epitaffio che scrisse per la propria tomba. Combatté insieme al fratello Cinegiro, cui vennero davvero tagliate le mani mentre cercava di arrampicarsi sulle navi. Anzi, nel Medioevo la storia aveva assunto proporzioni tali che cronisti come Giustino raccontavano di come l'oplita, dopo aver perso entrambe le mani, avesse afferrato la prua dell'imbarcazione... con i denti!

Erodoto cita anche un tale Epizelo, che raccontava di aver perso la vista in modo permanente durante la battaglia, senza essere stato colpito, ma subito dopo l'apparizione di un guerriero gigantesco, la cui lunga barba ricopriva lo scudo; questi lo avrebbe oltrepassato e avrebbe ucciso il compagno. Aristide e Temistocle dovrebbero aver svolto più o meno il ruolo che ho loro attribuito nella battaglia, tenendo duro al centro. Non è certo che fossero gli strateghi delle rispettive tribù, ma è altamente probabile. Così come sono probabili i contrasti tra Milziade e Callimaco, sebbene tutt'oggi gli storici non abbiano ancora stabilito se, a quell'epoca, il ruolo di polemarco fosse effettivo o puramente onorifico.

Per quel che ne sappiamo, Eucle, Filippide e Tersippo potrebbero essere una persona sola, e già questo dà la misura della confusione delle idee che circolavano già all'epoca dei fatti o poco dopo. La leggenda tramanda che qualcuno corse ad Atene ad avvertire la città che l'esercito aveva vinto, per poi morire subito dopo l'annuncio; più incerta è invece la congiura attribuita agli Alcmeonidi, che avrebbe giustificato la fretta con cui il messaggero fu inviato. In ogni caso, quando poi i persiani giunsero al Falero, dovettero constatare che nessuno li avrebbe aiutati e che non c'era modo di sottoporre la città ad assedio, e se ne tornarono in Asia;

l'armata ateniese, dal canto suo, aveva fatto in tempo ad arrivare e accamparsi nei pressi dell'abitato prima ancora del nemico.

L'episodio, com'è noto, è alla base dell'odierna gara di Maratona, la cui distanza fu progressivamente allungata nel corso delle Olimpiadi dell'era moderna fino agli attuali 42 chilometri e 195 metri. La gran parte degli storici antichi cita Eucle come autore della straordinaria performance. Plutarco invece parla di Tersippo, citando anche espressamente la propria fonte, ovvero Eraclide Pontico; e ancora, Luciano ascrive l'episodio a Filippide, che invece sarebbe legato soprattutto alla richiesta di aiuto a Sparta di pochi giorni prima. Ce n'è abbastanza per "ingolosire" un romanziere, no?

A.F.

Indice

Nuova Narrativa Newton

FRANCO MATTEUCCI, *Il profumo della neve*
NAGIB MAHFUZ, *Il settimo cielo*
COLLEEN GLEASON, *Cacciatori di vampiri*
JAMES VANORE, *Il vangelo dei vampiri*
LISA JANE SMITH, *Il diario del vampiro. Il risveglio*
NAGIB MAHFUZ, *Karnak Café*
BINA SHAH, *La bambina che non poteva sognare*
COLLEEN GLEASON, *La condanna del vampiro*
SIMON SCARROW, *Il centurione*
STUART MACBRIDE, *La casa delle anime morte*
WHITLEY STRIEBER, *2012 L'apocalisse*
NANCY KILPATRICK, *La rinascita del vampiro*
NAGIB MAHFUZ, *Autunno egiziano*
JULIA GREGSON, *Matrimonio a Bombay*
LISA JANE SMITH, *Il diario del vampiro. La lotta*
LISA JANE SMITH, *Il diario del vampiro. La furia*
La maledizione del vampiro, a cura di PETER HAINING
Vampiri!, a cura di STEPHEN JONES
ANDREA FREDIANI, *Un eroe per l'impero romano*
LISA JANE SMITH, *Il diario del vampiro. La messa nera*
COLLEEN GLEASON, *La rivolta dei vampiri*
LISA JANE SMITH, *I diari delle streghe. L'iniziazione*
LISA JANE SMITH, *Il diario del vampiro. Il ritorno*
CHRISTOPHER LINCOLN, *Billy Bones. L'armadio dei segreti*
GIULIO CASTELLI, *Gli ultimi fuochi dell'impero romano*
BINA SHAH, *Il bambino che credeva nella libertà*
VITO BRUSCHINI, *The Father. Il padrino dei padrini*
SIMON SCARROW, *Sotto l'aquila di Roma*
LISA JANE SMITH, *I diari delle streghe. La prigioniera*
COLLEEN GLEASON, *Il crepuscolo dei vampiri*
STUART MACBRIDE, *Il collezionista di occhi*
NANCY KILPATRICK, *Gli amori del vampiro*

STEVE ALTEN, *L'ultima profezia. 2012, il testamento Maya*
LISA JANE SMITH, *Il diario del vampiro. Scende la notte*
AZADEH MOAVENI, *Viaggio di nozze a Teheran*
LISA JANE SMITH, *I diari delle streghe. La fuga*
Sul tetto del mondo, a cura di JON E. LEWIS
ISABELLE AUBRY, *La prima volta avevo sei anni*
MASSIMO LUGLI, *Il Carezzevole*
AZHAR ABIDI, *La casa degli amori sognati*
HARRY SIDEBOTTOM, *Il guerriero di Roma. Il re dei re*
LISA JANE SMITH, *I diari delle streghe. Il potere*
HELENE COOPER, *Le bambine di Sugar Beach*
COLLEEN GLEASON, *Il bacio del vampiro*
L'ultima scalata, a cura di HAMISH MACINNES
VERONICA Q, *Vietato ai minori*
DAVID IGNATIUS, *Attacco a Teheran*
ANDREA FREDIANI, *Dictator. L'ombra di Cesare*
CHRIS PRIESTLEY, *Le terrificanti storie di zio Montague*
GAILE PARKIN, *Africa Social Club*
SIMON SCARROW, *Il gladiatore*
LISA JANE SMITH, *Il diario del vampiro. L'anima nera*
FABIO DELIZZOS, *La setta degli alchimisti. Il segreto dell'immortalità*
MAHBOD SERAJI, *Le notti di Teheran*
CHRISTOPHER LINCOLN, *Billy Bones. Sulla strada per Maipiù*
Wolfmen. Storie di lupi mannari, a cura di STEPHEN JONES
FRANCO MATTEUCCI, *Lo show della farfalla*
ROBERTO GENOVESI, *La legione occulta dell'impero romano*
NAGIB MAHFUZ, *Per le strade del Cairo*
MICHELLE MORAN, *La regina eretica. Il romanzo di Nefertari*
STEPHANIE SALDAÑA, *La sposa di Damasco*
TOM HARPER, *La città dei libri proibiti*
RAYMOND KHOURY, *Il segno di Dio*
STEVE ALTEN, *2012 La resurrezione*
LISA JANE SMITH, *Il diario del vampiro. L'ombra del male*
OLLE LÖNNAEUS, *Il bambino della città ghiacciata*
SIMON SCARROW, *Roma alla conquista del mondo*
MICHAEL WHITE, *L'anello dei Borgia*
ELIZABETH ESLAMI, *Il mio matrimonio combinato*
VICTORIA COREN, *I love poker*
LAWRENCE ANTHONY con GRAHAM SPENCE, *L'uomo che parlava agli elefanti*
ANDREA FREDIANI, *Dictator. Il nemico di Cesare*
JENNIFER JORDAN, *La scalata impossibile*

MARTIN BOOTH, *The American*
MISCHA HILLER, *Fuga dall'inferno. Una storia palestinese*
TORSTEN PETTERSSON, *A L'alfabetista*
PIERO DEGLI ANTONI, *Blocco 11. Il bambino nazista*
ÀLEX ROVIRA - FRANCESC MIRALLES, *L'ultima risposta di Einstein*
ROXANA SABERI, *Prigioniera in Iran*
SCARLETT THOMAS, *Il nostro tragico universo*
WHITLEY STRIEBER, *Omega point. Al di là del 2012*
PAOLO DI REDA - FLAVIA ERMETES, *Il labirinto dei libri segreti*
ANN FEATHERSTONE, *Il circo maledetto*
ANDREA FREDIANI, *Dictator. Il trionfo di Cesare*
GIULIO CASTELLI, *476 A.D. L'ultimo imperatore*
Alla fine del mondo. Le grandi avventure polari, a cura di JON E. LEWIS
ANN BRASHARES, *Grande amore*
FEDERICO GHIRARDI, *Bryan di Boscoquieto e la Maledizione di Morpheus*
VITO BRUSCHINI, *Vallanzasca*
CHRISTOFFER CARLSSON, *Lo strano caso di Stoccolma*
LORENZO BORGHESE, *I segreti di una principessa*
PATRICK WOODHEAD, *Il tempio degli eterni*
LOREDAN, *La spia del Doge. Leonora e i misteri di Venezia*
LORENZA GHINELLI, *Il Divoratore*
ROSS LECKIE, *Hannibal. Il conquistatore*
NAOMI RAGEN, *Una moglie a Gerusalemme*
LISA JANE SMITH, *Il diario del vampiro. La genesi*
GRAHAM BROWN, *La profezia della pioggia maya*
LAURA J. SNYDER, *Il club dei filosofi che hanno cambiato il mondo*
CHARLENE LUNNON - LISA HOODLESS, *Le bambine silenziose*
JESSICA JIJI, *Il profumo dei fiori in Iraq*
NELSON JOHNSON, *Boardwalk Empire*
SIMON SCARROW, *La spada di Roma*
MASSIMO LUGLI, *L'adepto*
DANIEL DEPP, *La città dei senza nome*
KENIZÉ MOURAD, *La principessa ribelle*
PHIL RICKMAN, *I pilastri di Camelot*
CHRISTIAN CAMERON, *Il tiranno*
KATIE ALENDER, *Le cattive ragazze non muoiono mai*
STUART MACBRIDE, *Sangue nero*
OLLE LÖNNAEUS, *Cuore nazista*
GERARD O' DONOVAN, *Il crocifisso*
HARRY SIDEBOTTOM, *Il guerriero di Roma. Sole bianco*
UNNI LINDELL, *La trappola di miele*

LISA JANE SMITH, *Il diario del vampiro. Sete di sangue*
FRANCESCO FIORETTI, *Il libro segreto di Dante*
BASHARAT PEER, *Il sogno del soldato bambino*
RAYMOND KHOURY, *L'eredità dei Templari*
RAZAN MOGHRABI, *Le donne del vento arabo*
LARS RAMBE, *Il mosaico di ghiaccio*
NAGIB MAHFUZ, *Il viaggio di Ibn Fattouma*
FRANCESCA BERTUZZI, *Il carnefice*
ANTONIO SALAS, *L'infiltrato*
LISA JANE SMITH, *Il diario del vampiro. Strane creature*
DAVID GIBBINS, *L'ultimo Vangelo*

ANDREA FREDIANI

JERUSALEM

Un grande romanzo storico

Grandi Tascabili Contemporanei n. 5, pp. 448, euro 6,90

Gerusalemme, 70 d.C. Un giovane membro della famiglia di Gesù mette in salvo dalle devastazioni dei romani di Tito le memorie scritte da Giacomo, fratello di Cristo. Oltre mille anni dopo, il manoscritto ricompare a Magonza nelle mani della comunità ebraica, che intende usarlo come prova dell'assoluta innocenza dei giudei nella morte di Gesù. E ora, nel 1099, mentre la città è assediata dai crociati, il prezioso documento è di nuovo a Gerusalemme, dove lo cercano i capi cristiani per impedire che il suo messaggio provochi una scissione all'interno della Chiesa. Otto destini sono intrecciati con le sorti del memoriale di Giacomo: quelli di due sorelle ebree sopravvissute al pogrom crociato in Germania, di una prostituta semipagana e di un monaco cluniacense scampati al disastroso epilogo della crociata di Pietro l'Eremita, di un emiro arabo e di tre reduci della battaglia di Manzikert: un normanno, un bizantino e un turco. Tra inseguimenti e assalti, segreti e confessioni, gli otto personaggi lottano e combattono per la Città Santa, ma anche per riscattare le ombre del proprio passato, proteggere se stessi e coloro che amano dalle terribili privazioni dell'assedio e dalle ambizioni dei capi della spedizione crociata, mantenere dignità e umanità a dispetto dello spietato fanatismo e dell'intolleranza che li circonda. Ricostruito con vivido realismo, nelle imprese di sangue come nelle torbide motivazioni degli attori del conflitto, prende corpo lo scontro tra due religioni, la cristiana e la musulmana, che cresce in ferocia giorno dopo giorno fino all'insensato massacro finale.

NEWTON COMPTON EDITORI